Ensayo sobre la lucidez

Alfaguara es un sello editorial del Grupo Santillana

www. alfaguara.com

Argentina
Beazley, 3860
Buenos Aires 1437
Tel. (54 114) 912 72 20 / 912 74 30
Fax (54 114) 912 74 40

Bolivia
Avda. Arce 2333
La Paz
Tel. (591 2) 44 11 22
Fax (591 2) 44 22 08

Chile
Dr. Aníbal Ariztía 1444
Providencia
Santiago de Chile
Tel. (56 2) 236 85 60
Fax (56 2) 236 98 09

Colombia
Calle 80, nº10-23
Bogotá, D.C.
Tel. (57 1) 635 12 00
Fax (57 1) 236 93 82

Costa Rica
La Uruca
100 m oeste de Migración y Extranjería
San José de Costa Rica
Tel. (506) 220 42 42 y 220 47 70 / 1 / 2 / 3
Fax (506) 220 13 20

Ecuador
Avda. Eloy Alfaro 2277 y 6 de Diciembre
Quito
Tel. (593 2) 244 52 58 / 244 66 56 /
    244 21 54 / 244 29 52 /244 22 83
Fax (593 2) 244 87 91

España
Torrelaguna, 60
28043 Madrid
Tel. (34 91) 744 90 60
Fax (34 91) 744 92 24

Estados Unidos
2105 N.W. 86th Avenue
Miami, F.L. 33122
Tel. (1 305) 591 95 22 / 591 22 32
Fax (1 305) 591 91 45

Guatemala
30 Avda. 16-41
Zona 12
Guatemala C.A.
Tel. (502) 475 25 89
Fax (502) 471 74 07

México
Avda. Universidad 767
Colonia del Valle
03100 México D.F.
Tel. (52 5) 688 75 66 / 688 82 77 / 688 89 66
Fax (52 5) 604 23 04

Paraguay
Avda. Venezuela, 276, entre Mariscal
López y España
Asunción
Tel/fax (595 21) 213 294 / 214 983 / 202 942

Perú
Avda. San Felipe 731
Jesús María
Lima
Tel. (51 1) 461 02 77 / 460 05 10
Fax. (51 1) 463 39 86

Puerto Rico
Centro Distribución Amelia
Calle F 34, esquina D
Buchanan – Guaynabo
San Juan P.R. 00968
Tel. (1 787) 781 98 00
Fax (1 787) 782 61 49

República Dominicana
César Nicolás Penson 26, esquina Galván
Edificio Syran 3º
Gazcue
Santo Domingo R.D.
Tel. (1809) 682 13 82 / 221 08 70 / 689 77 49
Fax (1809) 689 10 22

Uruguay
Constitución 1889
11800 Montevideo
Tel. (598 2) 402 73 42 / 402 72 71
Fax (598 2) 401 51 86

Venezuela
Avda. Rómulo Gallegos
Edificio Zulia, 1º
Boleita Norte
Caracas
Tel. (58 212) 235 30 33
Fax (58 212) 239 79 52

José
Saramago

Ensayo sobre
la lucidez

Traducción de Pilar del Río

ALFAGUARA

Título original: Ensaio sobre a Lucidez
© 2004, José Saramago y Editorial Caminho, S. A., Lisboa.
   Con autorización de Dr. Ray-Güde Mertin, Literarische
   Agentur, Bad Homburg, Alemania
© De la traducción: Pilar del Río
© 2004, Santillana Ediciones Generales, S. L.
© De esta edición:
   2004, Distribuidora y Editora Aguilar, Altea, Taurus, Alfaguara, S.A.
   Calle 80 No. 10-23
   Teléfono (571) 635 12 00
   Telefax (571) 236 93 82

• Aguilar, Altea, Taurus, Alfaguara, S. A.
Beazley 3860. 1437 Buenos Aires. Argentina

• Aguilar, Altea, Taurus, Alfaguara, S. A. de C. V.
Avda. Universidad, 767, Col. del Valle,
México, D.F. C. P. 03100. México

• Santillana Ediciones Generales, S. L.
Torrelaguna, 60. 28043 Madrid

ISBN: 958-704-185-2
Impreso en Colombia-Printed in Colombia

© Diseño de cubierta: Manuel Estrada

A Pilar, los días todos

A Manuel Vázquez Montalbán, vivo

Aullemos, dijo el perro.

LIBRO DE LAS VOCES

Mal tiempo para votar, se quejó el presidente de la mesa electoral número catorce después de cerrar con violencia el paraguas empapado y quitarse la gabardina que de poco le había servido durante el apresurado trote de cuarenta metros que separaban el lugar en que aparcó el coche de la puerta por donde, con el corazón saliéndosele por la boca, acababa de entrar. Espero no ser el último, le dijo al secretario que le aguardaba medio guarecido, a salvo de las trombas que, arremolinadas por el viento, inundaban el suelo. Falta todavía su suplente, pero estamos dentro del horario, le tranquilizó el secretario, Lloviendo de esta manera será una auténtica proeza si llegamos todos, dijo el presidente mientras pasaban a la sala en la que se realizaría la votación. Saludó primero a los colegas de mesa que actuarían de interventores, después a los delegados de los partidos y a sus respectivos suplentes. Tuvo la precaución de usar con todos las mismas palabras, no dejando transparentar en el rostro o en el tono de voz indicio alguno que delatase sus propias inclinaciones políticas e ideológicas. Un presidente, incluso el de un común colegio electoral

11

como éste, deberá guiarse en todas las situaciones por el más estricto sentido de independencia, o, dicho con otras palabras, guardar las apariencias.

Además de la humedad que hacía más espesa la atmósfera, ya de por sí pesada en el interior de la sala, cuyas dos únicas ventanas estrechas daban a un patio sombrío incluso en los días de sol, el desasosiego, por emplear la comparación vernácula, se cortaba con una navaja. Hubiera sido preferible retrasar las elecciones, dijo el delegado del partido del medio, pdm, desde ayer llueve sin parar, hay derrumbes e inundaciones por todas partes, la abstención, esta vez, se va a disparar. El delegado del partido de la derecha, pdd, hizo un gesto afirmativo con la cabeza, pero consideró que su contribución al diálogo debería revestir la forma de un comentario prudente, Obviamente, no minimizaré ese riesgo, aunque pienso que el acendrado espíritu cívico de nuestros conciudadanos, en tantas otras ocasiones demostrado, es acreedor de toda nuestra confianza, ellos son conscientes, oh sí, absolutamente conscientes, de la transcendente importancia de estas elecciones municipales para el futuro de la capital. Dicho esto, uno y otro, el delegado del pdm y el delegado del pdd, se volvieron, con aire mitad escéptico, mitad irónico, hacia el delegado del partido de la izquierda, pdi, curiosos por saber qué tipo de opinión sería capaz de producir. En ese preciso instante, salpicando agua por todos lados, irrumpió en la sala el suplente de la presidencia, y, como era de esperar, puesto que estaba completo el elenco de la mesa electoral, la acogida fue, más que cordial, calurosa. No llegamos por tanto a conocer el punto de vista del delegado del pdi pero, a juzgar por algunos antecedentes conocidos, es presumible que se expresara de acuerdo con un claro optimismo histórico, con una frase como ésta, por ejemplo, Los votantes de mi partido son personas que no se amedrentan por tan poco, no es gente que se quede en casa por culpa de cuatro míseras chispas de agua cayendo de las nubes. No eran cuatro chispas míseras, eran cubos, eran cántaros, eran nilos, iguazús y ganges, pero la fe, bendita sea para siempre jamás, además de apartar las montañas del camino de quienes se benefician de su poder, es capaz de atreverse con las aguas más torrenciales y de ellas salir oreada.

Se constituyó la mesa, cada cual en el lugar que le competía, el presidente firmó el acta y ordenó al secretario que la fijara, como determina la ley, en la entrada del edificio, pero el recadero, dando pruebas de una sensatez elemental, hizo notar que el papel no se mantendría en la pared ni un minuto, en dos santiamenes se le habría borrado la tinta, y al tercero se lo llevaría el viento. Colóquelo entonces dentro, donde la lluvia no lo alcance, la ley es omisa en ese particular, lo importante es que el edicto esté colgado y a la vista. Preguntó a la mesa si estaba de acuerdo, todos dijeron que sí, con la reserva expresa del delegado del pdd de que la decisión quedara reflejada en el acta para prevenir impugnaciones. Cuando el secretario regresó de su húmeda misión, el presidente le preguntó cómo estaba el tiempo y él respondió, encogiéndose de hombros, Igual, bueno para las ranas, Hay algún elector fuera, Ni sombra. El presidente se levantó e invitó a los miembros de la mesa y a los representantes de los partidos a que lo acompañaran en la revisión de la cabina electoral, que se comprobó estar limpia de elementos que pudiesen desvirtuar la pureza de las opciones políticas que allí iban a tener lugar a lo largo del día. Cumplida la formalidad, regresaron a sus lugares para examinar las listas del censo, que también encontraron limpias de irregularidades, lagunas y sospechas. Había llegado el momento grave en que el presidente destapa y exhibe la urna ante los electores para que puedan certificar que está vacía, de modo que mañana, siendo necesario, puedan ser buenos testigos de que ninguna acción delictiva había introducido en ella, en el silencio de la noche, los votos falsos que corromperían la libre y soberana voluntad política de los ciudadanos, que no se repetiría aquí una vez más aquel histórico fraude al que se da el pintoresco nombre de pucherazo, que tanto se podría cometer, no lo olvidemos, antes, durante o después del acto, según la ocasión y la eficacia de sus autores y cómplices. La urna estaba vacía, pura, inmaculada, pero en la sala no se encontraba ni un solo elector, uno sólo de muestra, ante quien pudiera ser exhibida. Tal vez alguno ande por ahí perdido, luchando contra los chaparrones, soportando los azotes del viento, apretando contra el corazón el documento que lo acredita como ciu-

14

dadano con derecho a votar, pero, tal como están las cosas en el cielo, va a tardar mucho en llegar, si es que no acaba regresando a casa y dejando los destinos de la ciudad entregados a aquellos que un automóvil negro deja en la puerta y en la puerta después recoge, cumplido el deber cívico de quien ocupa el asiento de atrás.

Terminadas las operaciones de inspección de los diversos materiales, manda la ley de este país que voten inmediatamente el presidente, los vocales y los delegados de los partidos, así como las respectivas suplencias, siempre que, claro está, estén inscritos en el colegio electoral cuya mesa integran, como es el caso. Incluso estirando el tiempo, cuatro minutos bastaron para que la urna recibiese sus primeros once votos. Y la espera, no quedaba otro remedio, comenzó. Aún no pasaba media hora cuando el presidente, inquieto, sugirió a uno de los vocales que saliera a cerciorarse de si venía alguien, es posible que hayan aparecido electores, pero si se han topado con la puerta cerrada por el viento, se habrán ido protestando, si han retrasado las elecciones que al menos hubieran tenido la delicadeza de avisar a la gente por la radio y por la televisión, que para informaciones de esta clase todavía sirven. Dijo el secretario, Todo el mundo sabe que una puerta que se cierra con la fuerza del viento hace un ruido de treinta mil demonios, y aquí no se ha oído nada. El vocal dudó, voy no voy, pero el presidente insistió, Vaya usted, hágame el favor, y tenga cuidado, no se moje. La puerta estaba abierta, firme en su calzo. El vocal asomó la cabeza, un instante fue suficiente para mirar a un lado y a otro y para retirarla después chorreando como si la hubiese metido bajo una ducha. Deseaba actuar como un buen vocal, agradar a su presidente, y, siendo esta la primera vez que había sido llamado para estas funciones, quería ser apreciado por la rapidez y la eficacia en los servicios que tuviese que prestar, con tiempo y experiencia, quién sabe, alguna vez llegaría el día en que también él presidiera un colegio electoral, vuelos más altos que éste cruzan el cielo de la providencia y ya nadie se asombra. Cuando regresó a la sala, el presidente, entre pesaroso y divertido, exclamó, Pero hombre, no era necesario que se mojara de esa manera, No tiene importancia, señor presidente, dijo el vocal mientras se secaba la cara con la manga de la chaqueta, Ha visto a alguien, Hasta donde la vista me alcanza, nadie, la calle es un desierto de agua. El presidente se levantó, dio unos pasos indecisos delante de la mesa, llegó hasta la cabina, miró dentro y regresó. El delegado del pdm tomó la palabra para recordar su pronóstico de que la abstención se dispararía, el delegado del pdd pulsó otra vez la cuerda apaciguadora, los electores tienen todo el día para votar, esperarán que el temporal amaine. Ahora el delegado del pdi prefirió quedarse callado, pensaba en la triste figura que hubiera hecho de haber dejado salir de su boca lo que se disponía a decir en el momento en que el suplente del presidente entró en la sala, Cuatro miserables gotas de agua no son suficientes para amedrentar a los votantes de mi partido. El secretario, al que todos dirigieron la mirada esperando, optó por presentar una sugerencia práctica, Creo que no sería mala idea telefonear al ministerio pidiendo información sobre cómo está transcurriendo la jornada electoral aquí y en el resto del país, sabríamos si este corte de energía cívica es general, o si somos los únicos a quienes los electores no vienen a iluminar con sus votos. Indignado, el delegado del pdd se levantó, Requiero que quede reflejada en las actas mi más viva protesta, como representante del partido de la derecha, contra los términos irrespetuosos y contra el inaceptable tono de chacota con que el secretario acaba de referirse a los electores, esos que son los supremos valedores de la democracia, esos sin los cuales la tiranía, cualquiera de las que hay en el mundo, y son tantas, ya se habría apoderado de la patria que nos dio el ser. El secretario se encogió de hombros y preguntó, Tomo nota del requerimiento del representante del pdd, señor presidente, Opino que no es para tanto, lo que pasa es que estamos nerviosos, perplejos, desconcertados, y ya se sabe que en un estado de espíritu así es fácil decir cosas que en realidad no pensamos, estoy seguro de que el secretario no quiso ofender a nadie, él mismo es un elector consciente de sus responsabilidades, la prueba está en que, como todos los que estamos aquí, arrostró la intemperie para venir a donde el deber le llama, sin embargo, este reconocimiento sincero no me impide rogarle al secretario que se atenga al cumplimiento riguroso de la misión que le fue consignada, absteniéndose de comentarios que puedan chocar la sensibilidad personal y política de las personas presentes. El delegado del pdd hizo un gesto seco que el presidente prefirió interpretar como de concordancia, y el conflicto no fue más allá, a lo que contribuyó poderosamente que el representante del pdm recordara la propuesta del secretario, La verdad es que, añadió, estamos aquí como náufragos en medio del océano, sin vela ni brújula, sin mástil ni remo, y sin gasóleo en el depósito, Tiene toda la razón, dijo el presidente, voy a llamar al ministerio. Había un teléfono en una mesa apartada y hacia allí se dirigió llevando consigo la hoja de instrucciones que le había sido entregada días antes y donde se encontraban, entre otras indicaciones útiles, los números telefónicos del ministerio del interior.

La comunicación fue breve, Habla el presidente de la mesa electoral número catorce, estoy muy preocupado, algo francamente extraño está sucediendo aquí, hasta este momento no ha aparecido ni un solo elector a votar, hace ya más de una hora que hemos abierto, y ni un alma, sí señor, claro, al temporal no hay medio de pararlo, lluvia, viento, inundaciones, sí señor, seguiremos pacientes y a pie firme, claro, para eso hemos venido, no necesita decírmelo. A partir de este punto el presidente no contribuyó al diálogo nada más que con unos cuantos asentimientos de cabeza, unas cuantas interjecciones sordas y tres o cuatro principios de frase que no llegó a terminar. Cuando colgó el auricular miró a los colegas de mesa, pero en realidad no los veía, era como si tuviera ante sí un paisaje compuesto de colegios electorales vacíos, de inmaculadas listas censales, con presidentes y secretarios a la espera, delegados de partidos mirándose con desconfianza unos a otros, haciendo las cuentas de quién gana y quién pierde con la situación, y a lo lejos algún vocal chorreando y premioso que regresa de la entrada e informa de que no viene nadie. Qué le han respondido del ministerio, preguntó el representante del pdm, No saben qué pensar, es natural que el mal tiempo esté reteniendo a mucha gente en sus casas, pero que en toda la ciudad suceda prácticamente lo mismo que aquí, para eso no encuentran explicación, Por qué dice prácticamente, preguntó el delegado del pdd, En algunos colegios electorales, es cierto que pocos, han aparecido electores, pero la afluencia es reducidísima, como nunca se ha visto, Y en el resto del país, preguntó el representante del pdi, no sólo está lloviendo en la capital, Eso es lo que desconcierta, hay lugares donde llueve tanto como aquí y pese a eso las personas están votando, como es natural la afluencia es mayor en las regiones donde el tiempo es bueno, y, hablando de esto, dicen que el servicio meteorológico prevé una mejoría para el final de la mañana, También puede suceder que el tiempo vaya de mal en peor, recuerden el dicho, a mediodía o escampa o descarga, advirtió el segundo vocal, que hasta ahora no había abierto la boca. Se hizo un silencio. Entonces el secretario se metió la mano en uno de los bolsillos exteriores de la chaqueta, sacó un teléfono móvil y marcó un número. Mientras esperaba que lo atendieran, dijo, Esto es más o menos como lo que se cuenta de la montaña y de mahoma, puesto que no podemos preguntar a los electores que no conocemos por qué no vienen a votar, hagamos la pregunta a la familia, que es conocida, hola, qué tal, soy yo, sí, sigues ahí, por qué no has venido a votar, que está lloviendo ya lo sé, todavía tengo las perneras de los pantalones mojadas, sí, es verdad, perdona, olvidé que me habías dicho que vendrías después de comer, claro, te llamo porque aquí la cosa está complicada, ni te lo imaginas, si te dijera que hasta ahora no ha asomado nadie a votar, no me ibas a creer, bueno, entonces te espero, un beso. Colgó el teléfono y comentó irónico, Por lo menos tenemos un voto garantizado, mi mujer viene por la tarde. El presidente y los restantes miembros de la mesa entrecruzaron miradas, era evidente que tenían que seguir el ejemplo, pero también saltaba a la vista que ninguno quería ser el primero, equivaldría a reconocer que en rapidez de raciocinio y en desenvoltura quien se lleva la palma en este colegio electoral es el secretario. Al vocal que salió a la puerta para ver si llovía no le costó comprender que tendría que comer mucho pan y mucha sal antes de llegar a la altura de un secretario como este de aquí, capaz de, con la mayor ausencia de ceremonia del mundo, sacar un voto de un teléfono móvil como un prestidigitador saca un conejo de una chistera. Viendo que el presidente, apartado en una esquina, hablaba con su casa desde el móvil, y que los otros, utilizando sus propios aparatos, discretamente, en susurros, hacían lo mismo, el vocal de la puerta apreció la honestidad de los colegas que, al no usar el teléfono fijo colocado, en principio, para uso oficial, noblemente le ahorraban dinero al estado. El único de los presentes que por no tener móvil se limitaba a esperar las noticias de los otros era el representante del pdi, debiendo añadirse, además, que, por vivir solo en la capital y teniendo la familia en el pueblo, el pobre hombre no tiene a quién llamar. Una tras otra las conversaciones fueron terminando, la más larga es la del presidente, por lo visto le está exigiendo a su interlocutor que venga inmediatamente, a ver cómo acaba esto, en cualquier caso era él quien debería haber hablado en primer lugar, si el secretario se adelantó, que le aproveche, ya hemos visto que el tipo pertenece a la especie de los vivillos, si respetase la jerarquía como nosotros la respetamos simplemente hubiera expuesto la idea a su superior. El presidente soltó el suspiro que tenía atrapado en el pecho, se guardó el teléfono en el bolsillo y preguntó, Han sabido algo. La pregunta, aparte de innecesaria, era, cómo diremos, un poquito desleal, en primer lugar porque saber, eso que se llama saber, siempre se sabe algo, incluso cuando no sirva para nada, en segundo lugar porque era obvio que el inquiridor se estaba aprovechando de la autoridad inherente al cargo para eludir su obligación, que sería que él inaugurara, de viva voz y sin subterfugios, el intercambio de informaciones. Pero si no hemos olvidado el suspiro y el ímpetu exigente que en cierto momento de la conversación nos pareció notar en sus palabras, lógico será pensar que el diálogo, se supone que al otro lado habría una persona de la familia, no fue tan plácido e instructivo cuanto su justificado interés de ciudadano y de presidente merecía, y que, sin serenidad para atreverse con improvisaciones mal urdidas, rehúye ahora la dificultad invitando a los subordinados a expresarse, lo que, como también sabemos, es otra manera, más moderna, de ser jefe. Lo que dijeron los miembros de la mesa y los delegados de los partidos, salvo el del pdi, que, a falta de informaciones propias, estaba allí para oír, fue, o que a los familiares no les apetecía nada calarse hasta los huesos y esperaban que el cielo se decidiese a escampar para animar la votación popular, o que, como la mujer del secretario, pensaban votar durante el periodo de la tarde. El vocal de la puerta era el único que se mostraba satisfecho, se le veía en la cara la complaciente expresión de quien tiene motivo para enorgullecerse de sus méritos, lo que, traducido en palabras, da lo siguiente, En mi casa no ha respondido nadie, eso significa que ya vienen de camino. El presidente volvió a sentarse en su lugar y la espera recomenzó.

Casi una hora después entró el primer elector. Contra la expectativa general y para desaliento del vocal de la puerta, era un desconocido. Dejó el paraguas escurriendo en la entrada de la sala y, cubierto por una capa de plástico lustrosa por el agua, calzando botas de goma, avanzó hacia la mesa. El presidente se levantó con una sonrisa en los labios, este elector, hombre de edad avanzada, pero todavía robusto, anunciaba el regreso a la normalidad, a la habitual fila de cumplidores ciudadanos que avanzan lentamente, sin impaciencia, conscientes, como dijo el delegado del pdd, de la transcendente importancia de estas elecciones municipales. El hombre le entregó al presidente su carnet de identidad y el documento que lo acreditaba como elector, éste anunció con voz vibrante, casi feliz, el número del carnet y el nombre de su poseedor, los vocales encargados de la anotación hojearon las listas del censo, repitieron, cuando los encontraron, nombre y número, los marcaron con la señal de haber votado, después, siempre pingando agua, el hombre se dirigió a la cabina de voto con las papeletas, en seguida volvió con un papel doblado en cuatro, se lo entregó al presidente, que lo introdujo con aire solemne en la urna, recibió los documentos y se retiró, llevándose el paraguas. El segundo elector tardó diez minutos en aparecer, pero, a partir de él, si bien con cuentagotas, sin entusiasmo, como hojas otoñales desprendiéndose lentamente de las ramas, las papeletas fueron cayendo en la urna. Por más que el presidente y los vocales dilataran las operaciones de verificación, la fila no llegaba a formarse, se encontraban, como mucho, tres o cuatro personas esperando su turno, y de tres o cua-

23

tro personas nunca se hará, por más que se esfuercen, una fila digna de ese nombre. Cuánta razón tenía yo, observó el delegado del pdm, la abstención será terrible, masiva, nadie conseguirá entenderse después de esto, la única solución será repetir las elecciones, Puede ser que el temporal remita, dijo el presidente, y, mirando el reloj, murmuró como si rezase, Es casi mediodía. Resoluto, aquel a quien le hemos dado el nombre de vocal de la puerta se levantó, Si el señor presidente me lo permite, voy a ver cómo está el tiempo, ahora que no hay nadie para votar. No tardó nada más que un instante, fue en un vuelo y volvió nuevamente feliz, anunciando la buena noticia, Formidable, llueve mucho menos, casi nada, y ya comienzan a verse claros en el cielo. Poco faltó para que los miembros de la mesa y los delegados de los partidos se fundieran en un abrazo, pero la alegría tuvo corta duración. El monótono goteo de electores no se alteró, llegaba uno, llegaba otro, llegaron la esposa, la madre y una tía del vocal de la puerta, llegó el hermano mayor del delegado del pdd, llegó la suegra del presidente, que, quebrando el respeto que se debe a un acto electoral, informó al abatido yerno de que la hija sólo aparecería hacia el final de la tarde, Dijo que estaba pensando ir al cine, añadió cruel, llegaron los padres del presidente suplente, llegaron otros que no pertenecían a estas familias, entraban indiferentes, salían indiferentes, el ambiente sólo se animó un poco cuando aparecieron dos políticos del pdd, minutos después uno del pdm, y como por encanto, una cámara de televisión salida de la nada tomó imágenes y regresó hacia la nada, un periodista solicitó permiso para realizar una pregunta, Cómo está transcurriendo la jornada, y el presidente respondió, Podría ser mejor, pero, ahora que el tiempo parece aclarar, estamos seguros de que la afluencia de electores aumentará, La impresión que hemos recogido en otros colegios electorales de la ciudad es que la abstención va a ser muy alta esta vez, observó el periodista, Prefiero ver las cosas con optimismo, tener una visión positiva de la influencia de la meteorología en el funcionamiento de los mecanismos electorales, bastará que no llueva durante la tarde para que consigamos recuperar lo que el temporal de esta mañana intentó robarnos. El periodista salió satisfecho, la frase era bonita, podría dar, por lo menos, un subtítulo para el reportaje. Y, porque era hora de dar satisfacción al estómago, los miembros de la mesa y los interventores de los partidos se organizaron en turnos para, con un ojo puesto en las listas electorales y otro en el bocadillo, comer allí mismo.

Había dejado de llover, pero nada hacía prever que las cívicas esperanzas del presidente llegaran a ser satisfactoriamente coronadas por el contenido de una urna en la que los votos, hasta ahora, apenas llegaban para alfombrar el fondo. Todos los presentes pensaban lo mismo, las elecciones eran ya un tremendo fracaso político. El tiempo pasaba. Las tres y media de la tarde sonaban en el reloj de la torre cuando la esposa del secretario entró a votar.

Marido y mujer se sonrieron el uno al otro con discreción, pero también con un toque sutil de indefinibles complicidades, una sonrisa que causó al presidente de la mesa una incómoda crispación interior, tal vez el dolor de la envidia al saber que nunca llegaría a ser parte de una sonrisa como aquélla. Todavía seguía doliéndole en un repliegue cualquiera de la carne, en un recoveco cualquiera del espíritu cuando, treinta minutos después, mirando el reloj, se preguntaba a sí mismo si la mujer habría acabado yendo al cine. Se va a presentar, si es que se presenta, a última hora, en el último minuto, pensó. Las maneras de conjurar el destino son muchas y casi todas vanas, y ésta, obligarse a pensar lo peor confiando en que suceda lo mejor, siendo de las más vulgares, podría ser una tentativa merecedora de consideración, pero no dará resultado en el caso presente porque de fuente digna de todo crédito sabemos que la mujer del presidente de la mesa ha ido al cine y que, por lo menos hasta este momento, no ha decidido si vendrá a votar. Felizmente, la ya otras veces invocada necesidad de equilibrio que ha sostenido el universo en sus carriles y a los planetas en sus trayectorias, determina que siempre que se quite algo de un lado se ponga en el otro algo que más o menos le corresponda, a poder ser de la misma calidad y en la misma proporción, a fin de que no se acumulen las quejas por diferencias de tratamiento. De otro modo no se comprendería por qué motivo, a las cuatro de la tarde, precisamente a una hora que no es ni mucho ni poco, que no es carne ni pescado, los electores que hasta entonces se habían quedado en la tranquilidad de sus hogares, ignorando ostensiblemente la obligación electoral, comenzaron a salir a la calle, la mayoría por sus propios medios, otros con la ayuda benemérita de bomberos y de voluntarios ya que los lugares donde vivían aún se encontraban inundados e intransitables, y todos, todos, los sanos y los enfermos, aquéllos por su pie, éstos en sillas de ruedas, en camillas, en ambulancias, confluían hacia sus respectivos colegios electorales como ríos que no conocen otro camino que no sea el del mar. A las personas escépticas, o simplemente desconfiadas, esas que sólo están inclinadas a creer en los prodigios de los que esperan extraer algún provecho, deberá de parecerles que la arriba mencionada necesidad de equilibrio del universo está siendo descaradamente falseada en la presente circunstancia, que la artificiosa duda sobre si la mujer del presidente de la mesa vendrá o no a votar es, a todas luces, demasiado insignificante desde el punto de vista cósmico para que sea necesario compensarla, en una ciudad entre tantas del mundo terreno, con la movilización inesperada de miles y miles de personas de todas las edades y condiciones sociales que, sin haberse puesto previamente de acuerdo sobre sus diferencias políticas e ideológicas, han decidido, por fin, salir de casa para votar. Quien de esta manera argumente olvida que el universo tiene sus leyes, todas ellas extrañas a los contradictorios sueños y deseos de la humanidad, y en cuya formulación no tenemos más arte ni parte que las palabras con que burdamente las nombramos, y también que todo nos viene convenciendo de que las aplica en función de objetivos que trascienden y siempre trascenderán nuestra capacidad de entendimiento, y si, en este particular conjunto, la escandalosa desproporción entre algo que tal vez, por ahora sólo tal vez, acabe siendo robado a la urna, es decir, el voto de la supuestamente antipática esposa del presidente, y la marea alta de hombres y de mujeres que ya vienen de camino, nos parece difícil de aceptar a la luz de la más elemental justicia distributiva, pide la prudencia que durante algún tiempo suspendamos cualquier juicio definitivo y acompañemos con atención confiante el desarrollo de unos sucesos que apenas comienzan a delinearse. Precisamente lo que, arrebatados de entusiasmo profesional y de imparable ansiedad informativa, están ya haciendo los periodistas de radio, prensa y televisión, corriendo de un lado a otro, poniendo grabadoras y micrófonos ante la cara de las personas, preguntando Qué le ha hecho salir de casa a las cuatro para votar, no le parece increíble que todo el mundo haya bajado a la calle al mismo tiempo, oyendo respuestas secas o agresivas como Porque era la hora en que había decidido salir, Como ciudadanos libres, entramos y salimos a la hora que nos apetece, no tenemos que dar explicaciones a nadie sobre las razones de nuestros actos, Cuánto le pagan por hacer preguntas estúpidas, A quién le importa la hora en que salgo o no salgo de casa, En qué ley está escrito que tengo obligación de atender a su pregunta, Sólo hablo en presencia de mi abogado. También hubo algunas personas bien educadas que respondieron sin la represora acrimonia de los ejemplos que acabamos de dar, pero incluso ésas fueron incapaces de satisfacer la ávida curiosidad periodística, se limitaban a encogerse de hombros diciendo, Tengo el máximo respeto por su trabajo y nada me gustaría más que ayudarle a publicar una buena noticia, desgraciadamente sólo puedo decirle que miré el reloj, vi que eran las cuatro y le dije a la familia Vamos, es ahora o nunca, Ahora o nunca, por qué, Pues ahí está el quid de la cuestión, me salió así la frase, Piénselo bien, haga un esfuerzo, No merece la pena, pregúntele a otra persona, tal vez ella lo sepa, Ya le he preguntado a cincuenta, Y qué, Ninguna me ha sabido dar respuesta, Pues ya ve, Pero no le parece una extraña coincidencia que hayan salido miles de personas de sus casas a la misma hora para ir a votar, Coincidencia, desde luego, pero extraña quizá no, Por qué, Ah, eso no lo sé. Los comentaristas que en las diversas televisiones seguían el proceso electoral, ofreciendo pálpitos ante la falta de datos ciertos de apreciación, infiriendo del vuelo y del canto de las aves la voluntad de los dioses, lamentando que ya no esté autorizado el sacrificio de animales para en sus vísceras descifrar los decretos del cronos y del hado, despertaron súbitamente del torpor en que las perspectivas más que sombrías del escrutinio los habían hecho zozobrar y, ciertamente porque les parecía indigno de su educativa misión desperdiciar tiempo discutiendo coincidencias, se lanzaron como lobos sobre el extraordinario ejemplo de civismo que la población de la capital estaba dando a todo el país en aquel momento, acudiendo en masa a las urnas cuando el fantasma de una abstención sin paralelo en la historia de nuestra democracia amenazaba gravemente la estabilidad no sólo del régimen, sino también, mucho más grave, del sistema. No iba tan lejos en temores la nota oficiosa emanada del ministerio del interior, pero el alivio del gobierno era patente en cada línea. En cuanto a los tres partidos en liza, el de la derecha, el del medio y el de la izquierda, ésos, después de echar cuentas rápidas de las ganancias y pérdidas que resultarían de tan inesperado movimiento de ciudadanos, hicieron públicas declaraciones de congratulación en las cuales, entre otras lindezas estilísticas del mismo jaez, se afirmaba que la democracia estaba de enhorabuena. También en términos semejantes, punto más, coma menos, se expresaron, con la bandera nacional izada detrás, primero, el jefe de estado en su palacio, después el primer ministro en su palacete. A la puerta de los lugares de voto, las filas de electores, de tres en fondo, daban la vuelta a la manzana hasta perderse de vista.

Como los demás presidentes de mesa de la ciudad, este de la asamblea electoral número catorce tenía clara conciencia de que estaba viviendo un momento histórico único. Cuando ya iba la noche muy avanzada, después de que el ministerio del interior hubiera prorrogado dos horas el término de la votación, periodo al que fue necesario añadirle media hora más para que los electores que se apiñaban dentro del edificio pudiesen ejercer su derecho de voto, cuando por fin los miembros de la mesa y los interventores de los partidos, extenuados y hambrientos, se encontraron delante de la montaña de papeletas que habían sido extraídas de las dos urnas, la segunda requerida de urgencia al ministerio, la grandiosidad de la tarea que tenían por delante los hizo estremecerse de una emoción que no dudaremos en llamar épica, o heroica, como si los manes de la patria, redivivos, se hubiesen mágicamente materializado en aquellos papeles. Uno de esos papeles era el de la mujer del presidente. Vino conducida por un impulso que la obligó a salir del cine, pasó horas en una fila que avanzaba con la lentitud del caracol, y cuando finalmente se encontró frente al marido, cuando oyó pronunciar su nombre, sintió en el corazón algo que tal vez fuese la sombra de una felicidad antigua, nada más que la sombra, pero, aun así, pensó que sólo por eso había merecido la pena venir aquí. Pasaba de la medianoche cuando el escrutinio terminó. Los votos válidos no llegaban al veinticinco por ciento, distribuidos entre el partido de la derecha, trece por ciento, partido del medio, nueve por ciento, y partido de la izquierda, dos y medio por ciento. Poquísimos los votos nulos, poquísimas las abstenciones. Todos los otros, más del setenta por ciento de la totalidad, estaban en blanco.

El desconcierto, la estupefacción, pero también la burla y el sarcasmo, barrieron el país de una punta a otra. Los municipios de la provincia, donde las elecciones transcurrieron sin accidentes ni sobresaltos, salvo algún que otro ligero retraso ocasionado por el mal tiempo, y cuyos resultados no variaban de los de siempre, tantos votantes ciertos, tantos abstencionistas empedernidos, nulos y blancos sin significado especial, esos municipios, a los que el triunfalismo centralista había humillado cuando se pavoneó ante el país como ejemplo del más límpido civismo electoral, podían ahora devolver la bofetada al que dio primero y reír de la estulta presunción de unos cuantos señores que creen que llevan al rey en la barriga sólo porque la casualidad los hizo vivir en la capital. Las palabras Esos señores, pronunciadas con un movimiento de labios que rezumaba desdén en cada sílaba, por no decir en cada letra, no se dirigían contra las personas que, habiendo permanecido en casa hasta las cuatro de la tarde, de repente acudieron a votar como si hubiesen recibido una orden a la que no podían ofrecer resistencia, apuntaban, sí, al gobierno que cantó victoria antes de tiempo, a los partidos que comenzaron a manejar los votos en blanco como si fuesen una viña por vendimiar y ellos los vendimiadores, a los periódicos y otros medios de comunicación social por la facilidad con que pasan de los aplausos del capitolio a despeñar desde la roca tarpeya, como si ellos mismos no formaran parte activa en la preparación de los desastres.

Alguna razón tenían los zumbones de provincias, pero no tanta cuanta creían. Bajo la agitación política que recorre toda la capital como un reguero de pólvora en busca de su bomba se nota una inquietud que evita manifestarse en voz alta, salvo si está entre sus pares, una persona con sus íntimos, un partido con su aparato, el gobierno consigo mismo, Qué sucederá cuando se repitan las elecciones, ésta es la pregunta que se hace en voz baja, contenida, sigilosa, para no despertar al dragón que duerme. Hay quien opina que es mejor no atizar la vara en el lomo del animal, dejar las cosas como están, el pdd en el gobierno, el pdd en el ayuntamiento, hacer como que nada ha sucedido, imaginar, por ejemplo, que ha sido declarado el estado de excepción en la capital y que por tanto se encuentran suspendidas las garantías constitucionales, y, pasado cierto tiempo, cuando el polvo se haya asentado, cuando el nefasto suceso haya entrado en el rol de los pretéritos olvidados, entonces, sí, preparar las nuevas elecciones, comenzando por una bien estudiada campaña electoral, rica en juramentos y promesas, al mismo tiempo que se prevenga por todos los medios, y sin remilgos ante cualquier pequeña o mediana ilegalidad, la posibilidad de que se pueda repetir el fenómeno que ya ha merecido por parte de un reputado especialista en estos asuntos la clasificación de teratología político social. También están los que expresan una opinión diferente, arguyen que las leyes son sagradas, que lo que está escrito es para que se cumpla, le duela a quien le duela, y que si entramos por la senda de los subterfugios y por el atajo de los apaños por debajo de la mesa iremos directos al caos y a la disolución de las conciencias, en suma, si la ley estipula que en caso de catástrofe natural las elecciones se repitan ocho días después, pues que se repitan ocho días después, es decir, ya el próximo domingo, y sea lo que dios quiera, que para eso está. Obsérvese, no obstante, que los partidos, al expresar sus puntos de vista, prefieren no arriesgar demasiado, dan una en el clavo y otra en la herradura, dicen que sí, pero que también. Los dirigentes del partido de la derecha, que forma gobierno y preside el ayuntamiento, parten de la convicción de que ese triunfo, indiscutible, dicen ellos, les servirá la victoria en bandeja de plata, por lo que adoptaron una táctica de serenidad teñida de tacto diplomático, confiando en el sano criterio del gobierno, a quien incumbe hacer cumplir la ley, Como es lógico y natural en una democracia consolidada, como la nuestra, rematan. Los del partido del medio también pretenden que la ley sea respetada, pero reclaman del gobierno algo que de antemano saben que es totalmente imposible de satisfacer, esto es, el establecimiento y la aplicación de medidas rigurosas que aseguren la normalidad absoluta del acto electoral, pero, sobre todo, imagínense, de los respectivos resultados, De manera que en esta ciudad, alegan, no pueda repetirse el espectáculo vergonzoso que acabamos de dar ante la patria y el mundo. En cuanto al partido de la izquierda, después de que se reunieran sus máximos órganos directivos y tras un largo debate, elaboró e hizo público un comunicado en el que expresaba su más firme esperanza de que el acto electoral que se avecinaba haría nacer, objetivamente, las condiciones políticas indispensables para el advenimiento de una nueva etapa de desarrollo y de amplio progreso social. No juraron que esperaban ganar las elecciones y gobernar el ayuntamiento, pero se sobreentendía. Por la noche, el primer ministro fue a la televisión para anunciarle al pueblo que, de acuerdo con las leyes vigentes, las elecciones municipales se repetirían el domingo próximo, iniciándose, por tanto, a partir de las veinticuatro horas de hoy, un nuevo periodo de campaña electoral de cuatro días de duración, hasta las veinticuatro horas del viernes. El gobierno, añadió dándole al semblante un aire grave y acentuando con intención las sílabas fuertes, confía en que la población de la capital, nuevamente llamada a votar, sabrá ejercer su deber cívico con la dignidad y el decoro con que siempre lo hizo en el pasado, dándose así por írrito y nulo el lamentable acontecimiento en que, por motivos todavía no del todo aclarados, pero que se encontraban en curso de investigación, el habitual preclaro criterio de los electores de esta ciudad se vio inesperadamente confundido y desvirtuado. El mensaje del jefe de estado queda para el cierre de campaña, en la noche del viernes, pero la frase de remate ya ha sido elegida, El domingo, queridos compatriotas, será un hermoso día.

Fue realmente un día hermoso. Por la mañana temprano, estando el cielo que nos cubre y protege en todo su esplendor, con un sol de oro fulgurante en fondo de cristal azul, según las inspiradas palabras de un reportero de televisión, comenzaron los electores a salir de sus casas camino de los respectivos colegios electorales, no en masa ciega, como se dice que sucedió hace una semana, aunque, pese a ir cada uno por su cuenta, fue con tanto apuramiento y diligencia que todavía las puertas no estaban abiertas y ya extensísimas filas de ciudadanos aguardaban su vez. No todo, desgraciadamente, era honesto y límpido en las tranquilas reuniones. No había ni una fila, una sola entre las más de cuarenta diseminadas por toda la ciudad, en la que no se encontraran uno o más espías con la misión de escuchar y grabar los comentarios de los electores, convencidas como estaban las autoridades policiales de que una espera prolongada, tal como sucede en los consultorios médicos, induce a que se suelten las lenguas más pronto o más tarde, aflorando a la luz, aunque sea con una simple media palabra, las intenciones secretas que animan el espíritu de los electores. En su gran mayoría los espías son profesionales, pertenecen a los servicios secretos, pero también los hay procedentes del voluntariado, patriotas aficionados al espionaje que se presentan por vocación de servicio, sin remuneración, palabras, todas éstas, que constan en la declaración juramentada que han firmado, o, y no son pocos los casos, también están los que se ofrecen por el morboso placer de la denuncia. El código genético de eso a lo que, sin pensar mucho, nos contentamos con llamar naturaleza humana, no se agota en la hélice orgánica del ácido desoxirribonucleico, o adn, tenemos mucho más que decirle y tiene mucho más que contarnos, pero ésa, hablando de forma figurada, es la espiral complementaria que todavía no conseguimos hacer salir del parvulario, pese a la multitud de psicólogos y analistas de las más diversas escuelas y calibres que se han dejado las uñas intentando abrir sus cerrojos. Estas científicas consideraciones, por muy valiosas que sean ya y por muy prospectivas que puedan serlo en el futuro, no nos debieran hacer olvidar las inquietantes realidades de hoy, como la que acabamos de percibir ahora mismo, y es que no sólo están por ahí los espías, con cara de distraídos, escuchando y grabando solapadamente lo que se dice, hay también automóviles deslizándose suavemente a lo largo de la fila como quien busca un sitio donde estacionar, y que llevan dentro, invisibles a las miradas, cámaras de vídeo de alta definición y micrófonos de última generación capaces de transferir a un cuadro gráfico las emociones que aparentemente se ocultan en el susurrar diverso de un grupo de personas que creen, cada una de ellas, que está pensando en otra cosa. Se ha grabado la palabra, pero también el diseño de la emoción. Ya nadie puede estar seguro. Hasta el momento en que se abrieron las puertas de las secciones electorales y las filas comenzaron a moverse las grabadoras no habían podido captar nada más que frases insignificantes, banalísimos comentarios sobre la belleza de la mañana y la amena temperatura o sobre el desayuno ingerido a toda prisa, breves diálogos sobre la importante cuestión de cómo dejar seguros a los hijos mientras las madres acuden a votar, Se ha quedado el padre cuidándolos, la única solución es que nos relevemos, ahora estoy yo, después vendrá él, claro que hubiéramos preferido votar juntos, pero no es posible, y lo que no tiene remedio, ya se sabe, remediado está, Nuestro hijo más pequeño se quedó con la hermana mayor que todavía no está en edad de votar, sí, éste es mi marido, Encantado de conocerle, Igualmente, Qué hermosa mañana, Realmente parece que ha sido hecha a propósito, Algún día tendría que suceder. A pesar de la agudeza auditiva de los micrófonos que pasaban y volvían a pasar, coche blanco, coche azul, coche verde, coche rojo, coche negro, con las antenas balanceándose por la brisa matinal, nada explícitamente sospechoso asomaba la cabeza bajo la piel de expresiones tan inocentes y coloquiales como éstas, por lo menos en apariencia. Con todo, no era necesario tener un doctorado en suspicacia o un diploma en desconfianza para olfatear algo particular en las dos últimas frases, la de la mañana que parecía haber sido hecha a propósito, y en especial la segunda, la de que algún día tendría que suceder, ambigüedades acaso involuntarias, acaso inconscientes, pero, por eso mismo, potencialmente más peligrosas, que convendría contrastar con el análisis minucioso del tono en que las dichas palabras fueron proferidas, pero sobre todo con la gama de resonancias por ellas generadas, nos referimos a los subtonos, sin cuya consideración, de creer en recientes teorías, el grado de comprensión de cualquier discurso oralmente expresado será siempre insuficiente, incompleto, limitado. Al espía que casualmente se encontraba allí, así como a todos sus colegas, le habían sido dadas instrucciones preventivas muy precisas sobre cómo actuar en casos como éste. Debería no distanciarse del sospechoso, debería colocarse en tercera o cuarta posición tras él en la fila de votantes, debería, como doble garantía, a pesar de la sensibilidad del magnetofón que lleva escondido, retener en la memoria el nombre y el número de elector cuando el presidente de la mesa los pronuncie en voz alta, debería simular que se había olvidado de algo y retirarse discretamente de la fila, salir a la calle, comunicar por teléfono lo ocurrido a la central de información y, por fin, volver al terreno de caza, tomando nuevamente lugar en la fila. En el exacto sentido de los términos, no se puede comparar esta acción a un ejercicio de tiro al blanco, lo que se espera aquí es que el azar, el destino, la suerte, o como diablos se le quiera llamar, ponga el blanco delante del tiro.

Las noticias llovían en la central a medida que el tiempo iba pasando, sin embargo, en ningún caso revelaban de una forma clara y por tanto irrebatible en el futuro la intención de voto del elector cazado, lo que abundaba en la lista eran frases del tipo de las mencionadas más arriba, y hasta la que se presentaba como más sospechosa, Algún día tendría que suceder, perdería mucho de su aparente peligrosidad si la restituyésemos a su contexto, nada más que una conversación entre dos hombres sobre el reciente divorcio de uno de ellos, conducida con medias palabras para no excitar la curiosidad de las personas próximas, y que había terminado de ese modo, un tanto rencoroso, un tanto resignado, aunque el trémulo suspiro que salió del pecho del hombre que se acababa de divorciar, si fuese la sensibilidad el mejor atributo del oficio de espía, lo habría colocado claramente en el cuadrante de la resignación. Que el espía no lo hubiese considerado digno de nota, que el magnetofón no lo hubiera captado, son fallos humanos y desaciertos tecnológicos cuya simple eventualidad el buen juez, sabiendo lo que son los hombres y no ignorando lo que son las máquinas, tendría el deber de considerar, incluso cuando, y eso sí sería magníficamente justo, aunque a primera vista pueda parecer escandaloso, no existiese en la materia del proceso la más pequeña señal de no culpabilidad del acusado. Temblamos al pensar lo que mañana le puede suceder a ese inocente si lo interrogan, Reconoce que le dijo a la persona que estaba con usted Algún día tendría que suceder, Sí, lo reconozco, Piense bien antes de responder, a qué se refería con esas palabras, Hablábamos de mi separación, Separación, o divorcio, Divorcio, Y cuáles eran, cuáles son sus sentimientos con respecto a tal divorcio, Creo que un poco de rabia, un poco de resignación, Más rabia, o más resignación, Más resignación, supongo, No le parece que, en ese caso, lo más natural hubiera sido soltar un suspiro, sobre todo si está hablando con un amigo, No puedo jurar que no haya suspirado, no me acuerdo, Pues nosotros tenemos la certeza de que no suspiró, Cómo lo saben, si no estaban allí, Y quién le dice que no estábamos, Tal vez mi amigo recuerde si me oyó suspirar, es cuestión de preguntarle, Por lo visto su amistad con él no es muy grande, Qué quiere decir, Que invocar aquí a su amigo es crearle problemas, Ah, eso no, Muy bien, Puedo irme, Qué ideas tiene, hombre, no se precipite, primero tendrá que responder a la pregunta que le hemos hecho, Qué pregunta, En qué estaba pensando realmente cuando le dijo a su amigo las tales palabras, Ya he respondido, Denos otra respuesta, ésa no sirve, Es la única que les puedo dar porque es la verdadera, Eso es lo que usted se cree, Claro que me puedo poner a inventar, Hágalo, a nosotros no nos importa nada que invente las respuestas que entienda, con tiempo y paciencia, más la aplicación adecuada de ciertas técnicas, acabará llegando a lo que pretendemos oír, Díganme qué es y acabemos con esto, Ah no, así no tiene ninguna gracia, qué imagen se llevaría de nosotros, querido señor, nosotros tenemos una dignidad científica que respetar, una conciencia profesional que defender, para nosotros es muy importante que seamos capaces de demostrarles a nuestros superiores que merecemos el dinero que nos pagan y el pan que comemos, Estoy perdido, No tenga prisa.

La impresionante tranquilidad de los votantes en las calles y dentro de los colegios electorales no se correspondía con la disposición de ánimo en los gabinetes de los ministros y en las sedes de los partidos. La cuestión que más les preocupa a unos y a otros es hasta dónde alcanzará esta vez la abstención, como si en ella se encontrara la puerta de salvación para la difícil situación social y política en que el país se encuentra inmerso desde hace una semana. Una abstención razonablemente alta, o incluso por encima de la máxima verificada en las elecciones anteriores, mientras no sea exagerada, significaría que habríamos regresado a la normalidad, la conocida rutina de los electores que nunca creen en la utilidad del voto e insisten contumazmente en su ausencia, la de los otros que prefieren aprovechar el buen tiempo para pasar el día en la playa o en el campo con la familia, o la de aquellos que, sin ningún motivo, salvo la invencible pereza, se quedan en casa. Si la afluencia a las urnas, masiva como en las elecciones anteriores, ya mostraba, sin margen para ninguna duda, que el porcentaje de abstenciones sería reducidísimo, o incluso prácticamente nulo, lo que más confundía a las instancias oficiales, lo que estaba a punto de hacerles perder la cabeza, era el hecho de que los electores, salvo escasas excepciones, respondieran con un silencio impenetrable a las preguntas de los encargados de los sondeos sobre el sentido de su voto, Es sólo a efectos estadísticos, no tiene que identificarse, no tiene que decir cómo se llama, insistían, pero ni por ésas conseguían convencer a los desconfiados votantes. Ocho días antes los periodistas consiguieron que les respondieran, es cierto que con tono ora impaciente, ora irónico, ora desdeñoso, respuestas que en realidad eran más un modo de callar que otra cosa, pero al menos se intercambiaban algunas palabras, un lado preguntaba, otro hacía como que, nada parecido a este espeso muro de silencio, como un misterio de todos que todos hubieran jurado defender. A mucha gente ha de parecerle singular, asombrosa, por no decir imposible de suceder, esta coincidencia de procedimiento entre tantos y tantos millares de personas que no se conocen, que no piensan de la misma manera, que pertenecen a clases o estratos sociales diferentes, que, en suma, estando políticamente colocadas en la derecha, en el centro o en la izquierda, cuando no en ninguna parte, decidieran, cada una por sí misma, mantener la boca cerrada hasta el recuento de los votos, dejando para más tarde la revelación del secreto. Esto fue lo que, con mucha esperanza de acertar, quiso anticiparle el ministro del interior al primer ministro, esto fue lo que el primer ministro se apresuró a transmitirle al jefe de estado, el cual, con más edad, con más experiencia y más encallecido, con más mundo visto y vivido, se limitó a responder en tono de sorna, Si no están dispuestos a hablar ahora, deme una buena razón para que quieran hablar después. El cubo de agua fría del supremo magistrado de la nación no hizo que el primer ministro y el ministro del interior perdieran el ánimo, no los lanzó a las garras de la desesperación porque, verdaderamente, no tenían nada a que agarrarse, aunque por poco tiempo. No quiso el ministro del interior informar de que, por temor a posibles irregularidades en el acto electoral, previsión que los propios hechos, entre tanto, ya se encargaron de desmentir, había mandado hacer guardia en todos los colegios electorales de la ciudad a dos agentes de paisano de corporaciones diferentes, ambos acreditados para inspeccionar las operaciones de escrutinio, pero también encargados, cada uno de ellos, de mantener vigilado al colega, por si se diera el caso de que se escondiera ahí alguna complicidad honradamente militante, o simplemente negociada en la lonja de las pequeñas traiciones. De esta manera, entre espías y vigilantes, entre magnetofones y cámaras de vídeo, todo parecía seguro y bien seguro, a cubierto de cualquier interferencia maligna que desvirtuase la pureza del acto electoral, y ahora, acabado el juego, no quedaba nada más que cruzar los brazos y esperar la sentencia final de las urnas. Cuando en el colegio electoral número catorce, a cuyo funcionamiento tuvimos la enorme satisfacción de consagrar, en homenaje a esos dedicados ciudadanos, un capítulo completo, sin omitir ciertos problemas íntimos de la vida de alguno de ellos, cuando en todos los colegios restantes, desde el número uno al número trece y desde el número quince al número cuarenta y cuatro, los respectivos presidentes volcaban los votos en las largas tablas que servían de mesas, un rumor impetuoso de avalancha atravesó la ciudad. Era el preludio del terremoto político que no tardaría en producirse. En las casas, en los cafés, en las tabernas y en los bares, en todos los lugares públicos y privados donde hubiese un televisor o una radio, los habitantes de la capital esperaban, más tranquilos unos que otros, el resultado final del escrutinio. Nadie compartía confidencias con su vecino acerca de su voto, los amigos más cercanos guardaban silencio, las personas más locuaces parecían haberse olvidado de las palabras. A las diez de la noche, finalmente, apareció en televisión el primer ministro. Venía con el rostro demudado, con ojeras profundas, efecto de una semana entera de noches mal dormidas, pálido a pesar del maquillaje tipo buena salud. Traía un papel en la mano, pero casi no lo leyó, apenas le lanzó alguna que otra mirada para no perder el hilo del discurso, Queridos conciudadanos, dijo, el resultado de las elecciones que hoy se han realizado en la capital es el siguiente, partido de la derecha, ocho por ciento, partido del medio, ocho por ciento, partido de la izquierda, uno por ciento, abstenciones, cero, votos nulos, cero, votos en blanco, ochenta y tres por ciento. Hizo una pausa para acercarse a los labios el vaso de agua que tenía al lado y prosiguió, El gobierno, reconociendo que la votación de hoy confirma, agravándola, la tendencia verificada el pasado domingo y estando unánimemente de acuerdo sobre la necesidad de una seria investigación de las causas primeras y últimas de tan desconcertantes resultados, considera, tras deliberar con su excelencia el jefe de estado, que su legitimidad para seguir en funciones no ha sido puesta en causa, ya que la convocatoria ahora concluida era sólo local, y porque además reivindica y asume como su imperiosa y urgente obligación investigar hasta las últimas consecuencias los anómalos acontecimientos de que fuimos, durante la última semana, aparte de atónitos testigos, temerarios actores, y si, con el más profundo pesar, pronuncio esta palabra, es porque los votos en blanco, que han asestado un golpe brutal a la normalidad democrática en que transcurría nuestra vida personal y colectiva, no cayeron de las nubes ni subieron de las entrañas de la tierra, estuvieron en el bolsillo de ochenta y tres de cada cien electores de esta ciudad, los cuales, con su propia, pero no patriótica mano, los depositaron en las urnas. Otro trago de agua, éste más necesario porque la boca se le ha secado de repente, Todavía estamos a tiempo de enmendar el error, no a través de nuevas elecciones, que en el estado actual podrían ser, aparte de inútiles, contraproducentes, sino a través del riguroso examen de conciencia al que, desde esta tribuna pública, convoco a los habitantes de la capital, todos ellos, a unos para que puedan protegerse mejor de la terrible amenaza que flota sobre sus cabezas, a otros, sean culpables, sean inocentes de intención, para que se corrijan de la maldad a que se dejaron arrastrar a saber por quién, bajo pena de convertirse en blanco directo de las sanciones previstas en el ámbito del estado de excepción cuya declaración, tras consulta, mañana mismo, al parlamento, que para el efecto se reunirá en sesión extraordinaria, y obtenida, como se espera, su aprobación unánime, el gobierno va a solicitar a su excelencia el jefe del estado. Cambio de tono, brazos medio abiertos, manos alzadas hasta la altura de los hombros, El gobierno de la nación tiene la certidumbre de interpretar la fraternal voluntad de unión del resto del país, ese que con un sentido cívico merecedor de todos los elogios cumplió con normalidad su deber electoral, y ahora, como padre amantísimo, recuerda, a los electores de la capital desviados del recto camino, la lección sublime de la parábola del hijo pródigo y les dice que para el corazón humano no existe falta que no pueda ser perdonada, siendo sincera la contrición, siendo el arrepentimiento total. La última frase de efecto del primer ministro, Honrad a la patria, que la patria os contempla, con redoble de tambores y clarines sonantes, rebuscada en los sótanos de la más decadente retórica patrimonial, quedó deslucida por un Buenas noches que sonó a falso, es lo que tienen de bueno las palabras simples, que no saben engañar.

En los lugares, casas, bares, tabernas, cafés, restaurantes, asociaciones o sedes políticas donde se encontraban votantes del partido de la derecha, del partido del medio e incluso del partido de la izquierda, la comunicación del primer ministro fue ampliamente comentada, claro que, como es natural, de manera diferente y con matizaciones diversas. Los más satisfechos con la performance, a ellos pertenece el bárbaro término, no a quien esta fábula viene narrando, eran los del pdd, que, con aire de superioridad, entre guiños, se felicitaban por la excelencia de la técnica que el jefe había empleado, esa que ha sido designada con la curiosa expresión del palo y la zanahoria, predominantemente aplicada a los asnos y a las mulas en tiempos antiguos, pero que la modernidad, con resultados más que apreciables, reutiliza para uso humano. Algunos, tipo fierabrás y matamoros, consideraban que el primer ministro debería haber terminado el discurso en el punto en que anunció la declaración inminente del estado de excepción, que todo lo que dijo después estaba de más, que con la canalla sólo la cachiporra, que si nos ponemos con paños calientes vamos apañados, que al enemigo ni agua, y otras fuertes expresiones de similar catadura. Los compañeros argumentaban que no era exactamente así, que el jefe tendría sus razones, pero estos pacifistas, como siempre ingenuos, ignoraban que la desabrida reacción de los intransigentes era una maniobra táctica que tenía como objetivo mantener despierta la vena combativa de la militancia. Para lo que dé y venga, era la consigna. Ya los del pdm, como oposición que eran, y aunque estando de acuerdo en lo fundamental, es decir, la necesidad urgente de depurar responsabilidades y castigar a los autores, o conspiradores, encontraban desproporcionada la instauración del estado de excepción, sobre todo sin saber cuánto tiempo iba a durar, y que, en último análisis, no tenía sentido suspender derechos a quien no había cometido otro crimen que ejercer precisamente uno de ellos. Cómo terminará todo esto, se preguntaban, si algún ciudadano decide recurrir al tribunal constitucional, Más inteligente y patriótico sería, agregaban, formar ya un gobierno de salvación nacional con representación de todos los partidos, porque, existiendo realmente una situación de emergencia colectiva, no es con un estado de excepción como ésta se resuelve, el pdd ha perdido los estribos, no tardará en caerse del caballo. También los militantes del pdi sonreían ante la posibilidad de que su partido llegase a formar parte de un gobierno de coalición, pero, entre tanto, lo que más les preocupaba era descubrir una interpretación del resultado electoral que consiguiese disimular la brutal caída de votos que el partido había sufrido, puesto que, alcanzado el cinco por ciento en las últimas elecciones generales realizadas y habiendo pasado al dos y medio en la primera ronda de éstas, se encontraba ahora con la miseria de un uno por ciento y un negro futuro por delante. El resultado del análisis culminó con la preparación de un comunicado en el que se insinuaba que no habiendo razones objetivas que obligasen a pensar que los votos en blanco pretendían atentar contra la seguridad del estado o contra la estabilidad del sistema, lo correcto sería presuponer una coincidencia casual entre la voluntad de cambio así manifestada y las propuestas de progreso contenidas en el programa del pdi. Nada más, todo eso.

Hubo también personas que se limitaron a desenchufar el aparato de televisión cuando el primer ministro terminó y después, antes de irse a la cama, se entretuvieron hablando de sus vidas, y otras hubo que pasaron el resto de la velada rompiendo y quemando papeles. No eran conspiradores, simplemente tenían miedo.

Al ministro de defensa, un civil que no había hecho el servicio militar, le supo a poco la declaración del estado de excepción, lo que él pretendía era un estado de sitio en serio, de los auténticos, un estado de sitio en la más exacta acepción de la palabra, duro, sin fallas de ningún tipo, como una muralla en movimiento capaz de aislar la sedición para luego derrotarla con un fulminante contraataque, Antes de que la pestilencia y la gangrena alcancen a la parte todavía sana del país, previno. El primer ministro reconoció que la gravedad de la situación era extrema, que la patria había sido víctima de un infame atentado contra los cimientos básicos de la democracia representativa, Yo lo llamaría una carga de profundidad lanzada contra el sistema, se permitió discordar el ministro de defensa, Así es, pero pienso, y el jefe de estado está de acuerdo con mi punto de vista, que, teniendo en cuenta los peligros de la conjura inmediata, de manera que se puedan variar los medios y los objetivos de la acción en cualquier momento que sea aconsejable, sería preferible que comenzáramos sirviéndonos de métodos discretos, menos ostentosos, por ventura más eficaces que mandar al ejército a que ocupe las calles, cierre el aeropuerto e instale barreras en las salidas de la ciudad, Y qué métodos son ésos, preguntó el ministro de los militares sin hacer el mínimo esfuerzo para disimular la contrariedad, Nada que no conozca ya, le recuerdo que también las fuerzas armadas tienen sus propios servicios de espionaje, A los nuestros les llamamos de contraespionaje, Da lo mismo, Sí, comprendo adónde quiere llegar, Sabía que comprendería, dijo el primer ministro, al mismo tiempo que le hacía una señal al ministro del interior. Éste tomó la palabra, Sin entrar aquí en ciertos pormenores de la operación que, como fácilmente se entenderá, constituyen materia reservada, digamos incluso top secret, el plan elaborado por mi ministerio se asienta, en líneas generales, en una amplia y sistemática acción de infiltración entre los ciudadanos, a cargo de agentes debidamente preparados, que pueda desvelarnos las razones de lo ocurrido y habilitarnos para tomar las medidas necesarias de modo que podamos extirpar el mal desde su nacimiento, Desde su nacimiento no diría, ya lo tenemos ahí, observó el ministro de justicia, Son formas de hablar, respondió con un leve tono de irritación el ministro del interior, que prosiguió, Es el momento de informar a este consejo, en total y absoluta confidencialidad, con perdón por la redundancia, de que los servicios de espionaje que se encuentran bajo mis órdenes, o mejor, que dependen del ministerio a mi cargo, no excluyen la posibilidad de que lo sucedido tenga sus verdaderas raíces en el exterior, que esto que vemos sea sólo la punta del iceberg de una gigantesca conjura internacional de desestabilización, probablemente de inspiración anarquista, la cual, por motivos que todavía ignoramos, habría elegido nuestro país como su primera cobaya, Extraña idea, dijo el ministro de cultura, por lo menos hasta donde mis conocimientos alcanzan, los anarquistas nunca han propuesto, ni siquiera en el campo de la teoría, cometer acciones de esas características y con esa envergadura, Posiblemente, acudió sarcástico el ministro de defensa, porque los conocimientos del querido colega todavía tienen como referencia temporal el idílico mundo de sus abuelos, desde entonces, por muy extraño que pueda parecerle, las cosas han cambiado mucho, hubo una época de nihilismos más o menos líricos, más o menos sangrientos, pero hoy lo que tenemos ante nosotros es terrorismo puro y duro, diverso en sus caras y expresiones, pero idéntico a sí mismo en su esencia, Cuidado con las exageraciones y las extrapolaciones demasiado fáciles, intervino el ministro de justicia, me parece arriesgado, por no decir abusivo, asimilar el terrorismo, para colmo con la clasificación de puro y duro, a la aparición de unos cuantos votos en blanco en las urnas, Unos cuantos votos, unos cuantos votos, balbuceó el ministro de defensa, casi paralizado de estupor, cómo es posible llamar unos cuantos votos a ochenta y tres votos de cada cien, díganme, cuando deberíamos comprender, ser conscientes de que cada uno de esos votos fue como un torpedo bajo la línea de flotación, Tal vez mis conocimientos sobre el anarquismo sean obsoletos, no digo que no, dijo el ministro de cultura, pero, por lo que puedo saber, aunque esté muy lejos de considerarme un especialista en combates navales, los torpedos apuntan siempre por debajo de la línea de flotación, es más, supongo que no tienen otro remedio, fueron fabricados para eso mismo. El ministro del interior se levantó de pronto como impelido por un muelle, iba a defender de la socarrona frase a su colega de defensa, denunciar tal vez el déficit de empatía política patente en aquel consejo, pero el jefe de gobierno descargó con la mano abierta un golpe seco en la mesa reclamando silencio y cortó, Los señores ministros de cultura y de defensa podrán seguir fuera el debate académico en que parecen tan empeñados, pero pido licencia para recordarles que si nos encontramos aquí reunidos, en esta sala que representa, más aún que el parlamento, el corazón de la autoridad y del poder democrático, es para que tomemos las decisiones que habrán de salvar al país, ése es nuestro desafío, de la más grave crisis con que ha tenido que enfrentarse a lo largo de una historia de siglos, por tanto creo que, ante tamaño reto, deberían evitar, por indignos de nuestras responsabilidades, los despropósitos verbales y las fútiles cuestiones de interpretación. Hizo una pausa, que nadie se atrevió a interrumpir, después prosiguió, Quiero dejarle claro al ministro de defensa que el hecho de que el jefe de gobierno se haya inclinado, en esta fase inicial del tratamiento de la crisis, por la aplicación del plan trazado por los servicios competentes del ministerio del interior no significa y nunca podría significar que el recurso a la declaración del estado de sitio haya sido definitivamente postergado, todo dependerá del rumbo que tomen los acontecimientos, de las reacciones de los habitantes de la capital, del pulso que tomemos al resto del país, del comportamiento no siempre previsible de la oposición, en particular, en este caso, del pdi, que ya tiene tan poco que perder que no tendrá inconveniente en apostar lo que le queda en una jugada de alto riesgo, No creo que debamos preocuparnos mucho de un partido que no ha conseguido nada más que un uno por ciento de los votos, observó el ministro del interior, encogiendo los hombros en señal de desdén, Ha leído su comunicado, preguntó el primer ministro, Naturalmente, leer comunicados políticos forma parte de mi trabajo, pertenece a mis obligaciones, es cierto que hay quien paga a asesores para que le pongan la comida masticada en el plato, pero yo soy de la escuela clásica, sólo me fío de mi cabeza aunque sea para equivocarme, Está olvidándose de que los ministros, en último análisis, son los asesores del jefe del gobierno, Y es un honor serlo, señor primer ministro, la diferencia, la gran diferencia consiste en que nosotros ya traemos la comida digerida, Bueno, dejemos la gastronomía y la química de los procesos digestivos y volvamos al comunicado del pdi, deme su opinión, qué le pareció, Se trata de una versión tosca, ingenua, del viejo precepto que manda que te unas a tu enemigo si no eres capaz de vencerlo, Y aplicado al caso presente, Aplicado al caso presente, señor primer ministro, si los votos no son tuyos, inventa la manera de que lo parezcan, Incluso así, conviene que nos mantengamos atentos, el truco puede tener algún efecto en la parte de la población más inclinada a la izquierda, Que en este momento no sabemos cuál es, dijo el ministro de justicia, parece que nos negamos a reconocer, en voz alta y mirándonos a los ojos, que la gran mayoría de los tales ochenta y tres por ciento son votantes nuestros y del pdm, deberíamos preguntarnos por qué han votado en blanco, ahí es donde reside lo grave de la situación, no en los sabios o ingenuos argumentos del pdi, Realmente, si nos fijamos bien, respondió el primer ministro, nuestra táctica no es muy diferente de la que está usando el pdi, es decir, puesto que la mayoría de esos votos no son tuyos, haz como que tampoco pertenecen a tus adversarios, Con otras palabras, dijo desde el extremo de la mesa el ministro de transportes y comunicaciones, andamos todos en lo mismo, Manera tal vez un poco expedita de definir la situación en que nos encontramos, nótese que hablo desde un estricto punto de vista político, pero no del todo falto de sentido, dijo el primer ministro y cerró el debate.

La rápida instauración del estado de excepción, como una especie de sentencia salomónica dictada por la providencia, cortó el nudo gordiano que los medios de comunicación social, sobre todo los periódicos, venían intentando desanudar con más o menos sutileza, con más o menos habilidad, pero siempre con el cuidado de que no se notase demasiado la intención, desde el infausto resultado de las primeras elecciones y, más dramáticamente, desde las segundas. Por un lado era su deber, tan obvio como elemental, condenar con energía teñida de indignación cívica, tanto en los editoriales como en artículos de opinión encomendados adrede, el irresponsable e inesperado proceder de un electorado que, enceguecido para con los superiores intereses de la patria por una extraña y funesta perversión, había enredado la vida política nacional de un modo jamás antes visto, empujándola hacia un callejón tenebroso del cual ni el más pintado lograba ver la salida. Por otro lado, era preciso medir cautelosamente cada palabra que se escribía, ponderar susceptibilidades, dar, por así decir, dos pasos adelante y uno atrás, no fuera a suceder que los lectores se indispusieran con un periódico que pasaba a tratarlos como mentecatos y traidores después de tantos años de una armonía perfecta y asidua lectura. La declaración del estado de excepción, que permitía al gobierno asumir los poderes correspondientes y suspender de un plumazo las garantías constitucionales, vino a aliviar del incómodo peso y de la amenazadora sombra la cabeza de los directores y administradores. Con la libertad de expresión y de comunicación condicionadas, con la censura mirando por encima del hombro del redactor, se halló la mejor de las disculpas y la más completa de las justificaciones, Nosotros bien que querríamos, decían, proporcionar a nuestros estimados lectores la posibilidad, que también es un derecho, de acceder a una información y a una opinión exentas de interferencias abusivas e intolerables restricciones, particularmente en momentos tan delicados como los que estamos atravesando, pero la situación es ésta, y no otra, sólo quien siempre ha vivido de la honrada profesión de periodista sabe cuánto duele trabajar prácticamente vigilado durante las veinticuatro horas del día, además, y esto entre nosotros, quienes tienen la mayor parte de responsabilidad en lo que nos sucede son los electores de la capital, no los otros, los de provincias, desgraciadamente, para colmo, y a pesar de todos nuestros ruegos, el gobierno no nos permite que hagamos una edición censurada para aquí y otra libre para el resto del país, ayer mismo un alto funcionario del ministerio del interior nos decía que la censura bien entendida es como el sol, que cuando nace, nace para todos, para nosotros no es ninguna novedad, ya sabemos que así va el mundo, siempre son los justos quienes pagan por los pecadores. Pese a todas estas precauciones, tanto las de forma como las de contenido, pronto fue evidente que el interés por la lectura de los periódicos había decaído mucho. Movidos por la comprensible ansiedad de disparar y cazar en todas las direcciones, hubo periódicos que creyeron poder luchar contra el absentismo de los compradores salpicando sus páginas de cuerpos desnudos en nuevos jardines de las delicias, tanto femeninos como masculinos, en grupo o solos, aislados o en parejas, sosegados o en acción, pero los lectores, con la paciencia agotada por un fotomatón en que las variantes de color y hechura, aparte de mínimas y de reducido efecto estimulante, ya eran consideradas en la más remota antigüedad banales lugares comunes de la exploración de la libido, continuaron, por apatía, por indiferencia e incluso por náusea, haciendo bajar las tiradas y las ventas. Tampoco llegarían a tener influencia positiva en el balance cotidiano del debe y haber económico, claramente en marea baja, la búsqueda y la exhibición de intimidades poco aseadas, de escándalos y vergüenzas de toda especie, la incansable rueda de las virtudes públicas enmascarando los vicios privados, el carrusel festivo de los vicios privados elevados a virtudes públicas, al que hasta hace poco tiempo no le habían faltado ni los espectadores, ni los candidatos para dar dos vueltitas. Realmente parecía que la mayor parte de los habitantes de la ciudad estaban decididos a cambiar de vida, de gustos y de estilo. Su gran equivocación, como a partir de ahora se comenzará a entender mejor, fue haber votado en blanco. Puesto que habían querido limpieza, iban a tenerla.

Ésa era también la opinión del gobierno y, en particular, del ministro del interior. La elección de los agentes, unos procedentes de la secreta, otros de corporaciones públicas, que irían infiltrándose subrepticiamente en el seno de las masas, fue rápida y eficaz. Después de revelar, bajo juramento, como prueba de su carácter ejemplar de ciudadanos, el nombre del partido al que votaron y la naturaleza del voto expreso, después de firmar, también bajo juramento, un documento en el que repudiaban activamente la peste moral que ha infectado a una importante parcela de la población, la primera actividad de los agentes, de ambos sexos, nótese, para que no se diga, como de costumbre, que todo lo malo nace de los hombres, organizados en grupos de cuarenta como en una clase y orientados por monitores instruidos en la discriminación, reconocimiento e interpretación de soportes electrónicos grabados, tanto de imágenes como de sonido, la primera actividad, decíamos, consistió en cribar la enorme cantidad de material recogido por los espías durante las segundas elecciones, tanto el de los que se habían infiltrado en las filas para escuchar, como el de los que, con cámaras de vídeo y micrófonos, se paseaban en coches a lo largo de éstas. Comenzando por esta operación de rebusca en los intestinos informativos, se les proporcionaba a los agentes, antes de lanzarse con entusiasmo y olfato de perdiguero al trabajo de campo, una base inmediata de investigación a puerta cerrada, de cuyo tenor, páginas atrás, tuvimos la oportunidad de adelantar un breve aunque clarificador ejemplo, frases simples, corrientes, como las que siguen, En general no suelo votar, pero hoy me ha dado por ahí, A ver si esto sirve para algo que merezca la pena, Tanto va el cántaro a la fuente, que allí se deja el asa, El otro día también voté, pero sólo pude salir de casa a partir de las cuatro, Esto es como la lotería, casi siempre cae en blanco, A pesar de todo, hay que persistir, La esperanza es como la sal, no alimenta pero da sabor al pan, durante horas y horas estas y otras mil frases igualmente inocuas, igualmente neutras, igualmente inocentes de culpa, fueron desmenuzadas hasta la última sílaba, desgranadas, vueltas del revés, majadas en el almirez de las preguntas, Explíqueme qué cántaro es ése, Por qué el asa se suelta en la fuente y no durante el camino o en casa, Si no solía votar, por qué ha votado esta vez, Si la esperanza es como la sal, qué cree que debería hacerse para que la sal sea como la esperanza, Cómo resolvería la diferencia de color entre la esperanza, que es verde, y la sal, que es blanca, Cree realmente que la papeleta de voto es igual que un billete de lotería, Qué pretendía decir cuando usó la palabra blanco, y otra vez, Qué cántaro es ése, Fue a la fuente porque tenía sed, o para encontrarse con alguien, El asa del cántaro es símbolo de qué, Cuando pone sal en la comida está pensando que le pone esperanza, Por qué viste una camisa blanca, Finalmente, qué cántaro es ése, un cántaro real, o un cántaro metafórico, Y el barro, qué color tenía, era negro o rojo, Era liso, o tenía adornos, Tenía incrustaciones de cuarzo, Sabe qué es el cuarzo, Le ha tocado algún premio en la lotería, Por qué en las primeras elecciones sólo salió de casa a partir de las cuatro, cuando no llovía desde hacía más de dos horas, Quién es la mujer que está con usted en esta imagen, De qué se ríen con tanto gusto, No le parece que un acto tan importante como el de votar debería merecerle a todo elector con sentido de responsabilidad una expresión grave, seria, concentrada, o considera que la democracia da ganas de reír, O tal vez piense que da ganas de llorar, Qué le parece, de reír o de llorar, Hábleme nuevamente del cántaro, Dígame por qué no ha pensado en volver a pegarle el asa, existen pegamentos específicos, Significaría esa duda que a usted también le falta un asa, Cuál, Le gusta el tiempo que le ha tocado vivir, o habría preferido vivir en otro, Volvamos a la sal y la esperanza, qué cantidad de cada una será conveniente para no hacer incomible lo que se espera, Se siente cansado, Se quiere ir a casa, No tenga prisa, las prisas son pésimas consejeras, una persona no piensa bien la respuesta que va a dar y las consecuencias pueden ser las peores, No, no está perdido, vaya idea, por lo visto todavía no ha comprendido que aquí las personas no se pierden, se encuentran, Esté tranquilo, no es una amenaza, sólo estamos diciéndole que no tenga prisa, nada más. Llegando a este punto, arrinconada y rendida la presa, se le hacía la pregunta fatal, Ahora me va a decir cómo ha votado y a quién ha votado, es decir a qué partido ha votado. Pues bien, habiendo sido llamados para ser interrogados quinientos sospechosos cazados en las filas de electores, situación en que nos podríamos encontrar cualquiera de nosotros dada la evidente evanescencia de la materia de una acusación pobremente representada por el tipo de frases de que dimos convincente muestra, captadas por los micrófonos direccionales y por los magnetofones, lo lógico, teniendo en cuenta la relativa amplitud del universo cuestionado, era que las respuestas se distribuyesen, aunque con un pequeño y natural margen de error, en la misma proporción de los votos que habían sido expresados, es decir, cuarenta personas declararían con orgullo que habían votado al partido de la derecha, que es el que gobierna, un número igual condimentando la respuesta con una pizca de desafío para afirmar que habían votado a la única oposición digna de ese nombre, o sea, el partido del medio, y cinco, nada más que cinco, intimidadas, acorraladas contra la pared, Voté al partido de la izquierda, dirían firmes, aunque al mismo tiempo con el tono de quien se disculpa de un empecinamiento que no está en su mano evitar. El resto, aquel enorme resto de cuatrocientas quince respuestas, debería haber dicho, de acuerdo con la lógica modal de los sondeos, Voté en blanco. Esta respuesta directa, sin ambigüedades de presunción o prudencia, sería la que daría un ordenador o una máquina de calcular y sería la única que sus inflexibles y honestas naturalezas, la informática y la mecánica, podrían permitirse, pero aquí estamos tratando con humanos, y los humanos son universalmente conocidos como los únicos animales capaces de mentir, siendo cierto que si a veces lo hacen por miedo, y a veces por interés, también a veces lo hacen porque comprenden a tiempo que ésa es la única manera a su alcance de defender la verdad. A juzgar por las apariencias, por tanto, el plan del ministro del interior había fracasado, y, de hecho, en esos primeros instantes, la confusión entre los asesores fue vergonzosa y absoluta, parecía que no era posible encontrar una forma de bordear el inesperado obstáculo, salvo que se ordenara someter a malos tratos a toda aquella gente, lo que, como es de conocimiento general, no está bien visto en los estados democráticos y de derecho suficientemente hábiles para alcanzar los mismos fines sin tener que recurrir a medios tan primarios, tan medievales. En esa difícil situación estaban cuando el ministro del interior reveló su dimensión política y su extraordinaria flexibilidad táctica y estratégica, quién sabe si vaticinadora de más altos destinos. Dos fueron las decisiones que tomó, y ambas importantes. La primera, que más tarde sería denunciada como inicuamente maquiavélica, constaba de una nota oficial del ministerio distribuida a los medios de comunicación social a través de la agencia oficiosa estatal, en la que en tono conmovido se daba las gracias, en nombre de todo el gobierno, a los quinientos ciudadanos ejemplares que en los últimos días se habían presentado motu proprio a las autoridades, ofreciendo su leal apoyo y toda la colaboración que les fuese requerida para el avance de las investigaciones en curso sobre los factores de anormalidad verificados durante las dos últimas elecciones. A la par de este deber de elemental gratitud, el ministerio, anticipando preguntas, prevenía a las familias de que no deberían sorprenderse ni inquietarse por la falta de noticias de los ausentes queridos, por cuanto en ese silencio, precisamente, se encontraba la llave que garantizaría la seguridad personal de cada uno de ellos, visto el grado máximo de secreto, rojo/rojo, que le había sido atribuido a la delicada operación. La segunda decisión, para conocimiento y exclusivo uso interno, se tradujo en una inversión total del plan anteriormente establecido, el cual, como ciertamente recordaremos, preveía que la infiltración masiva de investigadores en el seno de la sociedad llegaría a ser el medio por excelencia para el desciframiento del misterio, del enigma, de la charada, del rompecabezas, o como se le quiera llamar, del voto en blanco. A partir de ahora los agentes se dividirían en dos grupos numéricamente desiguales, el más pequeño para el trabajo de campo, del cual, la verdad sea dicha, ya no se esperaban grandes resultados, el mayor para proseguir con el interrogatorio de las quinientas personas retenidas, no detenidas, no se confundan, aumentando cuando, como y cuanto fuese necesario la presión, física y psicológica a que ya estaban sometidas. Como el dictado antiguo viene enseñando desde hace siglos, Más vale quinientos pájaros en mano que quinientos uno volando. La confirmación no se hizo esperar. Cuando, después de mucha habilidad diplomática, de muchos rodeos y muchos tanteos, el agente que hacía el trabajo de campo, o lo que es lo mismo, en la ciudad, lograba hacer la primera pregunta, Quiere decirme por favor a quién votó, la respuesta que le daban, como una consigna bien aprendida, era, palabra por palabra, la que se encontraba sancionada en la ley, Nadie puede, bajo ningún pretexto, ser obligado a revelar su voto ni ser preguntado sobre el mismo por ninguna autoridad. Y cuando, en tono de quien no atribuye a la cuestión demasiada importancia, hacía la segunda pregunta, Disculpe mi curiosidad, no habrá votado en blanco por casualidad, la respuesta que oía restringía hábilmente el ámbito de la cuestión a una mera hipótesis académica, No señor, no he votado en blanco, pero si lo hubiera hecho estaría tan dentro de la ley como si hubiese votado a cualquiera de las listas presentadas o anulado el voto con la caricatura del presidente, votar en blanco, señor de las preguntas, es un derecho sin restricciones, que la ley no ha tenido más remedio que reconocerle a los electores, está escrito con todas sus letras que nadie puede ser perseguido por votar en blanco, en todo caso, para su tranquilidad, vuelvo a decirle que no soy de los que votaron en blanco, esto es hablar por hablar, una hipótesis académica, nada más. En una situación normal, oír una respuesta de éstas dos o tres veces no tendría especial importancia, apenas demostraría que unas cuantas personas en este mundo conocen la ley en que viven y hacen hincapié en que se sepa, pero verse obligado a escucharla, imperturbable, sin parpadear, cien veces seguidas, mil veces seguidas, como una letanía aprendida de memoria, era más de lo que podía soportar la paciencia de alguien que, habiendo sido instruido para un trabajo de tanta responsabilidad, se veía incapaz de realizarlo. No es por tanto de extrañar que la sistemática obstrucción de los electores hubiese conseguido que algunos agentes perdiesen el dominio de los nervios y pasasen al insulto y a la agresión, comportamientos estos, además, de los que no siempre salían bien parados, dado que actuaban solos para no espantar la caza y que no era infrecuente que otros electores, sobre todo en los sitios llamados de alto riesgo, apareciesen, con las consecuencias que fácilmente se imaginan, a socorrer al ofendido. Los informes que los agentes transmitían a la central de operaciones eran desalentadoramente magros de contenido, ni una única persona, una sola, había confesado votar en blanco, algunas se hacían las desentendidas, decían que otro día, con más tiempo, hablarían, ahora tenían mucha prisa, iban a cerrar las tiendas, pero los peores eran los viejos, que el diablo se los lleve, parecía que una epidemia de sordera los había encerrado a todos en una cápsula insonorizada, y cuando el agente, con desconcertante ingenuidad, escribía la pregunta en un papel, los descarados decían o que se les habían roto las gafas, o que no entendían la caligrafía, o simplemente que no sabían leer. Otros agentes, más hábiles, adoptaron la táctica de la infiltración en serio, en su sentido preciso, se dejaban caer en los bares, pagaban rondas, prestaban dinero a jugadores de póquer sin fondos, iban a los espectáculos deportivos, en particular al fútbol y al baloncesto, que son los que más juego dan en las gradas, entablaban conversación con los vecinos, y, en el caso del fútbol, si el empate era a cero le llamaban, oh astucia sublime, con sobreentendidos en la voz, resultado en blanco, a ver qué pasaba. Y lo que pasaba era nada. Más pronto o más tarde acababa llegando el momento de hacer las preguntas, Quiere decirme por favor a quién ha votado, Disculpe esta curiosidad, por casualidad no habrá votado en blanco, y entonces las respuestas conocidas se repetían, en solo o a coro, Yo, vaya idea, Nosotros, qué fantasía, y luego aducían razones legales, artículos y párrafos completos, con tal fluidez de exposición que parecía que los habitantes de la ciudad en edad de votar habían realizado, todos, un curso intensivo sobre leyes electorales, tanto nacionales como extranjeras.

Con el paso de los días, de un modo casi imperceptible al principio, comenzó a notarse que la palabra blanco, como algo que de pronto se hubiese convertido en obsceno o malsonante, estaba dejando de utilizarse, que las personas se servían de rodeos y perífrasis para sustituirla. De una hoja de papel blanco, por ejemplo, se decía que estaba desprovista de color, un mantel que toda la vida había sido blanco pasó a tener el color de la leche, la nieve dejó de ser comparada con un manto blanco para erigirse en la mayor albura de los últimos veinte años, los estudiantes acabaron con eso de estar en blanco, simplemente reconocían que no sabían nada de la materia, pero el caso más interesante de todos fue la inesperada desaparición de la pregunta con la que, durante generaciones y generaciones, padres, abuelos, tíos y vecinos supusieron que estimulaban la inteligencia y el espíritu deductivo de los niños, Blanco es, la gallina lo pone, y esto sucedió porque las personas, con el acto de negarse a pronunciar la palabra, se dieron cuenta de que la adivinanza era absolutamente disparatada, puesto que la gallina, cualquier gallina de cualquier raza, nunca conseguiría, por más que se esforzara, poner otra cosa que no sean huevos. Parecía por tanto que los altos destinos políticos prometidos al ministro del interior se truncaban de raíz, que su suerte, después de casi haber tocado el sol, sería irse ahogando melancólicamente en el helesponto, pero otra idea, repentina como el rayo que ilumina la noche, le hizo levantarse de nuevo. No todo estaba perdido. Mandó que se recogieran en sus bases a los agentes adscritos al trabajo de campo, despidió sin contemplaciones a los contratados temporales, echó un rapapolvo a los secretas de plantilla y se puso manos a la obra.

Estaba claro que la ciudad era un hormiguero de mentirosos, que los quinientos que se encontraban en su poder también mentían con todos los dientes que tenían en la boca, pero existía entre aquéllos y éstos una enorme diferencia, mientras unos todavía eran libres para entrar y salir de sus casas, y, esquivos, escurridizos como anguilas, tanto aparecían como desaparecían, para más tarde reaparecer y luego otra vez ocultarse, lidiar con los otros era la cosa más fácil del mundo, bastaba bajar a los sótanos del ministerio, no estaban allí los quinientos, no cabrían, distribuidos en su mayoría por otras unidades de investigación, pero el medio centenar mantenido en observación permanente debería ser más que bastante para una primera aproximación. Aunque la fiabilidad de la máquina hubiese sido puesta en duda muchas veces por los expertos de la escuela escéptica y algunos tribunales se negaran a admitir como prueba los resultados obtenidos en los exámenes, el ministro del interior confiaba en que de la utilización del aparato podría al menos brotar alguna pequeña chispa que lo ayudase a salir del oscuro túnel donde las investigaciones se habían atascado. Se trataba, como ya se habrá comprendido, de que entrara en liza el famoso polígrafo, también conocido como detector de mentiras o, en términos más científicos, aparato que sirve para registrar simultáneamente varias funciones psicológicas y fisiológicas, o, con más pormenor descriptivo, instrumento registrador de fenómenos fisiológicos cuyo trazado se obtiene eléctricamente sobre una hoja de papel húmedo impregnado de yoduro de potasio y amida. Conectado a la máquina por un enmarañamiento de cables, abrazaderas y ventosas, el paciente no sufre, sólo tiene que decir la verdad, toda la verdad y sólo la verdad y, ya puestos, no creerse, él mismo, la aseveración universal que desde el principio de los tiempos nos viene atronando los oídos con la patraña de que la voluntad todo lo puede, aquí vemos, para no ir más lejos, un ejemplo que flagrantemente lo niega, pues esa tu estupenda voluntad, por mucho que te fíes de ella, por tenaz que se haya mostrado hasta hoy, no conseguirá controlar las crispaciones de tus músculos, contener el sudor inconveniente, impedir la palpitación de los párpados, disciplinar la respiración. Al final te dirán que has mentido, tú lo negarás, jurarás que has dicho la verdad, toda la verdad y nada más que la verdad, y tal vez sea cierto, no mentiste, lo que ocurre es que eres una persona nerviosa, de voluntad firme, sí, pero como una especie de trémulo junco que la mínima brisa hace vibrar, volverán a atarte a la máquina y entonces será mucho peor, te preguntarán si estás vivo y tú, claro está, responderás que sí, pero tu cuerpo protestará, te desmentirá, el temblor de tu barbilla dirá que no, que estás muerto, y a lo mejor tienen razón, tal vez, antes que tú, tu cuerpo sepa ya que te van a matar. No es natural que tal acabe sucediendo en los sótanos del ministerio del interior, el único crimen de esta gente fue votar en blanco, no tendría importancia si hubieran sido los habituales, pero fueron muchos, fueron demasiados, fueron casi todos, qué más da que sea tu derecho inalienable si te dicen que ese derecho es para usarlo en dosis homeopáticas, gota a gota, no puedes ir por ahí con un cántaro lleno a rebosar de votos blancos, por eso se te cayó el asa, ya nos parecía que había algo de sospechoso en esa asa, si aquello que podría llevar mucho se satisfizo siempre con llevar poco, es de una modestia digna de toda alabanza, a ti lo que te ha perdido ha sido la ambición, creíste que ibas a subir al astro rey y caíste de boca en los dardanelos, recuerda que también le dijimos esto al ministro del interior, pero él pertenece a otra raza de hombres, a los machos, los viriles, los de barba dura, los que no doblan la cabeza, a ver ahora cómo te libras de tu cazador de mentiras, qué trazos reveladores de tus pequeñas y grandes cobardías dejarás en la tira de papel impregnada de yoduro de potasio y amida, ves, tú que creías otra cosa, a esto puede quedar reducida la tan nombrada suprema dignidad del ser humano, a tanto como un papel mojado.

Ahora bien, un polígrafo no es una máquina pertrechada con un disco que pueda ir hacia atrás y hacia delante y nos diga, según los casos, El sujeto mintió, El sujeto no mintió, si así fuese no habría nada más fácil que ser juez para condenar o absolver, las comisarías de policía se verían sustituidas por consultorios de psicología mecánica aplicada, los abogados, perdidos los clientes, cerrarían los bufetes, los tribunales se quedarían entregados a las moscas hasta que se les encontrase otro destino. Un polígrafo, íbamos diciendo, no consigue ir a ninguna parte sin ayuda, necesita tener al lado un técnico habilitado que le interprete las rayas trazadas en el papel, pero esto no significa que dicho técnico sea conocedor de la verdad, él sabe aquello que tiene delante de los ojos, que la pregunta realizada al paciente en observación produjo lo que podríamos llamar, innovadoramente, una reacción alergográfica, o, con palabras más literarias aunque no menos imaginativas, el dibujo de la mentira. Algo, sin embargo, se habría ganado. Por lo menos sería posible proceder a una primera selección, trigo a un lado, paja al otro, y restituir a la libertad, a la vida familiar, descongestionando las instalaciones, a aquellos sujetos que, sin que la máquina los desmintiese, hubieran respondido No a la pregunta Votó en blanco. En cuanto al resto, a los que cargaban en la conciencia la culpa de transgresiones electorales, de nada le servirían reservas mentales de tipo jesuítico o espiritualistas introspecciones de tipo zen, el polígrafo, implacable, insensible, denunciaría instantáneamente la falsedad, tanto haciendo que negaran haber votado en blanco como que afirmaran haber votado al partido tal, o tal. Se puede, en circunstancias favorables, sobrevivir a una mentira, pero no a dos. Por si acaso, el ministro había ordenado que, cualquiera que fuese el resultado de los exámenes, nadie sería puesto en libertad por ahora, Déjenlos estar, nunca se sabe hasta dónde puede llegar la malicia humana, dijo. Y tenía razón el condenado hombre. Después de muchas decenas de metros de papel garabateado en el que habían sido registrados los temblores del alma de los sujetos observados, después de preguntas y respuestas repetidas centenares de veces, siempre las mismas, siempre iguales, hubo un agente del servicio secreto, muchacho joven, poco experto en tentaciones, que se dejó enredar con la inocencia de un cordero recién nacido en la provocación lanzada por cierta mujer, joven y guapa, que acababa de ser sometida al examen del polígrafo y por éste categóricamente clasificada de fingidora y falsa. Dijo pues la mata hari, Esta máquina no sabe lo que hace, No sabe lo que hace, por qué, preguntó el agente, olvidándose de que el diálogo no formaba parte del trabajo que le había sido encomendado, Porque en esta situación, con todo el mundo bajo sospecha, bastaría pronunciar la palabra Blanco, sin más, sin ni siquiera pretender saber si el otro votó o no, para provocar reacciones negativas, sobresaltos, angustias, aunque el examinado sea la más perfecta y pura personificación de la inocencia, No lo creo, no puedo estar de acuerdo, protestó el agente, seguro de sí, alguien que viva en paz con su conciencia no dirá nada más que la verdad y por tanto pasará sin problemas la prueba del polígrafo, No somos robots ni piedras parlantes, señor agente, dijo la mujer, en toda verdad humana hay siempre algo de angustioso, de afligido, nosotros somos, y no me estoy refiriendo simplemente a la fragilidad de la vida, una pequeña y trémula llama que en todo momento amenaza con apagarse, y tenemos miedo, sobre todo tenemos miedo, Se equivoca, yo no lo tengo, a mí me han entrenado para dominar el miedo en todas las circunstancias, y, además, por naturaleza, no soy miedica, ni siquiera lo era de pequeño, remachó el agente, seguro de sí, Siendo así, por qué no hacemos un experimento, propuso la mujer, déjese conectar a la máquina y yo le hago las preguntas, Está loca, soy un agente de la autoridad, la sospechosa es usted, no yo, O sea, que tiene miedo, Ya le he dicho que no, Entonces conéctese a la máquina y muéstreme lo que es un hombre y su verdad. El agente miró a la mujer, que sonreía, miró al técnico, que se esforzaba por disimular una sonrisa, y dijo, Muy bien, una vez no son veces, consiento en someterme al experimento. El técnico conectó los cables, apretó las abrazaderas, ajustó las ventosas, Ya está preparado para comenzar, cuando quieran. La mujer inspiró hondo, retuvo aire en los pulmones durante tres segundos y soltó bruscamente la palabra, Blanco. No llegaba a ser una pregunta, no pasaba de una exclamación, pero las agujas se movieron, rayaron el papel. En la pausa que siguió las agujas no llegaron a parar por completo, siguieron vibrando, haciendo pequeños trazos, como si fuesen ondulaciones causadas por una piedra lanzada al agua. La mujer los miraba, no al hombre atado, y después, sí, volviendo hacia él los ojos, preguntó en un tono de voz suave, casi tierno, Dígame, por favor, si votó en blanco, No, no voté en blanco, nunca he votado ni votaré en blanco en mi vida, respondió con vehemencia el hombre. Los movimientos de las agujas fueron rápidos, precipitados, violentos. Otra pausa. Entonces, preguntó el agente. El técnico tardaba en responder, el agente insistió, Entonces, qué dice la máquina, La máquina dice que usted ha mentido, respondió confuso el técnico, Es imposible, gritó el agente, he dicho la verdad, no he votado en blanco, soy un profesional del servicio secreto, un patriota que defiende los intereses de la nación, la máquina debe de estar averiada, No se canse, no se justifique, dijo la mujer, creo que ha dicho la verdad, que no ha votado en blanco ni votará, pero le recuerdo que no era de eso de lo que se trataba, sólo pretendía demostrarle, y creo haberlo conseguido, que no nos podemos fiar demasiado de nuestro cuerpo, La culpa ha sido suya, me ha puesto nervioso, Claro, la culpa es mía, la culpa es de la eva tentadora, pero a nosotros nadie nos pregunta si nos sentimos nerviosos cuando nos vemos atados a ese artefacto, Lo que les pone nerviosos es la culpa, Quizá, pero entonces vaya y dígale a su jefe por qué, siendo usted inocente de nuestras maldades, se ha portado aquí como un culpable, No tengo que decirle nada a mi jefe, lo que ha pasado aquí es como si nunca hubiera ocurrido, respondió el agente. Después se dirigió al técnico, Deme ese papel, y ya sabe, silencio absoluto si no quiere arrepentirse de haber nacido, Sí señor, quédese tranquilo, mi boca no se abrirá, Yo tampoco diré nada, añadió la mujer, pero al menos explíquele a su jefe que las astucias no le servirán de nada, que todos nosotros seguiremos mintiendo cuando digamos la verdad, que seguiremos diciendo la verdad cuando estemos mintiendo, como él, como usted, imagínese que le hubiera preguntado si se quería acostar conmigo, qué respondería, qué diría la máquina.

La frase favorita del ministro de defensa, Una carga de profundidad lanzada contra el sistema, parcialmente inspirada en la inolvidable experiencia de un histórico paseo submarino de media hora en aguas mansas, comenzó a tomar cuerpo y a atraer las atenciones cuando los planes del ministro del interior, a pesar de algún que otro pequeño éxito conseguido, aunque sin significado apreciable en el conjunto de la situación, se mostraron impotentes para llegar a lo fundamental, es decir, persuadir a los habitantes de la ciudad, o, con más precisión denominadora, a los degenerados, a los delincuentes, a los subversivos del voto en blanco, para que reconocieran sus errores e implorasen la merced, al mismo tiempo penitencia, de un nuevo acto electoral, al que, en el momento adecuado, acudirían en masa para purgar los pecados de un desvarío que juraban que no volvería a repetirse. Se hizo evidente para todo el gobierno, excepto para los ministros de justicia y de cultura, ambos con sus dudas, la necesidad urgente de dar otra vuelta de tuerca, teniendo en cuenta que la declaración de estado de excepción, del que tanto se esperaba, no había producido ningún efecto perceptible en el sentido deseado, por cuanto, no teniendo los ciudadanos de este país la saludable costumbre de exigir el cumplimiento regular de los derechos que la constitución les otorgaba, era lógico, incluso era natural que no hubiesen llegado a darse cuenta de que se los habían suspendido. Se imponía, por consiguiente, la implantación de un estado de sitio en serio, que no fuese sólo una cosa de apariencias, con toque de queda, cierre de salas de espectáculos, intensivas patrullas de fuerzas militares por las calles, prohibición de reuniones de más de cinco personas, interdicción absoluta de entradas y salidas de la ciudad, procediendo simultáneamente al levantamiento de las medidas restrictivas, si bien que mucho menos rigurosas, todavía en vigor en el resto del país, para que la diferencia de tratamiento, por ostensiva, tornara más pesada y explícita la humillación que se infligía a la capital. Lo que pretendemos decirles, declaró el ministro de defensa, a ver si lo entienden de una vez por todas, es que no son dignos de confianza y que como tal tienen que ser tratados. Al ministro del interior, forzado a encubrir sea como fuere los fracasos de sus servicios secretos, le pareció bien la declaración inmediata de un estado de sitio y, para demostrar que seguía con algunas cartas en la mano y que no se había retirado del juego, informó al consejo de que, tras una exhaustiva investigación, en íntima colaboración con la interpol, se había llegado a la conclusión de que el movimiento anarquista internacional, Si es que exis-

78

te para algo más que para escribir gracietas en las paredes, se detuvo unos instantes a la espera de las risas condescendientes de los colegas, después de lo cual, satisfecho con ellos y consigo mismo, concluyó la frase, No tuvo ninguna participación en el boicot electoral de que hemos sido víctimas, y que por tanto se trata de una cuestión meramente interna, Con perdón por el reparo, dijo el ministro de asuntos exteriores, ese adverbio, meramente, no me parece el más apropiado, y debo recordar a este consejo que ya no son pocos los estados que me han manifestado su preocupación por que lo que está sucediendo aquí pueda atravesar las fronteras y extenderse como una nueva peste negra, Blanca, ésta es blanca, corrigió con una sonrisa apaciguadora el jefe del gobierno, Y entonces, sí, remató el ministro de asuntos exteriores, entonces podremos, con mucha más propiedad, hablar de cargas de profundidad contra la estabilidad del sistema político democrático, no simplemente, no meramente, en un país, este país, sino en todo el planeta. El ministro del interior sentía que se le estaba escapando el papel de figura principal a que los últimos acontecimientos le habían habituado, y, para no perder pie del todo, después de haber agradecido y reconocido con imparcial gallardía la justeza de los comentarios del ministro de asuntos exteriores, quiso mostrar que también él era capaz de las más extremas sutilezas de interpretación semiológica, Es interesante observar, dijo, cómo los significados de las palabras se van modificando sin que nos apercibamos de ello, cómo muchas veces las usamos para decir precisamente lo contrario de lo que antes expresaban y que, en cierto modo, como un eco que se va perdiendo, todavía siguen expresando, Ése es uno de los efectos del proceso semántico, dijo desde el fondo el ministro de cultura, Y qué tiene eso que ver con los votos blancos, preguntó el ministro de asuntos exteriores, Con los votos en blanco, nada, pero con el estado de sitio, todo, corrigió triunfante el ministro del interior, No entiendo, dijo el ministro de defensa, Es muy simple, Será todo lo simple que usted quiera, pero no lo entiendo, Veamos, veamos qué significa la palabra sitio, ya sé que la pregunta es retórica, no es necesario que me respondan, todos sabemos que sitio significa cerco, significa asedio, no es verdad, Como hasta ahora dos y dos han sido cuatro, Entonces, al declarar el estado de sitio es como si estuviésemos diciendo que la capital del país se encuentra sitiada, cercada, asediada por un enemigo, cuando la verdad es que ese enemigo, si se me permite llamarlo de esta manera, está dentro, no fuera. Los ministros se miraron unos a otros, el primer ministro se hizo el desentendido, removió unos papeles. Pero el ministro de defensa iba a triunfar en la batalla semántica, Hay otra manera de entender las cosas, Cuál, Que los habitantes de la capital, al desencadenarse la rebelión, supongo que no exagero dando el nombre de rebelión a lo que está sucediendo, fueron por eso justamente sitiados, o cercados, o asediados, elija el término que más le agrade, a mí me resulta indiferente, Pido licencia para recordarle a nuestro querido colega y al consejo, dijo el ministro de justicia, que los ciudadanos que decidieron votar en blanco no hicieron nada más que ejercer un derecho que la ley explícitamente les reconoce, luego hablar de rebelión en un caso como éste, además de ser, como supongo, una grave incorrección semántica, espero que me disculpen por internarme en un terreno en el que no soy competente, es también, desde el punto de vista legal, un completo despropósito, Los derechos no son abstracciones, respondió el ministro de defensa secamente, los derechos se merecen o no se merecen, y ellos no los merecen, el resto es hablar por hablar, Tiene toda la razón, dijo el ministro de cultura, realmente los derechos no son abstracciones, tienen existencia incluso cuando no son respetados, Lo que faltaba, filosofías, Tiene algo contra la filosofía el ministro de defensa, Las únicas filosofías que me interesan son las militares y aun así con la condición de que nos conduzcan a la victoria, yo, queridos señores, soy un pragmático de cuartel, mi lenguaje, les guste o no les guste, es al pan, pan y al vino, vino, pero, ya puestos, para que no me miren como a un inferior en inteligencia, apreciaré que se me explique, si no se trata de demostrar que un círculo puede ser convertido en un cuadrado de área equivalente, cómo puede tener existencia un derecho no respetado, Muy sencillo, señor ministro, ese derecho existe en potencia en el deber de que sea respetado y cumplido, Con sermones cívicos, con demagogias de éstas, lo digo sin ánimo de ofender, no vamos a ninguna parte, estado de sitio sobre ellos y ya veremos si les duele o no les duele, Salvo si el tiro nos sale por la culata, dijo el ministro de justicia, No veo cómo, Por ahora tampoco yo, pero será sólo cuestión de esperar, nadie se había atrevido a concebir que alguna vez, en algún lugar del mundo, pudiese suceder lo que ha sucedido en nuestro país, y ahí lo tenemos, como si fuera un nudo ciego que no se deja desatar, nos hemos reunido alrededor de esta mesa para tomar decisiones que, pese a las propuestas presentadas aquí como remedio seguro para la crisis, hasta ahora nada han conseguido, esperemos entonces, no tardaremos en conocer la reacción de las personas al estado de sitio, No puedo quedarme callado después de oír esto, estalló el ministro del interior, las medidas que adoptamos fueron aprobadas por unanimidad por este consejo y, al menos que yo recuerde, ninguno de los presentes sacó a debate diferentes y mejores propuestas, la carga de la catástrofe, sí, lo llamaré catástrofe y lo llamaré carga, aunque a algunos de los ministros les parezca una exageración mía y lo estén demostrando con ese airecito de irónica suficiencia, la carga de la catástrofe, vuelvo a decir, la hemos llevado, en primer lugar, como compete, el excelentísimo jefe de estado y el señor primer ministro, y luego, con las responsabilidades inherentes a los cargos que ocupamos, el ministro de defensa y yo mismo, en cuanto a los demás, y estoy refiriéndome en particular al ministro de justicia y al ministro de cultura, si en ciertos momentos tuvieron la bondad de iluminarnos con sus luces, no he percibido ninguna idea que valiese la pena considerar durante más tiempo que el empleado en escucharla, Las luces con que, según sus palabras, alguna vez habré bondadosamente iluminado a este consejo, no eran mis luces, eran las de la ley, nada más que de la ley, respondió el ministro de justicia, Y en lo que atañe a mi humilde persona y a la parte que me cabe en esta generosa distribución de tirones de oreja, dijo el ministro de cultura, con la miseria de presupuesto que me dan, no se me puede exigir más, Ahora comprendo mejor el porqué de esa inclinación suya hacia los anarquismos, disparó el ministro del interior, más pronto o más tarde siempre acaba sacando su cantinela.

El primer ministro había llegado al final de sus papeles. Tintineó suavemente con la pluma en el vaso de agua, pidiendo atención y silencio, y dijo, No he querido interrumpir el interesante debate, con lo cual, pese a la aparente distracción que habrán podido observar, supongo que he aprendido bastante, porque, como por experiencia debemos saber, no se conoce nada mejor que una buena discusión para descargar las tensiones acumuladas, en particular en una situación con las características que ésta no deja de exhibir, percatados como estamos de que es urgente hacer algo y no sabemos qué. Hizo una pausa en el discurso, simuló consultar unas notas, y continuó, Por tanto, ahora que ya se encuentran calmados, distendidos, con los ánimos menos inflamados, podemos, por fin, aprobar la propuesta del ministro de defensa, o sea, la declaración de estado de sitio durante un periodo indeterminado y con efectos inmediatos a partir del momento en que se haya hecho pública. Se oyó un murmullo de asentimiento más o menos general, bien es verdad que con variantes de tono cuyo origen no fue posible identificar, a pesar de que el ministro de defensa de un vistazo hiciera una rápida incursión panorámica con el objetivo de sorprender cualquier discrepancia o algún mitigado entusiasmo. El primer ministro prosiguió, Desgraciadamente, la experiencia también nos ha enseñado que hasta las más perfectas y acabadas ideas pueden fracasar cuando llega la hora de su ejecución, tanto por vacilaciones de última hora, como por desajuste entre lo que se esperaba y lo que realmente se obtuvo, o porque se deja escapar el dominio de la situación en un momento crítico, o por una lista de mil otras razones posibles que no merece la pena desmenuzar ni aquí tendríamos tiempo de examinar, por todo esto se hace indispensable tener siempre preparada y pronta para ser aplicada una idea alternativa, o complementaria de la anterior, que impida, como podría ocurrir en este caso, la aparición de un vacío de poder, o lo que es peor, el poder en la calle, de desastrosas consecuencias. Acostumbrados a la retórica del primer ministro, tipo tres pasos al frente, dos a retaguardia, o como más popularmente se dice, haciendo-como-que-anda-sin-andar, los ministros aguardaban impacientes la última palabra, la postrera, la final, esa que daría explicación a todo. Esta vez no sucedió así. El primer ministro se mojó nuevamente los labios, se los limpió con un pañuelo blanco que sacó de un bolsillo interior de la chaqueta, parecía que iba a consultar sus notas, pero las apartó en el último instante, y dijo, Si los resultados de este estado de sitio acaban mostrándose por debajo de las expectativas, es decir, si fueran incapaces de reconducir a los ciudadanos a la normalidad democrática, al uso equilibrado, sensato, de una ley electoral que, por imprudente desatención de los legisladores, deja las puertas abiertas a lo que, sin temor a la paradoja, sería lícito clasificar como un uso legal abusivo, entonces este consejo pasa a saber, desde ya, que el primer ministro prevé la aplicación de otra medida que, a la par que refuerza en el plano psicológico la que acabamos de tomar, me refiero, claro está, a la declaración del estado de sitio, podría, estoy convencido, reequilibrar por sí misma el perturbado fiel de la balanza política de nuestro país y acabar de una vez para siempre con la pesadilla en que estamos sumidos. Nueva pausa, nuevo humedecimiento de labios, nueva pasada de pañuelo por la boca, y siguió, Podría preguntárseme por qué, siendo así, no la aplicamos ya en lugar de estar aquí perdiendo el tiempo con un estado de sitio que de antemano sabemos que va a complicar seriamente, en todos los aspectos, la vida de la gente de la capital, tanto la de los culpables como la de los inocentes, sin duda la cuestión contiene algo de pertinencia, pero existen factores importantes que no podemos dejar de tener en consideración, algunos de naturaleza puramente logística, otros no, resultando el principal efecto, que no es difícil imaginar traumático, de la introducción súbita de esa medida extrema, por eso pienso que deberemos optar por una secuencia gradual de acciones, siendo el estado de sitio la primera de todas. El jefe de gobierno movió otra vez los papeles, pero no tocó el vaso de agua, Aun comprendiendo la curiosidad que sienten, dijo, nada más adelantaré sobre el asunto, salvo la información de que fui recibido esta mañana en audiencia por su excelencia el presidente de la república, al que le expuse mi idea y del que recibí entero e incondicional apoyo. A su tiempo sabrán el resto. Ahora, antes de cerrar esta productiva reunión, les ruego a los señores ministros, en especial a los de defensa e interior, sobre cuyos hombros pesará la complejidad de las acciones destinadas a imponer y hacer cumplir la declaración de estado de sitio, que pongan la mayor diligencia y su mayor energía en este desiderátum. A las fuerzas militares y a las fuerzas policiales, ya sea actuando en el ámbito de sus áreas específicas de competencia, ya sea en operaciones conjuntas, y observando siempre un riguroso respeto mutuo, evitando conflictos de precedencia que sólo perjudicarían el fin que pretendemos, les cabe la patriótica tarea de reconducir hasta el redil a la grey descarriada, si se me permite que use esta expresión tan querida por nuestros antepasados y tan hondamente enraizada en nuestras tradiciones pastoriles. Y, recuerden, deben hacerlo todo para que esos que, por ahora, sólo son nuestros adversarios, no acaben transformándose en enemigos de la patria. Que dios les acompañe y les guíe en la sagrada misión para que el sol de la concordia vuelva a iluminar las conciencias y la paz restituya a la convivencia de nuestros conciudadanos la armonía perdida.

A la misma hora en que el primer ministro aparecía en televisión para anunciar el establecimiento del estado de sitio invocando razones de seguridad nacional resultantes de la inestabilidad política y social sobrevenida, consecuencia, a su vez, de la acción de grupos subversivos organizados que reiteradamente habían obstaculizado la expresión electoral popular, las unidades de infantería y de la policía militar, apoyadas por tanques y otros carros de combate, tomaban posiciones en todas las salidas de la capital y ocupaban las estaciones de trenes. El aeropuerto principal, a unos veinticinco kilómetros al norte de la ciudad, se encontraba fuera del área específica de control del ejército, y por tanto seguiría funcionando sin más restricciones que las previstas en momentos de alerta amarilla, lo que significaba que los turistas podrían continuar posándose y levantando el vuelo, pero los viajes de los naturales, aunque no del todo prohibidos, se desaconsejaban firmemente, salvo circunstancias especiales, a examinar caso por caso. Las imágenes de las operaciones militares, con la fuerza imparable del directo, como decía el comentarista, invadían las casas de los confusos habitantes de la capital. Ahí los oficiales dando órdenes, ahí los sargentos gritando para hacerlas cumplir, y ahí los zapadores instalando barreras, y ahí ambulancias, unidades de transmisión, focos iluminando la carretera hasta la primera curva, olas de soldados saltando de los camiones y tomando posiciones, armados hasta los dientes, y equipados tanto para una dura batalla inmediata como para una larga campaña de desgaste. Las familias cuyos miembros tenían sus ocupaciones de trabajo o de estudio en la capital no hacían nada más que mover la cabeza ante la bélica demostración y murmurar, Están locos, pero las otras, las que todas las mañanas mandaban a un padre o a un hijo a la fábrica instalada en alguno de los polígonos industriales que rodeaban la ciudad y que todas las noches esperaban recibirlos de regreso, ésas se preguntaban cómo y de qué iban a vivir a partir de ahora, si no estaba permitido salir, ni entrar se podía. Quizá den salvoconductos para los que trabajen en la periferia, dijo un anciano hace tantos años jubilado que todavía usaba el lenguaje de las guerras francoprusianas u otras de similar veteranía. Sin embargo, no iba del todo desencaminado el avisado viejo, la prueba es que al día siguiente las asociaciones empresariales se apresuraban a dar a conocer al gobierno sus fundadas inquietudes, Aunque apoyando sin reservas, y con un sentido patriótico a cubierto de cualquier duda, las enérgicas medidas adoptadas por el gobierno, decían, como un imperativo de salvación nacional que finalmente se opone a la acción deletérea de mal encapotadas subversiones, nos permitimos, no obstante, y con el máximo respeto, solicitar a las instancias competentes la concesión urgente de salvoconductos para nuestros empleados y trabajadores, bajo pena, si tal providencia no fuera puesta en práctica con la brevedad deseada, de graves e irreversibles perjuicios para las actividades industriales y comerciales que desarrollamos, con los consecuentes e inevitables daños para la economía nacional en su totalidad. En la tarde de ese mismo día, un comunicado conjunto de los ministerios de defensa, de interior y de economía vino a precisar, aunque expresando la comprensión y la simpatía del gobierno para con las legítimas preocupaciones de la patronal, que la eventual distribución de los salvoconductos solicitados nunca podría efectuarse con la amplitud que deseaban las empresas, porque una tal liberalidad por parte del gobierno inevitablemente haría peligrar la solidez y la eficacia de los dispositivos militares encargados de la vigilancia de la nueva frontera que rodeaba la capital. No obstante, como muestra de apertura y disposición para obviar los peores inconvenientes, el gobierno admitía la posibilidad de emitir salvoconductos a los gestores y a los cuadros técnicos que fuesen declarados indispensables en el regular funcionamiento de las empresas, siempre que éstas asumieran la responsabilidad, incluso desde el punto de vista penal, de las acciones que, dentro y fuera de la ciudad, realizaran las personas designadas para beneficiarse de tal regalía. En cualquier caso, esas personas, de llegar a aprobarse el plan, tendrían que reunirse cada mañana de día laborable en lugares a designar, para desde allí, en autobuses escoltados por la policía, ser transportadas hasta las diversas salidas de la ciudad, donde, a su vez, otros autobuses las llevarían a los establecimientos fabriles o de servicio donde trabajasen y de donde, al final del día, deberían regresar. Todos los gastos resultantes de estas operaciones, desde el flete de los autobuses a la remuneración debida a la policía por los servicios de escolta, correrían íntegramente a cargo de las empresas, aunque con alta probabilidad serían deducibles de los impuestos, decisión esta que será tomada a su debido tiempo, tras un estudio de viabilidad elaborado por el ministerio de hacienda. Es de imaginar que las reclamaciones no pararon ahí. Es un dato básico de la experiencia que las personas no viven sin comer ni beber, ahora bien, considerando que la carne llega de fuera, el pescado llega de fuera, que de fuera llegan las verduras, en fin que de fuera llega todo, lo que esta ciudad, sola, producía o podía almacenar, no alcanzaría para sobrevivir ni una semana, sería preciso organizar sistemas de abastecimiento más o menos similares a los que proveerán de técnicos y gestores las empresas, aunque mucho más complejos, dado el carácter perecedero de ciertos productos. Sin olvidar los hospitales y las farmacias, los kilómetros de vendas, las montañas de algodones, las toneladas de comprimidos, los hectolitros de inyectables, las gruesas de preservativos. Y hay que pensar también en la gasolina y en el gasóleo, transportarlo hasta las estaciones de servicio, salvo que a alguien del gobierno se le ocurra la maquiavélica idea de castigar doblemente a los habitantes de la capital, obligándolos a trasladarse a pie. Al cabo de pocos días el gobierno ya había comprendido que un estado de sitio tiene mucha tela que cortar, sobre todo cuando no se tiene verdaderamente la intención de matar de hambre a los sitiados, como era práctica habitual en el pasado remoto, que un estado de sitio no es cosa que se improvise así como así, que es necesario saber muy bien hasta dónde se pretende llegar y cómo, medir las consecuencias, evaluar las reacciones, ponderar los inconvenientes, calcular las ganancias y las pérdidas, aunque no sea nada más que para evitar el exceso de trabajo con que, de un día para otro, los ministerios se han encontrado, desbordados por una inundación incontenible de protestas, reclamaciones y solicitudes de aclaración, casi siempre sin saber qué respuesta sería mejor en cada caso, porque las instrucciones de arriba sólo contemplaban los principios generales del estado de sitio, con total desprecio por las minucias burocráticas de los pormenores de ejecución, que es por donde el caos invariablemente penetra. Un aspecto interesante de la situación, que la vena satírica y la costilla burlona de los más graciosos de la capital no podían dejar escapar, resultaba de la circunstancia de que el gobierno, siendo de hecho y de derecho el sitiador, al mismo tiempo estaba sitiado, no sólo porque sus salas y antesalas, despachos y pasillos, sus oficinas y archivos, sus ficheros y sus sellos, estuvieran radicados en el meollo de la ciudad, y de algún modo orgánicamente lo constituían, sino también porque unos cuantos de sus miembros, por lo menos tres ministros, algunos secretarios y subsecretarios, así como un par de directores generales, residían en los alrededores, esto sin hablar de los funcionarios que todas las mañanas y todas las tardes, en un sentido o en otro, tenían que tomar el tren, el metro o el autobús si no disponían de transporte propio o no querían sujetarse a las dificultades del tráfico urbano. Los chistes, que no siempre eran contados con sigilo, exploraban el conocido tema del cazador cazado, pero no se remitían a esa pueril inocencia, a ese humor de jardín infantil de la belle époque, también creaban variantes caleidoscópicas, algunas radicalmente obscenas y, a la luz de un elemental buen gusto, condenablemente escatológicas. Por desgracia, y con esto quedaban demostrados una vez más el corto alcance y la debilidad estructural de los sarcasmos, burlas, zumbas, guasas, chascarrillos, bromas y más gracietas con que se pretendía herir al gobierno, ni el estado de sitio se levantaba, ni los problemas de abastecimiento se resolvían.

Pasaron los días, las dificultades iban creciendo sin parar, se agravaban y se multiplicaban, brotaban bajo los pies como hongos después de la lluvia, pero la firmeza moral de la población no parecía inclinada a rebajarse ni a renunciar a aquello que había considerado justo y por eso lo expresó con su voto, el simple derecho a no seguir ninguna opinión consensualmente establecida. Ciertos observadores, por lo general corresponsales de medios de comunicación extranjeros enviados a toda prisa para cubrir el acontecimiento, así se decía en la jerga de la profesión, luego con poco conocimiento de las idiosincrasias locales, comentaron con extrañeza la ausencia absoluta de conflictos entre las personas, a pesar de que se hubieran realizado, y luego verificado como tales, acciones de agentes provocadores que estarían intentando crear situaciones de una inestabilidad tal que justificaran, ante los ojos de la denominada comunidad internacional, el salto que hasta ahora no había sido dado, es decir, pasar de un estado de sitio a un estado de guerra. Uno de los comentaristas llevó su ansia de originalidad hasta el punto de interpretar el hecho como un caso único, nunca visto en la historia, de unanimidad ideológica, lo que, de ser verdad, haría de la población de la ciudad un interesantísimo caso de monstruosidad política, digno de estudio. La idea era, a todas luces, un perfecto disparate, nada tenía que ver con la realidad, aquí como en cualquier otro lugar del planeta las personas son diferentes unas de otras, piensan diferente, no son todas pobres ni todas ricas, y, en cuanto a las acomodadas, unas lo son más, otras lo son menos. El único asunto en que, sin necesidad de debate previo, estuvieron de acuerdo, ése ya lo conocemos, por tanto no merece la pena marear la perdiz. Aun así, es lógico que se quiera saber, y la pregunta fue realizada muchas veces, tanto por periodistas extranjeros como por nacionales, por qué singulares motivos no se habían producido hasta ahora incidentes, bregas, tumultos, desórdenes, escenas de pugilato o cosas peores, entre los que votaron en blanco y los otros. La cuestión muestra sobradamente hasta qué punto son importantes algunos conocimientos elementales de aritmética para el cabal ejercicio de la profesión de periodista, hubiera bastado tener en cuenta que las personas que votaron en blanco representaban el ochenta y tres por ciento de la totalidad de la población y que el resto, bien sumado, no va más allá del diecisiete por ciento, y eso sin olvidar la discutida tesis del partido de la izquierda, la de que el voto en blanco y el suyo propio, hablando en metáfora, son uña y carne, y que si los electores del pdi, esta conclusión ya es de nuestra cosecha, no votaron todos en blanco, aunque es evidente que muchos lo hicieron en la repetición del escrutinio, fue simplemente porque les faltó la consigna. Nadie nos creería si dijéramos que diecisiete se enfrentaron a ochenta y tres, el tiempo de las batallas ganadas con la ayuda de dios ya ha pasado. Otra curiosidad lógica sería la de tratar de aclarar qué les ha sucedido a las quinientas personas retenidas de las filas electorales por los espías del ministerio del interior, aquellas que sufrieron después tormentosos interrogatorios y tuvieron que padecer la agonía de ver sus secretos más íntimos desvelados por el detector de mentiras, y también, segunda curiosidad, qué estarán haciendo los agentes especializados de los servicios secretos y sus auxiliares de graduación inferior. Acerca del primer punto no tenemos nada más que dudas y ninguna posibilidad de resolverlas. Hay quien dice que los quinientos reclusos continúan, de acuerdo con el conocido eufemismo policial, colaborando con las autoridades para el esclarecimiento de los hechos, otros afirman que están siendo puestos en libertad, aunque poco a poco para no llamar demasiado la atención, pero los más escépticos defienden la versión de que se los han llevado a todos fuera de la ciudad, que se encuentran en paradero desconocido y que los interrogatorios, pese a los nulos resultados obtenidos hasta ahora, continúan. Vaya usted a saber quién tiene la razón. En cuanto al segundo punto, el de qué estarán haciendo los agentes de los servicios secretos, ahí nos sobran las certezas. Como otros honrados y dignos trabajadores, todas las mañanas salen de sus casas, se patean la ciudad de una punta a otra, en busca de indicios y, cuando les parece que el pez está dispuesto a picar, experimentan una táctica nueva, que consiste en dejarse de circunloquios y preguntar de sopetón a quienes les escuchan, Hablemos francamente, como amigos, yo voté en blanco, y usted. Al principio, los interpelados se limitaban a ofrecer las respuestas habituales, que nadie puede ser obligado a revelar su voto, que ninguna autoridad puede preguntar sobre ese punto, y si alguna vez alguno de ellos tuvo la ocurrencia de exigir al curioso impertinente que se identificase, que declarase allí mismo en nombre de qué poder y autoridad hacía la pregunta, entonces se asistía al regalador espectáculo de ver a un agente del servicio secreto bajar la cabeza y retirarse con el rabo entre las piernas, porque, claro está, en ninguna cabeza cabe la idea de que el agente se atreva a abrir la cartera para mostrar el carnet que, con fotografía, sello y franja con los colores de la bandera, como a tal lo acreditaba. Pero esto, como dijimos, fue al principio. A partir de cierto momento, comenzó a correr la voz popular de que la mejor actitud, en situaciones de esta índole, era no prestar atención a los preguntadores, darles simplemente la espalda, o, en casos extremos de insistencia, exclamar alto y claro, No me moleste, si no se prefiere, todavía más simplemente, y con más eficacia resolutiva, mandarlos a la mierda. Como era de esperar, los partes que los agentes de la secreta entregaban a sus superiores camuflaban estos desaires, escamoteaban estos reveses, contentándose con insistir en la obstinada y sistemática ausencia de espíritu de colaboración de que el sector sospechoso de la población seguía dando pruebas. Podría pensarse que este orden de cosas había llegado a un punto similar al de dos luchadores de igual fuerza, uno empujando aquí, otro empujando allí, que si bien es verdad que no levantan el pie de donde lo tienen puesto, tampoco logran avanzar ni un dedo, de modo que sólo el agotamiento final de uno de ellos acabará entregándole la victoria al otro. En opinión del principal y más directo responsable de los servicios secretos, el empate se rompería rápidamente si uno de los luchadores recibiese la ayuda de otro luchador, lo que, en esta situación concreta, se conseguiría abandonando, por inútiles, los procesos persuasivos hasta entonces empleados y adoptando sin ninguna reserva métodos disuasivos que no excluyesen el uso de la fuerza bruta. Si la capital se encuentra, por sus repetidas culpas, sometida al estado de sitio, si a las fuerzas militares compete imponer la disciplina y proceder en consecuencia en caso de alteración grave del orden social, si los altos mandos asumen la responsabilidad, bajo palabra de honor, de no dudar cuando llegue la hora de tomar decisiones, entonces los servicios secretos se encargarán de crear los focos de agitación adecuados que justifiquen a priori la severidad de una represión que el gobierno, generosamente, ha deseado, por todos los medios pacíficos y, repítase la palabra, persuasivos, evitar. Los insurrectos no podrán venir luego con quejas, así lo quieren, así lo tienen. Cuando el ministro del interior llevó esta idea al gabinete restringido, o de crisis, que mientras tanto se había formado, el primer ministro le recordó que aún disponía de un arma para resolver el conflicto y que sólo en el improbable caso de que fallara tomaría en consideración no sólo el nuevo plan, sino otros que pudieran ir surgiendo. Si fue lacónicamente, en cuatro palabras, como el ministro del interior expresó su desacuerdo, Estamos perdiendo el tiempo, el ministro de defensa usó más palabras para garantizar que las fuerzas militares sabrían cumplir con su deber, Como siempre han hecho, sin mirar sacrificios, a lo largo de nuestra historia. La delicada cuestión quedó por ahí, el fruto aún no parecía estar maduro. Entonces el otro luchador, harto de esperar, arriesgó un paso al frente. Una mañana las calles de la capital aparecieron invadidas de gente que llevaba en el pecho pegatinas, rojo sobre negro, con las palabras, Yo voté en blanco, de las ventanas pendían grandes carteles que declaraban, negro sobre rojo, Nosotros votamos en blanco, pero lo más visible de todo, lo que se agitaba y avanzaba sobre las cabezas de los manifestantes, era un río interminable de banderas blancas que confundió a un corresponsal despistado hasta el punto de telefonear a su periódico para informar de que la ciudad se había rendido. Los altavoces de los coches de la policía se desgañitaban berreando que no estaban permitidas reuniones de más de cinco personas, pero las personas eran cincuenta, quinientas, cinco mil, cincuenta mil, quién, en una situación de éstas, se va a poner a contar de cinco en cinco. El comandante de la policía quería saber si podía usar los gases lacrimógenos y cargar con las tanquetas de agua, el general de la división norte si lo autorizaban a mandar el avance de los tanques, el general de la división sur, aerotransportada, si habría condiciones para lanzar a los paracaidistas, o si, por el contrario, el riesgo de que cayeran sobre los tejados lo desaconsejaba. La guerra estaba a punto de estallar.

Fue entonces cuando el primer ministro, ante el gobierno reunido en pleno y el jefe del estado presidiéndolo, reveló su plan, Ha llegado la hora de partirle el espinazo a la resistencia, dijo, dejémonos de acciones psicológicas, de maniobras de espionaje, de detectores de mentiras y otros artilugios tecnológicos, puesto que, a pesar de los meritorios esfuerzos del ministro del interior, ha quedado demostrada la incapacidad de esos medios para resolver el problema, añado que también considero inadecuada la utilización de las fuerzas militares por el inconveniente más que probable de una mortandad que es nuestra obligación evitar sean cuales sean las circunstancias, en contrapartida a todo esto lo que traigo aquí es nada más y nada menos que una propuesta de retirada múltiple, un conjunto de acciones que algunos tal vez consideren absurdas, pero que tengo la certeza de que nos conducirán a la victoria total y al regreso de la normalidad democrática, a saber, y por orden de importancia, la retirada inmediata del gobierno a otra ciudad, que pasará a ser la nueva capital del país, la retirada de todas las fuerzas del ejército allí establecidas, la retirada de todas las fuerzas policiales, con esta acción radical la ciudad insurgente quedará entregada a sí misma, tendrá todo el tiempo que necesite para comprender lo que cuesta ser segregada de la sacrosanta unidad nacional, y cuando no pueda aguantar más el aislamiento, la indignidad, el desprecio, cuando la vida dentro se convierta en un caos, entonces sus habitantes culpables vendrán hasta nosotros con la cabeza baja implorando nuestro perdón. El primer ministro miró alrededor, Éste es mi plan, dijo, lo someto a examen y a discusión y, excusado sería decirlo, cuento con que sea aprobado por todos, los grandes males piden grandes remedios, y si es cierto que el remedio que propongo es doloroso, el mal que nos ataca es simplemente mortal.

Con palabras al alcance de la inteligencia de las clases menos ilustradas, pero no del todo inconscientes de la gravedad y diversidad de los males de toda especie que amenazan la ya precaria supervivencia del género humano, lo que el primer ministro había propuesto era, ni más ni menos, huir del virus que afectaba a la mayor parte de los habitantes de la capital y que, como lo peor siempre está esperando tras la puerta, tal vez acabase infectando al resto y hasta incluso, quién sabe, a todo el país. No es que él mismo y el gobierno en su conjunto recelaran de ser contaminados por la picadura del insecto subversor, aunque de sobra hemos visto algunos choques personales y ciertas ligerísimas diferencias de opinión, en todo caso incidiendo más sobre los medios que sobre los fines, ya que hasta ahora se ha mantenido inquebrantable la cohesión institucional entre los políticos responsables de la gestión de un país sobre el que, sin decir agua va, ha caído una calamidad nunca vista en la larga y desde siempre dificultosa historia de los pueblos conocidos. Al contrario de lo que ciertamente pensarán y habrán puesto en circulación algunos malintencionados, no se trataba de una fuga cobarde, sino de una jugada estratégica de primer orden, sin paralelo en audacia, cuyos resultados prospectivos casi se podían alcanzar con la mano, como un fruto en el árbol. Ahora sólo faltaba que, para la perfecta coronación de la obra, la energía empleada en la realización del plan estuviera a la altura de la firmeza de los propósitos. En primer lugar, hay que decidir quién saldrá de la ciudad y quién se quedará. Saldrán, claro está, su excelencia el jefe de estado y todo el gobierno hasta el nivel de subsecretarios, acompañados por sus asesores más cercanos, saldrán los diputados de la nación para que no se vea interrumpida la producción legislativa, saldrán las fuerzas del ejército y de la policía, incluyendo la de tráfico, pero el consistorio municipal permanecerá en bloque con su respectivo presidente, permanecerán las corporaciones de bomberos, no se vaya a abrasar la ciudad por algún descuido o acto de sabotaje, también permanecerán los servicios de limpieza urbana para evitar epidemias, y obviamente se garantizarán el abastecimiento de agua y de energía eléctrica, esos bienes esenciales a la vida. En cuanto a la comida, un grupo de especialistas en alimentación, también llamados nutricionistas, fueron encargados de elaborar una lista de menús mínimos que, sin sujetar a la población a una dieta de hambre, le hiciese sentir que un estado de sitio llevado hasta las últimas consecuencias no es lo mismo que unos días de vacaciones en la playa. Además, el gobierno estaba convencido de que las cosas no llegarían tan lejos. No pasarían muchos días antes de que se presentaran en cualquier puesto militar de la salida de la capital los habituales negociadores enarbolando la bandera blanca, la de la rendición incondicional, no la de la insurgencia, que el hecho de que una y otra tengan el mismo color es una coincidencia realmente notable acerca de la cual, por ahora, no nos detendremos a reflexionar, pero más adelante se verá si hay motivos suficientes para que regresemos a ella.

Después de la reunión plenaria del gobierno, de la que suponemos haber hecho suficiente referencia en las últimas páginas del capítulo anterior, el gabinete ministerial restringido, o de crisis, discutió y adoptó un ramillete de decisiones que a su tiempo serán traídas a la luz, si el desarrollo de los sucesos, entre tanto, como creemos haber advertido en otra ocasión, no las acaba convirtiendo en nulidades u obliga a sustituirlas por otras, pues, como conviene tener siempre presente, si es cierto que el hombre pone, dios es quien dispone, y no han sido pocas las ocasiones, nefastas casi todas, en que los dos, de acuerdo, dispusieron juntos. Una de las cuestiones más encendidamente discutidas fue el procedimiento de retirada del gobierno, cuándo y cómo debería realizarse, con discreción o sin ella, con o sin imágenes de televisión, con o sin bandas de música, con guirnaldas en los coches o no, llevando o no la bandera nacional agitándose sobre el guardabarros, y un nunca acabar de pormenores para los que fue necesario recurrir una y muchas veces al protocolo de estado, que jamás, desde la fundación de la nacionalidad, se había visto en semejantes apuros. El plan de retirada que finalmente se aprobó era una obra maestra de acción táctica, que consistía básicamente en una bien estudiada dispersión de los itinerarios para dificultar al máximo las concentraciones de manifestantes acaso movilizados para expresar el disgusto, el descontento o la indignación de la capital por el abandono a que iba a ser sentenciada. Habría un itinerario exclusivo para el jefe de estado, pero también para el primer ministro y para cada uno de los miembros del gabinete ministerial, un total de veintisiete recorridos diferentes, todos bajo la protección del ejército y de la policía, con carros antidisturbios en las encrucijadas y ambulancias al final de las caravanas, por lo que pudiera suceder. El mapa de la ciudad, un enorme panel iluminado sobre el que se trabajó aplicadamente durante cuarenta y ocho horas, con la participación de mandos militares y policiales especializados en rastreos, mostraba una estrella roja de veintisiete brazos, catorce mirando al hemisferio norte, trece apuntando al hemisferio sur, con un ecuador que dividía la capital en dos mitades. Por esos brazos se deberían encaminar los negros automóviles de las entidades oficiales, rodeados de guardaespaldas y walki-talkis, vetustos aparatos todavía usados en este país, pero ya con un presupuesto aprobado para su modernización. Todas las personas que entraban en las diversas fases de la operación, cualquiera que fuera su grado de participación, tuvieron que jurar silencio absoluto, primero con la mano derecha sobre los evangelios, después sobre la constitución encuadernada en cuero azul, rematando el doble compromiso con un juramento de los fuertes, recuperado de la tradición popular, Que el castigo, si a este juramento falto, caiga sobre mi cabeza y sobre la cabeza de mis descendientes, hasta la cuarta generación. Así sellado el sigilo, se marcó la fecha para dos días después. La hora de la salida, simultánea, es decir, la misma para todos, sería las tres de la madrugada, cuando sólo los insomnes graves dan vueltas en la cama y hacen promesas al dios hipnosis, hijo de la noche y hermano gemelo de tánatos, para que les auxilie en la aflicción, derramando sobre sus pesados párpados el suave bálsamo de las adormideras. Durante las horas que todavía faltaban, los espías, de regreso en masa al campo de operaciones, no iban a hacer otra cosa que patearse en todos los sentidos las plazas, avenidas, calles y callejones de la ciudad, oyendo disimuladamente el pulso de la población, sondeando designios apenas ocultos, juntando palabras oídas aquí y allí para intentar percibir si había trascendido alguna de las decisiones tomadas en el consejo de ministros, en particular sobre la inminente retirada del gobierno, porque un espía realmente digno de ese nombre tiene la obligación de cumplir como principio sagrado, como regla de oro, como decreto ley, no fiarse nunca de juramentos, vengan de donde vengan, aunque hayan sido hechos por la propia madre que les dio el ser, y menos todavía cuando en vez de un juramento tuvieron que ser dos, y todavía menos cuando en vez de dos fueron tres. En este caso, sin embargo, no hubo más remedio que reconocer, aunque con cierto sentimiento de frustración profesional, que el secreto oficial había sido bien guardado, convencimiento empírico con el que estuvo de acuerdo el sistema informático central del ministerio del interior, el cual, tras mucho exprimir, filtrar y combinar, barajando y volviendo a barajar los miles de fragmentos de conversaciones captadas, no encontró ni una señal equívoca, ni un indicio sospechoso, la punta mínima de un hilo capaz de traer en el otro extremo, al tirar, cualquier funesta sorpresa. Los mensajes despachados por los servicios secretos al ministerio del interior eran, de modo soberano, tranquilizadores, pero no solamente ésos, también los que la eficiente inteligencia militar, investigando por su cuenta y a espaldas de sus competidores civiles, iba remitiendo a los coroneles de la información y de la psico reunidos en el ministerio de defensa, podrían coincidir con los primeros en esa expresión que la literatura ha convertido en clásica, Nada nuevo en el frente occidental, excepto, claro está, el soldado que acaba de morir. Desde el jefe del estado hasta el último de los asesores no hubo quien no dejara escapar del pecho un suspiro de alivio. Gracias a dios, la retirada iba a hacerse tranquilamente, sin causar excesivos traumas a una población por ventura ya arrepentida, en parte, de un comportamiento sedicioso a todas luces inexplicable, pero que, a pesar de eso, en una muestra de civismo digna de todo encomio que auguraba mejores días, no parecía tener la intención de hostigar, tanto con actos o con palabras, a sus legítimos gobernantes y representantes en este momento de dolorosa, aunque indispensable, separación. Así concluían todos los informes y así sucedió.

A las dos y media de la madrugada ya toda la gente estaba dispuesta a soltar las amarras que la prendían al palacio del presidente, al palacete del jefe de gobierno y a los diversos edificios ministeriales. Alineados a la espera los resplandecientes automóviles negros, defendidas las furgonetas de los archivos por guardias de seguridad armados hasta los dientes, que podían escupir dardos envenenados por increíble que parezca, en posición los batidores de la policía, en alerta las ambulancias, y dentro, en los despachos, abriendo y cerrando todavía las últimas vitrinas y gavetas, los gobernantes fugitivos, o desertores, a quien en estilo elevado deberíamos llamar prófugos, compungidos recogían los últimos recuerdos, una fotografía de grupo, otra con dedicatoria, un rizo, una estatua de la diosa de la felicidad, un lapicero de la época escolar, un cheque devuelto, una carta anónima, un pañuelito bordado, una llave misteriosa, una pluma en desuso con el nombre grabado, un papel comprometedor, otro papel comprometedor, pero éste para el colega de la sección de al lado. Unas cuantas personas de éstas al borde de las lágrimas, hombres y mujeres que apenas conseguían dominar la emoción, se preguntaban si algún día regresarían a los lugares queridos que fueron testimonio de su ascensión en la escala jerárquica, otras, a quienes los hados no ayudaron tanto, soñaban, pese a los desengaños e injusticias, con mundos diferentes y nuevas oportunidades que los colocasen, finalmente, en el lugar merecido. A las tres menos cuarto, cuando a lo largo de los veintisiete recorridos las fuerzas del ejército y de la policía se encontraban estratégicamente distribuidas, sin olvidar los carros antidisturbios que dominaban los cruces principales, fue dada la orden de reducir la intensidad de la iluminación pública en toda la capital como manera de cubrir la retirada, por mucho que nos choque la crudeza de la expresión. En las calles por donde los automóviles y los camiones tendrían que pasar no se veía ni un alma, ni una sola, vestida de paisano. En cuanto al resto de la ciudad no variaban las informaciones continuamente recibidas, ningún grupo, ningún movimiento sospechoso, los noctívagos que se recogían en sus casas o de ellas habían salido no parecían gente de temer, no llevaban banderas al hombro ni disimulaban botellas de gasolina con la punta de un trapo saliendo por el gollete, no hacían molinetes con cachiporras o cadenas de bicicleta, y si de alguien se podría jurar que no iba por el camino recto, eso no habría que atribuirlo a desvíos de carácter político y sí a disculpables excesos alcohólicos. A las tres menos tres minutos los motores de los vehículos que acompañaban las caravanas fueron puestos en marcha. A las tres en punto, como estaba previsto, comenzó la retirada.

Entonces, oh sorpresa, el asombro, el prodigio nunca visto, primero el desconcierto y la perplejidad, después la inquietud, después el miedo, clavaron sus garras en las gargantas del jefe de estado y del jefe de gobierno, de los ministros, secretarios y subsecretarios, de los diputados, de los guardias de seguridad de las furgonetas, de los batidores de la policía, y hasta, si bien en menor grado, del personal de las ambulancias, por profesión habituados a lo peor. A medida que los automóviles iban avanzando por las calles, se encendían en las fachadas, una tras otra, de arriba abajo, las bombillas, las lámparas, los focos, las linternas, los candelabros si los había, tal vez algún viejo candil de latón de tres picos, de esos que se alimentaban con aceite, todas las ventanas abiertas y desbordando, a chorros, un río de luz como una inundación, una multiplicación de cristales hechos de lumbre blanca, señalando el camino, apuntando la ruta de la fuga a los desertores para que no se pierdan, para que no se extravíen por atajos. La primera reacción de los responsables de la seguridad de los convoyes fue dejar de lado todas las cautelas, ordenar que se pisaran los aceleradores a fondo, doblar la velocidad, y así se comenzó a hacer, con la alegría irreprimible de los motoristas oficiales, quienes, como es universalmente conocido, detestan ir a paso de buey cuando llevan doscientos caballos en el motor. No les duró la carrera. La decisión, por brusca, por precipitada, como todas las que son fruto del miedo, dio origen a que, prácticamente en todos los recorridos, un poco más adelante o un poco más atrás, se produjeran pequeñas colisiones, en general era el automóvil de detrás chocando contra el que le precedía, afortunadamente sin consecuencias de mayor gravedad para los pasajeros, fue un sobresalto y poco más, un hematoma en la cabeza, un arañazo en la cara, un tirón en el cuello, nada que justifique mañana una medalla por lesiones, cruz de guerra, corazón púrpura o cualquier engendro similar. Las ambulancias se adelantaron, dispuestos el personal médico y el de enfermería para atender a los heridos, la confusión era enorme, deplorable en todos los aspectos, detenidas las caravanas, llamadas telefónicas pidiendo información sobre lo que estaba pasando en otros recorridos, alguien exigiendo brazos en alto que le comunicaran la situación concreta, y para colmo estas hileras de edificios iluminados como árboles de navidad, sólo faltan los fuegos artificiales y los tiovivos, menos mal que nadie se asoma a las ventanas para disfrutar con el espectáculo que la calle ofrece gratis, riéndose, haciendo burla, señalando con el dedo los coches abollados. Subalternos de vista corta, de esos para quienes sólo importa el instante de ahora, como son casi todos, ciertamente pensarían así, lo pensarían también, tal vez, unos cuantos subsecretarios y asesores de escaso futuro, pero nunca jamás un primer ministro, y menos todavía uno tan previsor como ha resultado ser éste. Mientras el médico le limpiaba la barbilla con un antiséptico y se preguntaba para sus adentros si no se estaría excediendo al aplicarle al herido una inyección antitetánica, el jefe de gobierno le daba vueltas a las inquietudes que le sacudían el espíritu desde que los primeros edificios se iluminaron. Sin duda era caso para desconcertar al más flemático de los políticos, sin duda era inquietante, turbador, pero peor, mucho peor era no ver a nadie en las ventanas, como si las caravanas oficiales estuviesen huyendo ridículamente de la nada, como si las fuerzas del ejército y de la policía, los vehículos antidisturbios, incluidos los de agua, hubieran sido despreciados por el enemigo y ahora no tuviesen a quién combatir. Todavía un poco atontado por el choque, pero ya con el adhesivo colocado en la barbilla y tras rechazar con estoica impaciencia la inyección antitetánica, el primer ministro recordó de súbito que su primera obligación era telefonear al jefe del estado, preguntarle cómo se encontraba, interesarse por la salud de su presidencial persona, y tenía que hacerlo ahora mismo, sin más pérdida de tiempo, no fuese a ocurrir que él, con maliciosa astucia política, se le anticipara, Y me sorprendería con los pantalones bajados, murmuró sin pensar en el significado literal de la frase. Le pidió al secretario que hiciera la llamada, otro secretario respondió, el secretario de aquí dijo que el señor primer ministro deseaba hablar con el señor presidente, el secretario de allí dijo un momento por favor, el secretario de aquí le pasó el teléfono al primer ministro, y éste, como competía, esperó, Cómo van las cosas por ahí, preguntó el presidente, Unas cuantas chapas abolladas, nada importante, respondió el primer ministro, Pues por aquí, nada, No ha habido colisiones, Sólo unos pequeños envites, Sin gravedad, espero, Sí, estos blindajes son a prueba de bomba, Lamento que me obligue a recordarle, señor presidente, que ningún blindaje de automóvil es a prueba de bomba, No necesita decírmelo, siempre habrá una lanza para una coraza, siempre habrá una bomba para un blindaje, Está herido, Ni un arañazo. La cara de un oficial de la policía apareció en la ventanilla del coche, hizo señal de que el viaje podía proseguir, Ya estamos otra vez en marcha, informó el primer ministro, Aquí casi no llegamos a parar, respondió el jefe de estado, Señor presidente, una palabra, Diga, No puedo esconderle que me siento preocupado, ahora mucho más que el día de las primeras elecciones, Por qué, Estas luces que se encienden a nuestro paso y que, con toda probabilidad, van a seguir encendiéndose durante el resto del camino, hasta que salgamos de la ciudad, la ausencia absoluta de personas, mire que no se distingue ni una sola alma en las ventanas o en las calles, es extraño, muy extraño, comienzo a pensar que tendré que admitir lo que hasta ahora negaba, que hay una intención detrás de todo esto, una idea, un objetivo pensado, las cosas están pasando como si la población obedeciera un plan, como si hubiese una coordinación central, No lo creo, usted querido amigo, sabe mejor que yo que la teoría de la conspiración anarquista no tiene por dónde agarrarse, y que la otra teoría, la de que un estado extranjero malvado está empeñado en una acción desestabilizadora contra nuestro país, no vale más que la primera, Creíamos tener la situación completamente controlada, que éramos dueños y señores de la situación, y al final nos salen al camino con una sorpresa que ni el más pintado parecía capaz de imaginar, un perfecto golpe teatral, tengo que reconocerlo, Qué piensa hacer, De momento, seguir con el plan que elaboramos, si las circunstancias futuras aconsejaran introducir alteraciones sólo lo haremos después de un examen exhaustivo de los nuevos datos, sea como fuere, en cuanto a lo fundamental, no preveo que tengamos que efectuar ningún cambio, Y en su opinión lo fundamental es, Lo discutimos y llegamos a un acuerdo, señor presidente, aislar a la población, dejarlos que cuezan a fuego lento, más pronto o más tarde es inevitable que comiencen a surgir conflictos, los choques de intereses sucederán, la vida cada vez será más difícil, en poco tiempo la basura invadirá las calles, señor presidente, cómo se pondrá todo si las lluvias vuelven, y, tan seguro como que soy primer ministro, habrá graves problemas en el abastecimiento y distribución de los alimentos, nosotros nos encargaremos de crearlos si resulta conveniente, Cree entonces que los ciudadanos no podrán resistir mucho tiempo, Así es, además, hay otro factor importante, tal vez el más importante de todos, Cuál, Por mucho que se haya intentado y se siga intentando, nunca se conseguirá que la gente piense de la misma manera, Esta vez se diría que sí, Demasiado perfecto para ser verdadero, señor presidente, Y si existe realmente por ahí, como ha admitido hace unos instantes, una organización secreta, una mafia, una camorra, una cosa nostra, una cía o un kgb, La cía no es secreta, señor presidente, y el kgb ya no existe, La diferencia no es muy grande, pero imaginemos algo así, o todavía peor, si es posible, más maquiavélico, inventado ahora para crear esta casi unanimidad alrededor de, si quiere que le diga, no sé bien de qué, Del voto en blanco, señor presidente, del voto en blanco, Hasta ahí soy capaz de llegar por mi propia cuenta, lo que me interesa es lo que no sé, No dudo, señor presidente, Siga, por favor, Aunque esté obligado a admitir, en teoría, siempre en teoría, la posibilidad de la existencia de una organización clandestina contra la seguridad del estado y contra la legitimidad del sistema democrático, eso no se hace sin contactos, sin reuniones, sin cédulas, sin proselitismos, sin papeles, sí, sin papeles, usted sabe que en este mundo es totalmente imposible hacer algo sin papeles, y nosotros además de no tener ni una sola información sobre actividades como las que le acabo de mencionar, tampoco hemos encontrado ni una simple hoja de agenda que diga, por lo menos, Adelante, compañeros, le jour de gloire est arrivé, No comprendo por qué tendría que ser en francés, Por aquello de la tradición revolucionaria, señor presidente, Qué extraordinario país este nuestro donde suceden cosas nunca antes vistas en ninguna parte del planeta, No necesito recordarle, señor presidente, que no es la primera vez, Precisamente a eso me refería, querido primer ministro, Es evidente que no hay la menor probabilidad de relación entre los dos acontecimientos, Es evidente que no, la única cosa que tienen en común es el color, Para el primero no se ha encontrado una explicación hasta hoy, Y para éste tampoco la tendremos, Ya veremos, señor presidente, ya veremos, Si no nos damos antes con la cabeza en la pared, Tengamos confianza, señor presidente, la confianza es fundamental, En qué, en quién, dígame, En las instituciones democráticas, Querido amigo, reserve ese discurso para la televisión, aquí sólo nos oyen los secretarios, podemos hablar con claridad. El primer ministro cambió de conversación, Ya estamos saliendo de la ciudad, señor presidente, Por este lado también, Mire para atrás, señor presidente, por favor, Para qué, Las luces, Qué tienen las luces, Siguen encendidas, nadie las ha apagado, Y qué conclusión quiere que saque de estas luminarias, No lo sé bien, señor presidente, lo lógico sería que las fuesen apagando a medida que avanzamos, pero no, ahí están, imagino que desde el aire parecerán una enorme estrella de veintisiete brazos, Por lo visto, tengo un primer ministro poeta, No soy poeta, pero una estrella es una estrella es una estrella, nadie lo puede negar, señor presidente, Y ahora qué vamos a hacer, El gobierno no se va a cruzar de brazos, todavía no se nos han acabado las municiones, todavía tenemos flechas en la aljaba, Espero que la puntería no le falle, Sólo necesitaré tener al enemigo a mi alcance, Pero ése es precisamente el problema, no sabemos dónde está el enemigo, ni siquiera sabemos quién es, Aparecerá, señor presidente, es cuestión de tiempo, no pueden permanecer escondidos eternamente, Que no nos falte el tiempo, Encontraremos una solución, Ya estamos llegando a la frontera, seguiremos la conversación en mi despacho, venga luego, sobre las seis de la tarde, De acuerdo, señor presidente, allí estaré.

La frontera era igual en todas las salidas de la ciudad, una compleja barrera móvil, un par de tanques, cada uno a un lado de la carretera, unos cuantos barracones, y soldados armados con uniformes de campaña y con las caras pintadas. Focos potentes iluminaban el plató. El presidente salió del automóvil, retribuyó con un gesto civil y medio displicente el impecable saludo del oficial jefe, y preguntó, Cómo van las cosas por aquí, Sin novedad, calma absoluta, señor presidente, Alguien ha intentado salir, Negativo, señor presidente, Supongo que se referirá a vehículos motorizados, bicicletas, carros, patinetes, Vehículos motorizados, sí señor presidente, Y personas a pie, Ni una para muestra, Claro que ya habrá pensado que los fugitivos no vendrán por la carretera, Sí señor presidente, de todas maneras no conseguirán pasar, aparte de las patrullas convencionales que vigilan la mitad de la distancia que nos separa de las dos salidas más próximas, a un lado y a otro, disponemos de sensores electrónicos que serían capaces de dar la alarma por un ratón si los regulamos para detectar pequeños cuerpos, Muy bien, conoce seguramente lo que se dice en estas ocasiones, la patria os contempla, Sí señor presidente, tenemos consciencia de la importancia de la misión, Supongo que habrán recibido instrucciones en caso de que haya tentativas de salidas en masa, Sí señor presidente, Cuáles son, Primero, dar la voz de alto, Eso es obvio, Sí señor presidente, Y si no hacen caso, Si no hacen caso, disparamos al aire, Y si a pesar de eso avanzan, Entonces intervendrá la sección de la policía antidisturbios que nos ha sido asignada, Que actuará cómo, Ahí depende, o lanzan gases lacrimógenos, o atacan con las tanquetas de agua, esas acciones no son de la competencia del ejército, Me parece notar en sus palabras un cierto tono crítico, Es que en mi opinión no son maneras de hacer una guerra, señor presidente, Interesante observación, y si las personas no retroceden, Es imposible que no retrocedan, señor presidente, no hay quien pueda aguantar los gases lacrimógenos y el agua a presión, Pero imagínese que sí, qué órdenes tiene para una posibilidad de ésas, Disparar a las piernas, Por qué a las piernas, No queremos matar a compatriotas, Pero siempre puede suceder, Sí señor presidente, siempre puede suceder, Tiene familia en la ciudad, Sí señor presidente, Imagínese que ve a su mujer y a sus hijos al frente de una multitud que avanza, La familia de un militar sabe cómo debe comportarse en todas las situaciones, Supongo que sí, pero imagíneselo, haga un esfuerzo, Las órdenes son para cumplirlas, señor presidente, Todas, Hasta hoy tengo el honor de haber cumplido todas las que me han sido dadas, Y mañana, Espero no tener que decirlo, señor presidente, Ojalá. El presidente dio dos pasos hacia el coche, de repente preguntó, Tiene la certeza de que su mujer no votó en blanco, Pondría la mano en el fuego, señor presidente, De verdad que la pondría, Es una manera de hablar, quiero decir que tengo la certeza de que cumplió su deber electoral, Votando, Sí, Pero eso no responde a mi pregunta, No señor presidente, Pues entonces responda, No puedo, señor presidente, Por qué, Porque la ley no me lo permite, Ah. El presidente miró con detenimiento al oficial, después dijo, Hasta la vista, capitán, porque es capitán, no, Sí señor presidente, Buenas noches, capitán, quizá volvamos a vernos, Buenas noches, señor presidente, Fíjese que no le he preguntado si había votado en blanco, Me he fijado, señor presidente. El coche salió a gran velocidad. El capitán se llevó las manos a la cara. El sudor le corría por la frente.

Las luces comenzaron a apagarse cuando el último camión de la tropa y la última furgoneta de la policía salieron de la ciudad. Uno tras otro, como quien se despide, fueron desapareciendo los veintisiete brazos de la estrella, quedando sólo el dibujo impreciso de las calles desiertas y la escasa iluminación pública que nadie pensó en devolver a la normalidad de todas las noches pasadas. Sabremos hasta qué punto la ciudad está viva cuando los negrores intensos del cielo comiencen a disolverse en la lenta marea de profundo azul que una buena visión ya es capaz de distinguir subiendo del horizonte, entonces se verá si los hombres y las mujeres que habitan los pisos de estos edificios salen hacia su trabajo, si los primeros autobuses recogen a los primeros pasajeros, si los vagones del metro atruenan velozmente los túneles, si las tiendas abren sus puertas y suben las persianas, si los periódicos llegan a los quioscos. A esta hora matutina, mientras se lavan, visten y toman el café con leche de todas las mañanas, las personas oyen la radio anunciando, excitadísima, que el presidente, el gobierno y el parlamento abandonaron la ciudad esta madrugada, que no hay policía en la ciudad y el ejército se ha retirado, entonces encienden la televisión que les ofrece en el mismo tono la misma noticia, y tanto una como otra, radio y televisión, con pequeños intervalos, van informando de que, a las siete en punto, será transmitida una importante comunicación del jefe del estado dirigida a todo el país y, en particular, como no podía ser de otra manera, a los obstinados habitantes de la ciudad capital. De momento los quioscos todavía no están abiertos, es inútil bajar a la calle para comprar el periódico, de la misma manera que no merece la pena, aunque algunos ya lo hayan intentado, buscar en la red, en internet, la previsible censura presidencial. El secretismo oficial, si es cierto que, ocasionalmente, puede ser tocado por la peste de la indiscreción, como todavía no hace muchas horas quedó demostrado con el concertado encendido de las luces de las casas, es escrupuloso hasta el grado máximo siempre que afecte a autoridades superiores, las cuales, como es sabido, por un quítame allá esas pajas, no sólo exigen rápidas y completas explicaciones a los infractores, sino que de vez en cuando les cortan la cabeza. Faltan diez minutos para las siete, a estas horas ya muchas de las personas que se desperezan deberían estar en la calle camino de sus empleos, pero un día no son días, es como si se hubiera declarado tolerancia en la puntualidad para los funcionarios públicos, y, en lo que concierne a las empresas privadas, lo más seguro es que la mayor parte se mantengan cerradas todo el día, hasta ver adónde va a parar todo esto. Cautela y caldos de gallina nunca le han hecho mal a quien tiene salud. La historia mundial de los tumultos nos demuestra que, tanto si se trata de una alteración específica del orden público, como de una simple amenaza de que tal pueda ocurrir, los mejores ejemplos de prudencia son los ofrecidos por el comercio y la industria con puertas a la calle, actitud asustadiza que es nuestra obligación respetar, ya que son estas ramas de la actividad profesional las que más tienen que perder, e invariablemente pierden, en rupturas de escaparates, asaltos, saqueos y sabotajes. A las siete horas menos dos minutos, con la expresión y la voz luctuosa que las circunstancias imponen, los locutores de guardia de las televisiones y de las radios anunciaron finalmente que el jefe del estado iba a dirigirse a la nación. La imagen siguiente, escenográficamente introductoria, mostró una bandera nacional moviéndose extenuada, lánguida, perezosa, como si estuviera, en cada instante, a punto de resbalarse desamparada por el mástil, Estaba en calma el día que le sacaron el retrato, comentó alguien en una de estas casas. La simbólica insignia pareció resucitar con los primeros acordes del himno nacional, la brisa suave había dado lugar súbitamente a un viento enérgico que sólo podría llegar del vasto océano y de las batallas vencedoras, si soplase un poquito más, con un poquito de más fuerza, ciertamente veríamos aparecer valquirias cabalgando con héroes a la grupa. Después, extinguiéndose a lo lejos, en la distancia, el himno se llevó consigo la bandera, o la bandera se llevó consigo al himno, el orden de los factores es indiferente, y entonces el jefe de estado apareció ante el pueblo tras una mesa, sentado, con los severos ojos fijos en el teleprinter. A su derecha, en la imagen, la bandera, no la otra, ésta es de interior, con los pliegues discretamente compuestos. El presidente entrelazó los dedos para disimular una contracción involuntaria, Está nervioso, dijo el hombre del comentario sobre la falta de viento, vamos a ver con qué cara explica la jugada canallesca que nos han clavado. Las personas que aguardaban la inminente exhibición oratoria del jefe del estado no podían, ni de lejos, imaginar el esfuerzo que a los asesores literarios de la presidencia de la república les había costado preparar el discurso, no en cuanto a las alegaciones propiamente dichas, que sólo sería pulsar unas cuantas cuerdas del laúd estilístico, sino en acertar con el vocativo que, según la norma, debería precederlas, los toponímicos que, en la mayoría de los casos, dan comienzo a las arengas de esta naturaleza. Verdaderamente, considerando la melindrosa materia de la intervención, sería poco menos que ofensivo decir Queridos compatriotas, o Estimados conciudadanos, o quizá, de modo más simple y más noble, si la hora fuera de tañer con adecuado trémulo el bordón del amor a la patria, Portugueeeesas, Portugueeeeses, palabras estas que, nos apresuramos a aclarar, sólo aparecen gracias a una suposición absolutamente gratuita, sin ningún fundamento objetivo de que el teatro de los gravísimos acontecimientos de que, como es nuestro sello, estamos dando minuciosa noticia, acaso sea, o acaso hubiera sido, el país de las dichas portuguesas y de los dichos portugueses. Se trata sólo de un mero ejemplo ilustrativo, por el cual, pese a la bondad de nuestras intenciones, nos apresuramos a pedir disculpas, sobre todo porque se trata de un pueblo universalmente famoso por haber ejercido siempre con meritoria disciplina cívica y religiosa devoción sus deberes electorales.

Ora bien, regresando a la morada de la que hemos hecho puesto de observación, conviene decir que, al contrario de lo que sería lógico esperar, ningún oyente, ya sea de radio o televisión, notó que de la boca del presidente no salían los habituales vocativos, ni éste, ni ése, ni aquél, quizá porque el pungitivo dramatismo de las primeras palabras lanzadas al éter, Os hablo con el corazón en la mano, hubiesen desaconsejado a los asesores literarios del jefe del estado, por superflua e inoportuna, la introducción de cualquiera de los estribillos de costumbre. De hecho, hay que reconocer que sería una total incongruencia comenzar diciendo cariñosamente Estimados conciudadanos o Queridos compatriotas, como quien se dispone a anunciar que a partir de mañana baja un cincuenta por ciento el precio de la gasolina, para exhibir a continuación ante los ojos de la audiencia transida de pavor una sangrienta, escurridiza y todavía palpitante víscera. Lo que el presidente de la república iba a comunicar, adiós, adiós, hasta otro día, ya era del conocimiento de todos, pero se entiende que las personas tengan la curiosidad de ver cómo se descalzaba la bota. He aquí por tanto el discurso completo, al que sólo le faltan, por imposibilidad técnica de transcripción, el temblor de la voz, el gesto compungido, el brillo ocasional de una lágrima apenas contenida, Os hablo con el corazón en la mano, os hablo roto por el dolor de un alejamiento incomprensible, como un padre abandonado por los hijos que tanto ama, perdidos, perplejos, ellos y yo, ante la sucesión de unos acontecimientos insólitos que consiguieron romper la sublime armonía familiar. Y no digáis que fuimos nosotros, que fui yo mismo, que fue el gobierno de la nación, con sus diputados electos, los que nos separamos del pueblo. Es cierto que nos retiramos esta madrugada a otra ciudad, que a partir de ahora será la capital del país, es cierto que decretamos para la capital que fue y ha dejado de ser un riguroso estado de sitio que, por la propia fuerza de las cosas, dificultará seriamente el funcionamiento equilibrado de una aglomeración urbana de tanta importancia y con estas dimensiones físicas y sociales, es cierto que os encontráis cercados, rodeados, confinados dentro del perímetro de la ciudad, que no podréis salir, que si lo intentáis sufriréis las consecuencias de una inmediata respuesta armada, pero lo que no podréis decir nunca es que la culpa la tienen estos a quienes la voluntad popular, libremente expresada en sucesivas, pacíficas y leales disputas democráticas, confió los destinos de la nación para que la defendiéramos de todos los peligros internos y externos. Vosotros, sí, sois los culpables, vosotros, sí, sois los que ignominiosamente habéis desertado del concierto nacional para seguir el camino torcido de la subversión, de la indisciplina, del más perverso y diabólico desafío al poder legítimo del estado del que hay memoria en toda la historia de las naciones. No os quejéis de nosotros, quejaos ante vosotros mismos, no de estos que a través de mi voz hablan, éstos, al gobierno me refiero, que una y muchas veces os pidieron, qué digo yo, os rogaron e imploraron que enmendaseis vuestra maliciosa obstinación, cuyo sentido último, a pesar de los ingentes esfuerzos de investigación desarrollados por las autoridades del estado, todavía hoy, desgraciadamente, se mantiene impenetrable. Durante siglos y siglos fuisteis la cabeza del país y el orgullo de la nación, durante siglos y siglos, en horas de crisis nacional, de aflicción colectiva, nuestro pueblo se habituó a volver los ojos hacia este burgo, hacia estas colinas, sabiendo que de aquí le vendría el remedio, la palabra consoladora, el buen rumbo para el futuro. Habéis traicionado la memoria de vuestros antepasados, he ahí la dura verdad que atormentará para siempre jamás vuestra conciencia, ellos levantaron, piedra a piedra, el altar de la patria, vosotros decidisteis destruirlo, que la vergüenza caiga pues sobre vosotros. Con toda mi alma, quiero creer que vuestra locura será transitoria, que no perdurará, quiero pensar que mañana, un mañana que a los cielos rezo para que no se haga esperar demasiado, el arrepentimiento entre dulcemente en vuestros corazones y volveréis a congraciaros con la comunidad nacional, raíz de raíces, y con la legalidad, regresando, como el hijo pródigo, a la casa paterna. Ahora sois una ciudad sin ley. No tendréis un gobierno para imponer lo que debéis y no debéis hacer, cómo debéis y no debéis comportaros, las calles serán vuestras, os pertenecen, usadlas como os apetezca, ninguna autoridad aparecerá cortando el paso y dando el buen consejo, pero tampoco, atended bien lo que os digo, ninguna autoridad os protegerá de ladrones, violadores y asesinos, ésa será vuestra libertad, disfrutadla. Tal vez penséis, ilusoriamente, que, entregados a vuestro albedrío y a vuestros libres caprichos, seréis capaces de organizaros mejor y mejor defender vuestras vidas de lo que a su favor hicieron los métodos antiguos y las antiguas leyes. Terrible equívoco el vuestro. Más pronto que tarde os veréis obligados a nombrar jefes que os gobiernen, si es que no son ellos quienes irrumpan bestialmente del inevitable caos en que acabaréis cayendo, y os impongan su ley. Entonces os daréis cuenta de la trágica dimensión de vuestro engaño. Tal vez os rebeléis como en el tiempo de los constreñimientos autoritarios, como en el ominoso tiempo de las dictaduras, pero, no os hagáis ilusiones, seréis reprimidos con igual violencia, y no seréis llamados a votar porque no habrá elecciones, o tal vez sí las haya, pero no serán imparciales, limpias y honestas como las que habéis despreciado, y así será hasta el día en que las fuerzas armadas que, conmigo y con el gobierno de la nación, hoy decidieron abandonaros al destino que habéis elegido, tengan que regresar para libertaros de los monstruos que vosotros mismos estáis generando. Todo vuestro sufrimiento habrá sido inútil, vana toda vuestra tozudez, y entonces comprenderéis, demasiado tarde, que los derechos sólo lo son íntegramente en las palabras con que fueron enunciados y en el pedazo de papel en que fueron consignados, ya sea constitución, ley o cualquier otro reglamento, comprenderéis, ojalá convencidos, que su aplicación desmedida, inconsiderada, convulsionaría la sociedad establecida sobre los pilares más sólidos, comprenderéis, en fin, que el simple sentido común ordena que los tomemos como mero símbolo de lo que podría ser, si fuese, y nunca como su efectiva y posible realidad. Votar en blanco es un derecho irrenunciable, nadie os lo negará, pero, así como les prohibimos a los niños que jueguen con fuego, también a los pueblos les prevenimos de que no les conviene manipular la dinamita. Voy a terminar. Tomad la severidad de mis avisos, no como una amenaza, mas sí como un cauterio para la infecta supuración política que habéis generado en vuestro seno y en la que os estáis revolviendo. Volveréis a verme y a oírme el día que hayáis merecido el perdón que, a pesar de todo, estamos inclinados a conceder, yo, vuestro presidente, el gobierno que elegisteis en mejores tiempos, y la parte sana y pura de nuestro pueblo, esa de la que en estos momentos no sois dignos. Hasta ese día, adiós,

que el señor os proteja. La imagen grave y atribu-
lada del jefe de estado desapareció y en su lugar
volvió a surgir la bandera izada. El viento la agitaba
de acá para allá, de allá para acá, como a una tonta,
al mismo tiempo que el himno repetía los bélicos
acordes y los marciales acentos que habían sido
compuestos en eras pasadas de imparable exalta-
ción patriótica, y que ahora parecían sonar a hueco.
Sí señores, el hombre habló bien, dijo el mayor de
la familia, y hay que reconocer que tiene razón en
lo que ha dicho, los niños no deben jugar con fuego
porque después es cierto y sabido que se mean en
la cama.

Las calles, hasta ahí prácticamente desiertas, cerrado casi todo el comercio, casi vacíos los autobuses que pasaban, se llenaron de gente en pocos
minutos. Quienes se habían quedado en casa acudían a las ventanas para ver el concurso, palabra
que no quiere decir que las personas caminaran
todas en la misma dirección, más bien eran como
dos ríos, uno que subía, otro que bajaba, y se salu-
daban de un lado a otro como si la ciudad estuviera
en fiestas, como si fuese festivo local, no se veían
por ahí ni ladrones ni violadores ni asesinos, al contrario del malintencionado pronóstico del presidente huido. En algunos pisos de los edificios, aquí,
allí, estaban cerradas las ventanas, con las persianas,
cuando las había, melancólicamente bajadas, como
si un doloroso luto hubiese herido a las familias
que residían en su interior. En tales pisos no se habían encendido las alertas luces de la madrugada,

como mucho los residentes espiaban tras las cortinas con el corazón encogido, allí vivía gente con ideas políticas muy firmes, personas que habiendo votado, ya sea en la primera convocatoria, ya sea en la segunda, a los suyos de toda la vida, el partido de la derecha y el partido del medio, no tenían ahora ningún motivo que festejar y, muy por el contrario, temían los desmanes de la masa desinformada que cantaba y gritaba en las calles, el derribo de las sacrosantas puertas del hogar, el agravio de los recuerdos de familia, el saqueo de las platas, Canten, canten, que ya llorarán, se decían unos a otros para infundirse valor. En cuanto a los votantes del partido de la izquierda, quienes no aplaudían en las ventanas era porque habían bajado a la calle, como fácilmente se puede demostrar, en esta en que nos encontramos, dado que una bandera de vez en cuando, como tomando impulso, asoma sobre el caudaloso río de cabezas. Nadie fue a trabajar. Los periódicos se agotaron en los quioscos, todos traían en primera página la arenga del presidente, además de una fotografía realizada en el acto de la lectura, probablemente y a juzgar por la expresión dolorida del rostro, en el momento que decía que estaba hablando con el corazón en la mano. Pocos eran los que perdían su tiempo leyendo lo que ya conocían, a casi todos lo que les interesaba era saber lo que pensaban los directores de los periódicos, los editorialistas, los comentaristas, alguna entrevista de última hora. Los titulares de apertura llamaban la atención de los curiosos, eran enormes, monumentales, otros, en páginas interiores, de tamaño normal, aunque todos parecían producto de la cabeza de un mismo genio de la sintaxis titulativa, esa que exime sin remordimiento alguno de la lectura de la noticia que viene a continuación. Así, los sentimentales como La capital amaneció huérfana, irónicos como La piña les reventó en la cara a los provocadores o El voto blanco les salió negro, pedagógicos como El estado da una lección a la capital insurrecta, vengativos como Llegó la hora del ajuste de cuentas, proféticos como Todo será diferente a partir de ahora o Nada será igual a partir de ahora, alarmistas como La anarquía al acecho o Movimientos sospechosos en la frontera, retóricos como Un discurso histórico para un momento histórico, aduladores como La dignidad del presidente desafía la irresponsabilidad de la capital, bélicos como El ejército cerca la ciudad, objetivos como La retirada de los órganos de poder se realiza sin incidentes, radicales como El ayuntamiento debe asumir toda la autoridad, tácticos como La solución está en la tradición municipalista. Referencias a la estrella maravillosa, la de los veintisiete brazos de luz, fueron pocas y metidas a trochemoche en medio de las noticias, sin la gracia atractiva de un titular, aunque fuera irónico, aunque fuera sarcástico, del tipo Y todavía se quejan de que la electricidad es cara. Algunos de los editoriales, si bien aprobando la actitud del gobierno, Nunca las manos le duelan, exhortaba uno de ellos, se atrevían a expresar ciertas dudas sobre la razonada prohibición de salir de la ciudad impuesta a los habitantes, Es que, una vez más, para no variar, van a pagar justos por pecadores, los honestos por los malhechores, ahí tenemos el caso de honradas ciudadanas y de honrados ciudadanos que, habiendo cumplido escrupulosamente su deber electoral votando a cualquiera de los partidos legalmente constituidos que componen el marco de opciones ideológicas en que la sociedad se reconoce de modo consensual, ven ahora coaccionada su libertad de movimientos por culpa de una insólita mayoría de perturbadores cuya única característica hay quien dice que es no saber lo que quieren, o que, y es nuestro entender, lo saben muy bien y están preparándose para el asalto final al poder. Otros editoriales iban más lejos, reclamaban la abolición pura y simple del secreto de voto y proponían para el futuro, cuando la situación se normalizase, como por las buenas o por las malas tendrá que suceder algún día, el establecimiento de un cuadernillo de elector, en el cual el presidente del colegio electoral, tras comprobar, antes de introducirlo en la urna, el voto expreso, anotaría, para todos los efectos legales, tanto los oficiales como los particulares, que el portador había votado al partido tal o cual, Y por ser verdad y haberlo comprobado, bajo palabra de honor lo firmo. Si el tal cuadernillo ya existiese, si un legislador consciente de las posibilidades del uso libertino del voto hubiese osado dar este paso, articulando el fondo y la forma de un funcionamiento democrático totalmente transparente, todas las personas que votaron al partido de la derecha o al partido del medio estarían ahora haciendo las maletas para emigrar con destino a su verdadera patria, esa que siempre tiene los brazos abiertos para recibir a quienes más fácilmente puede apretar. Caravanas de automóviles y autobuses, de furgonetas y camiones de mudanza llevando enarboladas las banderas de los partidos y tocando el claxon a compás, pe de de, pe de eme, no tardarían en seguir el ejemplo del gobierno, camino de los puestos militares de la frontera, los chicos y las chicas con el culo asomando por las ventanillas, gritándoles a los peatones de la insurrección, Ya podéis poner las barbas a remojar, miserables traidores, Menuda paliza os vamos a dar cuando volvamos, bandidos de mierda, Hijos de la gran puta que os parió, o, insulto máximo en el vocabulario de la jerga democrática, a voz en grito, Indocumentados, indocumentados, indocumentados, y esto no sería verdad, porque todos aquellos contra quienes gritaban también tendrían en casa o llevarían en el bolsillo su propio cuadernillo de elector donde, ignominiosamente, como marcado a hierro, estaría escrito y sellado Votó en blanco. Sólo los grandes remedios son capaces de curar los grandes males, concluía seráficamente el editorialista.

La fiesta no duró mucho. Es cierto que nadie decidió ir al trabajo, pero la consecuencia de la gravedad de la situación no tardó en aminorar el tono de las manifestaciones de alegría, hubo incluso quien se preguntaba, Alegres, por qué, si nos han aislado aquí como si fuéramos apestados en cuarentena, con un ejército de armas amartilladas, dispuestas a disparar contra quien pretenda salir de la ciudad, dígame por favor dónde están las razones para la alegría. Y otros decían, Tenemos que organizarnos, pero no sabían cómo se hacía eso, ni con quién ni para qué. Algunos sugirieron que un grupo fuese a hablar con el alcalde, ofreciéndole leal colaboración y explicándole que las intenciones de las personas que habían votado en blanco no eran derribar el sistema y tomar el poder, que por otra parte no sabrían qué hacer luego con él, que si votaron como votaron era porque estaban desilusionados y no encontraban otra manera de expresar de una vez por todas hasta dónde llegaba la desilusión, que podrían haber hecho una revolución, pero seguramente moriría mucha gente, y no querían eso, que durante toda la vida, con paciencia, habían depositado sus votos en las urnas y los resultados estaban a la vista, Esto no es democracia ni es nada, señor alcalde. Hubo quien defendió la opinión de que deberían ponderar mejor los hechos, que sería preferible dejar al ayuntamiento la responsabilidad de decir la primera palabra, si aparecemos ahora con todas estas explicaciones y todas estas ideas van a suponer que hay una organización política detrás moviendo los hilos, y nosotros somos los únicos que sabemos que no es verdad, hay que tener en cuenta que tampoco el ayuntamiento lo tiene fácil, si el gobierno le ha dejado una patata caliente en las manos, a nosotros no nos conviene calentarla todavía más, un periódico ha dicho que el ayuntamiento debería asumir toda la autoridad, qué autoridad, con qué medios, la policía se ha ido, ni siquiera hay quien dirija el tráfico, no podemos esperar que los concejales salgan a la calle a hacer el trabajo de sus subordinados, ya se comenta que los empleados de los servicios municipales de recogida de basura van a entrar en huelga, si esto es verdad, y no nos sorprendamos que tal venga a suceder, que quede claro que se trataría de una provocación, o del ayuntamiento o, más probable, orquestada por el gobierno, intentarán amargarnos la vida de mil maneras, tenemos que estar preparados para todo, incluyendo, o principalmente, lo que ahora nos parezca imposible, la baraja la tienen ellos, y las cartas en la manga también. Otros, de tipo pesimista, aprensivo, creían que la situación no tenía salida, que estaban condenados al fracaso, Esto va a ser como de costumbre, un sálvese quien pueda y los demás que se jeringuen, la imperfección moral del género humano, cuántas veces tendremos que decirlo, no es de hoy ni de ayer, es histórica, viene de los tiempos de maricastaña, ahora parece que somos solidarios unos con otros, pero mañana comenzaremos a enzarzarnos, y luego el paso siguiente será la guerra abierta, la discordia, la confrontación, mientras los de fuera disfrutan desde la barrera y hacen apuestas sobre el tiempo que conseguiremos resistir, será bonito mientras dure, sí señor, pero la derrota es cierta y está garantizada, de hecho, seamos razonables, a quién le pasaría por la cabeza que una acción de éstas pudiese salir adelante, personas votando masivamente en blanco sin que nadie lo hubiera ordenado, es de locos, por ahora el gobierno todavía no ha salido de su desconcierto e intenta recuperar fuelle, sin embargo la primera victoria ya la tienen, nos han dado la espalda y nos han mandado a la mierda, que es, en su opinión, lo que nos merecemos, y hay que contar también con las presiones internacionales, apuesto a que a esta hora los gobiernos y los partidos de todo el mundo no piensan en otra cosa, no son estúpidos, saben que esto puede ser como un reguero de pólvora, se enciende aquí y explota más allá, de todos modos, y como para ellos somos mierda, vamos a serlo hasta el final, hombro con hombro, y de esta mierda que somos algo les salpicará.

Al día siguiente se confirmó el rumor, los camiones de recogida de basuras no salieron a la calle, los basureros se declararon en huelga total, e hicieron públicas unas exigencias salariales que el portavoz del ayuntamiento de inmediato tachó de inaceptables y mucho menos ahora, dijo, cuando la ciudad está enfrentando una crisis sin precedentes y de desenlace altamente problemático. En la misma línea de acción alarmista, un periódico que desde su fundación se había especializado en el oficio de amplificar las estrategias y tácticas gubernamentales, fueran cuales fueran los colores partidarios, del medio, de la derecha o de los matices intermedios, publicaba un editorial firmado por el director en el que se admitía como muy probable que la rebeldía de los habitantes de la capital pudiera terminar en un baño de sangre si éstos, como todo hacía suponer, no deponían su obstinación. Nadie, decía, se atreverá a negar que la paciencia del gobierno ha llegado hasta extremos impensables, pero no se le podrá pedir, salvo si se quiere perder, y tal vez para siempre, ese armonioso binomio autoridad-obediencia bajo cuya luz florecieron las más felices sociedades humanas y sin el que, como la historia ampliamente ha demostrado, ni una sola habría sido factible. El editorial fue leído, la radio repitió los fragmentos principales, la televisión entrevistó al director, y en eso se estaba cuando, al mediodía exacto, de todas las casas de la ciudad salieron mujeres armadas con escobas, cubos y recogedores y, sin una palabra, comenzaron a barrer las portadas de los edificios donde vivían, desde la entrada hasta el medio de la calle, donde se encontraban con otras mujeres que, desde el otro lado, para el mismo fin y con las mismas armas, habían bajado. Afirman los diccionarios que la portada es la parte de la calle correspondiente a la fachada de un edificio, y nada hay más cierto, pero también dicen, por lo menos lo dicen algunos, que barrer la portada significa desviar de sí cierta responsabilidad, gran equivocación la vuestra, señores filólogos y diccionaristas distraídos, barrer su portada precisamente fue lo primero que hicieron estas mujeres de la capital, como en el pasado también lo habían hecho en las aldeas sus madres y abuelas y no lo hacían ellas, como no lo hacen éstas, para desviar de sí una responsabilidad, sino para asumirla. Posiblemente por esta misma razón al tercer día salieron a la calle los trabajadores de la limpieza. No venían uniformados, vestían de civil. Dijeron que los uniformes eran los que estaban en huelga, no ellos.

Al ministro del interior, que había sido el de la idea, no le sentó nada bien que los trabajadores de los servicios de recogida de basura hubieran regresado espontáneamente al trabajo, actitud que, a su juicio de ministro, más que una muestra de solidaridad con las admirables mujeres que hicieron de la limpieza de su calle una cuestión de honor, hecho que ningún observador imparcial tendría dificultad en reconocer, rozaba, sí, los límites de la complicidad criminal. Apenas le llegó la mala noticia, le ordenó por teléfono al alcalde que los autores del desacato a las órdenes recibidas fuesen conminados rápidamente a obedecer, lo que traducido a palabras claras, significaba volver a la huelga, bajo pena, en caso de que la insubordinación se mantuviera, de procesos disciplinarios sumarios, con todas las consecuencias punitivas contempladas en las leyes y en los reglamentos, desde la suspensión de salario y empleo al despido puro y duro. El alcalde le respondió que las cosas siempre parecen fáciles de resolver vistas desde lejos, pero que quienes están en el terreno, quienes tienen que salvar de hecho los escollos, a ésos hay que escucharlos con atención antes de tomar ninguna decisión, Por ejemplo, señor ministro, suponga que doy orden a los hombres, Yo no supongo, le digo que lo haga, Sí, señor ministro, de acuerdo, pero permítame que sea yo quien suponga, supongamos que soy yo quien doy la orden para que vuelvan a la huelga y que ellos me mandan a freír espárragos, qué haría el ministro en un caso de éstos, cómo los obligaría a cumplir si se encontrase en mi lugar, En primer lugar, a mí nadie me mandaría a freír espárragos, en segundo lugar, no estoy ni estaré nunca en su lugar, soy ministro, no soy alcalde, y, ya que estoy con las manos en esta masa, le hago observar que esperaría de ese alcalde no sólo la colaboración oficial e institucional a la que por ley está comprometido y que me es naturalmente debida, sino también un espíritu de partido que, en este caso, parece brillar por su ausencia, Con mi colaboración oficial e institucional siempre podrá contar, conozco mis obligaciones, pero, en cuanto a espíritu de partido, mejor no hablar, veremos qué va a quedar de él cuando esta crisis llegue a su fin, Está rehuyendo el problema, señor alcalde, No, no estoy rehuyéndolo, señor ministro, lo que necesito es que me diga qué tengo que hacer para obligar a los trabajadores a que vuelvan a la huelga, Es asunto suyo, no mío, Ahora es mi querido colega de partido el que está queriendo rehuir el problema, En toda mi vida política nunca he rehuido un problema, Está queriendo rehuir éste, está evitando reconocer la evidencia de que no dispongo de ningún medio para hacer cumplir su orden, a no ser que pretenda que llame a la policía, si es así le recuerdo que la policía ya no está aquí, abandonó la ciudad con el ejército, ambos por indicación del gobierno, además convengamos que sería muy anormal usar la policía para, por las buenas o por las malas, y más mal que bien, convencer a los trabajadores de declararse en huelga, cuando desde siempre la policía ha sido usada para reventarlas, a base de infiltraciones y otros procesos menos sutiles, Estoy asombrado, un miembro del partido de la derecha no habla así, Señor ministro, dentro de unas horas, cuando llegue la noche, tendré que decir que es de noche, sería estúpido o ciego si afirmara que es de día, Qué tiene eso que ver con el asunto de la huelga, Querámoslo o no, señor ministro, es de noche, noche cerrada, percibimos que está sucediendo algo que va mucho más allá de nuestra comprensión, que excede nuestra pobre experiencia, pero actuamos como si continuara tratándose del mismo pan cocido, hecho con la harina de siempre, en el horno de costumbre, y no es así, Tendré que pensar muy seriamente si no voy a pedirle que presente su dimisión, Si lo hace, me quitará un peso de encima, cuente desde ya con mi más profunda gratitud. El ministro del interior no respondió en seguida, dejó pasar algunos segundos para recuperar la calma, después preguntó, Qué piensa entonces que deberíamos hacer, Nada, Por favor, querido alcalde, no se le puede pedir a un gobierno que no haga nada en una situación como ésta, Permítame que le diga que en una situación como ésta, un gobierno no gobierna, sólo parece gobernar, No puedo estar de acuerdo con usted, algo hemos hecho desde que esto comenzó, Sí, somos como un pez enganchado al anzuelo, nos agitamos, tratamos de desprendernos, damos tirones del hilo, pero no conseguimos comprender por qué un simple pedazo de alambre curvado ha sido capaz de prendernos y mantenernos presos, quizá nos soltemos, no digo que no, pero nos arriesgamos a que el anzuelo se nos quede atravesado, Me siento realmente perplejo, Sólo se puede hacer una cosa, Cuál, si ahora mismo acaba de decir que no adelantaremos nada hagamos lo que hagamos, Rezar para que dé resultado la táctica definida por el primer ministro, Qué táctica, Dejarlos que se cuezan a fuego lento, dijo él, pero eso mismo puede jugar en nuestra contra, Por qué, Porque serán ellos quienes vigilarán la cocción, Entonces crucémonos de brazos, Hablemos seriamente, señor ministro, está el gobierno dispuesto a acabar con la farsa del estado de sitio, a mandar que el ejército y la aviación avancen, a pasar la ciudad a hierro y fuego, hiriendo y matando a diez o veinte mil personas para dar ejemplo, y luego meter tres o cuatro mil en la cárcel, acusándolas de no se sabe qué crimen, cuando precisamente crimen no existe, No estamos en guerra civil, lo que pretendemos, simplemente, es intentar que las personas entren en razón, mostrarles la equivocación en que han caído o las hicieron caer, que eso está por averiguar, hacerles comprender que un abuso sin freno del voto en blanco haría ingobernable el sistema democrático, No parece que los resultados, hasta ahora, hayan sido brillantes, Costará tiempo, pero por fin las personas verán la luz, No le conocía esas tendencias místicas, señor ministro, Querido amigo, cuando las situaciones se complican, cuando son desesperadas, nos agarramos a todo, hasta estoy convencido de que algunos de mis colegas de gobierno, si eso sirviera de algo, no tendrían inconveniente en ir de peregrinación, con una vela en la mano, haciendo promesas al santuario, Ya que habla de eso, hay aquí unos santuarios de otro tipo en los que me gustaría que usted pusiera una de sus velitas, Explíquese, Diga por favor a los periódicos y a la gente de la televisión y de la radio que no echen más gasolina al fuego, si la sensatez y la inteligencia faltan, nos arriesgamos a que todo vuele por los aires, debe de haber leído que el director del periódico del gobierno ha cometido la estupidez de admitir la posibilidad de que esto termine en un baño de sangre, El periódico no es del gobierno, Si me permite, señor ministro, hubiera preferido otro comentario por su parte, El hombrecillo se pasó de la raya, eso sucede cuando se quieren prestar más servicios que los que se han encomendado, Señor ministro, Dígame, Qué hago finalmente con los empleados de los servicios municipales de limpieza, Déjelos trabajar, así el ayuntamiento quedará bien visto ante los ojos de la población y eso puede acabar siéndonos útil en el futuro, además hay que reconocer que la huelga era sólo uno de los elementos de la estrategia, y con certeza no el de mayor importancia, No sería bueno para la ciudad, ni ahora ni en el futuro, que el ayuntamiento fuera usado como un arma de guerra contra sus conciudadanos, El ayuntamiento no puede quedarse al margen de una situación como ésta, el ayuntamiento está en este país y no en otro, No le estoy pidiendo que nos dejen al margen de la situación, lo que pido es que el gobierno no ponga obstáculos al ejercicio de mis propias competencias, que en ningún momento quiera dar al público la impresión de que el ayuntamiento no pasa de ser un instrumento de su política represiva, con perdón de la palabra, en primer lugar porque no es verdad, y en segundo lugar porque no lo será nunca, Temo no comprenderlo, o comprenderlo demasiado bien, Señor ministro, un día, no sé cuándo, la ciudad volverá a ser la capital del país, Es posible, no es seguro, dependerá de hasta dónde llegue la rebelión, Sea como sea, es necesario que este ayuntamiento, conmigo aquí o con cualquier otro alcalde, jamás pueda ser mirado como cómplice o coautor, ni siquiera indirectamente, de una represión sangrienta, el gobierno que la ordene no tendrá otro remedio que aguantarse con las consecuencias, pero el ayuntamiento, ése, es de la ciudad, no la ciudad del ayuntamiento, espero haber sido suficientemente claro, señor ministro, Tan claro ha sido que le voy a hacer una pregunta, A su disposición, señor ministro, Votó en blanco, Repita, por favor, no lo he oído bien, Le he preguntado si votó en blanco, le he preguntado si era blanco el voto que

143

depositó en la urna, Nunca se sabe, señor ministro, nunca se sabe, Cuando todo esto termine, espero tener con usted una larga conversación, A sus órdenes, señor ministro, Buenas tardes, Buenas tardes, De buena gana iría ahí y le daría un buen tirón de orejas, Ya no estoy en edad, señor ministro, Si alguna vez llega a ser ministro del interior, sabrá que para tirones de orejas y otras correcciones nunca hay límite de edad, Que no lo oiga el diablo, señor ministro, El diablo tiene tan buen oído que no necesita que se le digan las cosas en voz alta, Entonces que dios nos valga, No vale la pena, ése es sordo de nacimiento.

Así terminó la larga y chispeante conversación entre el ministro del interior y el alcalde, después de que hubieran expresado, uno y otro, puntos de vista, argumentos y opiniones que, con toda probabilidad, habrán desorientado al lector, que ya dudaba de que los interlocutores pertenecieran de hecho, como antes pensaba, al partido de la derecha, ese mismo que, como poder, va practicando una sucia política de represión, ya sea en el plano colectivo, sometida la capital al vejamen de un estado de sitio ordenado por el propio gobierno del país, como en el plano individual, duros interrogatorios, detectores de mentiras, amenazas y, quién sabe, torturas de las peores, aunque la verdad manda decir que, si las hubo, no somos testigos, no estábamos presentes, lo que, bien mirado, no significa mucho, porque tampoco estuvimos presentes en la travesía del mar rojo a pie seco, y toda la gente jura que sucedió. En lo que al ministro del interior se refiere, ya se habrá notado que en la coraza de guerrero indómito que, en sorda competición con el ministro de defensa, se fuerza por exhibir, hay como una falla sutil, o, hablando popularmente, una raja por donde cabe un dedo. De no ser así no habríamos tenido que asistir a los sucesivos fracasos de sus planes, a la rapidez y facilidad con que el filo de su espada se mella, como en este diálogo se acaba de confirmar, pues, habiendo sido las entradas de león, las salidas fueron de cordero, por no decir algo peor, véase por ejemplo la falta de respeto demostrada al afirmar taxativamente que dios es sordo de nacimiento. En cuanto al alcalde, nos alegra verificar, usando las palabras del ministro del interior, que ha visto la luz, no la que el dicho ministro quiere que los votantes de la capital vean, sino la que los dichos votantes en blanco esperan que alguien comience a ver. Lo más natural del mundo, en estos tiempos en que a ciegas vamos tropezando, es que nos topemos al volver la esquina más próxima con hombres y mujeres en la madurez de la existencia y de la prosperidad que, habiendo sido a los dieciocho años, no sólo las risueñas primaveras de costumbre, sino también, y tal vez sobre todo, briosos revolucionarios decididos a arrasar el sistema del país y poner en su lugar el paraíso, por fin, de la fraternidad, se encuentran ahora, con firmeza por lo menos idéntica, apoltronados en convicciones y prácticas que, después de haber pasado, para calentar y flexibilizar los músculos, por alguna de las muchas versiones del conservadurismo moderado, acaban desembocando en el más desbocado y reaccionario egoísmo. Con palabras no tan ceremoniosas, estos hombres y estas mujeres, delante del espejo de su vida, escupen todos los días en la cara del que fueron el gargajo de lo que son. Que un político del partido de la derecha, hombre entre los cuarenta y los cincuenta años, tras haber pasado toda su vida bajo la sombrilla de una tradición refrescada por el aire acondicionado de la bolsa de valores y amparada por la brisa vaporosa de los mercados, haya tenido la revelación, o la simple evidencia, del significado profundo de la mansa insurgencia de la ciudad que está encargado de administrar, es algo digno de registro y merecedor de todos los agradecimientos, tan poco habituados estamos a fenómenos de esta singularidad.

No habrá pasado sin reparo, por parte de lectores y oyentes especialmente exigentes, la escasa atención, escasa por no decir nula, que el narrador de esta fábula está dando a los ambientes en que la acción descrita, por otro lado bastante lenta, transcurre. Excepto el primer capítulo, donde es posible observar unas cuantas pinceladas distribuidas adrede sobre el colegio electoral, y aun así limitadas a puertas, ventanas y mesas, y también si exceptuamos la presencia del polígrafo o máquina de atrapar mentirosos, el resto, que no ha sido poco, ha pasado como si los figurantes del relato habitasen un mundo inmaterial, ajenos a la comodidad o a la incomodidad de los lugares donde se encuentran, y únicamente ocupados en hablar. La sala donde el gobierno del país, más de una vez, accidentalmente con asistencia y participación del jefe de estado, se ha reunido para debatir la situación y tomar las medidas necesarias para la pacificación de los ánimos y la tranquilidad de las calles, tiene sin duda una mesa grande alrededor de la cual se sientan los ministros en cómodos sillones de piel, y sobre ella es imposible que no haya botellas de agua mineral con sus correspondientes vasos, rotuladores de varios colores, marcadores, informes, volúmenes de derecho, blocs de notas, micrófonos, teléfonos, la parafernalia de costumbre en lugares de este calibre. Habría lámparas en el techo y apliques en las paredes, habría puertas forradas y ventanas con cortinajes, habría alfombras en el suelo, habría cuadros en las paredes y algún tapiz antiguo o moderno, infaliblemente el retrato del jefe del estado, el busto de la república, la bandera de la patria. De nada de esto se ha hablado, de nada de esto se hablará en el futuro. Incluso ahora, en el más modesto aunque si bien amplio despacho del alcalde, con balconada a la plaza y una gran vista aérea de la ciudad en la pared mayor, tendríamos para llenar de sustanciales descripciones una o dos páginas, aprovechando al mismo tiempo la pausa para respirar hondo antes de enfrentarnos a los desastres que nos esperan. Mucho más importante nos parece observar las arrugas de aprensión que se dibujan en la frente del alcalde, tal vez piense que ha hablado demasiado, que le ha debido de dar al ministro del interior la impresión, si no la certidumbre, de haberse pasado a las huestes del enemigo y que, con esta imprudencia, habrá comprometido, quizá sin remedio, su carrera política, dentro y fuera del partido. La otra posibilidad, tan remota como inimaginable, sería la de que sus razones hubiesen empujado hacia la buena dirección al ministro del interior y le hicieran reconsiderar de arriba abajo las estrategias y las tácticas con que el gobierno piensa acabar con la sedición. Lo vemos mover la cabeza, señal segura de que, después de haber examinado rápidamente tal posibilidad, la abandona por estúpidamente ingenua y peligrosamente irreal. Luego, se levantó del sillón donde había permanecido sentado tras la conversación con el ministro y se aproximó a la ventana. No la abrió, se limitó a descorrer un poco la cortina y miró afuera. La plaza tenía el aspecto habitual, gente que pasaba, tres personas sentadas en un banco a la sombra de un árbol, las terrazas de los cafés con sus clientes, las vendedoras de flores, una mujer seguida por un perro, los quioscos de prensa, autobuses, automóviles, lo mismo de siempre. Voy a salir, decidió. Regresó a la mesa y llamó al jefe de su gabinete, Necesito dar una vuelta, le dijo, comuníqueselo a los concejales que estén en el edificio, pero sólo en el caso de que pregunten por mí, en cuanto al resto, queda en sus manos, Le diré a su conductor que traiga el coche a la puerta, Hágame ese favor, pero avísele de que no voy a necesitarlo, yo mismo conduciré, Volverá hoy al ayuntamiento,

Espero que sí, le avisaré si decido lo contrario, Muy bien, Cómo está la ciudad, Nada importante que reseñar, no han llegado al ayuntamiento noticias peores que las de costumbre, accidentes de tráfico, algún que otro embotellamiento, un pequeño incendio sin consecuencias, un asalto frustrado a una entidad bancaria, Cómo se las han arreglado, ahora que no hay policía, El asaltante era un pobre diablo, un aficionado, y la pistola, aunque era auténtica, estaba descargada, Dónde lo han llevado, Las personas que le quitaron el arma lo entregaron en un cuartel de bomberos, Para qué, si ahí no hay instalaciones para mantener retenido a nadie, En algún sitio lo tenían que dejar, Y qué ha sucedido después, Me han contado que los bomberos se pasaron una hora dándole buenos consejos y luego lo pusieron en libertad, No podían hacer otra cosa, No, señor alcalde, realmente no podían hacer otra cosa, Dígale a mi secretaria que me avise cuando el coche esté en la puerta, Sí señor. El alcalde se recostó en el sillón, a la espera, otra vez tiene marcadas las arrugas de la frente. Al contrario de lo predicho por los agoreros, no se habían perpetrado durante estos días ni más robos, ni más violaciones, ni más asesinatos que antes. Parece que la policía, a fin de cuentas, no era necesaria para la seguridad de la ciudad, que la propia población, espontáneamente o de forma más o menos organizada, ha decidido encargarse de las tareas de vigilancia. Este caso de la sucursal bancaria, por ejemplo. El caso de la sucursal bancaria, pensó, no significa nada, el hombre estaría nervioso, poco seguro de sí, era un novato, y los empleados del banco comprendieron que de allí no vendría gran peligro, pero mañana podrá no ser así, qué estoy diciendo, mañana, hoy, ahora mismo, durante estos últimos días ha habido crímenes en la ciudad que obviamente quedarán sin castigo, si no tenemos policía, si los delincuentes no son detenidos, si no hay investigación ni proceso, si los jueces se van a casa y los tribunales no funcionan, es inevitable que la delincuencia aumente, parece que todo el mundo cuenta con que el ayuntamiento se encargue de la vigilancia de la ciudad, nos lo piden, nos lo exigen, dicen que sin seguridad no habrá tranquilidad, y yo me pregunto cómo, pedir voluntarios, crear milicias urbanas, no me digan que vamos a salir a la calle convertidos en gendarmes de opereta, con uniformes alquilados en las guardarropías de los teatros, y las armas, dónde están las armas, y saber usarlas, y no es sólo saber, es ser capaz de usarlas, tomar una pistola y disparar, quién me ve a mí, y a los concejales, y a los funcionarios municipales persiguiendo por los tejados al asesino de medianoche y al violador de los martes, o en los salones de la alta sociedad al ladrón del guante blanco. El teléfono sonó, era la secretaria, Señor alcalde, su coche le espera, Gracias, dijo, salgo en seguida, no sé si volveré hoy, si surge algún problema, llámeme al teléfono móvil, Que todo le vaya bien, señor alcalde, Por qué me dice eso, En los tiempos que corren, es lo mínimo que deberíamos desearnos unos a otros,

Puedo hacerle una pregunta, Claro que sí, siempre que tenga respuesta, Si no quiere no responda, Estoy esperando la pregunta, A quién ha votado, A nadie, señor alcalde, Quiere decir que se abstuvo, Quiero decir que voté en blanco, En blanco, Sí señor alcalde, en blanco, Y me lo dice así, sin más ni menos, También me lo ha preguntado sin más ni menos, Y eso parece que le ha dado la confianza suficiente para responder, Más o menos, señor alcalde, sólo más o menos, Creo entender que también ha pensado que podía ser un riesgo, Tenía esperanza de que no lo fuese, Como ve, tenía razón en confiar, Quiere decir que no seré invitada a presentar mi dimisión, Descanse, duerma en paz, Sería mucho mejor que no necesitáramos del sueño para estar en paz, señor alcalde, Muy bien dicho, Cualquiera lo diría, señor alcalde, no ganaré el premio de la academia con esta frase, Entonces ya sabe, tendrá que contentarse con mi aplauso, Me doy por más que recompensada, Quedemos así, si ocurre algo, me llama al teléfono móvil, Sí señor, Hasta mañana, si no es hasta luego, Hasta luego, hasta mañana, respondió la secretaria.

El alcalde ordenó sumariamente los documentos esparcidos sobre la mesa de trabajo, la mayoría parecían de otro país y de otro siglo, no de esta capital en estado de sitio, abandonada por su propio gobierno y cercada por su propio ejército. Si los rompiera, si los quemase, si los tirase al cesto de los papeles, nadie le exigiría cuentas sobre lo que había hecho, las personas ahora tienen cosas más importantes en que pensar, la ciudad, mirándolo bien, ya no forma parte del mundo conocido, se ha convertido en una olla llena de comida podrida y de gusanos, en una isla empujada hacia un mar que no es el suyo, un lugar donde se ha declarado un foco de infección peligrosa y que, por precaución, es colocado en régimen de cuarentena, a la espera de que la peste pierda virulencia o, por no tener a nadie más a quien matar, acabe devorándose a sí misma. Le pidió al ordenanza que le trajese la gabardina, tomó la cartera de los asuntos que tenía que repasar en casa y bajó. El conductor, que le estaba aguardando, abrió la puerta del coche, Me han dicho que no me necesita, señor alcalde, Así es, se puede ir a casa, Entonces, hasta mañana, señor alcalde, Hasta mañana. Es interesante cómo nos pasamos todos los días de la vida despidiéndonos, diciendo y oyendo decir hasta mañana, y, fatalmente, en uno de esos días, el que fue último para alguien, o ya no está aquel a quien se lo dijimos, o ya no estamos nosotros que lo habíamos dicho. Veremos si en este hasta mañana de hoy, al que también solemos llamar día siguiente, encontrándose el alcalde y su conductor particular una vez más, serán capaces ellos de comprender hasta qué punto es extraordinario, hasta qué punto fue casi un milagro haber dicho hasta mañana y ver que se cumplió como certeza lo que no había sido nada más que una problemática posibilidad. El alcalde entró en el coche. Iba a dar una vuelta por la ciudad, ver a la gente que pasaba, sin prisa, aparcando de vez en cuando y saliendo para andar un poco, mientras escuchaba lo que se decía, en fin, tomar el pulso de la ciudad, midiendo la fuerza de la fiebre que se estaba incubando. De lecturas antiguas recordaba que un cierto rey de oriente, no estaba seguro de si era rey o emperador, lo más probable es que se tratara de un califa de la época, salía de su palacio disfrazado alguna que otra vez para mezclarse con el pueblo llano, con la gente menuda, y oír lo que de él se decía en el franco parlatorio de las calles y de las plazas. Tal vez no tan franco porque en aquella época, como siempre, no debían de faltar espías que tomaran nota de las apreciaciones, de las quejas, de las críticas y de algún embrionario plan de conspiración. Es regla invariable del poder que resulta mejor cortar las cabezas antes de que comiencen a pensar, ya que después puede ser demasiado tarde. El alcalde no es el rey de esta ciudad cercada, y en cuanto al visir del interior, ése se exilió al otro lado de la frontera, a esta hora, probablemente, estará en conferencia de trabajo con sus colaboradores, iremos sabiendo cuáles y para qué. Por eso este alcalde no necesita disfrazarse con barba y bigote, la cara que lleva puesta en el sitio de la cara es la suya de siempre, quizá un poco más preocupada que de costumbre, como se puede notar por las arrugas de la frente. Hay personas que lo reconocen, pero son pocas las que lo saludan. No se crea, sin embargo, que los indiferentes o los hostiles son sólo aquellos que, en principio, votaron en blanco, y por consiguiente verían en él un adversario, también hay votantes de su propio partido y del partido del medio que lo miran con manifiesta sospecha, por no decir con declarada antipatía, Qué está haciendo aquí éste, pensarán, por qué se mezcla con el populacho de los blanqueros, cuando debería estar en su trabajo mereciéndose lo que le pagan, a lo mejor, como ahora la mayoría es otra, está cazando votos, pues si es así, va de cráneo, que elecciones no va a haber tan pronto, si yo fuese gobierno disolvía este ayuntamiento y nombraba una comisión administrativa decente, de absoluta confianza política. Antes de proseguir este relato, conviene explicar que el empleo de la palabra blanquero, pocas líneas antes, no fue ocasional o fortuito ni producto de un error con el teclado del ordenador, y ni mucho menos se trata de un neologismo inventado a toda prisa por el narrador para cubrir una falta. El término existe, existe de verdad, se encuentra en cualquier diccionario, el problema, si problema es, radica en el hecho de que las personas están convencidas de que conocen el significado de la palabra blanco y de sus derivados, y por tanto no pierden tiempo acudiendo a cerciorarse a la fuente, o padecen del síndrome de intelecto perezoso y se quedan ahí, no van más allá, hacia el hermoso encuentro. No se sabe quién fue en la ciudad el curioso investigador o el casual descubridor, lo cierto es que la palabra se extendió rápidamente y en seguida con el sentido peyorativo que la simple lectura parece provocar. Aunque no nos hubiésemos referido antes al hecho, deplorable en todos sus aspectos, los propios medios de comunicación social, en particular la televisión estatal, ya están usando la palabra como si se tratase de una obscenidad de las peores. Cuando aparece escrita y sólo la vemos no nos damos tanta cuenta, pero si la oímos pronunciar, con ese fruncir de boca y ese retintín de desprecio, es necesario estar dotado de la armadura moral de un caballero de la tabla redonda para no echar a correr, escapulario al cuello y túnica de penitente, dándonos golpes de pecho y renegando de todos los viejos principios y preceptos, Blanquero fui, blanquero no seré, que me perdone la patria, que me perdone el rey. El alcalde, que nada tiene que perdonar, puesto que ni es rey ni lo será, ni siquiera candidato en las próximas elecciones, ha dejado de observar a los transeúntes, ahora busca indicios de indolencia, de abandono, de deterioro, y, por lo menos a primera vista, no los encuentra. Las tiendas y los grandes almacenes están abiertos, aunque no parece que estén haciendo demasiado negocio, los coches circulan sin más impedimentos que algún que otro embotellamiento de poca monta, ante la puerta de los bancos no hay filas de clientes inquietos, de esas que siempre se forman cuando hay crisis, todo parece normal, ni un solo robo por el método del tirón, ni una sola pelea con tiros y navajas, nada que no sea esta tarde luminosa, ni fría ni cálida, una tarde que parece haber venido al mundo para satisfacer todos los deseos y calmar todas las ansiedades. Pero no la preocupación o, siendo más literarios, el desasosiego interior del alcalde. Lo que él siente, y tal vez, entre todas estas personas que pasan, sea el único en sentirlo, es una especie de amenaza flotando en el aire, esa que los temperamentos sensibles intuyen cuando la masa de nubes que tapa el cielo se encrespa esperando el trueno que la rompa, cuando una puerta chirría en la oscuridad y una corriente de aire frío nos golpea el rostro, cuando un presagio maligno abre las puertas de la desesperación, cuando una carcajada diabólica nos desgarra el delicado velo del alma. Nada en concreto, nada sobre lo que se pueda hablar con objetividad y conocimiento de causa, pero lo cierto es que el alcalde tiene que hacer un esfuerzo enorme para no parar a la primera persona con la que se cruza y decirle, Tenga cuidado, no me pregunte cuidado por qué, cuidado con qué, sólo le pido que tenga cuidado, presiento que algo malo está a punto de suceder, Si usted, que es alcalde, que tiene responsabilidades, no lo sabe, cómo puedo saberlo yo, le preguntaría, No importa, sólo le pido que tenga cuidado, Es alguna epidemia, No creo, Un terremoto, No nos encontramos en una región sísmica, aquí nunca ha habido terremotos, Una inundación, una riada, Hace muchos años que nuestro río no alcanza sus márgenes, Entonces, No sé qué contestarle, Me va a perdonar la pregunta que le voy a hacer, Ya está disculpado incluso antes de haberla hecho, Por casualidad usted, y lo digo sin ánimo de ofender, no habrá tomado una copa de más, como debe de saber la última es siempre la peor, Sólo bebo en las

156

comidas, y siempre con moderación, no soy un alcohólico, Siendo así, no entiendo, Cuando suceda, lo entenderá, Cuando suceda, el qué, Lo que está a punto de suceder. Perplejo, el interlocutor miró a su alrededor, Si está buscando a un policía para que me detenga, dijo el alcalde, no se esfuerce, se han ido todos, No buscaba a un policía, mintió el otro, había quedado aquí con un amigo, sí, allí está, entonces hasta otro día, señor alcalde, que le vaya bien, yo, francamente, si estuviese en su lugar, me iba a casa ahora mismo, durmiendo se olvida todo, Nunca me acuesto a esta hora, Para acostarse todas las horas son buenas, le diría mi gato, Puedo hacerle también una pregunta, Faltaría más, señor alcalde, con toda libertad, Votó en blanco, Está haciendo un sondeo, No, es sólo una curiosidad, pero si no quiere, no me responda. El hombre dudó un segundo, después, serio, respondió, Sí señor, voté en blanco, que yo sepa no está prohibido, Prohibido no está, pero vea el resultado. El hombre parecía haberse olvidado del amigo imaginario, Señor alcalde, yo, personalmente, no tengo nada contra usted, hasta soy capaz de reconocer que ha hecho un buen trabajo en el ayuntamiento, pero la culpa de eso que llama resultado no es mía, yo voté como me apeteció, dentro de la ley, ahora ustedes tendrán que arreglárselas, si piensan que la patata quema, soplen, No se altere, yo sólo pretendía avisarlo, Todavía estoy queriendo saber de qué, Incluso queriendo, no podría explicárselo, Pues entonces he estado perdiendo el tiempo, Perdone, su amigo lo está esperando, No tengo ningún amigo esperando, sólo quería irme, Entonces le agradezco que se haya quedado un poco más, Señor alcalde, Diga, diga, sin formalidades, Si soy capaz de entender algo de lo que pasa en la cabeza de las personas, lo que usted tiene es un remordimiento de conciencia, Remordimiento por lo que no he hecho, Hay quien dice que ése es el peor de todos, el remordimiento de haber permitido que se hiciera, Tal vez tenga razón, voy a pensarlo, de cualquier manera, tenga cuidado, Lo tendré, señor alcalde, y le agradezco el aviso, Aunque siga sin saber de qué, Hay personas que nos merecen confianza, Es la segunda persona que me lo dice hoy, En ese caso, puede decirse que ya ha ganado el día, Gracias, Hasta la vista, señor alcalde, Hasta la vista.

El alcalde volvió hacia atrás, hasta el sitio donde había dejado aparcado el coche, iba satisfecho, por lo menos había conseguido avisar a una persona, si ella pasa la palabra, en pocas horas toda la ciudad estará alerta, dispuesta para lo que ha de venir, No debo estar en mi sano juicio, pensó, es evidente que el hombre no dirá nada, es un tonto como yo, bueno, no se trata de una cuestión de tontería, que yo haya sentido una amenaza que soy incapaz de definir, es cosa mía, no suya, lo mejor que puedo hacer es seguir el consejo que me ha dado, irme a casa, nunca habrá sido en balde el día que fuimos merecedores, al menos, de un buen consejo. Entró en el coche y desde allí, por teléfono, comunicó al jefe de gabinete que no volvería al ayuntamiento. Vivía en una calle del centro, no lejos de la estación del metro de superficie que daba servicio a una gran parte del sector este de la ciudad. La mujer, médica cirujana, no está en casa, hoy tiene turno de guardia nocturna en el hospital, y, en cuanto a los hijos, el chico está en el servicio militar, posiblemente es uno de los que defienden la frontera, apostado con una ametralladora pesada y la mascarilla antigás colgada al cuello, y la hija, en el extranjero, trabaja como secretaria e intérprete en un organismo internacional, de esos que instalan sus monumentales y lujosas sedes en las ciudades más importantes, políticamente hablando, claro está. De algo le ha servido tener un padre bien colocado en el sistema oficial de favores que se cobran y se pagan, que se hacen y se retribuyen. Como hasta de los más excelsos consejos, puestos en lo mejor, sólo se obedece la mitad, el alcalde no se acostó. Estudió los papeles que había traído, tomó decisiones sobre algunos, otros los pospuso para un segundo examen. Cuando llegó la hora de cenar, fue a la cocina, abrió el frigorífico, pero no encontró nada que le despertara el apetito. La mujer había pensado en él, no lo iba a dejar pasar hambre, pero el esfuerzo de poner la mesa, calentar la comida, lavar después los platos, hoy le parecía sobrehumano. Salió y fue a un restaurante. Ya sentado a la mesa, mientras esperaba que le sirvieran, telefoneó a su mujer, Cómo va el trabajo, preguntó, Sin demasiados problemas, y tú, cómo estás, Estoy bien, sólo un poco inquieto, No te pregunto por qué, con esta situación, Es algo más, una especie de estremecimiento interior, una sombra, como un mal augurio, No te sabía supersticioso, Siempre llega la hora para todo, Oigo sonido de voces, dónde estás, En el restaurante, después volveré a casa, o quizá vaya a verte, ser el alcalde abre muchas puertas, Puedo estar operando, puedo tardar, Bueno, ya lo pensaré, un beso, Otro, Grande, Enorme. El camarero trajo el plato, Aquí tiene, señor alcalde, buen provecho. Estaba a punto de llevarse el tenedor a la boca cuando una explosión hizo estremecer el edificio de arriba abajo, al mismo tiempo que reventaban en añicos los cristales exteriores e interiores, mesas y sillas se derrumbaron, había personas gritando o gimiendo, algunas heridas, otras aturdidas por el choque, otras trémulas del susto. El alcalde sangraba por un corte en la cara causado por un vidrio. Era evidente que habían sido alcanzados por la onda expansiva de la explosión. Debe de haber sido en la estación del metro, dijo entre sollozos una mujer que intentaba levantarse. Apretando una servilleta contra la herida, el alcalde corrió a la calle. Los vidrios estallaban bajo sus pies, más adelante se erguía una espesa columna de humo negro, incluso creyó ver un resplandor de incendio. Ha sucedido, es en la estación, pensó. Había tirado la servilleta al darse cuenta de que llevar la mano apretada contra la cara le entorpecía los movimientos, ahora la sangre le bajaba libre por la mejilla y el cuello e iba empapando la camisa. Preguntándose a sí mismo si habría línea, se detuvo unos instantes para marcar el número de teléfono que atendía las emergencias, pero el trémulo nerviosismo de la voz que le respondió indicaba que la noticia ya era conocida, Habla el alcalde, ha explotado una bomba en la estación principal del metro de superficie, sector este, manden todo lo que puedan, a los bomberos, a protección civil, a voluntarios, si todavía están por ahí, material para primeros auxilios, enfermeros, ambulancias, lo que esté al alcance, ah, otra cosa, si hay manera de saber dónde viven los policías jubilados, llámenlos también, que vengan a ayudar, Los bomberos ya van de camino, señor alcalde, estamos haciendo todos los esfuerzos para. Se cortó la comunicación y él se lanzó de nuevo a la carrera. Había otras personas corriendo a su lado, algunas más ágiles lo sobrepasaban, a él le pesaban las piernas, eran como de plomo, y parecía que los fuelles de los pulmones se negaban a respirar el aire espeso y maloliente, y un dolor, un dolor que rápidamente se le clavó a la altura de la tráquea, crecía a cada instante. La estación estaba ya a unos cincuenta metros, el humo pardo, gris, iluminado por el incendio, subía en ovillos furiosos, Cuántos muertos habrá ahí dentro, quién ha colocado esta bomba, se preguntó el alcalde. Se oían cerca las sirenas de los coches de bomberos, los gritos dolientes, más de quien implora ayuda que de quien viene a darla, eran cada vez más agudos, de un momento a otro los auxilios irrumpirán por una de estas esquinas. El primer vehículo apareció cuando el alcalde se abría camino por entre las personas que acudían a ver el desastre, Soy el alcalde, decía, soy el alcalde, déjenme pasar, por favor, y se sentía dolorosamente ridículo al repetirlo una y otra vez, consciente de que el hecho de ser alcalde no le abriría todas las puertas, ahí dentro, sin ir más lejos, hay personas para quienes se les han cerrado definitivamente las de la vida. En pocos minutos, gruesos chorros de agua estaban siendo proyectados por las aberturas de lo que antes fueran puertas y ventanas, o se elevaban en el aire y mojaban las estructuras superiores para contrarrestar el peligro de propagación del fuego. El alcalde se dirigió hacia el jefe de los bomberos, Qué le parece esto, comandante, De lo peor que he visto nunca, hasta me da la impresión de que huele a fósforo, No diga eso, no es posible, Será impresión mía, ojalá esté equivocado. En ese momento apareció una unidad móvil de televisión, en seguida aparecieron otros coches de la prensa, de la radio, ahora el alcalde, rodeado de micrófonos, responde a las preguntas, Cuántos muertos calcula que habrá habido, De qué informaciones dispone ya, Cuántos heridos, Cuántas personas quemadas, Cuándo piensa que la estación volverá a estar en funcionamiento, Hay sospechas de quiénes hayan podido ser los autores del atentado, Se recibió antes algún aviso de bomba, En caso afirmativo, quién lo recibió y qué medidas fueron tomadas para evacuar la estación a tiempo, Le parece que se habrá tratado de una acción terrorista ejecutada por algún grupo relacionado con la actual subversión urbana, Espera que haya más atentados de este tipo, Como alcalde, y única autoridad de la ciudad, de qué medios dispone para proceder a las investigaciones necesarias. Cuando la barahúnda de preguntas cesó, el alcalde dio la única respuesta posible en aquellas circunstancias, Algunas de las cuestiones sobrepasan mi competencia, por tanto, no les puedo responder, supongo, no obstante, que el gobierno no tardará mucho en hacer una declaración oficial, en cuanto a las cuestiones restantes, sólo puedo decir que estamos haciendo todo cuanto es humanamente posible para socorrer a las víctimas, ojalá consigamos llegar a tiempo, al menos para algunas, Pero cuántos muertos hay, insistió un periodista, Se sabrá cuando se pueda entrar en ese infierno, hasta entonces ahórrense, por favor, las preguntas estúpidas. Los periodistas protestaron argumentando que ésa no era una manera correcta de tratar a los medios de comunicación, que ellos estaban allí cumpliendo su deber de informar y por tanto tenían derecho a ser respetados, pero el alcalde cortó de raíz el discurso corporativo, Un periódico de hoy se ha atrevido a pedir un baño de sangre, no lo ha tenido todavía, puesto que los quemados no sangran, sólo se transforman en torreznos, y ahora déjenme pasar, por favor, no tengo nada más que decir, serán convocados cuando dispongamos de informaciones concretas. Se oyó un murmullo general de desaprobación, desde atrás una palabra de desdén, Quién se cree que es, pero el alcalde no intentó averiguar de dónde procedía el desacato, él mismo no había hecho otra cosa que preguntarse durante las últimas horas, Quién creo yo que soy.

Dos horas después el fuego fue considerado extinguido, dos horas más duró aún el rescoldo, pero no era posible saber cuántas personas habían muerto. Unas treinta o cuarenta que, con heridas de diversa gravedad, lograron escapar de los peores efectos de la explosión por encontrarse en una zona del vestíbulo distante del lugar de la explosión, fueron transportadas al hospital. El alcalde se mantuvo allí hasta que las brasas perdieron fuerza, sólo aceptó retirarse después de que el comandante de los bomberos le hubiera dicho, Váyase a descansar, señor alcalde, deje el resto para nosotros, y cúrese esa herida que tiene en la cara, no comprendo cómo nadie se ha fijado, No tiene importancia, estaban ocupados en cosas más serias. Luego preguntó, Y ahora, Ahora, buscar y retirar los cadáveres, algunos estarán despedazados, la mayor parte carbonizados, No sé si podría soportarlo, En el estado en que lo veo, no lo soportará, Soy un cobarde, La cobardía no tiene nada que ver con esto, señor alcalde, yo me desmayé la primera vez, Gracias, comandante, haga lo que pueda, Apagar el último tizón, que es lo mismo que nada, Por lo menos estará aquí. Tiznado, con la cara negra por la sangre coagulada, comenzó, penosamente, a andar camino de casa. Le dolía el cuerpo todo, por haber corrido, por la tensión nerviosa, por haber estado tanto tiempo de pie. No merecía la pena que llamara a su mujer, la persona que atendiese el teléfono diría seguramente, Lo lamento, señor alcalde, pero la doctora no puede atenderlo, está operando. Había personas en las ventanas de un lado y otro de la calle, pero nadie lo reconoció. Un auténtico alcalde se mueve en su coche oficial, va acompañado de un secretario que le lleva la cartera de ejecutivo, tres guardaespaldas que le abren paso, y ese que va por ahí es un vagabundo sucio y maloliente, un hombre triste a la vera de las lágrimas, un fantasma al que nadie le presta un barreño de agua para que lave su sábana. El espejo del ascensor le mostró la cara carbonizada que tendría en ese momento si se hubiera encontrado en el vestíbulo de la estación cuando la bomba explotó, Horror, horror, murmuró. Abrió la puerta con las manos trémulas y se dirigió al cuarto de baño. Sacó del armario el botiquín de primeros auxilios, el paquete de algodón, el agua oxigenada, un desinfectante líquido yodado, vendas adhesivas de tamaño grande. Pensó, Lo más seguro es que necesite unos puntos. La camisa estaba manchada de sangre hasta la cinturilla de los pantalones, He sangrado más de lo que creía. Se quitó la chaqueta, deshizo con esfuerzo el nudo de la corbata, se abrió la camisa. La camiseta interior también estaba sucia de sangre. Debería lavarme, meterme debajo de la ducha, no, no puede ser, qué disparate, el agua arrastraría la costra que cubre la herida y la sangre volvería a correr, dijo en voz baja, lo que debería, sí, lo que debería, lo que debería es. La palabra era como un cuerpo muerto que se hubiera atravesado en el camino, tenía que des-

cubrir qué quería, levantar el cadáver. Los bomberos y los auxiliares de protección civil entraron en
la estación. Llevan camillas, se protegen las manos
con guantes, la mayor parte de ellos nunca ha tocado un cuerpo quemado, ahora van a saber cuánto cuesta. Debería. Salió del cuarto de baño, fue a
su despacho, se sentó ante la mesa. Tomó el teléfono y marcó un número reservado. Eran casi las
tres de la madrugada. Una voz respondió, Gabinete del ministro del interior, quién habla, El alcalde
de la capital, páseme con el ministro, es urgentísi-
mo, si está en casa, póngame en comunicación, Un
momento, por favor. El momento duró dos minutos, Sí, Señor ministro, hace algunas horas ha
explotado una bomba en la estación del metro de
superficie, sector este, todavía no se sabe cuántas
muertes ha causado, pero todo indica que son muchas, los heridos se cuentan por tres o cuatro decenas, Ya estoy informado, Si sólo le llamo ahora
es porque he estado todo el tiempo en el lugar, Ha
hecho muy bien. El alcalde respiró hondo, preguntó, No tiene nada que decirme, señor ministro,
A qué se refiere, Si tiene alguna idea acerca de quién
ha colocado la bomba, Me parece que está bastante claro, sus amigos del voto en blanco han decidido
pasar a la acción directa, No me lo creo, Que se lo
crea o no, la verdad es ésa, Es, o va a ser, Entiénda-
lo como quiera, Señor ministro, lo que ha pasado
aquí es un crimen hediondo, Supongo que tiene
razón, así se le suele llamar, Quién colocó la bomba, señor ministro, Parece usted perturbado, le acon-

sejo que descanse, vuelva a llamarme cuando sea de día, nunca antes de las diez de la mañana, Quién colocó la bomba, señor ministro, Qué pretende insinuar, Una pregunta no es una insinuación, insinuación sería si le dijese lo que ambos estamos pensando en estos momentos, Mis pensamientos no tienen por qué coincidir con lo que piensa un alcalde, Coinciden esta vez, Cuidado, está yendo demasiado lejos, No estoy yendo, ya he llegado, Qué quiere decir, Que estoy hablando con quien tiene responsabilidad directa en el atentado, Está loco, Preferiría estarlo, Atreverse a lanzar la sospecha sobre un miembro del gobierno, esto es inaudito, Señor ministro, a partir de este momento dejo de ser alcalde de esta ciudad sitiada, Mañana hablaremos, de todos modos tome nota de que no acepto su dimisión, Tendrá que aceptar mi abandono, haga como si hubiera muerto, En ese caso le aviso, en nombre del gobierno, de que se arrepentirá amargamente, o ni siquiera tendrá tiempo de arrepentirse, si no guarda sobre este asunto silencio total, supongo que no le costará mucho puesto que dice que ya está muerto, Nunca habría imaginado que se pudiera estar tanto. La comunicación fue interrumpida en el otro lado. El hombre que había sido alcalde se levantó y fue al cuarto de baño. Se desnudó y se metió debajo de la ducha. El agua caliente deshizo rápidamente la costra formada sobre la herida, la sangre comenzó a correr. Los bomberos acaban de encontrar el primer cuerpo carbonizado.

Veintitrés muertos ya contados, y no sabemos cuántos se encuentran todavía debajo de los escombros, veintitrés muertos por lo menos, señor ministro del interior, repetía el primer ministro golpeando con la palma de la mano derecha los periódicos abiertos sobre la mesa, Los medios de comunicación son prácticamente unánimes en atribuir el atentado a un grupo terrorista relacionado con la insurrección de los blanqueros, señor primer ministro, En primer lugar, le pido, como un gran favor, que no vuelva a pronunciar en mi presencia la palabra blanquero, por buen gusto, nada más, en segundo lugar, explíqueme qué significa la expresión prácticamente unánimes, Significa que hay sólo dos excepciones, estos dos pequeños periódicos que no aceptan la versión puesta en circulación y exigen una investigación a fondo, Interesante, Vea, señor primer ministro, la pregunta de éste. El primer ministro leyó en voz alta, Queremos saber de dónde partió la orden, Y éste, menos directo, pero que va en la misma dirección, Queremos la verdad le duela a quien le duela. El ministro del interior continuó, No es alarmante, no creo que tengamos que preocuparnos, hasta es bueno que estas dudas aparezcan para que no se diga que todo es la voz de su amo, Quiere decir que veintitrés o más muertos no le preocupan, Era un riesgo calculado, señor primer ministro, A la vista de lo sucedido, un riesgo muy mal calculado, Reconozco que también puede ser interpretado así, Habíamos pensado en un artefacto no demasiado potente, que causase poco más que un susto, Desgraciadamente algo ha debido de fallar en la cadena de transmisión de la orden, Me gustaría tener la certeza de que ésa es la única razón, Tiene mi palabra, señor primer ministro, le puedo asegurar que la orden fue dada correctamente, Su palabra, señor ministro del interior, Se la doy con todo lo que vale, Sí, con todo lo que vale, Sea como sea, sabíamos que habría muertos, Pero no veintitrés, Si hubiesen sido sólo tres no estarían menos muertos que éstos, la cuestión no está en el número, La cuestión también está en el número, Quien quiera los fines también tiene que querer los medios, permítame que se lo recuerde, Esta frase ya la he oído muchas veces, Y ésta no será la última, aunque no la oiga de mi boca la próxima vez, Señor ministro del interior, nombre inmediatamente una comisión de investigación, Para llegar a qué conclusiones, señor primer ministro, Ponga la comisión a funcionar, el resto se verá luego, Muy bien, Proporcione todo el auxilio posible a las familias de las víctimas, tanto de los muertos como de los que se encuentran hospitalizados, dé instrucciones al ayuntamiento para que se encargue de los entierros, Con toda esta confusión olvidé informarle de que el alcalde presentó su dimisión, Su dimisión, por qué, Más exactamente abandonó su cargo, Dimitir o abandonar, me resulta indiferente en este momento, lo que le pregunto es por qué, Llegó a la estación poco después de la explosión y los nervios se le resquebrajaron, no soportó lo que vio, Ninguna persona lo soportaría, yo no lo soportaría, imagino que usted tampoco, por tanto tiene que haber otra razón para un abandono tan súbito como ése, Piensa que el gobierno está involucrado en el asunto, no se limitó a insinuar la sospecha, fue más que explícito, Cree que fue él quien sugirió la idea a estos periódicos, Con toda franqueza, señor primer ministro, no lo creo, y mire que bien me apetecería cargarle la culpa, Qué va a hacer ahora ese hombre, La mujer es médica en el hospital, Sí, la conozco, Tiene de qué vivir mientras no encuentre un puesto de trabajo, Y entre tanto, Entre tanto, señor primer ministro, si es eso lo que quiere decir, lo mantendremos bajo la más rigurosa vigilancia, Qué demonios ha pasado en la cabeza de este hombre, parecía de toda confianza, miembro leal del partido, excelente carrera política, un futuro, La cabeza de los seres humanos no siempre está completamente de acuerdo con el mundo en que viven, hay personas que tienen dificultad en ajustarse a la realidad de los hechos, en el fondo no pasan de espíritus débiles y confusos que usan las palabras, a veces hábilmente, para justificar su cobardía, Veo que sabe mucho de la materia, este

170

conocimiento lo ha obtenido de su propia experiencia, Tendría yo el cargo que desempeño en el gobierno, este de ministro del interior, si tal me hubiese acontecido, Supongo que no, pero en este mundo todo es posible, imagino que nuestros mejores especialistas en tortura también besan a sus hijos cuando llegan a casa y algunos, incluso, hasta lloran en el cine, El ministro del interior no es una excepción, soy un sentimental, Celebro saberlo. El primer ministro hojeó despacio los periódicos, miró las fotografías una a una, con una mezcla de escrúpulo y repugnancia, y dijo, Querrá saber por qué no le destituyo, Sí, señor primer ministro, tengo curiosidad por conocer sus razones, Si lo hiciese, la gente pensaría una de estas dos cosas, o que, independientemente de la naturaleza y del grado de culpa, lo considero responsable directo de lo sucedido, o que simplemente castigo su supuesta incompetencia por no haber previsto la eventualidad de un acto de violencia de este tipo, abandonando la capital a su suerte, Suponía que serían ésas las razones, conozco las reglas del juego, Evidentemente, una tercera razón, posible, como todo es, pero improbable, está fuera de cuestión, Cuál, La de que revelase públicamente el secreto de este atentado, Usted sabe mejor que nadie que ningún ministro del interior, en ninguna época y en ningún país del mundo, abriría jamás la boca para hablar de las miserias, de las vergüenzas, de las traiciones y de los crímenes de su oficio, por consiguiente puede estar tranquilo, en este caso tampoco seré una excepción, Si llega a saberse que nosotros colocamos la bomba, les daremos la razón a los que votaron en blanco, la última razón que les faltaba, Es una forma de ver que, con perdón, ofende la lógica, señor primer ministro, Por qué, Y que, me permito decírselo, no honra el habitual rigor de su pensamiento, Explíquese, Es que, sabiéndose o sin saberse, si ellos pueden llegar a tener razón, es porque ya la tenían antes. El primer ministro apartó los periódicos de delante y dijo, Todo esto me recuerda la vieja historia del aprendiz de brujo, aquel que no supo contener las fuerzas mágicas que había puesto en movimiento, Quién es, en este caso y en su opinión, el aprendiz de brujo, ellos o nosotros, Recelo que ambos, ellos se metieron en un camino sin salida sin pensar en las consecuencias, Y nosotros fuimos detrás, Así es, ahora se trata de saber cuál será el próximo paso, En lo que al gobierno respecta, nada más que mantener la presión, es evidente que después de lo que acaba de ocurrir no nos conviene ir más lejos en la acción, Y ellos, Si son ciertas las informaciones que me han llegado a última hora, poco antes de venir aquí, están organizando una manifestación, Qué pretenden conseguir, las manifestaciones nunca han servido para nada, de otra manera nunca las autorizaríamos, Supongo que sólo quieren protestar contra el atentado, y, en lo que se refiere a la autorización del ministerio del interior, esta vez ni siquiera tienen que perder tiempo en pedirla, Saldremos alguna vez de este embrollo, Esto no es asunto de brujos, señor primer ministro, sean ellos maestros o aprendices, al final ganará quien tenga más fuerza, Ganará quien tenga más fuerza en el último instante, y ahí no hemos llegado todavía, la fuerza que ahora tenemos puede no ser suficiente a esas alturas, Yo tengo confianza, señor primer ministro, un estado organizado no puede perder una batalla de éstas, sería el fin del mundo, O el comienzo de otro, No sé qué debo pensar de esas palabras, señor primer ministro, Por ejemplo, no piense en ir contando por ahí que el primer ministro tiene ideas derrotistas, Nunca tal cosa me pasaría por la cabeza, Menos mal, Evidentemente usted hablaba en teoría, Así es, Si no necesita nada más de mí, vuelvo a mi trabajo, El presidente me ha dicho que tuvo una inspiración, Cuál, No quiso adelantármela, espera los acontecimientos, Ojalá sirva para algo, Es el jefe del estado, Eso mismo quería decir, Manténgame al corriente, Sí señor primer ministro, Hasta luego, Hasta luego, señor primer ministro.

Las informaciones llegadas al ministerio del interior eran correctas, la ciudad se preparaba para una manifestación. El número definitivo de muertos había pasado a treinta y cuatro. No se sabe de dónde ni cómo nació la idea, en seguida aceptada por todo el mundo, de que los cuerpos no deberían ser enterrados en los cementerios como muertos normales, que las sepulturas deberían quedarse per omnia sæcula sæculorum en el terreno ajardinado fronterizo a la estación del metro. Con todo, algunas familias, no muchas, conocidas por sus convicciones políticas de derechas e inamovibles de la certeza de que el atentado había sido obra de un grupo terrorista directamente relacionado, como afirmaban los medios de comunicación, con la conspiración contra el estado de derecho, se negaron a entregar sus muertos a la comunidad, Éstos, sí, inocentes de toda culpa, clamaban, porque habían sido toda su vida ciudadanos respetuosos de lo propio y de lo ajeno, porque habían votado como sus padres y sus abuelos, porque eran personas de orden y ahora víctimas mártires de la violencia asesina. Alegaban también, ya en otro tono, quizá para que no pareciese demasiado escandalosa una tal falta de solidaridad cívica, que poseían sus sepulturas históricas y que era arraigada tradición de la estirpe familiar que se mantuviesen reunidos, después de muertos, también per omnia sæcula sæculorum, aquellos que, en vida, reunidos habían vivido. El entierro colectivo no iba a ser, por tanto, de treinta y cuatro cadáveres, sino de veintisiete. Incluso así, hay que reconocer que eran muchas personas. Mandada por no se sabe quién, pero seguro que no por el ayuntamiento que, como sabemos, está sin jefatura hasta que el ministro del interior apruebe el decreto de sustitución, mandada por no se sabe quién, decíamos, apareció en el jardín una máquina enorme y llena de brazos, de esas llamadas polivalentes, como un gigante transformista, que arrancan un árbol en el tiempo que se tarda en soltar un suspiro y que pudiera haber abierto veintisiete tumbas en menos de un santiamén si los sepultureros de los cementerios, también ellos apegados a la tradición, no se hubiesen presentado para ejecutar el trabajo artesanalmente, es decir, con pala y azada. Lo que la máquina hizo fue precisamente arrancar media docena de árboles que estorbaban, dejando el terreno, después de limpio y allanado, como si para camposanto y de descanso eterno hubiese sido creado de raíz, y luego fue, a la máquina nos referimos, a plantar en otro sitio los árboles y sus sombras.

Tres días después del atentado, de mañana temprano, comenzaron las personas a salir a la calle. Iban en silencio, graves, muchas llevaban banderas blancas, todas una banda blanca en el brazo izquierdo, y que no nos digan los rigurosos en exequias que una señal de luto no puede ser blanca, cuando estamos informados de que en este país ya lo fue, cuando sabemos que para los chinos lo fue siempre, y eso por no hablar de los japoneses, que ahora irían todos de azul si este caso fuera con ellos. A las once de la mañana la plaza ya estaba llena, pero allí no se oía nada más que el inmenso respirar de la multitud, el sordo susurro del aire entrando y saliendo de los pulmones, inspirar, espirar, alimentando de oxígeno la sangre de estos vivos, inspirar, espirar, inspirar, espirar, hasta que de repente, no completemos la frase, ese momento, para los que han venido aquí, supervivientes, aún está por llegar. Se veían innumerables flores blancas, crisantemos en cantidad, rosas, lirios, azucenas, alguna flor de cactus de translúcida blancura, millares de margaritas a las que se perdonaba el círculo de color en el centro. Alineados a veinte pasos, los ataúdes fueron portados a hombros por parientes y amigos de los fallecidos, quienes los tenían, llevados a paso fúnebre hasta las sepulturas, y después, bajo la orientación experta de los enterradores de profesión, paulatinamente bajados con cuerdas hasta tocar con un sonido hueco en el fondo. Las ruinas de la estación parecían desprender todavía un olor a carne quemada. A no pocos les ha de parecer incomprensible que una ceremonia tan conmovedora, de tan compungido luto colectivo, no hubiese sido agraciada por el influjo de consuelo que se desprendería de los ejercicios rituales de los distintos institutos religiosos implantados en el país, privándose de esta manera a las almas de los difuntos de su más seguro viático y a la comunidad de los vivos de una exhibición práctica de ecumenismo que tal vez pudiera contribuir para reconducir al aprisco a la extraviada comunidad. La razón de la deplorable ausencia sólo se puede explicar por el temor de las diversas iglesias a erigirse en centro de sospechas de complicidades, al menos tácticas, con la insurgencia blanca. No habrán sido ajenas a esta ausencia unas cuantas llamadas telefónicas realizadas por el primer ministro en persona, con mínimas variaciones sobre el mismo tema, El gobierno de la nación lamentaría que una irreflexiva presencia de su iglesia en el acto fúnebre, si bien que espiritualmente justificada, pueda ser considerada y en consecuencia explotada como apoyo político, si no ideológico, al obstinado y sistemático desacato que una importante parte de la población de la capital está oponiendo a la legítima y constitucional autoridad democrática. Fueron por tanto llanamente laicos los entierros, lo que no quiere decir que algunas silenciosas oraciones particulares, aquí y allí, no hubieran subido a los diversos cielos, y ahí acogidas con benevolente simpatía. Aún las tumbas estaban abiertas, cuando hubo alguien, seguro que con las mejores intenciones, que se adelantó para pronunciar un discurso, pero el propósito fue rechazado inmediatamente por los circundantes, Nada de discursos, aquí cada uno con su disgusto y todos con la misma pena. Y tenía razón quien de este modo claro habló. Además, si la idea del frustrado orador era ésa, sería imposible hacer allí de corrido el elogio fúnebre de veintisiete personas, entre hombres, mujeres, y algún niño todavía sin historia. Que a los soldados desconocidos no les hagan ninguna falta los nombres que usaron en vida para que todos los honores, los debidos y los oportunos, les sean prestados, bien está, si eso queremos convenir, pero estos difuntos, en su mayoría irreconocibles, dos o tres sin identificar, si algo quieren es que los dejemos en paz. A esos lectores puntillosos, justamente preocupados con el buen orden del relato, que deseen saber por qué no se hicieron las indispensables y ya habituales pruebas de adn, sólo podemos dar como respuesta honesta nuestra total ignorancia, aunque nos permitamos imaginar que aquella conocidísima y malbaratada expresión,

Nuestros muertos, tan común, de tan rutinario consumo en las arengas patrióticas, habría sido tomada aquí al pie de la letra, es decir, siendo estos muertos, todos, pertenencia nuestra, a ninguno debemos considerar nuestro exclusivamente, de donde resulta que un análisis de adn que tuviese en cuenta todos los factores, incluyendo, en particular los no biológicos, por mucho que rebuscase en la hélice, no conseguiría nada más que confirmar una propiedad colectiva que ya antes no necesitaba de pruebas. Fuerte motivo tuvo por tanto aquel hombre, si es que no fue una mujer, cuando dijo, según quedó registrado arriba, Aquí, cada uno con su disgusto y todos con la misma pena. Entre tanto, la tierra fue empujada adentro de las tumbas, se distribuyeron ecuánimemente las flores, quienes tenían razones para llorar fueron abrazados y consolados por los otros, si tal era posible siendo el dolor tan reciente, el ser querido de cada uno, de cada familia, se encuentra aquí, sin embargo, no se sabe exactamente dónde, tal vez en esta tumba, tal vez en aquélla, será mejor que lloremos sobre todas, qué verdad acompañaba a aquel pastor de ovejas que dijo, vaya usted a saber dónde lo habría aprendido, No existe mayor respeto que llorar por alguien a quien no se ha conocido.

El inconveniente de estas digresiones narrativas, ocupados como hemos estado con las entrometidas divagaciones, es comprender, quizá demasiado tarde, que los acontecimientos no nos esperan, que apenas comenzamos a entender lo que está pasando, éstos, los acontecimientos, han seguido su marcha, y nosotros, en lugar de anunciar, como es la obligación elemental de los contadores de historias que saben su oficio, lo que sucede, nos tenemos que conformar con describir, contritos, lo que ya ha sucedido. Al contrario de lo que habíamos supuesto, la multitud no se dispersó, la manifestación prosigue, y ahora avanza en masa, a todo lo ancho de las calles, en dirección, según se va voceando, al palacio del jefe del estado. Les queda de camino, ni más ni menos, la residencia oficial del primer ministro. Los periodistas de la prensa, de la radio y de la televisión que van a la cabeza de la manifestación toman nerviosas notas, describen los sucesos vía telefónica a las redacciones en que trabajan, desahogan, excitados, sus preocupaciones profesionales y de ciudadanos, Nadie parece saber lo que va a suceder aquí, pero existen motivos para temer que la multitud se está preparando para asaltar el palacio presidencial, no siendo de excluir, incluso podríamos admitir como altamente probable, que saquee la residencia oficial del primer ministro y todos los ministerios que encuentre a su paso, no se trata de una previsión apocalíptica fruto de nuestro asombro, basta mirar los rostros descompuestos de toda esta gente para ver que no hay ninguna exageración al decir que cada una de estas caras reclama sangre y destrucción, así llegamos a la triste conclusión, aunque mucho nos cueste decirlo en voz alta y para todo el país, de que el gobierno, que tan eficaz se ha mostrado en otros apartados, y por eso ha sido aplaudido por los ciudadanos honestos, actuó con una censurable imprudencia cuando decidió dejar la capital abandonada a los instintos de las multitudes enfurecidas, sin la presencia paternal y disuasiva de los agentes de la autoridad en la calle, sin la policía antidisturbios, sin gases lacrimógenos, sin tanquetas de agua, sin perros, en fin, sin freno, por decirlo todo en una sola palabra. El discurso de la catástrofe anunciada alcanzó el punto más alto del histerismo informativo a la vista de la residencia del primer ministro, un palacete burgués, de estilo decimonónico tardío, ahí los gritos de periodistas se transformaron en alaridos, Es ahora, es ahora, a partir de este momento todo puede suceder, que la virgen santísima nos proteja a todos, que los gloriosos nombres de la patria, allá en el empíreo, donde subieron, sepan ablandar los corazones coléricos de esta gente. Todo podría suceder, realmente, pero, al final, nada sucedió, salvo que la manifestación se detuvo, esta pequeña parte que vemos en el cruce donde el palacete, con su jardincito alrededor, ocupa una de las esquinas, el resto derramándose avenida abajo, por las calles y por las plazas limítrofes, los aritméticos de la policía, si estuvieran por aquí, dirían que, a lo sumo, no eran más de cincuenta mil personas, cuando el número exacto, el número auténtico, porque las contamos a todas, una por una, era diez veces mayor.

Fue aquí, estando parada la manifestación y en absoluto silencio, cuando un astuto reportero de televisión descubrió en aquel mar de cabezas a un hombre que, a pesar de llevar una venda que le cubría casi la mitad de la cara, podía reconocerse, y tanto más fácilmente cuanto es cierto que en la primera ojeada había tenido la suerte de captar, huidiza, una imagen de la parte sana, que, como se comprenderá sin dificultad, tanto confirma el lado de la herida como es por él confirmada. Arrastrando tras de sí al operador de imagen, el reportero comenzó a abrirse camino entre la multitud, diciendo a un lado y a otro, Perdonen, perdonen, déjenme pasar, abran campo a la cámara, es muy importante, y en seguida, cuando ya se aproximaba, Señor alcalde, señor alcalde, por favor, pero lo que iba pensando era mucho menos cortés, Qué rayos hace aquí este tío. Los reporteros tienen en general buena memoria y éste no se había olvidado de la afrenta pública de que fue objeto la corporación informativa la noche de la bomba por parte del alcalde. Ahora se iba a enterar cómo duelen las humillaciones. Le metió el micrófono en la cara y le hizo al operador de imagen un gesto tipo sociedad secreta que tanto podría significar Graba como Machácalo, y que, en la actual situación, significaría probablemente una y otra cosa, Señor alcalde, permítame que le manifieste mi estupefacción por encontrarlo aquí, Estupefacción, por qué, Acabo de decírselo ahora mismo, por verlo en una manifestación de éstas, Soy un ciudadano como otro cualquiera, me manifiesto cuando quiero y como quiero, y más ahora que no necesitamos autorización,

No es un ciudadano cualquiera, es el alcalde, Está equivocado, hace tres días que dejé de ser alcalde, creía que la noticia ya era pública, Que yo sepa, no hemos recibido ninguna comunicación oficial, ni del gobierno, ni del ayuntamiento, Supongo que no estarán esperando que sea yo quien convoque una conferencia de prensa, Dimitió, Abandoné el cargo, Por qué, La única respuesta que tengo para darle es una boca cerrada, la mía, Los habitantes de la capital querrán conocer los motivos por los que su alcalde, Repito que ya no lo soy, Los motivos por los que su alcalde se incorpora a una manifestación contra el gobierno, Esta manifestación no es contra el gobierno, es de pesar, la gente ha venido a enterrar a sus muertos, Los muertos ya han sido enterrados y, no obstante, la manifestación prosigue, qué explicación tiene para eso, Pregúntele a la gente, En este momento es su opinión la que me interesa, Voy a donde todos van, nada más, Simpatiza con los electores que votaron en blanco, con los blanqueros, Votaron como entendieron, mi simpatía o mi antipatía nada tiene que ver con el asunto, Y su partido, qué dirá su partido cuando sepa que ha participado en la manifestación, Pregúntele, No teme que le apliquen sanciones, No, Por qué está tan seguro, Por la simple razón de que ya no tengo partido, Lo han expulsado, Lo he abandonado, de la misma manera que abandoné la alcaldía de la capital, Cuál fue la reacción del ministro del interior, Pregúntele, Quién le ha sucedido en el cargo, Investíguelo, Lo veremos en otras manifestaciones, Si usted aparece, lo sabremos, Ha dejado la derecha donde hizo su carrera política y se ha pasado a la izquierda, Un día de éstos espero comprender adónde me he pasado, Señor alcalde, No me llame alcalde, Perdone, es el hábito, confieso que me siento desconcertado, Cuidado, el desconcierto moral, supongo que es moral su desconcierto, es el primer paso en el camino que conduce a la inquietud, de ahí en adelante, como ustedes suelen decir, todo puede suceder, Estoy confundido, no sé qué pensar, señor alcalde, Detenga la grabación, a sus jefes no les van a gustar las últimas palabras que ha pronunciado, y no vuelva a llamarme alcalde, por favor, Ya habíamos cerrado la cámara, Mejor para usted, así se evitan dificultades, Se dice que la manifestación irá desde aquí al palacio presidencial, Pregúntele a los organizadores, Dónde están, quiénes son, Supongo que todos y nadie, Tiene que haber una cabeza, esto no son movimientos que se organicen por sí mismos, la generación espontánea no existe y mucho menos en acciones en masa de esta envergadura, No había sucedido hasta hoy, Quiere decir que no cree que el movimiento de voto en blanco haya sido espontáneo, Es abusivo pretender inferir una cosa de la otra, Me da la impresión de que sabe mucho más de estos asuntos de lo que quiere aparentar, Siempre llega la hora en que descubrimos que sabíamos mucho más de lo que pensábamos, y ahora, déjeme, vuelva a su tarea, busque a otra persona a quien hacer preguntas, mire que el mar de cabezas ya ha comenzado a moverse, A mí lo que me asombra es que no se oiga un grito, un viva, un muera, una consigna que diga lo que la gente pretende, sólo este silencio amenazador que causa escalofríos en la columna, Reforme su lenguaje de película de terror, tal vez, a fin de cuentas, la gente simplemente se haya cansado de las palabras, Si la gente se cansa de las palabras me quedo sin trabajo, No dirá en todo el día cosa más acertada, Adiós, señor alcalde, De una vez por todas, no soy alcalde. La cabecera de la manifestación había girado un cuarto sobre sí misma, ahora subía la empinada calzada hacia una avenida larga y ancha al final de la cual torcerían a la derecha, recibiendo en el rostro, a partir de ahí, la caricia de la fresca brisa del río. El palacio presidencial estaba a dos kilómetros de distancia, todo por camino llano. Los reporteros habían recibido orden de dejar la manifestación y correr para tomar posiciones frente al palacio, pero la idea general, tanto en los cuarteles centrales de las redacciones, como entre los profesionales que trabajaban sobre el terreno, era que, desde el punto de vista del interés informativo, la cobertura había resultado una pura pérdida de tiempo y de dinero, o, usando una expresión más fuerte, una indecente patada en los huevos de la comunicación social, o, esta vez con delicadeza y finura, una no merecida desconsideración. Estos tíos ni para manifestaciones sirven, se decía, por lo menos que tiren una piedra, que quemen una efigie del presidente, que rompan unos cuantos cristales de las ventanas, que entonen un canto revolucionario de los de antiguamente, cualquier cosa que muestre al mundo que no están tan muertos como los que acaban de enterrar. La manifestación no les premió las esperanzas. Las personas llegaron y llenaron la plaza, estuvieron media hora mirando en silencio el palacio cerrado, después se dispersaron y, unos andando, otros en autobuses, otros compartiendo coches con desconocidos solidarios, se fueron a casa.

Lo que la bomba no había conseguido lo hizo la pacífica manifestación. Asustados, inquietos, los votantes indefectibles de los partidos de la derecha y del medio, pdd y pdm, reunieron a sus respectivos consejos de familia y decidieron, cada uno en su castillo, pero unánimes en la deliberación, abandonar la ciudad. Consideraban que la nueva situación creada, una nueva bomba que mañana podría explotar contra ellos, y la calle impunemente tomada por el populacho, debería conducir forzosamente a que el gobierno revisara los parámetros rigurosos que había establecido en la aplicación del estado de sitio, en especial la escandalosa injusticia que significaba englobar en el mismo duro castigo, sin distinción, a los amantes firmes de la paz y a los declarados fautores del desorden. Para no lanzarse a la aventura a ciegas, algunos, con relaciones en la esfera del poder, intentaron sondear por teléfono la disposición del gobierno en cuanto a las posibilidades de autorización, expresa o tácita, que permitiera la entrada en el territorio libre de aquellos que, con vastos motivos, ya comienzan a designarse a sí mismos los encarcelados en su propio país. Las respuestas recibidas, por lo general vagas y en algunos casos contradictorias, aunque no permitían extraer conclusiones seguras sobre el ánimo gubernamental en la materia, fueron suficientes para considerar como hipótesis válida la de que, observadas ciertas condiciones, pactadas ciertas compensaciones materiales, el éxito de la evasión, aunque sólo relativo, aunque no pudiendo contemplar a todos los postulantes, era, por lo menos, concebible, es decir, se podía alimentar alguna esperanza. Durante una semana, en secreto absoluto, el comité organizador de las futuras caravanas de automóviles, formado en igual número por militantes de distintas categorías de ambos partidos y con la asistencia de consultores delegados de los diversos institutos morales y religiosos de la ciudad, debatió y finalmente aprobó un audaz plan de acción que, en memoria de la famosa retirada de los diez mil, recibió, a propuesta de un erudito helenista del partido del medio, el nombre de jenofonte. Tres días, no más, les fueron concedidos a las familias candidatas a la migración para que decidiesen, lápiz en mano y lágrima en el ojo, lo que deberían llevar y lo que tendrían que dejar. Siendo el género humano lo que ya sabemos que es no podían faltar los caprichos egoístas, las distracciones fingidas, las llamadas alevosas a fáciles sentimentalismos, las maniobras de engañosa seducción, pero también hubo casos de admirables renuncias, de esas que todavía nos permiten pensar que si perseveramos en esos y otros gestos de meritoria abnegación, acabaremos cumpliendo con creces nuestra parte en el proyecto monumental de la creación. Fue la retirada concertada para la madrugada del cuarto día, y vino a caer en una noche de lluvia, pero eso no era un contratiempo, todo lo contrario, daría a la migración colectiva un toque de gesta heroica para recordar e inscribir en los anales familiares, como clara demostración de que no todas las virtudes de la raza se han perdido. No es lo mismo que una persona viaje en un coche, tranquilamente, con la meteorología en reposo, que tener que llevar los limpiaparabrisas trabajando como locos para apartar las desmesuradas cortinas de agua que le caen del cielo. Una cuestión complicada, que sería debatida minuciosamente por el comité, fue la que puso sobre la mesa el problema de cómo reaccionarían a la fuga en bloque los defensores del color blanco, vulgarmente conocidos por blanqueros. Es importante tener presente que muchas de estas preocupadas familias viven en edificios donde también habitan inquilinos de la otra margen política, los cuales, en una acción deplorablemente revanchista, podrían, esto por emplear un término suave, dificultar la salida de los retirantes, si no, dicho más rudamente, impedirla del todo. Pincharán los neumáticos de los coches, decía uno, Levantarán barricadas en los rellanos, decía otro, Trabarán los ascensores, acudía un tercero, Meterán silicona en las cerraduras de los coches, reforzaba el primero, Nos reventarán el parabrisas, aventuraba el segundo, Nos agredirán cuando pongamos el pie fuera de casa, avisaba el segundo, Retendrán al abuelo como rehén, suspiraba otro como si inconscientemente lo desease. La discusión proseguía, cada vez más encendida, hasta que alguien recordó que el comportamiento de tantos millares de personas a lo largo de todo el recorrido de la manifestación había sido, desde cualquier punto de vista, correctísimo, Yo diría que hasta ejemplar, y que, por consiguiente, no parece que haya razones para recelar que las cosas sean ahora de manera diferente, Para colmo, estoy convencido de que va a ser un alivio para ellos verse libres de nosotros, Todo eso está muy bien, intervino un desconfiado, los tipos son estupendos, maravillosos de cordura y civismo, pero hay algo de lo que lamentablemente nos estamos olvidando, De qué, De la bomba. Como ya quedó dicho en la página anterior, este comité, de salvación pública, como a alguien se le ocurrió denominarlo, nombre en seguida rebatido por más que justificadas razones ideológicas, era ampliamente representativo, lo que significa que en esa ocasión había unas dos buenas decenas de personas sentadas alrededor de la mesa. El desconcierto fue digno de verse. Todos los demás asistentes bajaron la cabeza, después una mirada reprensora redujo al silencio, durante el resto de la reunión, al temerario que parecía desconocer una regla de conducta básica en sociedad, la que enseña que es de mala educación hablar de la cuerda en casa del ahorcado. El embarazoso incidente tuvo una virtud, puso a todo el mundo de acuerdo sobre la tesis optimista que había sido formulada. Los hechos posteriores les darían la razón. A las tres en punto de la madrugada del día marcado, tal como hiciera el gobierno, las familias comenzaron a salir de casa con sus maletas y sus maletones, sus bolsas y sus paquetes, sus gatos y sus perros, alguna tortuga arrancada al sueño, algún pececito japonés de acuario, alguna jaula de periquitos, algún papagayo en su percha. Pero las puertas de los otros inquilinos no se abrieron, nadie se asomó a la escalera para gozar con el espectáculo de la fuga, nadie hizo chascarrillos, nadie insultó, y si nadie se asomó a las ventanas para ver las caravanas en desbandada no fue porque estuviera lloviendo. Naturalmente, siendo el ruido tal, imagínese, salir a la escalera arrastrando toda aquella tralla, los ascensores zumbando al subir, zumbando al bajar, las recomendaciones, las súbitas alarmas, Cuidado con el piano, cuidado con el servicio de té, cuidado con la vajilla de plata, cuidado con el retrato, cuidado con el abuelo, naturalmente, decíamos, los inquilinos de las otras casas se habían despertado, sin embargo ninguno de ellos se levantó de la cama para acechar por la mirilla de la puerta, solamente se decían unos a otros bien cobijados en sus camas, Se van.

Regresaron casi todos. A semejanza de lo que dijo hace días el ministro del interior cuando tuvo que explicarle al jefe de gobierno las razones de la diferencia de potencia entre la bomba que se había mandado poner y la bomba que efectivamente explotó, también en este caso de la migración se verificó una falta gravísima en la cadena de transmisión de las órdenes. Como la experiencia no se ha cansado de demostrarnos tras examen ponderado de los casos y sus respectivas circunstancias, no es infrecuente que las víctimas tengan su cuota de responsabilidad en las desgracias que se les vienen encima. Tan ocupados anduvieron con las negociaciones políticas, ninguna de ellas, como no tardará en demostrarse, celebrada en los niveles decisorios más adecuados a la perfecta consecución del plan jenofonte, los atareados notables del comité se olvidaron, o ni tal cosa les llegó a pasar por la cabeza, de comprobar si el frente militar estaba avisado de la evasión y, lo que no era menos importante, de los ajustes necesarios. Algunas familias, ni media docena, todavía consiguieron atravesar la línea en uno de los puestos fronterizos, pero eso fue porque el joven oficial que se encontraba al mando se dejó convencer no sólo por las reiteradas declaraciones de fidelidad al régimen y limpieza ideológica de los fugitivos, sino también por las insistentes afirmaciones de que el gobierno era conocedor de la retirada y la había aprobado. No obstante, para salir de las dudas que de repente le asaltaron, telefoneó a dos de los puestos próximos, donde los colegas tuvieron la caridad de recordarle que las órdenes dadas al ejército, desde el comienzo del bloqueo, eran de no dejar pasar alma viva, aunque fuese para salvar al padre de la horca o dar a luz al niño en la casa del campo. Angustiado por haber tomado una decisión errada, que ciertamente sería considerada como desobediencia flagrante y tal vez premeditada a las órdenes recibidas, con consejo de guerra y la más que probable licencia final, el oficial gritó que bajasen inmediatamente la barrera, bloqueando así la kilométrica caravana de coches y furgonetas cargados hasta los topes que se extendía a lo largo de la carretera. La lluvia seguía cayendo. Excusado será decir que, de súbito consciente de sus responsabilidades, los miembros del comité no se quedaron de brazos cruzados, esperando que el mar rojo se les abriera de par en par. Teléfono móvil en ristre se pusieron a despertar a todas las personas influyentes que, según sus noticias, podían ser arrancadas del sueño sin reaccionar con demasiada violencia, y es bien posible que el complicado caso se hubiera resuelto de la mejor manera para los afligidos fugitivos de no ser por la feroz intransigencia del ministro de defensa, que simplemente decidió frenar en seco, Sin mi orden nadie pasa, dijo. Como de lo dicho se deduce, el comité se había olvidado de él. Se podrá decir que un ministro de defensa no es todo, que por encima de un ministro de defensa se sitúa un primer ministro a quien el susodicho debe acatamiento y respeto, que más arriba todavía está el jefe de estado a quien iguales si no mayores acatamiento y respeto se deben, aunque, la verdad sea dicha, en lo que a éste concierne, en la mayoría de los casos es sólo de puertas para fuera. Y tanto es así que, después de una dura batalla dialéctica entre el primer ministro y el ministro de defensa, donde las razones de un lado y de otro zumbaban como fuego cruzado, el ministro acabó rindiéndose. Contrariado, sí, de pésimo humor, sí, pero cedió. Como es lógico querrá saberse qué argumento decisivo, de esos sin respuesta, habrá utilizado el primer ministro para reducir a la obediencia al recalcitrante interlocutor. Fue simple y fue directo, Querido ministro, dijo, ponga esa cabeza a trabajar, imagine las consecuencias mañana si cerramos hoy las puertas a personas que nos votaron, Que yo recuerde, la orden emanada del consejo de ministros fue no dejar pasar a nadie, Lo felicito por su excelente memoria, pero las órdenes, de vez en cuando, hay que flexibilizarlas, sobre todo si de esto se saca ventaja, que es precisamente lo que sucede ahora, No lo entiendo, Yo se lo explico, mañana, resuelto este desbarajuste, aplastada la subversión y serenos los ánimos, convocaremos nuevamente elecciones, es así o no, Claro, Usted cree que podríamos estar seguros de que las personas que hubiéramos repelido volverían a votarnos, Lo más probable es que no votasen, Pero nosotros necesitamos esos votos, recuerde que el partido del medio nos pisa los talones, Comprendo, Siendo así, dé ordenes, por favor, para que dejen pasar a la gente, Sí señor. El primer ministro colgó el teléfono, miró el reloj y le dijo a su esposa, Parece que todavía podré dormir hora y media o dos horas, y añadió, Me parece que este tipo tendrá que hacer las maletas en la próxima remodelación del gobierno, No deberías permitir que te faltasen al respeto, dijo su querida mitad, Nadie me falta al respeto, querida, lo que pasa es que abusan de mi buen talante, eso es, Que viene a significar lo mismo, remató ella, apagando la luz. El teléfono volvió a sonar cuando no habían transcurrido ni cinco minutos. Era otra vez el ministro de defensa, Perdone, no quería interrumpir su merecido descanso, pero infelizmente no hay otro remedio, Qué pasa ahora, Un pormenor importante que antes no contemplamos, Qué pormenor es ése, preguntó el primer ministro, sin disimular el asomo de impaciencia que le causó el plural, Es muy simple y muy importante, Siga, siga, no me haga perder tiempo, Me pregunto si podemos tener la seguridad de que toda la gente que quiere entrar es de nuestro partido, me pregunto si debemos considerar suficiente que afirmen haber votado en las elecciones, me pregunto si entre las centenas de vehículos detenidos en las carreteras no habrá algunos con agentes de la subversión dispuestos a infectar con la peste blanca la parte todavía no contaminada del país. El primer ministro sintió que el corazón se le encogía al percatarse de que había sido sorprendido en falta, Se trata de una posibilidad a tener en cuenta, murmuró, Precisamente por eso le he vuelto a llamar, dijo el ministro de defensa dando otra vuelta al garrote. El silencio que sucedió a estas palabras demostró una vez más que el tiempo no tiene nada que ver con lo que de él nos dicen los relojes, esas máquinas fabricadas a base de ruedecillas que no piensan y de muelles que no sienten, desprovistas de un espíritu que les permitiría imaginar que cinco insignificantes segundos escandidos, el primero, el segundo, el tercero, el cuarto, el quinto, fueron una agónica tortura a un lado y un remanso de sublime gozo al otro. Con la manga del pijama de rayas, el primer ministro se secó el sudor que le corría por la frente, después eligiendo cuidadosamente las palabras, dijo, De hecho, el asunto está exigiendo un abordaje diferente, una valoración ponderada que le dé una vuelta completa al problema, restar importancia a ciertos aspectos es un error, Ésa es también mi opinión, Cómo está la situación en este momento, preguntó el primer ministro, Mucho nerviosismo de un lado a otro, en algunos puestos ha sido necesario disparar al aire, Tiene alguna sugerencia que hacerme como ministro de defensa, En condiciones de maniobra mejores que éstas mandaría cargar, pero con todos los automóviles

194

embotellando las carreteras es imposible, Cargar, cómo, Por ejemplo, haría avanzar los tanques, Muy bien, y cuando los tanques tocasen con el hocico el primer coche, ya sé que los tanques no tienen hocico, es una manera de hablar, en su opinión, qué cree que sucedería, Lo normal es que las personas se asusten al ver un tanque avanzando hacia ellas, Pero, según acabo de oír de su boca, las carreteras están bloqueadas, Sí señor, Luego no sería fácil para el coche de delante volver atrás, No señor, sería muy difícil, pero, de una manera u otra, si no los dejamos entrar, tendrán que hacerlo, Pero no en la situación de pánico que un avance de tanques con cañones apuntando provocaría, Sí señor, En suma, no tiene ninguna idea para resolver la dificultad, remachó el primer ministro, ya seguro de que había retomado el mando y la iniciativa, Lamento tener que reconocerlo, señor primer ministro, En cualquier caso, le agradezco que haya llamado mi atención sobre un aspecto del asunto que se me había escapado, Eso le puede pasar a cualquiera, Sí, a cualquiera sí, pero no debería haberme pasado a mí, Usted tiene tantas cosas en la cabeza, Y ahora voy a tener una más, resolver un problema para el cual el ministro de defensa no ha encontrado salida, Si así lo entiende, pongo el cargo a su disposición, No creo haber oído lo que ha dicho, y no creo que quiera oírlo, Sí señor primer ministro. Hubo otro silencio, éste mucho más breve, tres segundos nada más, durante los cuales el gozo sublime y la tortura agónica comprendieron que habían intercambiado el asiento. Otro teléfono sonó en el dormitorio. La mujer atendió, preguntó quién hablaba, después susurró al marido, al mismo tiempo que tapaba el micrófono, Es el de interior. El primer ministro le hizo señal de que esperase, después ordenó al ministro de defensa, No quiero más tiros al aire, quiero la situación estable en tanto no se tomen las medidas necesarias, haga saber a la gente de los primeros coches que el gobierno se encuentra reunido estudiando la situación, que en poco tiempo espera presentar propuestas y directrices, que todo se resolverá en bien de la patria y de la seguridad nacional, insista en estas palabras, Me permito recordarle, señor primer ministro, que los coches se cuentan por centenas, Y qué, No podemos hacer llegar ese mensaje a todos, No se preocupe, si lo saben los primeros de cada puesto, ellos se encargarán de hacerlo llegar, como un rastro de pólvora, hasta el fin de la columna, Sí señor, Manténgame al corriente, Sí señor. La conversación siguiente, con el ministro del interior, iba a ser diferente, No pierda el tiempo diciéndome lo que ha pasado, ya estoy informado, Quizá no le hayan dicho que el ejército ha disparado, No volverá a disparar, Ah, Ahora es necesario hacer que esa gente vuelva atrás, Si el ejército no lo ha conseguido, No lo ha conseguido ni podía conseguirlo, por supuesto no querrá que el ministro de defensa dé orden de que los tanques avancen, Claro que no, señor primer ministro, A partir de este momento, la responsabilidad es suya, La policía no sirve para esto y yo no tengo autoridad sobre el ejército, No estaba pensando en sus policías ni en nombrarle jefe del alto estado mayor, Me temo que no lo entiendo, señor primer ministro, Saque de la cama a su mejor redactor de discursos, póngalo a trabajar bajo su supervisión, y mientras tanto diga a los medios de comunicación que el ministro del interior hablará por la radio a las seis, la televisión y los periódicos se quedan para después, lo importante en este caso es la radio, Son casi las cinco, señor primer ministro, No necesita decírmelo, tengo reloj, Perdone, sólo quería mostrarle lo ajustado del tiempo, Si su escritor no es capaz de organizar treinta líneas en un cuarto de hora, con o sin sintaxis, lo mejor es que lo eche a la calle, Y qué tendrá que escribir, Cualquier argumentación que convenza a esa gente para que vuelva a casa, que le inflame los bríos patrióticos, diga que es un crimen de lesa patria dejar la capital abandonada en manos de las hordas subversivas, diga que todos los que votaron a los partidos que estructuran el actual sistema político, incluido, porque no se puede evitar la referencia, el partido del medio, nuestro directo competidor, constituyen la primera línea de defensa de las instituciones democráticas, diga que los lares que dejaron desamparados serán asaltados y saqueados por las hordas insurrectas, no diga que nosotros los asaltaremos si fuera necesario, Podríamos añadir que cada ciudadano que decida regresar a casa, cualquiera que sea su edad y su condición social, será considerado por el gobierno como un fiel propagandista de la legalidad, Propagandista no me parece muy apropiado, es demasiado vulgar, demasiado comercial, además la legalidad ya goza de suficiente propaganda, hablamos de ella todos los días, Entonces, defensores, heraldos o legionarios, Legionarios es mejor, y suena fuerte, marcial, defensores sería un término sin tesura, daría una idea negativa, de pasividad, heraldos huele a edad media, mientras que la palabra legionarios sugiere inmediatamente acción combativa, ánimo atacante, además, como sabemos, es un vocablo de sólidas tradiciones, Espero que la gente de la carretera pueda oír el mensaje, Querido amigo, parece que despertarse demasiado temprano le obnubila la capacidad perceptiva, yo apostaría mi cargo de primer ministro a que en este momento todas las radios de los coches están encendidas, lo que importa es que la noticia de la comunicación al país sea anunciada ya y repetida cada minuto, Me temo, señor primer ministro, que el estado del espíritu de todas esas personas no será proclive a dejarse convencer, si les decimos que se va a leer una comunicación del gobierno, lo más seguro es que piensen que los autorizamos a pasar, las consecuencias de la decepción pueden ser gravísimas, Es muy simple, su redactor de arengas va a tener que justificar el pan que come y todo lo demás que le pagamos, que él se las componga con el léxico y la retórica, Si usted me permite exponerle una idea que se me acaba de ocurrir ahora mismo, Expóngala, pero le recuerdo que estamos perdiendo tiempo, ya pasan cinco minutos de las cinco, La comunicación tendría mucha más fuerza persuasiva si la hiciera el propio primer ministro, Sobre eso no tengo la menor duda, En ese caso, por qué no, Porque me reservo para otra circunstancia, una que esté a mi altura, Ah, sí, creo comprender, Mire, es una mera cuestión de sentido común, o, digamos, de gradación jerárquica, así como sería ofensivo para la dignidad de la suprema magistratura de la nación poner al jefe del estado pidiéndoles a unos cuantos conductores que desbloqueen las carreteras, también este primer ministro deberá ser protegido de todo cuanto pueda trivializar su estatuto de superior responsable de la gobernación, Lo estoy viendo, Menos mal, es señal de que ha despertado completamente, Sí señor primer ministro, Y ahora al trabajo, como muy tarde a las ocho esas carreteras tienen que estar despejadas, la televisión que salga con los medios terrestres y aéreos de que dispone, quiero que el país entero vea el reportaje, Sí señor, haré lo que pueda, No hará lo que pueda, hará lo necesario para que los resultados sean los que le acabo de exigir. El ministro del interior no tuvo tiempo para responder, el teléfono había sido colgado. Así me gusta oírte hablar, dijo la mujer, Cuando me tocan las narices, Y qué harás si no consigue resolver el problema, Que haga las maletas, Como el de defensa, Exacto, No puedes estar destituyendo ministros como si fuesen empleadas domésticas, Son empleadas domésticas, Sí, pero después no te queda más remedio que meter a otras, Ésa es una

199

cuestión para pensar con calma, Pensar, qué, Prefiero no hablar de eso ahora, Soy tu mujer, nadie nos oye, tus secretos son mis secretos, Quiero decir que, teniendo en cuenta la gravedad de la situación, a nadie le sorprendería que decidiera asumir las carteras de defensa y de interior, de esa manera la situación de emergencia nacional se reflejaría en las estructuras y en el funcionamiento del gobierno, es decir, para una coordinación total, una centralización total, ésa podría ser la consigna, Sería un riesgo tremendo, ganar todo o perderlo todo, Sí, pero si se consigue triunfar en una acción subversiva que no ha tenido parangón en ningún tiempo ni en ningún lugar, una acción subversiva que ha alcanzado de lleno al órgano más sensible del sistema, el de la representación ciudadana, entonces la historia me reservaría un lugar imborrable, un lugar para siempre único, como salvador de la democracia, Y yo sería la más orgullosa de las esposas, susurró la mujer, arrimándosele serpentinamente como si de súbito hubiese sido tocada por la varita mágica de una voluptuosidad singular, mezcla de deseo carnal y de entusiasmo político, pero, el marido, consciente de la gravedad de la hora y haciendo suyas las duras palabras del poeta, ¿Por qué te lanzas a los pies / de mis botas bastas? / ¿Por qué sueltas ahora tu cabello perfumado / y abres traidoramente tus brazos suaves? / Yo no soy más que un hombre de manos bastas / y corazón que mira a un lado / que si es necesario / te pisará para pasar / te pisará, bien lo sabes, apartó a un lado bruscamente la ropa de la cama y dijo, Voy a seguir el desarrollo de las operaciones desde el despacho, tú duerme, descansa. Pasó por la cabeza de la mujer el rápido pensamiento de que, en situación tan crítica como la presente, cuando un apoyo moral valdría su peso en oro si peso tuviera un apoyo solamente moral, el código, libremente aceptado, de las obligaciones conyugales básicas, en el capítulo de socorros mutuos, determinaba que se levantara inmediatamente y preparara, con sus propias manos, sin llamar al servicio, un té reconfortante con su competente aderezo alimenticio de pastas, sin embargo, despechada, frustrada, con la naciente voluptuosidad casi desmayada, se volvió hacia el otro lado y cerró firmemente los ojos, con la vaga esperanza de que el sueño todavía fuese capaz de aprovechar los restos y con ellos organizar una pequeña fantasía erótica privada. Ajeno a las desilusiones que había dejado tras de sí, vistiendo sobre el pijama de rayas un batín de seda ornamentado de motivos exóticos, con pagodas chinas y elefantes dorados, el primer ministro entró en su despacho, encendió todas las luces y, sucesivamente, conectó el aparato de radio y la televisión. La pantalla de la televisión mostraba la carta de ajuste, todavía era demasiado temprano para el inicio de la emisión, pero en las emisoras de radio ya se hablaba animadamente del embotellamiento monstruoso en las carreteras, se opinaba sobre lo que a todas luces parecía constituir una tentativa en masa de evasión de la desafortunada cárcel en que la capital por su mala cabeza se había convertido, aunque no faltaban también comentarios sobre la más que previsible circunstancia de que tal tapón circulatorio, por su dimensión fuera de lo común, haría imposible el acceso de los grandes camiones que todos los días transportaban víveres a la ciudad. No sabían aún estos comentaristas que los dichos camiones estaban retenidos, por orden militar, a tres kilómetros de la frontera. Haciéndose transportar en motos, los reporteros radiofónicos preguntaban a lo largo de las columnas de automóviles y furgonetas, y confirmaban que efectivamente se trataba de una acción colectiva organizada de pies a cabeza, familias enteras reunidas que escapaban de la tiranía, de la atmósfera irrespirable que las fuerzas de la subversión habían impuesto en la capital. Algunos de los jefes de familia se quejaban del retraso, Estamos aquí hace casi tres horas y la fila no se ha movido ni un milímetro, otros sospechaban alguna traición, Nos garantizaron que podríamos pasar sin problemas, y he aquí el brillante resultado, el gobierno ha puesto pies en polvorosa, se ha ido de vacaciones y nos ha dejado entregados a las fieras, ahora que teníamos la oportunidad de salir tiene la poca vergüenza de darnos con la puerta en la cara. Había crisis de nervios, niños llorando, ancianos pálidos por la fatiga, hombres exaltados que se habían quedado sin tabaco, mujeres extenuadas que intentaban poner algún orden en el desesperado caos familiar. Los ocupantes de uno de los coches intentaron dar media vuelta y regresar a la ciudad, pero fueron obligados a desistir ante la sarta de insultos e improperios que se les vino encima, Cobardes, ovejas negras, blanqueros, cabrones de mierda, infiltrados, traidores, hijos de puta, ahora sabemos por qué estáis aquí, venís a desmoralizar a las personas decentes, si creéis que os vamos a dejar salir, estáis locos, si es necesario se pinchan las ruedas, a ver si aprendéis a respetar el sufrimiento ajeno. El teléfono sonó en el despacho del primer ministro, podía ser el ministro de defensa, o el de interior, o el presidente. Era el presidente. Qué pasa, por qué no he sido informado a su debido tiempo de la barahúnda que se ha armado en las salidas de la capital, preguntó, Señor presidente, el gobierno tiene la situación controlada, en poco tiempo el problema estará resuelto, Sí, pero yo debería haber sido informado, se me debe esa atención, Consideré, y asumo personalmente la responsabilidad de la decisión, que no había motivo para interrumpir su sueño, de todos modos pensaba telefonearle dentro de veinte minutos, media hora, repito, asumo toda la responsabilidad, señor presidente, Bueno, bueno, le agradezco la intención pero, si no se diese el caso de que mi mujer tiene el saludable hábito de levantarse temprano, el jefe de estado estaría durmiendo mientras el país arde, No arde, señor presidente, ya han sido tomadas todas las medidas convenientes, No me diga que va a bombardear las columnas de vehículos, Como ha tenido tiempo de saber, no es ése mi estilo, señor presidente, Era una manera de hablar, evidentemente nunca pensé que cometiese semejante barbaridad, Muy pronto la radio anunciará que el ministro del interior se dirigirá al país a las seis, ahí está, ahí está, están emitiendo el primer anuncio y habrá otros, lo tenemos todo bajo control, señor presidente, Reconozco que ya es algo, Es el principio del éxito, señor presidente, estoy convencido, firmemente convencido, de que vamos a hacer que toda esta gente regrese en paz y en buen orden a sus casas, Y si no lo consigue, Si no lo conseguimos, el gobierno en bloque presentará su dimisión, No me venga con ese truco, sabe tan bien como yo que, en la situación en que el país se encuentra, no podría, aunque quisiera, aceptar su dimisión, Así es, pero tenía que decírselo, Bien, ahora que ya estoy despierto, no se olvide de irme comunicando lo que vaya sucediendo. Las radios insistían, Interrumpimos una vez más la emisión para informar de que el ministro del interior leerá a las seis horas un comunicado al país, repetimos, a las seis horas el ministro del interior hará una comunicación al país, repetimos, hará al país una comunicación el ministro del interior a las seis horas, repetimos, una comunicación al país hará ministro del interior a las seis horas, la ambigüedad de esta última fórmula no le pasó desapercibida al primer ministro que, durante unos cuantos segundos, sonriendo para sus adentros, se entretuvo imaginando cómo diablos conseguiría una comunicación hacer un ministro del interior. Tal vez hubiera podido llegar a alguna conclusión provechosa para el futuro si de repente la carta de ajuste del televisor no hubiese desaparecido de la pantalla para dar lugar a la habitual imagen de la bandera oscilando en la punta del mástil, perezosamente, como quien acaba de despertarse, mientras el himno hacía retumbar sus trombones y sus tambores, con algún trino de clarinete por medio y algunos convincentes eructos de bombardino. El locutor que apareció tenía el nudo de la corbata torcido y mostraba cara de pocos amigos, como si acabara de ser víctima de una ofensa que no estaba dispuesto a perdonar ni olvidar tan pronto, Considerando la gravedad del momento político y social, dijo, y atendiendo al sagrado derecho del país a una información libre y plural, iniciamos hoy nuestra emisión antes de hora. Como muchos de los que nos escuchan, acabamos de tomar conocimiento de que el ministro del interior hablará por la radio a las seis, previsiblemente para expresar la actitud del gobierno ante el intento de salida de la ciudad por parte de muchos de sus habitantes. No cree esta televisión haber sido objeto de una discriminación intencionada, pensamos más bien que sólo una inexplicable desorientación, inesperada en personalidades políticas tan experimentadas como las que forman el actual gobierno de la nación, ha llevado a que esta televisión sea olvidada. Por lo menos, aparentemente. Podría argumentarse con la hora relativamente matutina en que la comunicación se va a realizar, pero los trabajadores de esta casa, en todo su largo historial, han dado pruebas suficientes de abnegación personal, de dedicación a la causa pública y del más extremo patriotismo para verse ahora relegados a la humillante condición de informadores de segunda mano. Tenemos confianza en que, hasta la hora prevista para la comunicación anunciada, todavía sea posible llegar a una plataforma de acuerdo que, sin quitarles a nuestros colegas de la radio pública lo que ya les ha sido concedido, se restituya a esta casa lo que por mérito propio le pertenece, es decir, el lugar y las responsabilidades de primer medio informativo del país. Mientras aguardamos ese acuerdo, y esperamos tener noticias de él en cualquier momento, informamos de que un helicóptero de la televisión está levantando el vuelo en este preciso instante para ofrecer a nuestros telespectadores las primeras imágenes de las enormes columnas de vehículos que, cumpliendo un plan de retirada al que, según hemos podido saber, le fue dado el evocador e histórico nombre de jenofonte, se encuentran inmovilizadas en las salidas de la capital. Felizmente, ha cesado hace más de una hora la lluvia que durante toda la noche fustigó las sacrificadas caravanas. No falta mucho para que el sol se levante del horizonte y rompa las sombrías nubes. Ojalá que su aparición consiga retirar las barreras que, por motivos que no logramos comprender, aún impiden que esos nuestros corajudos compatriotas alcancen la libertad. Por el bien de la patria, así sea. Las imágenes siguientes mostraban al helicóptero ya en el aire, después, tomado desde arriba, el pequeño espacio del helipuerto de donde acababa de despegar, y luego la primera visión de tejados y calles próximas. El jefe del gobierno posó la mano derecha sobre el teléfono. No esperó ni un minuto, Señor primer ministro, comenzó el ministro del interior, Ya sé, ya sé, cometimos un error, Ha dicho cometimos, Sí, cometimos, porque si uno se equivoca y el otro no corrige, el error es de ambos, No tengo su autoridad ni su responsabilidad, señor primer ministro, Pero ha tenido mi confianza, Qué quiere que haga, Hablará en la televisión, la radio transmitirá en simultáneo y la cuestión queda zanjada, Y dejamos sin respuesta la impertinencia de los términos y el tono con que los señores de la televisión han tratado al gobierno, La recibirán a su tiempo, no ahora, después yo me encargaré de ellos, Muy bien, Ya tiene la comunicación, Sí señor, quiere que se la lea, No merece la pena, me reservo para el directo, Me tengo que ir, el tiempo se me ha echado encima, Ya saben que usted va a ir, preguntó con extrañeza el primer ministro, Le encargué a mi secretario de estado que negociara con ellos, Sin mi conocimiento, Sabe mejor que yo que no teníamos alternativa, Sin mi aprobación, repitió el primer ministro, Le recuerdo que tengo su confianza, han sido sus palabras, además, si uno erró y otro corrigió, el acierto es de ambos, Si a las ocho esto no está resuelto, aceptaré su inmediata dimisión, Sí señor primer ministro. El helicóptero volaba bajo sobre una de las columnas de coches, las personas gesticulaban en la carretera, debían de decirse unas a otras, Es la televisión, es la televisión, y que fuera la televisión esa pasarola giratoria era, para todos, la garantía segura de que el impasse estaba a punto de resolverse. La televisión ha llegado, decían, es buena señal. No lo fue. A las seis en punto, ya con una leve claridad rósea en el horizonte, la voz del ministro del interior comenzó a oírse en las radios de los coches, Queridos compatriotas, queridas compatriotas, el país ha vivido en las últimas semanas la que es sin duda la más grave crisis de cuantas la historia de nuestro pueblo registra desde el alborear de la nacionalidad, nunca como ahora ha sido tan imperiosa la necesidad de una defensa a ultranza de la cohesión nacional, algunos, una minoría comparada con la población del país, mal aconsejados, influidos por ideas que nada tienen que ver con el correcto funcionamiento de las instituciones democráticas vigentes y con el respeto que se les debe, se vienen comportando como enemigos mortales de esa cohesión, por eso sobre la pacífica sociedad que hemos sido flota hoy la amenaza terrible de un enfrentamiento civil de consecuencias imprevisibles para el futuro de la patria, el gobierno fue el primero en comprender la sed de libertad expresada en la tentativa de salida de la capital llevada a cabo por aquellos a quienes siempre ha reconocido como patriotas de la más pura estirpe, esos que en las circunstancias más adversas han actuado, ya sea con el voto, ya sea con el ejemplo de su vida día a día, como auténticos e incorruptibles defensores de la legalidad, así reconstituyendo y renovando lo mejor del viejo espíritu legionario, honrando, en el servicio del bien cívico, sus tradiciones, al dar la espalda decididamente a la capital, sodoma y gomorra reunidas en nuestro tiempo, han demostrado un ánimo combativo merecedor de todos los loores y que el gobierno reconoce, sin embargo, considerando el interés natural en su globalidad, el gobierno cree, y en ese sentido llama a la reflexión a aquellos a quienes en particular me estoy refiriendo, miles de hombres y mujeres que durante horas han aguardado con ansiedad la palabra esclarecedora de los responsables de los destinos de la patria, el gobierno cree, repito, que la acción militante más apropiada a la circunstancia presente consiste en el regreso inmediato de esas miles de personas a la vida de la capital, el regreso a los hogares, bastiones de la legalidad, cuarteles de resistencia, baluartes donde la memoria impoluta de los antepasados vigila las obras de sus descendientes, el gobierno, vuelvo a decir, cree que estas razones, sinceras y objetivas, expuestas con el corazón en la mano, deben ser sopesadas por quienes dentro de sus coches estén escuchando esta comunicación oficial, por otro lado, y aunque los aspectos materiales de la situación sean los que menos deban contar en un cómputo en que sólo los valores espirituales predominan, el gobicrno aprovecha la oportunidad para revelar su conocimiento de la existencia de un plan de asalto y saqueo de las casas abandonadas, el cual, además, según las últimas informaciones, ya habría entrado en ejecución, como se concluye de la nota que me acaba de ser entregada, hasta este momento, que sepamos, son ya diecisiete las casas asaltadas y saqueadas, observad, queridos compatriotas y queridas compatriotas, cómo vuestros enemigos no pierden el tiempo, tan pocas horas son las que han discurrido tras vuestra partida, y ya los vándalos derrumban las puertas de vuestros hogares, ya los bárbaros y salvajes saquean vuestros bienes, está por tanto en vuestra mano evitar un desastre mayor, consultar vuestras conciencias, sabéis que el gobierno de la nación está a vuestro lado, ahora tendréis que ser vosotros quienes decidáis si estáis o no al lado del gobierno de la nación. Antes de desaparecer de la pantalla, el ministro del interior todavía tuvo tiempo para disparar una mirada a la cámara, había en su cara seguridad y también algo que se parecía mucho a un desafío, pero era preciso estar metido en el secreto de estos dioses para interpretar con total corrección aquel rápido vistazo, no se equivocó el primer ministro, para él fue como si el ministro del interior le hubiese soltado en la cara, Usted, que tanto presume de estrategias y de tácticas, no lo habría hecho mejor. Así era, tenía que reconocerlo, sin embargo todavía estaba por ver cuáles serían los resultados. La imagen pasó nuevamente al helicóptero, apareció otra vez la ciudad, otra vez aparecieron las interminables columnas de coches. Durante unos buenos diez minutos nada se movió. El comentarista se esforzaba por llenar el tiempo, imaginaba los consejos de familia en el interior de los automóviles, alababa la comunicación del ministro, increpaba a los asaltantes de las casas, exigía contra ellos todos los rigores de la ley, pero era patente que la inquietud lo iba penetrando poco a poco, estaba más que visto que las palabras del gobierno habían caído en saco roto, no es que él, todavía a la espera del milagro del último instante, osase decirlo, sino que cualquier telespectador medianamente entrenado en descifrar audiovisuales se habría percatado de la angustia del pobre periodista. Entonces se dio el tan deseado, el tan ansiado prodigio, precisamente cuando el helicóptero sobrevolaba el final de una columna, el último coche de la fila comenzó a dar media vuelta, a continuación el que tenía delante, y luego otro, y otro, y otro. El comentarista dio un grito de entusiasmo, Queridos telespectadores, estamos asistiendo a un momento histórico, acatando con ejemplar disciplina la llamada del gobierno, en una manifestación de civismo que quedará inscrita en letras de oro en los anales de la capital, las personas inician su regreso a casa, terminando por tanto de la mejor manera lo que podría haber estallado en una convulsión, así avisadamente lo dijo el ministro del interior, de consecuencias imprevisibles para el futuro de nuestra patria. A partir de aquí, durante algunos minutos todavía, el reportaje pasó a adoptar un tono decididamente épico, transformando la retirada de estos derrotados diez mil en victoriosa cabalgada de las walkirias, colocando a wagner en lugar de jenofonte, tornando en odoríferos y ascendentes sacrificios a los dioses del olimpo y del walhalla el apestoso humo vomitado por los tubos de escape. En las calles ya había brigadas de reporteros, tanto de periódicos como de radios, y todos intentaban detener durante un instante los coches para recibir de los pasajeros, en directo, de la propia fuente, la expresión de los sentimientos que animaban a los retornados en su forzada vuelta a casa. Como era de esperar, encontraban de todo, frustración, desaliento, rabia, ansia de venganza, no salimos esta vez pero saldremos otra, edificantes afirmaciones de patriotismo, exaltadas declaraciones de fidelidad partidista, viva el partido de la derecha, viva el partido del medio, malos olores, irritación por una noche entera sin pegar ojo, quite de ahí esa máquina, no queremos fotografías, concordancia y discordancia con las razones presentadas por el gobierno, algún escepticismo sobre el día de mañana, temor a represalias, crítica a la vergonzosa apatía de las autoridades, No hay autoridades, recordaba el reportero, Pues ahí está el problema, no hay autoridades, pero lo que principalmente se observaba era una enorme preocupación por la suerte de los haberes dejados en las casas a las que los ocupantes de los coches sólo pensaban regresar cuando la rebelión de los blanqueros hubiera sido aplastada de una vez, sin duda a esta hora las casas asaltadas ya no son diecisiete, quién sabe cuántas más habrán sido despojadas hasta de la última alfombra, hasta del último jarrón. El helicóptero mostraba ahora desde arriba cómo las columnas de automóviles y furgonetas, los que antes habían sido los últimos eran ahora los primeros, se iban ramificando a medida que penetraban en los barrios próximos al centro, cómo a partir de cierto momento ya no era posible distinguir en el tráfico a los que venían de los que estaban. El primer ministro llamó al presidente, una conversación rápida, poco más que mutuas congratulaciones, Esta gente tiene agua en las venas, se permitió desdeñar el jefe de estado, si estuviera yo en uno de esos coches le juro que derrumbaba cuantas barreras me pusieran por delante, Menos mal que es el presidente, menos mal que no estaba allí, dijo el primer ministro sonriendo, Sí, pero si las cosas vuelven a complicarse, entonces habrá que poner en práctica mi idea, Que sigo sin saber cuál es, Un día de éstos se la diré, Cuente con toda mi atención, a propósito, voy a convocar para hoy consejo de ministros para que debatamos la situación, sería de la mayor utilidad que usted estuviese presente si no tiene obligaciones más importantes que satisfacer, Será cuestión de organizar las cosas, sólo tengo que ir a cortar una cinta a no sé dónde, Muy bien, señor presidente, mandaré informar a su gabinete. Pensó el primer ministro que ya era hora de decirle una palabra agradable al ministro del interior, felicitándolo por la eficacia de la comunicación, qué demonios, tenerle antipatía no es razón para no reconocer que esta vez estuvo a la altura del problema que tenía que resolver. La mano ya estaba sobre el teléfono cuando una súbita alteración en la voz del comentarista de televisión le hizo mirar la pantalla. El helicóptero descendió casi a ras de los tejados, se veían nítidamente personas saliendo de algunos edificios, hombres y mujeres que se quedaban en las aceras, como si estuvieran esperando a alguien, Acabamos de ser informados, decía alarmado el comentarista, de que las imágenes que nuestros telespectadores están viendo, personas que salen de los edificios y esperan en las aceras, se están repitiendo en toda la ciudad en este momento, no queremos pensar lo peor, pero todo indica que los habitantes de estos edificios, evidentemente insurrectos, se disponen a impedirles el acceso a quienes hasta ayer eran sus vecinos y a los que probablemente les acaban de saquear las casas, si así fuere, por mucho que nos duela tener que decirlo, habrá que pedir cuentas al gobierno que mandó retirar de la capital los cuerpos policiales, con el espíritu angustiado preguntamos cómo se podrá evitar, si todavía es posible, que corra la sangre en la confrontación física que manifiestamente se aproxima, señor presidente, señor primer ministro, dígannos dónde están los policías para defender a personas inocentes de los bárbaros tratos que otras se están preparando para infligirles, dios mío, dios mío, qué va a suceder, casi sollozaba el comentarista. El helicóptero se había mantenido inmóvil, podía verse todo lo que pasaba en la calle. Dos automóviles pararon delante del edificio. Se abrieron las puertas, sus ocupantes salieron. Las personas que esperaban en la acera avanzaron, Es ahora, es ahora, preparémonos para lo peor, berreó el comentarista, ronco de excitación, entonces esas personas intercambiaron algunas palabras que no pudieron ser oídas, y, sin más, comenzaron a descargar los coches y a transportar dentro de las casas, a plena luz del día, lo que de ellas había salido bajo la capa de una negra noche de lluvia. Mierda, exclamó el primer ministro, y dio un puñetazo en la mesa.

En tan escasas letras, la escatológica interjección, con una potencia expresiva que valía por un discurso completo del estado de la nación, resumió y concentró la profundidad de la decepción que había destrozado las fuerzas anímicas del gobierno, en particular de los ministros que, por la propia naturaleza de sus funciones, estaban más relacionados con las diferentes fases del proceso político-represivo de la sedición, es decir, los responsables de las carteras de defensa y de interior, quienes, de un momento a otro, vieron perder el lucimiento de los buenos servicios que, cada uno en su área específica, habían desarrollado a lo largo de la crisis. Durante todo el día, hasta la hora del inicio del consejo de ministros, incluso durante su celebración, la sucia palabra fue muchas veces mascullada en el silencio del pensamiento, y hasta, no habiendo testigos cerca, lanzada en voz alta o murmurada como un incontenible desahogo, mierda, mierda, mierda. A ninguno de ellos, defensa e interior, pero tampoco al primer ministro, y esto, sí, es imperdonable, se les había ocurrido meditar un poco, ni siquiera en estricto y desapasionado sentido académico, acerca de lo que podría sucederles a los malogrados fugitivos cuando volvieran a sus casas, aunque, de tomarse esa molestia, lo más probable sería que hubieran optado por la terrorífica profecía del reportero del helicóptero, que antes olvidamos registrar, Pobrecitos, decía a punto de llorar, apuesto a que van a ser masacrados, apuesto a que van a ser masacrados. Al final, y no fue sólo en aquella calle ni en aquel edificio donde el maravilloso caso sucedió, rivalizando con los más nobles ejemplos históricos de amor al prójimo, tanto de la especie religiosa como de la profana, los calumniados e insultados blanqueros bajaron a ayudar a los vencidos de la facción adversaria, cada uno lo decidió por su cuenta y a solas con su conciencia, no se dio fe de ninguna convocatoria ni de consigna que fuera preciso recordar, pero la verdad es que todos bajaron a prestar la ayuda que sus fuerzas permitían, y entonces fueron ellos los que dijeron, cuidado con el piano, cuidado con el juego de té, cuidado con la vajilla de plata, cuidado con el retrato, cuidado con el abuelo. Se comprende por tanto que se vean tantas caras ceñudas alrededor de la gran mesa del consejo, tantas frentes fruncidas, tanto mirar congestionado por la irritación y por la falta de sueño, probablemente casi todos estos hombres hubieran preferido que corriese alguna sangre, no hasta el punto de la masacre anunciada por el reportero de televisión, pero sí algo que hiriese la sensibilidad de los habitantes de fuera de la capital, algo de lo que se pudiera hablar en todo el país durante las próximas semanas, un argumento, un pretexto, una razón más para satanizar a los malditos sediciosos. Y también por eso se comprende que el ministro de defensa, a la chita callando, le acabe de susurrar en el oído al colega de interior, Qué mierda vamos a hacer ahora. Si alguien más oyó la pregunta, se hizo el desentendido, justamente para saber qué mierda iban a hacer ahora estaban reunidos y por supuesto no iban a salir con las manos vacías.

La primera intervención fue la del presidente de la república. Señores, dijo, en mi opinión, y creo que en esto coincidiremos todos, estamos viviendo el momento más difícil y complejo desde que el primer acto electoral reveló la existencia de un movimiento subversivo de enorme envergadura que los servicios de seguridad nacional no habían detectado, y no lo descubrimos nosotros, fue éste quien decidió mostrarse a cara descubierta, el ministro del interior, cuya acción, por otra parte, ha recibido siempre mi apoyo personal e institucional, ciertamente estará de acuerdo conmigo, lo peor, sin embargo, es que hasta hoy no hemos dado ni un solo paso efectivo en el camino de la solución del problema y, todavía más grave, hemos sido obligados a asistir, impotentes, al golpe táctico genial que fue que los sediciosos ayudaran a nuestros votantes a meter los bártulos en casa, esto, señores, sólo un cerebro maquiavélico podía haberlo conseguido, alguien que se mantiene escondido detrás del telón y manipula las marionetas a su antojo, sabemos todos que mandar retroceder a toda esa gente fue para nosotros una dolorosa necesidad, pero ahora debemos prepararnos para un más que probable desencadenamiento de acciones que impulsen nuevas tentativas de retirada, no ya de familias enteras, no ya de espectaculares caravanas de coches, sino de personas aisladas o de pequeños grupos, y no por las carreteras, sino por los campos, el ministro de defensa me dirá que tiene patrullas sobre el terreno, que tiene sensores electrónicos instalados a lo largo de la frontera, y yo no me permitiré dudar de la eficacia relativa de esos medios, pero, a mi entender, una contención que se pretenda total sólo se conseguirá con la construcción de un muro alrededor de la capital, un muro infranqueable, hecho con paneles de hormigón, calculo que de unos ocho metros de altura, apoyado obviamente por los sensores electrónicos que ya existen y reforzado por cuantas alambradas de púas se consideren convenientes, estoy firmemente convencido de que por allí no pasará nadie, y si no digo ni una mosca, permítanme el chiste, no es tanto porque las moscas no puedan pasar, sino porque, de lo que deduzco por su comportamiento habitual, no tienen ningún motivo para volar tan alto. El presidente de la república hizo una pausa para aclarar la voz y terminó, El primer ministro conoce ya la propuesta que acabo de presentar, con toda seguridad la presentará en breve para que la discuta el gobierno que, naturalmente, como le compete, decidirá sobre la conveniencia y la viabilidad de su realización, por lo que a mí respecta, no tengo dudas de que le dedicarán todo su saber, y eso me basta. En torno a la mesa corrió un murmullo diplomático que el presidente interpretó como de aceptación tácita, idea que obviamente corregiría si se hubiera percatado de que el ministro de hacienda había dejado escapar entre dientes, Y de dónde sacaríamos el dinero que una locura de ésas costaría.

Tras mover de un lado a otro, como era su hábito, los documentos que tenía delante, el primer ministro tomó la palabra, El presidente de la república, con el brillo y el rigor a que nos tiene habituados, acaba de trazar el retrato de la difícil y compleja situación en que nos encontramos, por consiguiente sería·pura redundancia por mi parte añadir a su exposición unos cuantos pormenores que, al fin y al cabo, sólo servirían para acentuar las sombras del dibujo, por esto, y a la vista de los recientes acontecimientos, considero que estamos necesitando un cambio radical de estrategia, el cual deberá tener en consideración, entre todos los restantes factores, la posibilidad de que en la capital haya nacido y pueda desarrollarse un ambiente de cierta pacificación social como consecuencia del gesto inequívocamente solidario, no dudo que maquiavélico, no dudo que determinado políticamente, del que el país entero fue testigo en las últimas horas, léanse los comentarios de las ediciones especiales, todos elogiosos, luego, tendremos que reconocer, en primer lugar, que las tentativas para que los contestatarios entraran en razón han fracasado, una por una, estruendosamente, y que la causa del fracaso, por lo menos ésta es mi opinión, puede haber sido la severidad de los medios represivos de que nos servimos, y en segundo lugar, si perseveramos en la estrategia hasta ahora seguida, si intensificamos la escalada de coacción, y si la respuesta de los contestatarios sigue siendo la misma que hasta ahora, es decir, ninguna, acabaremos forzosamente recurriendo a medidas drásticas, de carácter dictatorial, como sería, por ejemplo, suprimir por tiempo indeterminado los derechos civiles de los habitantes de la ciudad, incluso de nuestros propios votantes, para evitar favoritismos de identidad ideológica, aprobar para que se aplique en todo el país, y a fin de evitar la extensión de la epidemia, una ley electoral de excepción en la que se equiparen los votos blancos a los votos nulos, y ya veremos qué más. El primer ministro hizo una pausa para beber un trago de agua, y prosiguió, He hablado de la necesidad de un cambio de estrategia, sin embargo, no he dicho que ya la tengo definida y preparada para su aplicación inmediata, hay que dar tiempo, dejar que el fruto madure y se pudran los ánimos, hasta debo confesar que preferiría apostar por un periodo de cierta distensión durante el cual trabajaríamos para extraer el mayor provecho posible de las leves señales de concordia que parecen emerger. Hizo otra pausa, parecía que iba a seguir con el discurso, pero sólo dijo, Escucharé sus opiniones.

El ministro del interior levantó la mano, Noto que el primer ministro confía en la acción persuasiva que nuestros votantes puedan ejercer en el espíritu de quienes, confieso que con estupefacción, he oído definir como meros contestatarios, pero no me parece que haya hablado de la eventualidad contraria, la de que los partidarios de la subversión acaben confundiendo con sus teorías deletéreas a los ciudadanos respetuosos de la ley, Tiene razón, efectivamente no recuerdo haber mencionado esa eventualidad, respondió el primer ministro, pero, imaginando que tal caso se diese, en nada se modificaría lo fundamental, lo peor que podría suceder sería que el actual ochenta por ciento de votantes en blanco pasara a ser cien, la alteración cuantitativa introducida en el problema no tendría ninguna influencia en su expresión cualitativa, salvo, es obvio, el efecto de haberse producido una unanimidad. Qué hacemos entonces, preguntó el ministro de defensa, Precisamente por eso estamos aquí, para analizar, ponderar y decidir, Incluyendo, supongo, la idea del señor presidente, que desde ya declaro que apoyo con entusiasmo, La idea del señor presidente, por la dimensión de la obra y por la diversidad de implicaciones que envuelve, requiere un estudio pormenorizado que se encargará a una comisión ad hoc que se nominará para tal efecto, por otro lado, creo que es bastante obvio que el levantamiento de un muro de separación no resolvería, en lo inmediato, ninguna de nuestras dificultades e infaliblemente crearía otras, nuestro presidente conoce mi pensamiento sobre la materia, y la lealtad personal e institucional que le debo no me permitiría silenciarlo ante el consejo, lo que no significa, vuelvo a decir, que los trabajos de la comisión no comiencen lo más rápidamente posible, en cuanto esté instituida, antes de una semana. Era visible la contrariedad del presidente de la república, Soy presidente, no soy papa, luego no presumo de ningún tipo de infalibilidad, pero desearía que mi propuesta fuera debatida con carácter de urgencia, Yo mismo se lo dije antes, señor presidente, acudió el primer ministro, le doy mi palabra de que en menos tiempo de lo que imagina tendrá noticias del trabajo de la comisión, Entre tanto, andamos aquí tanteando, a ciegas, se quejó el presidente. El silencio fue de esos que se cortaría con una navaja. Sí, a ciegas, repitió el presidente sin darse cuenta del constreñimiento general. Desde el fondo de la sala se oyó la voz tranquila del ministro de cultura, Igual que hace cuatro años. Al rojo vivo, como ofendido por una obscenidad brutal, inadmisible, el ministro de defensa se levantó y, apuntando con el dedo acusador, dijo, Usted acaba de romper vergonzosamente un pacto nacional de silencio que todos habíamos aceptado, Que yo sepa, no hubo ningún pacto, y mucho menos nacional, hace cuatro años ya era mayorcito y no recuerdo que los habitantes de la capital fueran llamados a firmar un pergamino en el que se comprometían a no pronunciar, nunca, ni una sola palabra sobre el hecho de que durante algunas semanas estuvimos todos ciegos, Tiene razón, no hubo un pacto en sentido formal, intervino el primer ministro, pero todos pensamos, sin que para eso fuera necesario ponernos de acuerdo y escribirlo en un papel, que la terrible prueba por la que habíamos pasado debería, por la salud de nuestro espíritu, ser considerada como una abominable pesadilla, algo que tuvo existencia como sueño y no como realidad, En público, es posible, pero el primer ministro no querrá convencerme de que en la intimidad de su casa nunca ha hablado de lo sucedido, Que haya hablado o no, poco importa, en la intimidad de las casas pasan muchas cosas que no salen de sus cuatro paredes, y, si me permite que se lo diga, la alusión a la todavía hoy inexplicable tragedia sucedida entre nosotros hace cuatro años ha sido una manifestación de mal gusto que yo no esperaría de un ministro de cultura, El estudio del mal gusto, señor primer ministro, debería ser un capítulo de la historia de las culturas, y de los más extensos y suculentos, No me refiero a ese género de mal gusto, sino a otro, a ese que también solemos denominar falta de tacto, El señor primer ministro sostiene, según se ve, una idea parecida a la que afirma que si la muerte existe es por el nombre que lleva, que las cosas no tienen existencia real si antes no se les ha dado nombre, Hay innumerables cosas de las que desconozco el nombre, animales, vegetales, instrumentos y aparatos de todas las formas y tamaños y para todos los usos, Pero sabe que lo tienen, y eso le tranquiliza, Nos estamos apartando del asunto, Sí señor primer ministro, nos estamos apartando del asunto, yo sólo he dicho que hace cuatro años estábamos ciegos y ahora digo que probablemente seguimos ciegos. La indignación fue general, o casi, las protestas saltaban, se atropellaban, todos querían intervenir, hasta el ministro de transportes que, por tener la voz estridente, en general hablaba poco, le daba ahora trabajo a las cuerdas vocales, Pido la palabra, pido la palabra. El primer ministro miró al presidente de la república como pidiéndole consejo, pero se trataba de puro teatro, el tímido movimiento del presidente, cualquiera que fuese su significado de origen, fue anulado por la mano levantada del primer ministro, Teniendo en consideración el tono emotivo y apasionado que las interpelaciones translucen, el debate no añadiría nada, por eso no le daré la palabra a ninguno de los ministros, sobre todo teniendo en cuenta que, tal vez sin percatarse, el ministro de cultura acertó de lleno al comparar la plaga que estamos padeciendo a una nueva forma de ceguera, No hice esa comparación, señor primer ministro, me limité a recordar que estuvimos ciegos y que, es probable, ciegos sigamos estando, cualquier extrapolación que no esté lógicamente contenida en la proposición inicial es ilegítima, Mudar de lugar las palabras representa, muchas veces, mudarles el sentido, pero éstas, las palabras, ponderadas una por una, siguen, físicamente, si es que me puedo expresar así, siendo justo lo que habían sido, y por tanto, En ese caso, permítame que lo interrumpa, señor primer ministro, quiero que quede claro que la responsabilidad de los cambios de lugar y de sentido de mis palabras es únicamente suya, en eso no he tenido arte ni parte, Digamos que puso el arte y yo contribuí con la parte, y que arte y parte juntos me autorizan a afirmar que el voto en blanco es una manifestación de ceguera tan destructiva como la otra, O de lucidez, dijo el ministro de justicia, Qué, preguntó el ministro del interior creyendo haber oído mal, Digo que el voto en blanco puede ser apreciado como una manifestación de lucidez por parte de quien lo ha usado, Cómo se atreve, en pleno consejo de gobierno, a pronunciar semejante barbaridad antidemocrática, debería darle vergüenza, ni parece un ministro de justicia, estalló el de defensa, Me pregunto si alguna vez habré sido tan ministro de la justicia, o de justicia, como en este momento, Un poco más y todavía me va a hacer creer que votó en blanco, observó el ministro del interior irónicamente, No, no voté en blanco, pero lo pensaré en la próxima ocasión. Cuando el murmullo escandalizado resultante de esta declaración comenzó a disminuir, una pregunta del primer ministro lo cortó de golpe, Es consciente de lo que acaba de decir, Tan consciente que deposito en sus manos el cargo que me fue confiado, presento mi dimisión, respondió el que ya no era ni ministro ni de justicia. El presidente de la república empalideció, parecía un harapo que alguien distraídamente hubiera dejado en el respaldo del sillón y luego se olvidara, Nunca imaginé que viviría para ver el rostro de la traición, dijo, y pensó que la historia no dejaría de registrar la frase, pero por si acaso él se encargaría de hacerla recordar. El que hasta aquí había sido ministro de justicia se levantó, inclinó la cabeza en dirección al presidente y al primer ministro y salió de la sala. El silencio fue interrumpido por el súbito arrastrar de una silla, el ministro de cultura acababa de levantarse y anunciaba desde el fondo con voz fuerte y clara, Presento mi dimisión, Vaya, no me diga que, tal como su amigo acaba de prometernos en un momento de loable franqueza, también usted lo pensará en la próxima ocasión, intentó ironizar el jefe de gobierno, No creo que vaya a ser necesario, ya lo pensé en la última, Eso significa, Simplemente lo que ha oído, nada más, Quiere retirarse, Ya me iba, señor primer ministro, sólo he vuelto atrás para despedirme. La puerta se abrió, se cerró, quedaron dos sillones vacíos en la mesa. Y ésta, eh, exclamó el presidente de la república, no nos habíamos recuperado del primer choque y ya recibimos una nueva bofetada, Las bofetadas son otra cosa, señor presidente, ministros que entran y ministros que salen es de lo más corriente en la vida, dijo el primer ministro, sea como sea, si el gobierno entró aquí completo, completo saldrá, yo asumo la cartera de justicia y el ministro de obras públicas se hará cargo de los asuntos de cultura, Temo que me falte la competencia necesaria, observó el aludido, La tiene toda, la cultura, según nos dicen sin parar las personas entendidas, es también obra pública, por tanto quedará perfectamente en sus manos. Tocó la campanilla y ordenó al ujier que había aparecido en la puerta, Retire esos sillones, luego, dirigiéndose al gobierno, Vamos a hacer una pausa de quince, veinte minutos, el presidente y yo estaremos en la sala de al lado.

Media hora después los ministros volvieron a sentarse alrededor de la mesa. No se notaban las ausencias. El presidente de la república entró trayendo en la cara una expresión de perplejidad, como si hubiese acabado de recibir una noticia cuyo significado se encontrara fuera del alcance de su comprensión. El primer ministro, por el contrario, parecía satisfecho con su persona. No tardó en saberse el porqué. Cuando llamé la atención sobre la necesidad urgente de un cambio de estrategia, visto el fracaso de todas las acciones delineadas y ejecutadas desde el comienzo de la crisis, así comenzó, estaba lejos de esperar que una idea capaz de conducirnos con grandes posibilidades al éxito pudiese proceder precisamente de un ministro que ya no se encuentra entre nosotros, me refiero, como deben de calcular, al ex ministro de cultura, gracias a quien se demuestra una vez más lo conveniente de examinar las ideas del adversario a fin de descubrir lo que de ellas pueda resultar provechoso para las nuestras. Los ministros de defensa y de interior intercambiaron miradas indignadas, era lo que les faltaba oír, elogios a la inteligencia de un traidor renegado. Apresuradamente, el ministro del interior garabateó algunas palabras en un papel que pasó discretamente al otro, Mi olfato no me engañaba, desconfié de esos dos tipos desde el principio de esta historia, a lo que el ministro de defensa respondió por la misma vía y con los mismos cuidados, Estamos queriendo infiltrarnos y al final son ellos los que se nos han infiltrado. El primer ministro seguía exponiendo las conclusiones a que había llegado partiendo de la sibilina declaración del ex ministro de cultura acerca de haber estado ciego ayer y seguir ciego hoy, Nuestro equívoco, nuestro gran equívoco, cuyas consecuencias estamos pagando ahora, fue precisamente el intento de obliteración, no de la memoria, dado que todos podríamos recordar lo que pasó hace cuatro años, sino de la palabra, del nombre, como si, según subrayó el ex colega, para que la muerte deje de existir basta con no pronunciar el término con que la designamos, No le parece que estamos hurtándonos de la cuestión principal, preguntó el presidente de la república, necesitamos propuestas concretas, objetivas, el consejo tendrá que tomar decisiones importantes, Al contrario, señor presidente, ésta es justamente la cuestión principal, y tanto es así que, si no yerro demasiado, nos va a servir en bandeja la posibilidad de resolver de una vez para siempre un problema en el que apenas hemos conseguido, como mucho, poner pequeños remiendos que en seguida se descosen dejándolo todo igual, No entiendo adónde quiere llegar, explíquese, por favor, Señor presidente, señores, osemos dar un paso adelante, sustituyamos el silencio por la palabra, terminemos con este estúpido e inútil fingimiento de que antes no sucedió nada, hablemos abiertamente de lo que fue nuestra vida, si vida era aquello, durante el tiempo en que estuvimos ciegos, que los periódicos recuerden, que los escritores escriban, que la televisión muestre las imágenes de la ciudad que se grabaron después de recuperar la visión, que las personas se convenzan de que es necesario hablar de los males de toda especie que tuvieron que soportar, que hablen de los muertos, de los desaparecidos, de las ruinas, de los incendios, de la basura, de la podredumbre, y luego, cuando nos hayamos arrancado los harapos de falsa normalidad con que venimos queriendo tapar la llaga, diremos que la ceguera de esos días ha regresado a la ciudad bajo una nueva forma, llamemos la atención de la gente con el paralelismo entre la blancura de la ceguera de hace cuatro años y el voto en blanco de ahora, la comparación es grosera y engañosa, soy el primero en reconocerlo, y no faltará quien de entrada la rechace como una ofensa a la inteligencia, a la lógica y al sentido común, pero es posible que muchas personas, y espero que pronto sean abrumadora mayoría, se dejen impresionar, se pregunten ante el espejo si no estarán otra vez ciegas, si esta ceguera, aún más vergonzosa que la otra, no los estará desviando de la dirección correcta, empujándolos hacia el desastre extremo que sería el desmoronamiento, tal vez definitivo, de un sistema político que, sin que nos hubiéramos dado cuenta de la amenaza, transportaba desde el origen, en su núcleo vital, es decir, en el ejercicio del voto, la simiente de su propia destrucción o, hipótesis no menos inquietante, del paso a algo completamente nuevo, desconocido, tan diferente que, en ese lugar, criados como fuimos a la sombra de rutinas electorales que durante generaciones y generaciones lograron escamotear lo que vemos ahora como uno de sus triunfos más importantes, nosotros no tendremos sitio con toda seguridad. Creo firmemente, continuó el primer ministro, que el cambio de estrategia que necesitábamos está a la vista, creo que la reconducción del sistema al statu quo anterior está a nuestro alcance, pero yo soy el primer ministro de este país, no un vulgar vendedor de ungüentos que promete maravillas, en todo caso he de decir que, si no conseguimos resultados en veinticuatro horas, confío en que los podamos notar antes de que pasen veinticuatro días, pero la lucha será larga y trabajosa, reducir la nueva peste blanca a la impotencia exigirá tiempo y costará muchos esfuerzos, sin olvidar, ah, sin olvidar la cabeza maldita de la tenia, esa que se encuentra escondida en cualquier lugar, mientras no la descubramos en el interior nauseabundo de la conspiración, mientras no la arranquemos hacia la luz y para el castigo que se merece, el mortal parásito seguirá reproduciendo sus anillos y minando las fuerzas de la nación. Pero la última batalla la ganaremos nosotros, mi palabra y vuestra palabra, hoy y hasta la victoria final, serán la garantía de esta promesa. Arrastrando los sillones, los ministros se levantaron como un solo hombre y, de pie, aplaudieron con entusiasmo. Finalmente, expurgado de los elementos perturbadores, el consejo era un bloque compacto, un jefe, una voluntad, un proyecto, un camino. Sentado en su enorme sillón, como a la dignidad del cargo competía, el presidente de la república aplaudía con las puntas de los dedos, dejando así entrever, y también por la severa expresión de su cara, la contrariedad que le causaba no haber sido objeto de una referencia, aunque fuera mínima, en el discurso del primer ministro. Debería saber con quién lidiaba. Cuando el ruidoso restallar de palmas ya comenzaba a decaer, el primer ministro levantó la mano derecha pidiendo silencio y dijo, Toda navegación necesita un comandante, y ése, en la peligrosa travesía a la que el país ha sido desafiado, es y tiene que ser el primer ministro, pero ay del barco que no lleve una brújula capaz de guiarlo por el vasto océano y a través de las procelosas, pues bien, señores, esa brújula que me guía a mí y al barco, esa brújula que, en suma, nos viene guiando a todos, está aquí, a nuestro lado, siempre orientándonos con su experiencia, siempre animándonos con sus sabios consejos, siempre instruyéndonos con su ejemplo sin par, mil aplausos por tanto le sean dados, y mil agradecimientos, a su excelencia el señor presidente de la república. La ovación fue todavía más calurosa que la primera, parecía no querer terminar, y no terminaría mientras el primer ministro siguiera batiendo palmas, mientras el reloj de su cabeza no le dijese, Basta, puedes dejarlo así, él ya ha ganado. Todavía tardó dos minutos más en confirmar la victoria, y, al cabo, el presidente de la república, con lágrimas en los ojos, estaba abrazado al primer ministro. Momentos perfectos, y hasta sublimes, pueden acaecer en la vida de un político, dijo después con la voz embargada por la emoción, pero, y sin saber lo que el destino me reserva para el día de mañana, juro que éste no se me borrará nunca de la memoria, será mi corona de gloria en las horas felices, mi consuelo en las horas amargas, de todo corazón les agradezco, de todo corazón les abrazo. Más aplausos.

Los momentos perfectos, sobre todo cuando rozan lo sublime, tienen el gravísimo contra de su corta duración, lo que, por obvio, podríamos no comentar de no darse la circunstancia de existir una contrariedad mayor, como es la de no saber qué hacer después. Este embarazo, sin embargo, se reduce a casi nada en el caso de encontrarse presente el ministro del interior. Apenas el gabinete había recuperado su lugar, todavía con el ministro de obras públicas y cultura enjugándose una lágrima furtiva, el de interior levantó la mano pidiendo la palabra, Haga el favor, dijo el primer ministro, Como el señor presidente de la república tan emotivamente ha señalado, en la vida hay momentos perfectos, verdaderamente sublimes, y nosotros hemos tenido el alto privilegio de disfrutar aquí de dos de ellos, el del agradecimiento del presidente y el de la exposición del primer ministro cuando defendió una nueva estrategia, unánimemente aprobada por los presentes y a la cual me remitiré en esta intervención, no para retirar mi aplauso, lejos de mí semejante idea, sino para ampliar y facilitar los efectos de esa estrategia, si tanto puede pretender mi modesta persona, me refiero a lo dicho por el señor primer ministro, que no cuenta con obtener resultados en veinticuatro horas, pero que está seguro de que éstos comenzarán a surgir antes de transcurridos veinticuatro días, ahora bien, con todo el respeto, yo no creo que estemos en condiciones de esperar veinticuatro días, o veinte, o quince, o diez, el edificio social presenta brechas, las paredes oscilan, los cimientos tiemblan, en cualquier momento todo puede derrumbarse, Tiene alguna propuesta, además de describirnos el estado de un edificio que amenaza ruinas, preguntó el primer ministro, Sí señor, respondió impasible el ministro del interior, como si no hubiese reparado en el sarcasmo, Ilumínenos, entonces, por favor, Ante todo, debo aclarar, señor primer ministro, que esta propuesta no tiene más intención que complementar las que nos presentó y aprobamos, no enmienda, no corrige, no perfecciona, es simplemente otra cosa que espero merezca la atención de todos, Adelante, déjese de rodeos, vaya directo al asunto, Lo que propongo, señor primer ministro, es una acción rápida, de choque, con helicópteros, No me diga que está pensando en bombardear la ciudad, Sí señor, estoy pensando en bombardearla con papeles, Con papeles, Precisamente, señor primer ministro, con papeles, en primer lugar, por orden de importancia, tendríamos una declaración firmada por el presidente de la república y dirigida a la población de la capital, en segundo lugar, una serie de mensajes breves y eficaces que abran camino y preparen los espíritus para las acciones de efecto previsiblemente más lento que usted enunció, o sea, los periódicos, la televisión, los recuerdos de vivencias del tiempo en que estuvimos ciegos, relatos de escritores, etcétera, a propósito, les recuerdo que mi ministerio dispone de su propio equipo de redactores, personas bien entrenadas en el arte de convencer a la gente, lo que, según entiendo, sólo con mucho esfuerzo y por poco tiempo los escritores consiguen, A mí la idea me parece excelente, interrumpió el presidente de la república, pero evidentemente el texto tendrá que contar con mi aprobación, introduciré las alteraciones que crea convenientes, de todos modos me parece bien, es una idea estupenda que tiene, además, la enorme ventaja política de colocar la figura del presidente de la república en primera línea de combate, es una buena idea, sí señor. El murmullo de aprobación que se oyó en la sala le mostró al primer ministro que el lance había sido ganado por el ministro del interior, Así se hará, ponga en marcha las diligencias necesarias, dijo, y, mentalmente, le puso otra nota negativa en la página correspondiente del cuaderno de aprovechamiento escolar del gobierno.

La tranquilizadora idea de que, más tarde o más pronto, y mejor más pronto que tarde, el destino siempre acaba abatiendo la soberbia, encontró fragorosa confirmación en el humillante oprobio sufrido por el ministro del interior que, creyendo haber ganado in extremis el más reciente asalto en la pugna pugilística que mantiene con el jefe de gobierno, vio irse agua abajo sus planes a causa de una inesperada intervención del cielo, que al final decidió ponerse del lado del adversario. En última instancia, y también en primera, según la opinión de los observadores más imparciales y atentos, toda la culpa fue del presidente de la república por haber retardado la aprobación del manifiesto que, con su firma y para edificación moral de los habitantes de la ciudad, sería lanzado desde los helicópteros. Durante los tres días siguientes a la reunión del consejo de ministros la bóveda celeste se mostró al mundo en su magnificente traje de inconsútil azul, un tiempo liso, sin pliegues ni costuras, y sobre todo sin viento, perfecto para echar papeles desde el aire y verlos bajar después danzando la danza de los elfos, hasta ser recogidos por quienes pasaran por las calles o a ellas salieran movidos por la curiosidad de saber qué nuevas o qué mandatos les llegaban desde lo alto. Durante esos tres días el pobre texto se fatigó en viajes de ida y vuelta entre el palacio presidencial y el ministerio del interior, unas veces más profuso de razones, otras veces más conciso de concepto, con palabras tachadas y sustituidas por otras que luego sufrirían idéntica suerte, con frases desamparadas de lo que las precedía y que no cuadraban con lo que venía a continuación, cuánta tinta gastada, cuánto papel roto, a esto se llama el tormento de la obra, la tortura de la creación, es bueno que quede claro de una vez. Al cuarto día, el cielo, cansado de esperar, viendo que ahí abajo las cosas ni iban ni venían, decidió amanecer cubierto por un capote de nubes bajas y oscuras, de las que suelen cumplir la lluvia que prometen. A última hora de la mañana comenzaron a caer unas gotas dispersas, de vez en cuando paraban, de vez en cuando volvían, una llovizna molesta que, pese a las amenazas, parecía no tener mucho más que dar. Esta lluvia blanda permaneció hasta media tarde, y de súbito, sin aviso, como quien se harta de fingir, el cielo se abrió para dar paso a una lluvia continua, cierta, monótona, intensa aunque todavía no violenta, de esas que son capaces de estar lloviendo así una semana entera y que la agricultura en general agradece. No el ministerio del interior. Suponiendo que el mando supremo de la fuerza aérea diese autorización para que los helicópteros levantaran el vuelo, lo que de por sí ya sería altamente problemático, lanzar papeles desde el aire con un tiempo de éstos sería de lo más grotesco, y no sólo porque en las calles andaría poquísima gente, y la poca que hubiese estaría ocupada, principalmente, en mojarse lo menos posible, sino porque el manifiesto presidencial caería en el barro del suelo, sería engullido por las alcantarillas devoradoras, reblandecido y deshecho en los charcos que luego las ruedas de los automóviles, groseramente, levantan en bastas salpicaduras, en verdad, en verdad os digo que sólo un fanático de la legalidad y del respeto debido a los superiores se agacharía para levantar del ignominioso fango la explicación del parentesco entre la ceguera general de hace cuatro años y ésta, mayoritaria, de ahora. El vejamen del ministro del interior fue tener que ser testigo, impotente, de cómo, con el pretexto de una impostergable urgencia nacional, el primer ministro ponía en movimiento, para colmo con la forzada conformidad del presidente de la república, la maquinaria informativa que, englobando prensa, radio, televisión y todas las demás subexpresiones escritas, auditivas y visuales disponibles, ya sean dependientes o contendientes, tendría que convencer a la población de la capital de que, desgraciadamente, estaba otra vez ciega. Cuando, días después, la lluvia paró y los aires se vistieron otra vez de azul, sólo la testaruda y finalmente irritada insistencia del presidente de la república sobre su jefe de gobierno logró que la postergada primera parte del plan fuese cumplida, Mi querido primer ministro, dijo el presidente, tome buena nota de que ni he desistido ni pienso desistir de lo que se decidió en el consejo de ministros, considero mi obligación dirigirme personalmente a la nación, Señor presidente, creo que no merece la pena, la acción clarificadora ya se encuentra en marcha, no tardaremos en obtener resultados, Aunque éstos estén pasado mañana a la vuelta de la esquina, quiero que mi manifiesto sea lanzado antes, Claro que pasado mañana es una manera de hablar, Pues entonces mejor todavía, distribúyase el manifiesto ya, Señor presidente, crea que, Le aviso de que, si no lo hace, le responsabilizaré de la pérdida de confianza personal y política que desde luego surgirá entre nosotros, Me permito recordar, señor presidente, que sigo teniendo mayoría absoluta en el parlamento, la pérdida de confianza con que me amenaza sería algo de carácter meramente personal, sin ninguna repercusión política, La tendría si yo fuera al parlamento a declarar que la palabra del presidente de la república fue secuestrada por el primer ministro, Señor presidente, por favor, eso no es verdad, Es suficiente verdad para que yo la diga en el parlamento, o fuera del parlamento, Distribuir ahora el manifiesto, El manifiesto y los otros papeles, Distribuir ahora el manifiesto sería redundante, Ése es su punto de vista, no el mío, Señor presidente, Si me llama presidente será porque como tal me reconoce, por tanto, haga lo que le mando, Si pone la cuestión en esos términos, La pongo en esos términos, y le digo más todavía, estoy cansado de asistir a sus guerras con el ministro del interior, si no le sirve, destitúya-lo, pero, si no quiere o no puede destituirlo, aguán-tese, estoy convencido de que si la idea de un ma-nifiesto firmado por el presidente hubiera salido de su cabeza, probablemente sería capaz de mandarlo entregar de puerta en puerta, Eso es injusto, señor presidente, Tal vez lo sea, no digo que no, todos nos ponemos nerviosos, perdemos la serenidad y aca-bamos diciendo lo que ni se quería ni se pensaba, Daremos entonces este incidente por cerrado, Sí, el incidente queda cerrado, pero mañana por la ma-ñana quiero esos helicópteros en el aire, Sí señor presidente.

Si esta exacerbada discusión no hubiera suce-dido, si el manifiesto presidencial y los demás pa-peles volantes hubieran, por innecesarios, terminado su breve vida en la basura, la historia que estamos contando sería, de aquí en adelante, completamen-te diferente. No imaginamos con precisión cómo y en qué, sólo sabemos que sería diferente. Claro está que un lector atento a los meandros del rela-to, un lector de esos analíticos que de todo espe-ran una explicación cabal, no dejaría de preguntar si la conversación entre el primer ministro y el pre-sidente de la república fue introducida a última ho-ra para dar pie al anunciado cambio de rumbo, o si, teniendo que suceder porque ése era su destino y de ella habiendo resultado las consecuencias que no tardarán en conocerse, el narrador no tuvo otro remedio que dejar a un lado la historia que traía pen-sada para seguir la nueva ruta que de repente le surge trazada en su carta de navegación. Es difícil dar a esto o a aquello una respuesta capaz de satisfacer totalmente a ese lector. Salvo si el narrador tuviera la insólita franqueza de confesar que nunca estuvo muy seguro de cómo llevar a buen término esta nunca vista historia de una ciudad que decidió votar en blanco y que, por consiguiente, el violento intercambio de palabras entre el presidente de la república y el primer ministro, tan dichosamente terminado, fue para él como ver caer el pan en la miel. De otra manera no se comprendería que abandonara sin más ni menos el trabajoso hilo de la narrativa que venía desarrollando para adentrarse en excursiones gratuitas no sobre lo que no fue, aunque pudiera haber sido, sino sobre lo que fue, pero podría no haber sido. Nos referimos, sin más rodeos, a la carta que el presidente de la república recibió tres días después de que los helicópteros hicieran llover sobre las calles, plazas, parques y avenidas de la capital los papeles de colores en que se exponían las deducciones de los escritores del ministerio del interior sobre la más que probable conexión entre la trágica ceguera colectiva de hace cuatro años y el desvarío electoral de ahora. La suerte del signatario fue que la carta cayera en manos de un secretario escrupuloso, de esos que leen la letra pequeña antes de comenzar la grande, de esos que son capaces de discernir entre trozos mal hilvanados de palabras la minúscula simiente que conviene regar cuanto antes, al menos para saber qué podrá dar. He aquí lo que decía la carta, Excelentísimo señor presidente de la república. Habiendo leído con la merecida y debida atención el manifiesto que vuestra excelencia dirigió al pueblo y en particular a los habitantes de la capital, con la plena conciencia de mi deber como ciudadano de este país y seguro de que la crisis en que la patria está sumergida exige de todos nosotros el celo de una continua y estrecha vigilancia sobre todo cuanto de extraño se manifieste o se haya manifestado ante nuestros ojos, le pido licencia para desplegar ante el preclaro juicio de vuestra excelencia algunos hechos desconocidos que tal vez le puedan ayudar a comprender mejor la naturaleza del flagelo que nos ha caído encima. Digo esto porque, aunque no sea nada más que un hombre común, creo, como vuestra excelencia, que alguna relación tiene que haber entre la reciente ceguera de votar en blanco y aquella otra ceguera blanca que, durante semanas que nunca podremos olvidar, nos mantuvo a todos fuera del mundo. Quiero decir, señor presidente de la república, que tal vez esta ceguera de ahora pueda ser explicada por la primera, y las dos, tal vez, por la existencia, no sé si también por la acción, de una misma persona. Antes de proseguir, y guiado como estoy sólo por un espíritu cívico del que no permito que nadie se atreva a dudar, quiero dejar claro que no soy un delator, ni un denunciante, ni un chivato, sirvo simplemente a mi patria en la situación angustiosa en que se encuentra, sin un faro que le ilumine el camino hacia la salvación. No sé, y cómo podría saberlo, si la carta que le estoy escribiendo será suficiente para encender esa luz, pero, repito, el deber es el deber, y en este momento me veo a mí mismo como a un soldado que da un paso al frente y se presenta como voluntario para la misión, y esa misión, señor presidente de la república, consiste en revelar, escribo la palabra añadiendo que es la primera vez que hablo de este asunto a alguien, que hace cuatro años, con mi mujer, formé parte casual de un grupo de siete personas que, como tantas otras, luchó desesperadamente por sobrevivir. Puede parecer que no estoy diciendo nada que vuestra excelencia, por experiencia propia, no haya conocido, pero lo que nadie sabe es que una de las personas del grupo nunca llegó a cegar, una mujer casada con un médico oftalmólogo, el marido estaba ciego como todos nosotros, pero ella no. En ese momento hicimos un juramento solemne de que jamás hablaríamos del asunto, ella decía que no quería que la viesen después como a un bicho raro, tener que sujetarse a preguntas, someterse a exámenes, como ya todos recuperamos la visión, lo mejor sería olvidar, hacer como que nada había pasado. He respetado el juramento hasta hoy, pero ya no puedo continuar en silencio. Señor presidente de la república, consienta que le diga que me sentiría ofendido si esta carta fuese leída como una denuncia, aunque por otro lado tal vez debiera serlo, por cuanto, y esto también lo ignora vuestra excelencia, un crimen de asesinato fue cometido en aquellos días precisamente por la persona de quien hablo, pero eso es una cuestión con la justicia, yo me conformo con cumplir mi deber de patriota pidiendo la superior atención de vuestra excelencia para con un hecho hasta ahora mantenido en secreto y de cuyo examen podrá, por ventura, salir una explicación para el ataque despiadado del que el sistema político vigente está siendo objeto, esa nueva ceguera blanca que, me permito aquí reproducir, con humildad, las propias palabras de vuestra excelencia, alcanza de lleno el corazón de los fundamentos de la democracia como nunca ningún sistema totalitario había conseguido hacerlo antes. Ni que decir tiene, señor presidente de la república, que estoy a disposición de vuestra excelencia o de la entidad que reciba el encargo de proseguir una investigación a todas luces necesaria, para ampliar, desarrollar y completar las informaciones de que esta carta es portadora. Juro que no me mueve ninguna animosidad contra la persona en cuestión, pero esta patria que tiene en vuestra excelencia el más digno de sus representantes está por encima de todo, ésa es mi ley, a la única que me acojo con la serenidad de quien acaba de cumplir su deber. Respetuosamente. Luego estaba la firma y, abajo, al lado izquierdo, el nombre completo del remitente, la dirección, el teléfono, y también el número del carnet de identidad y la dirección electrónica.

El presidente de la república posó lentamente la hoja de papel sobre la mesa de trabajo y, después de un breve silencio, le preguntó al jefe de gabinete, Cuántas personas tienen conocimiento de esto, Nadie más, aparte del secretario que abrió y registró la carta, Es persona de confianza, Supongo que podemos confiar en él, señor presidente, es del partido, pero sería conveniente que alguien le hiciera comprender que la más leve indiscreción por su parte le podría costar muy cara, si me permite la sugerencia, el aviso habría que hacerlo directamente, Por mí, No, señor presidente, por la policía, una simple cuestión de eficacia, se llama al hombre a la sede central, el agente más bruto lo mete en una sala de interrogatorio y se le pega un buen susto, No me cabe duda de la bondad de los resultados, pero veo ahí una grave dificultad, Cuál, señor presidente, Antes de que el asunto llegue a la policía todavía tendrán que pasar unos días, y entre tanto, el tipo puede irse de la lengua, se lo cuenta a la mujer, a los amigos, incluso es capaz de hablar con un periodista, en suma, que derrame el caldo, Tiene razón, señor presidente, la solución sería mandarle un recado al director de la policía, me encargaré de eso con mucho gusto, si le parece bien, Ponerle un cortocircuito a la cadena jerárquica del gobierno, saltarnos al primer ministro, ésa es su idea, No me atrevería si el asunto no fuese tan serio, señor presidente, Querido amigo, en este mundo, y otro no hay, que nos conste, todo acaba sabiéndose, confío en usted cuando me dice que el secretario le merece confianza, pero ya no podría decir lo mismo del director de la policía, imagínese que anda en contubernio con el ministro del interior, posibilidad por otra parte más que probable, imagine el problema que se nos plantearía, el ministro del interior pidiendo cuentas al primer ministro por no poder pedírmelas a mí, el primer ministro queriendo saber si pretendo sobrepasar su autoridad y sus competencias, en pocas horas sería público lo que pretendemos mantener en secreto, Tiene razón una vez más, señor presidente, No diré, como el otro, que nunca me equivoco y raramente tengo dudas, pero casi, casi, Qué haremos entonces, señor presidente, Tráigame aquí al hombre, Al secretario, Sí, ese que conoce la carta, Ahora, De aquí a una hora puede ser demasiado tarde. El jefe del gabinete utilizó el teléfono interno para llamar al funcionario, Inmediatamente al despacho del señor presidente, rápido. Para recorrer los distintos pasillos y las varias salas suelen ser necesarios por lo menos unos cinco minutos, pero el secretario apareció en la puerta al cabo de tres. Venía sofocado y le temblaban las piernas. Hombre, no necesitaba correr, dijo el presidente mostrando una sonrisa bondadosa, El jefe de gabinete me dijo que viniera rápido, señor presidente, jadeó el hombre, Muy bien, le mandé llamar a causa de esta carta, Sí señor presidente, La ha leído, claro, Sí señor presidente, Recuerda lo que está escrito en ella, Más o menos, señor presidente, No use ese género de frases conmigo, responda a la pregunta, Sí señor presidente, la recuerdo como si la acabara de leer en este momento, Piensa que podría hacer un esfuerzo para olvidar su contenido, Sí señor presidente, Piense bien, debe saber que no es lo mismo hacer el esfuerzo que olvidar, No señor presidente, no es lo mismo, Por tanto, el esfuerzo no debe bastar, será necesario algo más, Empeño mi palabra de honor, He estado a punto de repetirle que no use ese género de frases, pero prefiero que me explique qué significado real tiene para usted, en el presente caso, eso a que románticamente llama empeñar su palabra de honor, Significa, señor presidente, la declaración solemne de que de ninguna manera, suceda lo que suceda, divulgaré el contenido de la carta, Está casado, Sí señor presidente, Voy a hacerle una pregunta, Y yo le responderé, Suponiendo que revelara a su mujer, y sólo a ella, la naturaleza de la carta, estaría, en el sentido riguroso del término, divulgándola, me refiero a la carta, evidentemente, no a su mujer, No señor presidente, divulgar es difundir, hacer público, Aprobado, compruebo con satisfacción que los diccionarios no le son extraños, No se lo diría ni a mi propia mujer, Quiere decir que no le contará nada, A nadie, señor presidente, Me da su palabra de honor, Disculpe, señor presidente, ahora mismo, Imagínese, olvidarme de que ya me la había dado, si se me vuelve a borrar de la memoria el jefe de mi gabinete se encargará de recordármelo, Sí señor, dijeron las dos voces al mismo tiempo. El presidente guardó silencio durante algunos segundos, después preguntó, Supongamos que voy a ver lo que escribió en el registro, puede evitarme que me levante de este sillón y decirme qué encontraría, Una única palabra, señor presidente, Debe de tener una extraordinaria capacidad de síntesis para resumir en una sola palabra una carta tan extensa como ésta, Petición, señor presidente, Qué, Petición, la palabra que consta en el registro, Nada más, Nada más, Pero así no se puede saber de qué trata la carta, Fue justamente lo que pensé, señor presidente, que no convenía que se supiera, la palabra petición sirve para todo. El presidente se recostó complacido, sonrió con todos los dientes al prudente secretario y dijo, Debía haber comenzado por ahí, hubiera evitado empeñar algo tan serio como la palabra de honor, Una cautela garantiza la otra, señor presidente, No está mal, no señor, no está mal, pero de vez en cuando eche un vistazo al registro, no sea que a alguien se le ocurra añadir algo a la palabra petición, La línea está cerrada, señor presidente, Puede retirarse, A sus órdenes, señor presidente. Cuando la puerta se cerró, el jefe de gabinete dijo, Tengo que confesar que no esperaba que él fuese capaz de tomar una iniciativa así, creo que nos acaba de dar la mejor prueba de que es merecedor de toda nuestra confianza, Tal vez de la suya, dijo el presidente, no de la mía, Pero pienso, Piensa bien, querido amigo, pero al mismo tiempo piensa mal, la diferencia más segura que podríamos establecer entre las personas no es dividirlas en listas y estúpidas, sino en listas y demasiado listas, con las estúpidas hacemos lo que queremos, con las listas la solución es colocarlas a nuestro servicio, mientras que las demasiado listas, incluso cuando están de nuestro lado, son intrínsecamente peligrosas, no lo pueden evitar, lo más curioso es que con sus actos continuamente nos están diciendo que tengamos cuidado con ellas, por lo general no prestamos atención a los avisos y después tenemos que aguantarnos con las consecuencias, Entonces quiere decir, señor presidente, Quiero decir que nuestro prudente secretario, ese funámbulo del registro capaz de transformar en simple petición una carta tan inquietante como ésta, no tardará en ser llamado por la policía para que le metan el susto que aquí entre nosotros le habíamos prometido, él mismo lo dijo sin imaginarse el alcance de las palabras, una cautela garantiza la otra, Siempre tiene razón, señor presidente, sus ojos ven muy lejos, Sí, pero el mayor error de mi vida como político fue permitir que me sentaran en este sillón, no comprendí a tiempo que sus brazos tienen cadenas, Es la consecuencia de que el régimen no sea presidencialista, Así es, por eso no me dejan nada más que cortar cintas y besar a niños, Ahora tiene en sus manos un as, En el momento en que se lo entregue al primer ministro, el triunfo será suyo, yo no habré sido nada más que el cartero, Y en el momento en que él se lo entregue al ministro del interior, pasará a ser de la policía, la policía es quien está en el extremo de la cadena de montaje, Ha aprendido mucho, Estoy en una buena escuela, señor presidente, Sabe una cosa, Soy todo oídos, Vamos a dejar al pobre diablo en paz, a lo mejor, yo mismo, cuando llegue a casa, o esta noche en la cama, le cuento a mi mujer lo que dice la carta, y usted, querido jefe de gabinete, hará probablemente lo mismo, su mujer lo mirará como a un héroe, el maridito querido que conoce los secretos y las mallas que teje el estado, que bebe lo más fino, que respira sin máscara el olor pútrido de las alcantarillas del poder, Señor presidente, por favor, No me haga caso, creo que no soy tan malo como los peores, pero de vez en cuando me salta la consciencia de que eso no es suficiente, y entonces el alma me duele mucho más de lo que sería capaz de decirle, Señor presidente, mi boca está y estará cerrada, Y la mía también, y la mía también, pero hay ocasiones en que me pongo a imaginar lo que podría ser este mundo si todos abriésemos las bocas y no callásemos mientras, Mientras qué, señor presidente, Nada, nada, déjeme solo.

Menos de una hora había pasado cuando el primer ministro, convocado con carácter de urgencia al palacio, entró en el despacho. El presidente le hizo señas de que se sentara y le pidió, mientras le extendía la carta, Lea esto y dígame qué le parece. El primer ministro se acomodó en el sillón y empezó a leer. Debía de ir a mitad de la carta cuando levantó la cabeza con una expresión interrogante, como la de quien tiene dificultad para comprender lo que le acaban de decir, luego prosiguió y, sin interrupciones ni otras manifestaciones gestuales, concluyó la lectura. Un patriota cargado de buenas intenciones, dijo, y al mismo tiempo un canalla, Por qué un canalla, preguntó el presidente, Si lo que narra aquí es cierto, si esa mujer, suponiendo que exista, realmente no se quedó ciega y ayudó a los otros seis en aquella desgracia, no hay que excluir la posibilidad de que el autor de esta carta le deba la fortuna de estar vivo, quién sabe si mis padres también lo estarían hoy si hubieran tenido la suerte de encontrarla, Ahí se dice que asesinó a alguien, Señor presidente, nadie sabe cuántas personas fueron muertas durante aquellos días, se decidió que todos los cadáveres encontrados eran producto de accidentes o de causas naturales y se puso una losa sobre el asunto, Hasta las losas más pesadas pueden ser removidas, Así es, señor presidente, pero mi opinión es que dejemos esta losa donde está, supongo que no hay testigos presenciales del crimen, y si en aquel momento los hubo, no eran nada más que ciegos entre ciegos, sería un absurdo, un disparate, conducir a esa mujer hasta los tribunales por un crimen que nadie la vio cometer y del que no existe cuerpo del delito, El autor de la carta afirma que ella mató, Sí, pero no dice que fuera testigo del crimen, además, señor presidente, vuelvo a decir que la persona que ha escrito esta carta es un canalla, Los juicios morales no vienen al caso, Ya lo sé, señor presidente, pero siempre puede uno desahogarse. El presidente tomó la carta, la miró como si no la viera y preguntó, Qué piensa hacer, Por mi parte, nada, respondió el primer ministro, este asunto no tiene ni una punta por donde agarrarlo, Mire que el autor de la carta insinúa la posibilidad de que haya relación entre el hecho de que esa mujer no perdiera la vista y la masiva votación en blanco que nos condujo a la difícil situación en que nos encontramos, Señor presidente, algunas veces no hemos estado de acuerdo el uno con el otro, Es lógico, Sí, es lógico, tan lógico como el que no me quepa la menor duda de que su inteligencia y su sentido común, que respeto, se nieguen a aceptar la idea de que una mujer, por el hecho de no haber cegado hace cuatro años, sea hoy la responsable de que unos cuantos cientos de miles de personas, que nunca oyeron hablar de ella, hayan votado en blanco cuando fueron convocados electoralmente, Dicho así, No hay otra manera de decirlo, señor presidente, mi opinión es que se archive esa carta en la sección de los escritos alucinados, que se ignore el asunto y sigamos buscando soluciones para nuestros problemas, soluciones reales, no fantasías o despechos de un imbécil, Creo que tiene razón, me he tomado demasiado en serio una sarta de tonterías y le he hecho perder su tiempo, pidiéndole que viniese a hablar conmigo, No tiene importancia, señor presidente, mi tiempo perdido, si lo quiere llamar así, ha estado más que compensado por el hecho de haber llegado a un acuerdo, Me complace mucho reconocerlo y se lo agradezco, Le dejo entregado a su trabajo y regreso al mío. El presidente iba a extender la mano para despedirse cuando, bruscamente, sonó el teléfono. Levantó el auricular y oyó a la secretaria, El señor ministro del interior desea hablarle, señor presidente, Póngame en comunicación con él. La conversación fue pausada, el presidente iba escuchando, y, a medida que los segundos pasaban, la expresión de su rostro mudaba, algunas veces murmuró Sí, en una ocasión dijo Es un asunto a estudiar, y finalizó con las palabras Hable con el primer ministro. Colgó el teléfono, Era el ministro del interior, dijo, Qué quería ese simpático hombre, Recibió una carta redactada en los mismos términos y está decidido a iniciar una investigación, Mala noticia, Le he dicho que hablara con usted, Le he oído, pero sigue siendo una mala noticia, Por qué, Si conozco bien al ministro del interior, y creo que pocos lo conocen tan bien como yo, a estas horas ya habrá hablado con el director de la policía, Párelo, Lo intentaré pero me temo que será inútil, Use su autoridad, Para que me acusen de bloquear una investigación sobre hechos que afectan a la seguridad del estado, precisamente cuando todos sabemos que el estado se encuentra en grave peligro, es eso, señor presidente, preguntó el primer ministro, y añadió, Usted sería el primero en retirarme su apoyo, el acuerdo a que llegamos no habría pasado de una ilusión, ya es una ilusión, puesto que no sirve para nada. El presidente hizo un gesto afirmativo con la cabeza, después dijo, Hace poco, mi jefe de gabinete, a propósito de esta carta, soltó una frase bastante ilustrativa, Qué le dijo, Que la policía es quien está en el extremo de la cadena de montaje, Le felicito, señor presidente, tiene un buen jefe de gabinete, sin embargo sería conveniente ponerlo en aviso de que hay verdades que no conviene decir en voz alta, El despacho está insonorizado, Eso no significa que no le hayan escondido por aquí algunos micrófonos, Voy a mandar que hagan una inspección, En todo caso, señor presidente, le ruego que crea, si acaban encontrándolos, que no fui yo quien ordenó que los pusieran, Buen chiste, Es un chiste triste, Lamento, querido amigo, que las circunstancias lo hayan metido en este callejón sin salida, Alguna salida tendrá, aunque es cierto que en este momento no la veo, y volver atrás es imposible. El presidente acompañó al primer ministro a la puerta, Es extraño, dijo, que el hombre de la carta no le haya escrito también a usted, Debe de haberlo hecho, lo que pasa es que, por lo visto, los servicios de secretaría de la presidencia de la república y del ministerio del interior son más diligentes que los del primer ministro, Buen chiste, No es menos triste que el otro, señor presidente.

La carta dirigida al primer ministro, que al fin la hubo, tardó dos días en llegar a sus manos. Inmediatamente se dio cuenta de que el encargado de registrarla había sido menos discreto que el de la presidencia de la república, confirmándose así la solvencia de los rumores que circulaban desde hacía dos días, los cuales, a su vez, o eran resultado de una indiscreción entre funcionarios que se sitúan en la mitad del escalafón, ansiosos de demostrar que contaban, es decir, que estaban en el secreto de los dioses, o fueron lanzados deliberadamente por el ministerio del interior como modo de cortar de raíz cualquier eventual veleidad de oposición o simple obstrucción simbólica por parte del primer ministro a la investigación policial. Restaba todavía la suposición que llamaremos conspirativa, es decir, que la conversación supuestamente sigilosa entre el primer ministro y su ministro del interior, en el crepúsculo del día en que aquél fue llamado a la presidencia, hubiese sido mucho menos reservada de lo que es lícito esperar de unas paredes acolchadas, las cuales, quién sabe si no ocultarían unos cuantos micrófonos de última generación, de esos que sólo un perdiguero electrónico del más selecto pedigrí conseguiría olfatear y rastrear. Sea como sea, el mal ya no tiene remedio, los secretos de estado realmente están en horas amargas, no hay quien los defienda. Tan consciente de esta deplorable certeza es el primer ministro, tan convencido está de la inutilidad del secreto, sobre todo cuando ya ha dejado de serlo, que, con el gesto de quien observa el mundo desde muy alto, como diciendo Lo sé todo, no me fastidien, dobló lentamente la carta y se la guardó en uno de los bolsillos interiores de la chaqueta, Viene directamente de la ceguera de hace cuatro años, me la guardo, dijo. El aire de escandalizada sorpresa del jefe de gabinete le hizo sonreír, No se preocupe, querido amigo, por lo menos existen otras dos cartas iguales, eso sin hablar de las muchas y más que probables fotocopias que ya andarán circulando por ahí. La expresión de la cara del jefe de gabinete se volvió de repente desatenta, desentendida, como si no hubiera comprendido bien lo que había oído, o como si la conciencia se le hubiese presentado de sopetón en el camino, acusándole de cualquier antigua, si no recientísima, fechoría practicada. Puede retirarse, le llamaré cuando le necesite, dijo el primer ministro, levantándose del sillón y dirigiéndose a una de las ventanas. El ruido de abrirla cubrió el de cerrar la puerta. Desde allí poco más se veía que una sucesión de tejados bajos. Sintió la nostalgia de la capital, del tiempo feliz en que los votos eran obedientes al mando, del monótono pasar de las horas y de los días entre la pequeñoburguesa residencia de los jefes de gobierno y el parlamento de la nación, de las agitadas y a veces joviales y divertidas crisis políticas que eran como hogueras de duración prevista e intensidad vigilada, casi siempre fingiendo que, y con las que se aprendía tanto a decir la verdad como a hacerla coincidir, punto por punto, si era útil, con la mentira, de la misma manera que el revés, con toda naturalidad, es el otro lado del derecho. Se preguntó a sí mismo si la investigación habría empezado ya, se detuvo especulando sobre si los agentes que participarían en la acción policial serían de esos que infructuosamente permanecieron en la capital con la misión de captar informaciones y elaborar dictámenes, o si el ministro del interior habría preferido enviar a la misión gente de su más directa confianza, de la que se encuentra al alcance de la vista y a mano de sementera, y que, quién sabe, seducida por el aparatoso ingrediente de aventura cinematográfica que sería una travesía clandestina al bloqueo, se deslizaría puñal en cinto bajo los alambres de púas, engañando con insensibilizadores magnéticos los temibles sensores electrónicos, y emergería al otro lado, en el campo enemigo, rumbo al objetivo, como topos dotados de gafas de visión nocturna y agilidad gatuna. Conociendo al ministro del interior tan bien como lo conocía, un poco menos sanguinario que drácula pero más teatral que rambo, ésta sería la modalidad de acción que ordenaría adoptar. No se equivocaba. Ocultos entre unos matorrales que casi bordean el perímetro del cerco, tres hombres aguardan que la noche se torne madrugada. Sin embargo, no todo lo que había fantaseado libremente el primer ministro desde la ventana de su despacho corresponde a la realidad que se ofrece ante nuestros ojos. Por ejemplo, estos hombres están vestidos de paisano, no llevan al cinto ningún puñal, y el arma que portan en la funda es simplemente la pistola a la que se da el tranquilizador nombre de reglamentaria. En cuanto a los temibles insensibilizadores magnéticos, no se ve por aquí, entre los diversos aparatos, nada que sugiera tan decisiva función, lo que, pensándolo mejor, podría significar sólo que los insensibilizadores magnéticos no tienen, a caso hecho, el aspecto de insensibilizador magnético. No tardaremos en saber que, a la hora acordada, los sensores electrónicos en este tramo de cerco permanecerán desconectados durante cinco minutos, tiempo considerado más que suficiente para que tres hombres, uno a uno, sin prisas ni precipitaciones, traspasen la alambrada de púas que, para ese fin, hoy ha sido adecuadamente cortada, evitándose así enganches en los pantalones y arañazos en la piel. Los zapadores del ejército acudirán a repararla antes de que los róseos dedos de la aurora aguicen de nuevo, mostrándolas, las amenazadoras púas durante tan breve tiempo inofensivas, y también los rollos enormes de alambre extendidos a lo largo de la frontera, a un lado y a otro. Los tres hombres ya han pasado, va delante el jefe, que es el más alto, y en fila india atraviesan un prado cuya humedad rezuma y gime bajo los zapatos. En una carretera secundaria, a unos quinientos metros de allí, espera el automóvil que los llevará en el sigilo de la noche hasta su destino en la capital, una falsa empresa de seguros & reaseguros que la falta de clientes, tanto locales como del exterior, todavía no ha logrado que quiebre. Las órdenes que estos hombres recibieron directamente de la boca del ministro del interior son claras y terminantes, Tráiganme resultados y yo no les preguntaré con qué medios los han obtenido. No portan ninguna instrucción escrita, ningún salvoconducto que los cubra y que puedan exhibir como defensa o justificación si sucede algún contratiempo inesperado, no estando excluida, por tanto, la posibilidad de que el ministerio los abandone simplemente a su suerte si cometen alguna acción susceptible de perjudicar la reputación del estado y la pureza inmaculada de sus objetivos y procesos. Son, estos tres hombres, como un comando de guerra arrojado en territorio enemigo, aparentemente no se encuentran razones para pensar que van a arriesgar sus vidas, pero todos tienen consciencia de los recovecos de una misión que exige talento en el interrogatorio, flexibilidad en la estrategia, rapidez en la ejecución. Todo en grado máximo. No creo que tengan que matar a nadie, dijo el ministro del interior, pero si, en una situación difícil, consideran que no hay otra salida, no lo duden, yo me encargaré de resolver el asunto con la justicia, Cuya cartera ha sido asumida recientemente por el primer ministro, se atrevió a observar el jefe del gru-

259

po. El ministro del interior hizo como que no había oído, se limitó a mirar fijamente al inoportuno, que no tuvo otro remedio que desviar la vista. El coche ha entrado en la ciudad, se detiene en una plaza para cambiar de conductor, y finalmente, después de dar treinta vueltas para despistar a cualquier improbable perseguidor, los deja en la puerta del edificio de oficinas donde la empresa de seguros & reaseguros se encuentra instalada. El portero no apareció para saber quién entraba a horas tan inusuales en la rutina del edificio, es de suponer que alguien con buenas palabras lo persuadió en la tarde de ayer para irse a la cama temprano, aconsejándole que no se despegara de las sábanas, aunque el insomnio no le dejara cerrar los ojos. Los tres hombres subieron en ascensor hasta el piso catorce, giraron por un pasillo a la izquierda, después otro a la derecha, un tercero a la izquierda, por fin llegaron a las instalaciones de la providencial, s.a., seguros & reaseguros, conforme cualquiera puede leer en la placa de la puerta, en letras negras sobre una chapa rectangular de latón mate, fijada con clavos de cabeza en tronco de pirámide en el mismo metal. Entraron, uno de los subalternos encendió la luz, el otro cerró la puerta y puso la cadena de seguridad. Entre tanto el jefe daba una vuelta por las instalaciones, verificaba conexiones, enchufaba aparatos, entraba en la cocina, en los dormitorios y en los cuartos de baño, abría la puerta del compartimento destinado a archivo, pasaba los ojos rápidamente por las diversas armas que se guardaban al mismo tiempo que respiraba el olor familiar a metal y lubricante, mañana inspeccionará todo esto, pieza por pieza, munición por munición. Llamó a los auxiliares, se sentó y les mandó sentarse, Esta mañana, a las siete, dijo, dará comienzo el trabajo de seguimiento del sospechoso, noten que si le llamo sospechoso no es tanto para simplificar la comunicación entre nosotros, que se sepa no ha cometido ningún crimen, sino porque no conviene, por razones de seguridad, que su nombre sea pronunciado, al menos en estos primeros días, añado asimismo que con esta operación, que espero que no se prolongue más allá de una semana, lo que pretendo en primer lugar es obtener un cuadro de los movimientos del sospechoso en la ciudad, dónde trabaja, por dónde anda, con quién se encuentra, es decir, la rutina de una averiguación primaria, el reconocimiento del terreno antes de pasar al abordaje directo, Dejamos que se dé cuenta de que está siendo seguido, preguntó el primer ayudante, No en los cuatro primeros días, pero después, sí, quiero verlo preocupado, inquieto, Habiendo escrito la carta estará esperando que alguien aparezca en su busca, Lo buscaremos nosotros cuando llegue el momento, lo que quiero, y ya se las arreglarán para que así suceda, es que tema ser seguido por quienes él ha denunciado, Por la mujer del médico, Por la mujer, no, claro, por sus cómplices, los del voto en blanco, No estaremos yendo demasiado deprisa, preguntó el segundo ayudante, todavía no hemos comenzado el trabajo y ya estamos hablando de cómplices, Lo que hacemos es trazar un esbozo, un simple esbozo y nada más, quiero colocarme en el punto de vista del tipo que escribió la carta y, desde ahí, intentar ver lo que él ve, Sea como sea, una semana de seguimiento parece demasiado tiempo, dijo el primer ayudante, si trabajamos bien, al cabo de tres días lo tendremos a punto de caramelo. El jefe frunció el ceño, iba a decir Una semana, dije que será una semana, y será una semana, pero le vino a la memoria el ministro del interior, no recordaba si le había reclamado expresamente resultados rápidos, pero, siendo ésta la exigencia que más veces se oye salir de la boca de los directores, y no habiendo motivo para pensar que el caso presente pudiese ser una excepción, todo lo contrario, no mostró más renuencia en aceptar el periodo de tres días, que la que se considera normal en la relación entre un superior y un subordinado, porque, al fin y al cabo, son escasas las veces en que el que manda se ve obligado a ceder ante las razones del que obedece. Disponemos de fotografías de todos los adultos que residen en el edificio, me refiero, claro está, a los de sexo masculino, dijo el jefe, y añadió, sin que nadie le preguntara, una de ellas corresponde al hombre que buscamos, Mientras no lo hayamos identificado, ningún seguimiento podrá iniciarse, aclaró el primer ayudante, Así es, condescendió el jefe, pero en todo caso, a las siete estarán estratégicamente colocados en la calle donde vive para seguir a los dos hombres que parezcan más cercanos al tipo de persona que escribió la carta, comenzaremos por ahí, la intuición, el faro policial, para algo ha de servir, Puedo dar mi opinión, preguntó el segundo ayudante, Hable, A juzgar por el tono de la carta, el tipo debe de ser un rematado hijo de puta, Y eso qué significa, preguntó el primer ayudante, que tenemos que seguir a todos los que tengan cara de hijos de puta, y añadió, La experiencia me ha enseñado que los hijos de puta peores son los que no tienen aspecto de serlo, Realmente, habría sido mucho más lógico ir a los servicios de identificación y hacer una copia de la fotografía de ese tipo, se ganaría tiempo y se ahorraría trabajo. El jefe decidió cortar, Presumo que no estarán pensando enseñarle el padrenuestro y la salve a la madre superiora, si no se ha ordenado esa diligencia es para no levantar sospechas que podrían abortar la operación, Perdone, jefe, me permito discrepar, dijo el primer ayudante, todo indica que el tipo está ansioso por vaciar el saco, incluso creo que si supiese dónde nos encontramos estaría en este momento llamando a la puerta, Supongo que sí, respondió el jefe conteniendo la irritación que le estaba produciendo lo que tenía todos los visos de crítica demoledora del plan de acción, pero nos conviene conocer lo máximo sobre él antes de llegar al contacto directo, Tengo una idea, dijo el segundo ayudante, Otra, preguntó con malos modos el jefe, Le garantizo que ésta es buena, uno de nosotros se disfraza de vendedor de enciclopedias y de esa manera puede ver quién aparece en la puerta, Ese truco del vendedor de enciclopedias ya tiene la barba blanca, dijo el primer ayudante, además, son las mujeres quienes generalmente suelen abrir la puerta, sería una excelente idea si nuestro hombre viviera solo, pero, si no recuerdo mal lo que dice la carta, está casado, Pues la hemos fastidiado, exclamó el segundo ayudante. Se quedaron en silencio, mirándose unos a otros, los dos ayudantes conscientes de que ahora lo mejor sería esperar a que el superior tuviera una idea propia. En principio, estaban dispuestos a aplaudirla aunque hiciera aguas por todas partes. El jefe sopesaba todo cuanto había sido dicho antes, intentaba encajar las diversas sugerencias con la esperanza de que del casual ajuste de las piezas del puzzle pudiera surgir algo tan inteligente, tan holmenesco, tan poirotiano, que obligase a los sujetos a sus órdenes a abrir la boca de puro pasmo. Y, de repente, como si las escamas se le hubiesen caído de los ojos, vio el camino, Las personas, dijo, salvo incapacidad física absoluta, no están siempre dentro de casa, van a sus trabajos, de compras, a pasear, así que mi idea consiste en entrar en la casa donde el tipo vive cuando no haya nadie, la dirección viene escrita en la carta, ganzúas no nos faltan, hay siempre fotos sobre los muebles, identificaremos al tipo en el conjunto de las fotografías y así ya lo podremos seguir sin problemas, para saber si no hay nadie en casa usaremos el teléfono, mañana sabremos el número por el servicio de información de la compañía telefónica, también podemos mirarlo en la guía, una cosa u otra, da lo mismo. Con esta infeliz manera de terminar la frase, el jefe comprendió que el puzzle no tenía ajuste posible. Aunque, como ha sido dicho antes, la disposición de ambos subalternos hubiera sido de total benevolencia para con los resultados de la meditación del jefe, el primer ayudante se sintió obligado a observar, esforzándose en usar un tono que no vulnerara la susceptibilidad del otro, Si no estoy equivocado, lo mejor de todo, conociendo ya la dirección del tipo, sería llamar directamente a su puerta y preguntarle a quien salga Vive aquí Fulano de Tal, si fuese él diría Sí señor, soy yo, si fuese la mujer, lo más probable es que dijera Voy a llamar a mi marido, de este modo agarrábamos al pájaro sin necesidad de dar tantas vueltas. El jefe levantó el puño cerrado como quien va a propinar un buen puñetazo en la tabla de la mesa, pero en el último instante quebró la violencia del gesto, bajó lentamente el brazo y dijo con voz que parecía declinar en cada sílaba, Examinaremos esa posibilidad mañana, ahora me voy a dormir, buenas noches. Se dirigía ya hacia la puerta del dormitorio que iba a ocupar durante el tiempo que durase la investigación cuando oyó al segundo ayudante que preguntaba, De todas formas comenzamos la operación a las siete. Sin volverse, respondió, La acción prevista queda suspendida hasta nueva orden, recibirán instrucciones mañana, cuando haya concluido la revisión del plan que recibí del ministerio y, de darse el caso, para agilizar el trabajo, procederé a las alteraciones que considere convenientes. Dio otra vez las buenas noches, Buenas noches, jefe, respondieron los subordinados, y entró en el dormitorio. Apenas se cerró la puerta, el segundo ayudante se preparó para continuar la conversación, pero el otro se llevó el dedo índice a los labios y movió la cabeza haciendo señal de que no hablase. Fue el primero en apartar la silla y en decir, Me voy a acostar, si te quedas mucho ten cuidado cuando entres, no me vayas a despertar. Al contrario que el jefe, estos dos hombres, como meros subalternos que son, no tienen derecho a dormitorio individual, dormirán en una amplia división con tres camas, una especie de sala pequeña que pocas veces ha estado completamente ocupada. La cama de en medio era siempre la que menos servía. Si, como en este caso, los agentes eran dos, utilizaban invariablemente las camas laterales, y si era un solo policía el que allí durmiera, lo cierto y sabido es que también preferiría dormir en una de éstas, nunca en la del centro, tal vez porque tendría la impresión de estar rodeado o de ser conducido a prisión. Incluso los policías más duros, más coriáceos, y éstos todavía no han tenido ocasión de demostrar que lo son, necesitan sentirse protegidos por la proximidad de una pared. El segundo ayudante, que había comprendido el recado, se levantó y dijo, No, no me quedo, también me voy a dormir. Respetando las graduaciones, primero uno, después otro, pasaron por un cuarto de baño provisto de todo lo necesario para el aseo del cuerpo, como tenía que ser, dado que en ningún momento de este relato ha sido mencionado que los tres policías trajeran consigo nada más que una pequeña maleta o una simple mochila con una muda de ropa, cepillo de dientes y máquina de afeitar. Sorprendente sería que una empresa bautizada con el feliz nombre de providencial no se preocupara de facultar a quienes temporalmente daba cobijo de los artículos y productos de higiene indispensables para la comodidad y el buen desempeño de la misión que les haya sido encomendada. Media hora después los ayudantes estaban en sus respectivas camas, vistiendo cada uno su pijama reglamentario, con el distintivo de la policía bordado sobre el corazón. Al final, el plan del ministerio del interior de plan no tenía nada, dijo el segundo ayudante, Es lo que sucede siempre cuando no se toma la precaución elemental de pedir opinión a las personas con experiencia, respondió el primer ayudante, Al jefe no le falta experiencia, dijo el segundo ayudante, si no la tuviese no sería lo que hoy es, A veces estar demasiado próximo a los centros de decisión provoca miopía, acorta el alcance de la vista, respondió sabiamente el primer ayudante, Quieres decir que si alguna vez llegamos a desempeñar un puesto de mando auténtico, como el jefe, también nos sucederá lo mismo, preguntó el segundo ayudante, En estos casos particulares no hay ninguna razón para que el futuro sea distinto del presente, respondió cuerdamente el primer ayudante. Quince minutos después ambos dormían. Uno roncaba, el otro no.

Todavía no eran las ocho de la mañana cuando el jefe, ya limpio, afeitado y con el traje puesto, entró en la sala donde el plan de acción del ministerio, o siendo más exacto, del ministro del interior, que a continuación lo lanzó con malos modos sobre las pacientes espaldas de la dirección de la policía, fue hecho añicos por dos subordinados, es verdad que con plausible discreción y apreciable respeto, e incluso con un leve toque de elegancia dialéctica. Lo reconocía sin ninguna dificultad y no les guardaba el menor rencor, por el contrario, era claramente perceptible el alivio que sentía. Con la misma enérgica voluntad con que acabó dominando un principio de insomnio que le obligó a dar no pocas vueltas en la cama, reasumiría en persona el mando de las operaciones, cediendo generosamente al césar lo que al césar no le puede ser negado, pero dejando bien claro que, a fin de cuentas, es a dios y a la autoridad, su otro nombre, donde todos los beneficios, más tarde o más pronto, acaban revirtiendo. Fue por tanto un hombre tranquilo, seguro de sí, el que los dos adormilados ayudantes encontraron cuando minutos más tarde aparecieron en la sala, todavía en bata, con el distintivo de la policía, y pijama, y arrastrando, lánguidos, las zapatillas. El jefe suponía esto mismo, contaba con que sería el primero en fichar, y ya lo tenía en cartel. Buenos días, muchachos, saludó en tono cordial, espero que hayan descansado, Sí señor, dijo uno, Sí señor, dijo el otro, Vamos a desayunar, después arréglense rápidamente, quizá consigamos todavía sorprender al tipo en la cama, sería divertido, a propósito, qué día es hoy, sábado, hoy es sábado, nadie madruga en sábado, ya verán como aparece en la puerta como ustedes están ahora, en bata y pijama, zapatilleando por el pasillo, lo que significa con las defensas bajas, psicológicamente disminuido, rápido, rápido, quién es el valiente que se presenta como voluntario para preparar el desayuno, Yo, dijo el segundo ayudante, sabiendo muy bien que allí no había un tercer auxiliar disponible. En una situación diferente, es decir, si el plan del ministerio, en vez de haber sido hecho pedazos, hubiese sido aceptado sin discusión, el primer ayudante se habría quedado con el jefe para anotar y precisar, incluso aunque no hubiera sido realmente necesario, algún pormenor de la diligencia que iban a acometer, pero, así, reducido él también a la inferioridad de las zapatillas, decidió hacer un gran gesto de camaradería y decir, Voy a ayudarlo. El jefe asintió, le pareció bien, y se sentó a repasar algunas notas garabateadas antes de dormirse. No pasaban quince minutos cuando los dos ayudantes reaparecieron con las bandejas, la cafetera, la lechera, un paquete de pastas, zumo de naranja, yogur, compota, no había duda, una vez más el servicio de catering de la policía política no desmerecía la reputación conquistada durante tantos años de labor. Resignados a tomarse el café con leche frío o recalentado, los ayudantes dijeron tímidamente que se iban a arreglar y que ya volvían, Lo más rápido posible. De hecho, parecía una falta grave de consideración, estando el superior en traje y corbata, sentarse con esa facha, con ese desaliño, con la bar-

ba sin afeitar, los ojos semiabiertos, el olor noctur-
no y espeso de cuerpos sin lavar. No fue necesario
que lo explicasen, la media palabra que ni siempre
basta, sobraba en este caso. Naturalmente, siendo
de paz el ambiente y reconducidos los ayudantes a
sus lugares, al jefe no le costó nada decir que se sen-
tasen y compartieran con él el pan y la sal, Somos
compañeros de trabajo, estamos juntos en la misma barca, pobre autoridad aquella que necesite tirar de galones a todas horas para hacerse obedecer, quien me conoce sabe que no soy de esa clase,
siéntense, siéntense. Constreñidos, los ayudantes se
sentaron, conscientes de que, dígase lo que se diga,
había algo impropio en la situación, dos vagabun-
dos desayunando con una persona que en comparación parecía un dandy, eran ellos quienes tenían
que haber movido el culo temprano, es más, deberían tener la mesa puesta y servida cuando el jefe saliera de su dormitorio, en bata y pijama, si le apetecía, pero nosotros, no, nosotros, vestidos y peinados
como dios manda, son estas pequeñas muescas en
el barniz del comportamiento, y no las revolucio-
nes aparatosas, las que, con vagar, reiteración y cons-
tancia, acaban arruinando el más sólido de los edificios sociales. Sabio es el antiguo dicho que enseña,
Donde hay confianza, da asco, ojalá, por el bien del
servicio, que este jefe no tenga que arrepentirse.
De momento se mostraba seguro de su responsabilidad, no tenemos nada más que oírlo, Esta expedición tiene dos objetivos, uno principal, otro
secundario, el objetivo secundario, que despacho

ya para que no perdamos tiempo, es averiguar todo lo que sea posible, pero en principio sin excesivo empeño, sobre el supuesto crimen cometido por la mujer que guiaba el grupo de seis ciegos de que se habla en la carta, el objetivo principal, en cuyo cumplimiento aplicaremos todas nuestras fuerzas y capacidades y para el cual utilizaremos todos los medios aconsejables, sean los que sean, es averiguar si existe alguna relación entre esa mujer, de quien se dice que conservó la vista cuando todos andábamos por ahí ciegos, dando tumbos, y la nueva epidemia que es el voto en blanco, No será fácil encontrarla, dijo el primer ayudante, Para eso estamos aquí, todos los intentos para descubrir las raíces del boicot fallaron y puede scr que la carta del tipo tampoco nos lleve muy lejos, pero por lo menos abre una línea nueva de investigación, Me cuesta creer que esa mujer esté detrás de un movimiento que afecta a varios cientos de miles de personas y que, mañana, si no se corta el mal de raíz, podrá reunir a millones y millones, dijo el segundo ayudante, Tan imposible parece una cosa como otra, pero, si una de ellas ha sucedido, la otra también puede suceder, respondió el jefe y remató poniendo cara de quien sabe más de lo que está autorizado a decir y sin imaginarse hasta qué punto puede ser verdad, Un imposible nunca viene solo. Con esta feliz frase de cierre, perfecta llave de oro para un soneto, llegó también el desayuno a su fin. Los ayudantes limpiaron la mesa y se llevaron la vajilla y lo que quedaba de comida a la cocina, Ahora vamos a arreglarnos, no tardamos nada, dijeron, Esperen, cortó el jefe, y, después, dirigiéndose al primer ayudante, Use mi cuarto de baño, de lo contrario nunca vamos a salir de aquí. El desgraciado se ruborizó de satisfacción, su carrera acababa de dar un gran paso adelante, iba a mear en el retrete del jefe.

En el garaje subterráneo les esperaba un automóvil cuyas llaves alguien, el día anterior, dejó sobre la mesa de noche del jefe, con una breve nota explicativa en la que se indicaba la marca, el color, la matrícula y la plaza reservada donde el vehículo había sido aparcado. Sin pasar por la portería, bajaron en el ascensor y encontraron inmediatamente el coche. Eran casi las diez. El jefe le dijo al segundo ayudante, que le abría la puerta de atrás, Conduces tú. El primer ayudante se sentó delante, al lado del conductor. La mañana era apacible, con mucho sol, lo que sirve para demostrar hasta la saciedad que los castigos de que el cielo fue tan pródiga fuente en el pasado vienen perdiendo fuerza con el andar de los siglos, buenos tiempos aquellos en que por una simple y casual desobediencia de los dictámenes divinos unas cuantas ciudades bíblicas eran fulminadas y arrasadas con todos sus habitantes dentro. Aquí hay una ciudad que votó en blanco contra el señor y no ha habido ni un rayo que le caiga encima y la reduzca a cenizas como, por culpa de vicios mucho menos ejemplares, les sucedió a sodoma y a gomorra, y también a admá y a seboyim, quemadas hasta los cimientos, si bien que de estas dos ciudades no se habla tanto como de las primeras, cuyos nombres, por su irresistible musicalidad, quedaron en el oído de las personas para siempre. Hoy, habiendo dejado de obedecer ciegamente las órdenes del señor, los rayos sólo caen donde quieren, y ya es evidente y manifiesto que no será posible contar con ellos para reconducir al buen camino a la pecadora ciudad del voto en blanco. Para hacer las veces, el ministro del interior envió a tres de sus arcángeles, estos policías que aquí van, jefe y subalternos, a quienes, de ahora en adelante, designaremos por las graduaciones oficiales correspondientes, que son, siguiendo la escala jerárquica, comisario, inspector y agente de segunda clase. Los dos primeros observan a las personas que circulan por la calle, ninguna inocente, todas culpables de algo, y se preguntan si aquel viejo de aspecto venerable, por ejemplo, no será el gran maestre de las últimas tinieblas, si aquella chica abrazada al novio no encarnará la imperecedera serpiente del mal, si aquel hombre que avanza cabizbajo no estará dirigiéndose al antro desconocido donde se subliman los filtros que envenenan el espíritu de la ciudad. Las preocupaciones del agente, que, por su condición de último subalterno, no tiene la obligación de sustentar pensamientos elevados ni de alimentar sospechas bajo la superficie de las cosas, son más de llevar por casa, como esta con que se va a atrever a interrumpir la meditación de los superiores, Con este tiempo, el hombre puede haberse ido a pasar el día al campo, Qué campo, quiso saber el inspector en tono irónico, El campo, cuál va a ser, El auténtico, el verdadero, está al otro lado de la frontera, de este lado todo es ciudad. Era cierto. El agente acababa de perder una buena ocasión de estar callado, pero aprendió una lección, la de que, por este camino, nunca saldría del pelotón. Se concentró en la conducción jurándose que sólo abriría la boca para responder a preguntas. Entonces fue cuando el comisario tomó la palabra, Seremos duros, implacables, no usaremos ninguna de las habilidades clásicas, como esa, vieja y caduca, del policía malo que asusta y del policía simpático que convence, somos un comando operativo, los sentimientos aquí no cuentan, nos imaginaremos que somos máquinas hechas para determinada tarea y la ejecutaremos simplemente, sin mirar atrás, Sí señor, dijo el inspector, Sí señor, dijo el agente, faltando a su juramento. El automóvil entró en la calle donde vive el hombre que escribió la carta, aquél es el edificio, el piso, el tercero. Estacionaron un poco más adelante, el agente abrió la puerta para que el comisario saliera, el inspector salió por el otro lado, el comando está completo, en línea de tiro y con los puños cerrados, acción.

Ahora los vemos en el rellano. El comisario le hace seña al agente, éste oprime el botón del timbre. Silencio total al otro lado. El agente piensa, A que se ha ido a pasar el día en el campo, a que yo tenía razón. Nueva seña, nuevo toque. Pocos segundos después se oye a alguien, un hombre, preguntar desde dentro, Quién es. El comisario miró

274

a su subordinado inmediato, y éste, ahuecando la voz, soltó la palabra, Policía, Un momento, por favor, dijo el hombre, tengo que vestirme. Pasaron cuatro minutos. El comisario hizo la misma seña, el agente volvió a pulsar el timbre, esta vez sin levantar el dedo. Un momento, un momento, por favor, abro ahora mismo, me acababa de levantar, las últimas palabras ya fueron dichas con la puerta abierta por un hombre vestido con pantalones y camisa, también en zapatillas, Hoy es el día de las zapatillas, pensó el agente. El hombre no parecía atemorizado, tenía en la cara la expresión de quien ve llegar por fin a los visitantes que esperaba, si alguna sorpresa se notaba era la de que fuesen tantos. El inspector le preguntó el nombre, él lo dijo y añadió, Quieren pasar, perdonen el desorden de la casa, no pensaba que llegarían tan temprano, es más, estaba convencido de que me llamarían a declarar y resulta que han venido ustedes, supongo que es por la carta, Sí, por la carta, confirmó sin más el inspector, Pasen, pasen. El agente fue el primero, en algunos casos la jerarquía procede al contrario, luego el inspector, después el comisario, cerrando el cortejo. El hombre avanzó chancleteando por el pasillo, Síganme, vengan por aquí, abrió una puerta que daba a una pequeña sala de estar, dijo, Siéntense, por favor, si me lo permiten voy a calzarme unos zapatos, éstas no son maneras de recibir visitas, No somos precisamente lo que se suele llamar visitas, corrigió el inspector, Claro, es un modo de hablar, Vaya a calzarse los zapatos y no tarde, tenemos prisa, No, no tenemos prisa, no tenemos ninguna prisa, negó el comisario que todavía no había dicho palabra. El hombre lo miró, ahora sí, con un leve aire de temor, como si el tono con que el comisario hablaba estuviese fuera de lo que había sido concertado, y no encontró nada mejor que decir, Le aseguro que puede contar con mi entera colaboración, señor, Comisario, señor comisario, dijo el agente, Señor comisario, repitió el hombre, y usted, Soy sólo agente, no se preocupe. El hombre se volvió hacia el tercer miembro del grupo sustituyendo la pregunta por un interrogativo arqueo de cejas, pero la respuesta llegó del comisario, Este señor es inspector y mi inmediato, y añadió, Ahora vaya a ponerse los zapatos, estamos esperándole. El hombre salió. No se oye a otra persona, esto tiene el aire de que está solo en casa, cuchicheó el agente, Lo más seguro es que la mujer se haya ido a pasar el día al campo, bromeó el inspector. El comisario hizo un gesto para que se callaran, Yo haré las primeras preguntas, indicó bajando la voz. El hombre entró, al sentarse dijo, Permítanme, como si no estuviera en su casa, y luego, Aquí me tienen, estoy a su disposición. El comisario asintió con benevolencia, después comenzó, Su carta, o mejor dicho, sus tres cartas, porque fueron tres, Pensé que así era más seguro, alguna podía perderse, explicó el hombre, No me interrumpa, responda a las preguntas cuando las haga, Sí señor comisario, Sus cartas, repito, fueron leídas con mucho interés por los destinatarios, especialmente el punto que dice que cierta mujer no identificada cometió un asesinato hace cuatro años. No había ninguna pregunta en la frase, era simplemente una reiteración de lo que había dicho antes, por eso el hombre se quedó en silencio. Tenía en el rostro una expresión de confusión, de desconcierto, no acababa de entender por qué el comisario no iba directamente al meollo de la cuestión en vez de perder tiempo con un episodio que sólo para oscurecer las sombras de un retrato de por sí inquietante fue evocado. El comisario fingió no darse cuenta, Cuéntenos lo que sabe de ese crimen, pidió. El hombre contuvo el impulso de recordarle al señor comisario que lo más importante de la carta no era eso, que el episodio del asesinato, comparado con la situación del país, era lo de menos, pero no, no lo haría, la prudencia mandaba que siguiese la música que lo invitaban a bailar, más adelante, con certeza, cambiarían el disco, Sé que ella mató a un hombre, Lo vio, estaba allí, preguntó el comisario, No señor comisario, fue ella misma quien lo confesó, Ah sí, A mí y a otras personas, Supongo que conoce el significado técnico de la palabra confesión, Más o menos, señor comisario, Más o menos no es suficiente, lo conoce o no lo conoce, En ese sentido que dice no lo conozco, Confesión significa declaración de los propios yerros o culpas, pero también puede significar reconocimiento de culpa o acusación, por parte del acusado, ante la autoridad o la justicia, cree que estas definiciones se ajustan rigurosamente al caso, Rigurosamente, no, señor comisario, Muy bien, siga,

Mi mujer estaba allí, mi mujer fue testigo de la muerte del hombre, Qué es allí, Allí es el antiguo manicomio en el que nos aislaron para la cuarentena, Supongo que su mujer también estaba ciega, Como ya le he dicho la única persona que no perdió la visión fue ella, Ella, quién, La mujer que mató, Ah, Estábamos en una de las salas que hacía de dormitorio colectivo, El crimen fue cometido ahí, No señor comisario, en otra sala, Entonces ninguna de las personas que ocupaban la suya se encontraba presente en el lugar del crimen, Sólo las mujeres, Por qué sólo las mujeres, Es difícil de explicar, señor comisario, No se preocupe, tenemos tiempo, Hubo unos cuantos ciegos que tomaron el poder e impusieron el terror, El terror, Sí señor comisario, el terror, Y eso cómo fue, Se apoderaron de la comida, si queríamos comer teníamos que pagar, Y exigían mujeres como pago, Sí señor comisario, Entonces la tal mujer mató al hombre, Sí señor comisario, Lo mató, cómo, Con unas tijeras, Quién era ese hombre, Era el que mandaba en los otros ciegos, Una mujer valiente, no hay duda, Sí señor comisario, Ahora explíquenos por qué la ha denunciado, Yo no la he denunciado, si hablé del asunto es porque venía a propósito, No lo entiendo, Lo que quería decir en mi carta es que quien hizo una cosa puede estar haciendo otra. El comisario no preguntó qué otra cosa era ésa, se limitó a mirar a aquel a quien había llamado su inmediato, invitándolo a proseguir con el interrogatorio. El inspector tardó algunos segundos, Puede llamar a su mujer, preguntó, nos gustaría hablar con ella, Mi mujer no está, Cuándo volverá, No volverá, estamos divorciados, Desde hace cuánto tiempo, Tres años, Tiene algún inconveniente en decirnos por qué se divorciaron, Motivos personales, Claro que tendrían que ser personales, Motivos íntimos, Como en todos los divorcios. El hombre miró los insondables rostros que tenía delante y comprendió que no lo dejarían en paz mientras no les dijera lo que querían. Carraspeó limpiándose la garganta, cruzó y descruzó las piernas, Soy una persona de principios, comenzó, Estamos seguros de eso, saltó el agente sin poder contenerse, es decir, estoy seguro de eso, he tenido el privilegio de acceder a su carta. El comisario y el inspector sonrieron, el golpe era merecido. El hombre miró al agente con extrañeza, como si no esperara un ataque por ese flanco y, bajando los ojos, continuó, Tuvo que ver con los tales ciegos, no pude soportar que mi mujer hubiera tenido que ponerse debajo de aquellos bandidos, durante un año aguanté la vergüenza como pude, pero al final se me hizo insoportable, me separé, me divorcié, Por curiosidad, me pareció oírle que los otros ciegos reclamaban mujeres como pago de la comida, dijo el inspector, Así era, Supongo, por tanto, que sus principios no le permitirían tocar el alimento que su mujer le trajo después de haberse puesto debajo de aquellos bandidos, por usar su enérgica expresión. El hombre bajó la cabeza y no respondió. Comprendo su discreción, dijo el inspector, de hecho se trata de un asunto íntimo, de un asunto demasiado íntimo para ser pregonado ante desconocidos, perdone, lejos de mí la idea de herir su sensibilidad. El hombre miró al comisario como pidiéndole socorro, por lo menos que le sustituyesen la tortura de la tenaza por el castigo del torniquete. El comisario le dio ese gusto, usó el garrote, En su carta hacía mención a un grupo de siete personas, Sí señor comisario, Quiénes eran, Además de la mujer y de su marido, Qué mujer, La que no se quedó ciega, La que les guiaba, Sí señor comisario, La que para vengar a sus compañeras mató al jefe de los bandidos con unas tijeras, Sí señor comisario, Prosiga, El marido era oftalmólogo, Ya lo sabemos, También había una prostituta, Fue ella quien dijo que era prostituta, No que recuerde, señor comisario, Cómo supo entonces que se trataba de una prostituta, Por sus modos, sus modos no engañaban, Ah, sí, los modos nunca mienten, continúe, Estaba también un viejo que era ciego de un ojo y usaba una venda negra, y que después se fue a vivir con ella, Con ella, con quién, Con la prostituta, Y fueron felices, Eso no lo sé, Algo deberá saber, Durante el año que seguimos en contacto me parece que sí. El comisario contó con los dedos, Todavía me falta uno, dijo, Es verdad, un niño estrábico que se había perdido de su familia en medio de la confusión, Y se conocieron todos en el dormitorio colectivo que les tocó, No señor comisario, ya nos habíamos visto antes, Dónde, En la consulta del médico adonde mi ex mujer me llevó cuando me quedé ciego, creo que fui la primera persona que perdió la vista,

Y contagió a los otros, a toda la ciudad, incluyendo a estas sus visitas de hoy, No tuve la culpa, señor comisario, Conoce los nombres de esas personas, Sí señor comisario, De todas, Menos el del niño, que si lo supe alguna vez ya no me acuerdo, Pero recuerda el de los otros, Sí señor comisario, Y las direcciones, Si no han cambiado de casa en estos tres años, Claro, si no han cambiado de casa en estos tres años. El comisario pasó la mirada por la pequeña habitación, se detuvo en el televisor como si de él esperase una inspiración, luego dijo, Agente, dele su cuaderno de notas a este señor y déjele su bolígrafo para que escriba los nombres y las direcciones de las personas de quienes tan amablemente acaba de hablarnos, menos la del niño estrábico que de todos modos no valdría la pena. Las manos del hombre temblaban cuando recibió el bolígrafo y el cuaderno, siguieron temblando mientras escribía, a sí mismo se iba diciendo que no tenía motivo para sentirse asustado, que los policías estaban aquí porque de alguna manera él los había mandado venir, lo que no conseguía comprender era por qué no hablaban de los votos en blanco, de la insurrección, de la conspiración contra el estado, del verdadero y único motivo por el que había escrito la carta. Debido al temblor de las manos las palabras se leían mal, Puedo usar otra hoja, preguntó, Las que quiera, respondió el agente. La caligrafía comenzó a salir más firme, la letra ya no le avergonzaba. En tanto el agente recogía el bolígrafo y le entregaba el cuaderno de notas al comisario, el hombre se preguntaba con qué gesto, con qué palabra podría atraerse, aunque fuera en el último instante, la simpatía de los policías, su benevolencia, su complicidad. De repente recordó, Tengo una foto, exclamó, sí, creo que la tengo, Qué foto, preguntó el inspector, Una del grupo, sacada después de que recuperáramos la vista, mi mujer no se la llevó, dijo que conseguiría otra copia, que me quedase con ella para que no perdiera la memoria, Ésas fueron sus palabras, preguntó el inspector, pero el hombre no respondió, ya estaba de pie, iba a salir de la habitación, entonces el comisario ordenó, Agente, acompañe a este señor, si tiene dificultades en localizar la fotografía, trate de encontrarla usted, no vuelva sin ella. Tardaron unos minutos. Aquí está, dijo el hombre. El comisario se acercó a una ventana para ver mejor. En fila, al lado unos de otros, se agrupaban los seis adultos, en parejas. A la derecha estaba el dueño de la casa, perfectamente reconocible, y la ex mujer, a la izquierda, sin sombra de duda, el viejo de la venda negra y la prostituta, en medio, por exclusión de partes, unos que sólo podrían ser la mujer del médico y el marido. Delante, en cuclillas como un jugador de fútbol, el niño estrábico. Junto a la mujer del médico un gran perro que miraba hacia delante. El comisario le hizo un gesto al hombre para que se aproximara, Es ésta, preguntó, señalando, Sí, señor comisario, es ella, Y el perro, Si quiere, puedo contarle la historia, señor comisario, No vale la pena, ella me la contará. El comisario salió el primero, después el inspector, después el agente. El hombre que había escrito la carta se quedó viéndolos bajar las escaleras. El edificio no tiene ascensor ni se espera que lo pueda tener algún día.

Los tres policías dieron una vuelta en coche por la ciudad haciendo tiempo hasta la hora del almuerzo. No comerían juntos. Dejaron el coche cerca de una zona de restaurantes y se dispersaron, cada uno a lo suyo, para volver a encontrarse noventa minutos exactos después en una plaza un poco retirada, donde el comisario, esta vez al volante, recogería a sus subordinados. Evidentemente, nadie sabe por aquí quiénes son, además, ninguno lleva en la cabeza una P mayúscula, pero el sentido común y la prudencia aconsejan que no paseen en grupo por el centro de una ciudad por muchos motivos enemiga. Es cierto que ahí van tres hombres, y más adelante otros tres, pero una rápida ojeada bastará para percibir que se trata de gente normal, perteneciente a la vulgar especie de los transeúntes, personas corrientes, al abrigo de cualquier sospecha, tanto la de ser representantes de la ley como la de ser perseguidos por ella. Durante el paseo en coche el comisario quiso conocer las impresiones que los dos subordinados sacaron de la conversación con el hombre de la carta, precisando, sin embargo, que no estaba interesado en oír juicios morales, Que él es un canalla de marca mayor, ya lo sabemos, luego no vale la pena perder tiempo buscando otros calificativos. El inspector tomó la palabra para decir que había apreciado, sobre todo, la manera de orientar el interrogatorio del comisario, omitiendo con superior habilidad cualquier referencia a la malévola insinuación contenida en la carta, la de que la mujer del médico, dada su excepcional situación personal cuando la ceguera de hace cuatro años, podría ser la causa o de algún modo estar implicada en la acción conspiradora que condujo a la capital al voto en blanco. Fue notorio, dijo, el desconcierto del tipo, él esperaba que el asunto principal, si no único, de la diligencia de la policía fuera ése, y al final le salió el tiro por la culata. Casi daba pena verlo, terminó. El agente estuvo de acuerdo con la percepción del inspector, destacando, además, lo estupendo que había sido para el desmoronamiento de las defensas del interrogado la alternancia de las preguntas, ora el comisario, ora el inspector. Hizo una pausa y, en voz baja, añadió, Señor comisario, es mi deber informarle de que usé la pistola cuando me mandó que fuera con el hombre, La usaste, cómo, preguntó el comisario, Se la metí entre las costillas, probablemente todavía tiene la marca del cañón, Y por qué, Pensé que iba a tardar mucho tiempo en encontrar la fotografía, que el tipo se aprovecharía de la pausa para inventar algún truco que entorpeciera la investigación, algo que le forzase a usted a alterar la línea del interrogatorio en el sentido que a él le conviniera más, Y ahora qué quieres que haga, que te ponga una medalla en el pecho, preguntó el comisario, en tono sarcástico, Se ganó tiempo, señor comisario, la fotografía apareció en un instante, Y yo estoy a punto de hacerte desaparecer a ti, Pido disculpas, señor comisario, Vamos a ver si no me olvido de avisarte cuando te haya disculpado, Sí señor comisario, Una pregunta, A sus órdenes, señor comisario, Le quitaste el seguro al arma, No señor comisario, no se lo quité, Te olvidaste de quitárselo, No señor comisario, lo juro, la pistola era sólo para asustar al tipo, Y conseguiste asustarlo, Sí señor comisario, Por lo visto voy a tener que darte esa medalla, y ahora haz el favor de no ponerte nervioso, no atropelles a esa vieja ni te saltes el semáforo, si hay algo que no quiero es tener que dar explicaciones a un policía, No hay policía en la ciudad, señor comisario, la retiraron cuando se declaró el estado de sitio, dijo el inspector, Ah, ahora comprendo, ya me estaba extrañando tanta tranquilidad. Pasaban al lado de un jardín donde se veían niños jugando. El comisario miró con un aire que parecía distraído, ausente, pero el suspiro que súbitamente le salió del pecho puso en evidencia que debía de estar pensando en otros tiempos y en otros lugares. Después de almorzar, dijo, me llevan a la base, Sí señor comisario, dijo el agente, Tiene alguna orden que darnos, preguntó el inspector, Paseen, vayan a pie por la ciudad, entren en cafés y en tiendas, abran los ojos y los oídos, y regresen a la hora de cenar, esta noche no saldremos, supongo que habrá latas de reserva en la cocina, Sí señor comisario, dijo el agente, Y tomen nota de que mañana trabajaremos por separado, el audaz conductor de nuestro coche, el policía de la pistola, hablará con la ex mujer del hombre de la carta, el que va en el asiento de la muerte visitará al viejo de la venda negra y a su prostituta, yo me reservo a la mujer del médico y al marido, en cuanto a la táctica, seguiremos fielmente la que hemos usado hoy, ninguna mención al asunto del voto en blanco, nada de caer en debates políticos, dirijan las preguntas hacia las circunstancias en que se cometió el crimen, a la personalidad de su supuesta autora, háganlos hablar del grupo, de cómo se constituyó, si ya se conocían antes, qué relaciones mantuvieron después de recuperar la vista, qué relaciones tienen hoy, es probable que sean amigos y quieran protegerse unos a otros, pero pueden cometer errores si no se han puesto de acuerdo sobre lo que deben decir y sobre lo que les conviene callar, nuestra tarea es ayudarlos a cometer esos errores, y, como la perorata ya se ha alargado demasiado, apunten en la memoria lo más importante, que nuestra aparición, mañana por la mañana, en las casas de esas personas, se realizará exactamente a las diez y media, no digo que se pongan a sincronizar los relojes porque eso sólo pasa en las películas de acción, pero tenemos que evitar que los sospechosos puedan comunicarse, avisarse unos a otros, y ahora vamos a comer, ah, cuando regresen a la base entren por el garaje, el lunes me informaré de si el portero es de confianza. Una hora y cuarenta y cinco minutos más tarde el comisario recogía a los ayudantes que lo esperaban en la plaza, para luego irlos dejando, sucesivamente, primero al agente, después al inspector, en barrios diferentes, donde intentarían cumplir las órdenes recibidas, es decir, pasear, entrar en cafés y en tiendas, abrir los ojos y los oídos, en resumen, olfatear el crimen. Regresarán a la base para la anunciada cena de latas y dormir, y cuando el comisario les pregunte qué novedades traen, confesarán que ni una sola de muestra, que los habitantes de esta ciudad no serán sin duda menos habladores que los de cualquier otra, pero no hablan acerca de lo que más importa oír. Tengan esperanza, dirá, la prueba de que existe una conspiración reside precisamente en el hecho de que no se hable de ella, el silencio, en este caso, no contradice, confirma. La frase no era suya, sino del ministro del interior, con quien, después de entrar en la providencial, s.a., sostuvo una rápida conversación por teléfono, la cual, aunque la vía era segura, satisfizo todos los preceptos de la ley del secretismo oficial básico. He aquí el resumen del diálogo, Buenas tardes, habla papagayo de mar, Buenas tardes, papagayo de mar, respondió albatros, Primer contacto con la fauna avícola local, recepción sin hostilidad, interrogatorio eficaz con la participación de gavioto y gaviota, buenos resultados obtenidos, Sustanciales, papagayo de mar, Muy sustanciales, albatros, conseguimos excelente fotografía de la bandada de pájaros, mañana comenzaremos el reconocimiento de las especies, Felicidades, papagayo de mar, Gracias, albatros, Oiga, papagayo de mar, A la escucha, albatros, No se deje engañar por ocasionales silencios, papagayo de mar, si las aves están calladas, no quiere decir que no se encuentren en los nidos, el tiempo calmo esconde la tempestad, no lo contrario, sucede lo mismo con las conspiraciones de los seres humanos, el hecho de que no se hable de ellas no prueba que no existan, ha comprendido, papagayo de mar, Sí, albatros, he comprendido perfectamente, Qué va a hacer mañana, papagayo de mar, Atacaré al águila pescadora, Quién es el águila pescadora, papagayo de mar, acláreme, La única que existe en toda la costa, albatros, que se sepa no hay otra, Ah, sí, ya lo veo, Deme órdenes, albatros, Cumpla rigurosamente las que le di antes de partir, papagayo de mar, Serán rigurosamente cumplidas, albatros, Manténgame al corriente, papagayo de mar, Así lo haré, albatros. Después de asegurarse de que los micrófonos estaban desconectados, el comisario masculló un desahogo, Qué payasada ridícula, oh dioses de la policía y del espionaje, yo papagayo de mar, él albatros, sólo falta que comencemos a comunicarnos por medio de gañidos y graznidos, tempestad, por lo menos, ya tenemos. Cuando los subordinados llegaron, cansados de tanto patear la ciudad, les preguntó si traían novedades y ellos respondieron que no, que habían puesto todos sus cuidados en ver y en escuchar, pero desgraciadamente con nulos resultados, Esta gente habla como si no tuviera nada que esconder, dijeron. Fue entonces cuando el comisario, sin citar la fuente, pronunció la frase del ministro del interior acerca de las conspiraciones y de los modos de ocultarlas.

A la mañana siguiente, tras desayunar, comprobaron en el mapa de la ciudad la localización de las calles que les interesaban. La más próxima al edificio donde se encuentra instalada la providencial, s.a., es la de la ex mujer del hombre de la carta, en tiempos designado por el nombre de primer ciego, en la intermedia viven la mujer del médico con el marido, y la más distante es la del viejo de la venda negra y la prostituta. Ojalá estén todos en casa. Como el día anterior, bajaron al garaje en el ascensor, verdaderamente, para clandestinos ésta no es la mejor maniobra, porque si es cierto que hasta ahora lograron escapar al fisgoneo del portero, Quiénes serán estos pájaros que no los he visto nunca por aquí, se preguntaría, al del encargado del garaje no escaparon, luego veremos si con consecuencias. Esta vez conducirá el inspector, que va más lejos. El agente le preguntó al comisario si tenía alguna instrucción especial que darle y recibió como respuesta que las instrucciones para él eran todas generales, ninguna especial, Sólo espero que no hagas burradas y dejes el arma tranquila en la pistolera, No soy de los que amenazan a las mujeres con una pistola, señor comisario, Después me lo contarás, y que no se te olvide, está prohibido llamar a la puerta antes de las diez y media, Sí señor comisario, Date una vuelta, toma un café si encuentras dónde, compra el periódico, mira los escaparates, supongo que no habrás olvidado las lecciones elementales que te dieron en la escuela de policía, No señor comisario, Muy bien, tu calle es ésta, salta, Y dónde vamos a encontrarnos cuando hayamos acabado el servicio, preguntó el agente, supongo que necesitamos fijar un punto de encuentro, es un problema que sólo haya una llave de la providencial, si yo, por ejemplo, fuera el primero en terminar el interrogatorio, no podría retirarme a la base, Ni yo, dijo el inspector, Eso es lo que pasa por no habernos dotado de teléfonos móviles, insistió el agente, seguro de su razón y confiando en que la belleza de la mañana dispusiese al superior a la benevolencia. El comisario le dio la razón, Por ahora nos apañaremos con la plata de la casa, en caso de que la investigación lo necesite, requeriré otros medios, en cuanto a las llaves, si el ministerio autoriza el gasto, mañana cada uno de ustedes tendrá la suya, Y si no lo autoriza, Encontraré la manera, Y en qué quedamos sobre la cuestión del punto de encuentro, preguntó el inspector, Por lo que ya sabemos de esta historia, todo indica que mi diligencia será la más entretenida, luego vengan a mi encuentro, tomen nota de la dirección, veremos el efecto que causa en el ánimo de las personas interrogadas la aparición inesperada de dos policías más, Excelente idea, comisario, dijo el inspector. El agente se contentó con un movimiento afirmativo de cabeza, dado que no podría expresar en voz alta lo que pensaba, es decir, que el mérito de la idea le pertenecía, bien es verdad que de un modo muy indirecto y por camino desviado. Tomó nota de la dirección en su cuaderno de investigador y se bajó. El inspector puso en marcha el coche al mismo tiempo que decía, Él se esfuerza, pobrecillo, esa justicia se la debemos, recuerdo que al principio yo era como él, tan ansioso estaba de acertar en algo que sólo hacía disparates, incluso me he llegado a preguntar cómo me ascendieron a inspector, Y yo a lo que soy hoy, También, comisario, También, querido amigo, la masa de policía es la misma para todos, el resto es cuestión de más o menos suerte, De suerte y de saber, El saber, por sí mismo, no siempre es suficiente, mientras que con suerte y tiempo se alcanza casi todo, pero no me pregunte en qué consiste la suerte porque no sabría responderle, sí he observado que, muchas veces, con tener amigos en los lugares adecuados o alguna factura que cobrar se alcanza lo que se quiere, No todos nacen para ascender a comisarios, Pues no, Además, una policía hecha toda de comisarios no funcionaría, Ni un ejército hecho todo de generales. Entraron en la calle del médico oftalmólogo. Déjeme aquí, pidió el comisario, caminaré los metros que faltan, Le deseo suerte, comisario, Y yo a ti, Ojalá este asunto se resuelva rápidamente, le confieso que me siento como si estuviera perdido en medio de un campo minado, Hombre, ten calma, no hay ningún motivo de preocupación, mira estas calles, el sosiego de la ciudad, su tranquilidad, Eso es justamente lo que me inquieta, comisario, una ciudad como ésta, sin autoridades, sin gobierno, sin vigilancia, sin policía, y a nadie parece importarle, aquí hay algo muy misterioso que no consigo entender, Para entender nos han hecho venir, tenemos el saber y espero que el resto no nos falte, La suerte, Sí, la suerte, Buena suerte entonces, comisario, Buena suerte, inspector, y si esa fulana a la que llaman prostituta te lanza la flecha de una mirada seductora o te deja ver parte de sus muslos, haz como que no entiendes, concéntrate en los intereses de la investigación, piensa en la eminente dignidad de la corporación a que servimos, Estará allí seguramente el viejo de la venda negra, y los viejos, según he oído de gente bien informada, son terribles, dijo el inspector. El comisario sonrió, A mí, la vejez ya se me acerca, vamos a ver si me concede tiempo suficiente para ser terrible. Después miró el reloj, Ya son las diez y cuarto, espero que consiga llegar a tiempo a su destino, Si usted y el agente cumplen el horario no tiene importancia que yo llegue con retraso, dijo el inspector. El comisario se despidió, Hasta luego, salió del coche, y, apenas puso el pie en el suelo, como si tuviera allí mismo concertado un encuentro con su propia estupidez, comprendió que no tenía ningún sentido fijar rigurosamente la hora en que deberían llamar a la puerta de los sospechosos, puesto que ellos, con un policía en casa, no tendrían ni la ocasión ni la sangre fría de telefonear a los amigos avisándoles del presumible peligro, suponiendo, para colmo, que fuesen astutos, tan excepcionalmente astutos, que se les ocurriera la idea de que por el hecho de estar siendo ellos objeto de atención policial sus amigos también iban a serlo,

293

Además, pensaba irritado el comisario, está claro, es obvio que ésas no serán las únicas relaciones que tengan, y, siendo así, a cuántos tendrían que telefonear cada uno de ellos, a cuántos, a cuántos. Ya no se limitaba a pensar en silencio, murmuraba acusaciones, improperios, insultos, Que alguien me diga cómo este imbécil ha conseguido llegar a comisario, que alguien me diga cómo precisamente a este imbécil le ha confiado el gobierno la responsabilidad de una investigación de la que tal vez pueda depender la suerte del país, que alguien me diga de dónde este imbécil se ha sacado la estúpida orden dada a sus subordinados, ojalá no estén en este momento riéndose de mí, el agente no creo, pero el inspector es listo, es muy listo, aunque a primera vista no se hace notar, o sabe disimular, lo que, claro está, lo hace doblemente peligroso, no hay duda, tengo que usar con él más cuidado, tratarlo con atención, impedir que esto circule, otros se han visto en situaciones semejantes y con resultados catastróficos, no sé quién fue el que dijo que el ridículo de un instante puede arruinar la carrera de una vida. La implacable autoflagelación le hizo bien al comisario. Viéndolo pisado, rebajado a ras de suelo, la fría reflexión tomó la palabra para demostrarle que la orden no había sido descabellada, muy por el contrario, Imagínate que no hubieras dado esas instrucciones, que el inspector y el agente se presentaran a las horas que les apetecieran, uno por la mañana, otro por la tarde, sería necesario que tú fueses imbécil del todo, rematadamente imbécil, para no prever lo que inevitablemente sucedería, las personas interrogadas por la mañana se apresurarían a avisar a las que lo iban a ser por la tarde, y cuando este investigador de la tarde llamara a la puerta de los sospechosos que le habían sido destinados se encontraría con la barrera de una línea de defensa que tal vez no tuviera manera de derribar, por tanto, comisario eres, comisario seguirás siendo, no sólo con el derecho de quien sabe más del oficio, también con la suerte de tenerme a mí aquí, fría reflexión, para poner las cosas en su sitio, comenzando por el inspector, a quien ya no tendrás que tratar con paños calientes, como era tu intención, por cierto, bastante cobarde, si no te ofende que lo diga. El comisario no se ofendió. Con todo este ir y venir, este pensar y repensar, se retrasó en el cumplimiento de su propia orden, ya eran las once menos quince minutos cuando levantó la mano para oprimir el botón del timbre. El ascensor lo condujo al cuarto piso, la puerta es ésta.

El comisario esperaba que le preguntasen desde dentro Quién es, pero la puerta se abrió simplemente y apareció una mujer diciendo, Qué desea. El comisario se llevó la mano al bolsillo y mostró el carnet de identificación, Policía, dijo, Y qué pretende la policía de las personas que viven en esta casa, preguntó la mujer, Que respondan a algunas preguntas, Sobre qué asunto, No creo que el rellano de una escalera sea el lugar más apropiado para dar inicio a un interrogatorio, De modo que se trata de un interrogatorio, preguntó la mujer, Señora, aunque yo sólo tuviera dos preguntas que hacerle, eso ya sería un interrogatorio, Veo que valora la precisión lingüística, Sobre todo en las respuestas que me dan, Ésa sí que es una buena respuesta, No era difícil, me la ha servido en bandeja, Le serviré otras, si viene buscando alguna verdad, Buscar la verdad es el objetivo fundamental de cualquier policía, Me alegra oírselo decir con ese énfasis, y ahora pase, mi marido ha bajado a comprar los periódicos, no tardará, Si lo cree más conveniente, espero fuera, Qué ocurrencia, entre, entre, en qué mejores manos que las de la policía podría alguien sentirse seguro, preguntó la mujer. El comisario entró, la mujer iba delante y le abrió la puerta de una acogedora sala de estar, donde se percibía una atmósfera amigable y vivida, Quiere sentarse, señor comisario, dijo, y preguntó, Puedo ofrecerle una taza de café, Muchas gracias, no aceptamos nada cuando estamos de servicio, Claro, así comienzan siempre las grandes corrupciones, un café hoy, un café mañana, al tercero ya está todo perdido, Es un principio nuestro, señora, Voy a pedirle que me satisfaga una pequeña curiosidad, Qué curiosidad, Dice que es policía, me ha enseñado el carnet que lo acredita como comisario, pero, según mis noticias, la policía se retiró de la capital hace unas cuantas semanas, dejándonos entregados a las garras de la violencia y el crimen que campean por todas partes, debo entender ahora por su presencia aquí que nuestra policía ha regresado al hogar, No señora, no hemos regresado al hogar, si me permite usar su expresión, seguimos al otro lado de la línea divisoria, Fuertes deben de ser los motivos que le han obligado a cruzar la frontera, Sí, muy fuertes, Las preguntas que trae tienen que ver, naturalmente, con esos motivos, Naturalmente, Luego debo esperar a que sean hechas, Así es. Tres minutos después se oyó abrir la puerta. La mujer salió de la sala y le dijo a la persona que acababa de entrar, Tenemos visita, un comisario de policía, nada más y nada menos, Y desde cuándo se interesan los comisarios de policía por personas inocentes. Las últimas palabras ya fueron pronunciadas dentro de la sala, el médico se había adelantado a la mujer e interrogaba así al comisario, que respondió, levantándose del sillón en que estaba sentado, No hay personas inocentes, cuando no se es culpable de un crimen, se es culpable de una falta, siempre es así, Y nosotros, de qué crimen o de qué falta somos culpables o acusados, No tenga prisa, doctor, comencemos por acomodarnos y hablaremos mejor. El médico y la mujer se sentaron en un sofá y esperaron. El comisario guardó silencio durante algunos segundos, de repente le entraron dudas acerca de cuál sería la mejor táctica a seguir. Que, para no levantar la liebre prematuramente, el inspector y el agente se limitasen, de acuerdo con las instrucciones que les fueron dadas, a preguntar sobre el asesinato del ciego, bien estaba, pero él, comisario, tenía las vistas puestas en un objetivo más ambicioso, averiguar si la mujer que se encuentra en frente, sentada al lado del marido, tranquila como si nada debiera, como si no tuviera nada que temer, además de ser una asesina, forma parte de la diabólica maniobra que mantiene humillado al estado de derecho, con la cabeza baja y de rodillas. No se sabe quién, en el departamento oficial de códigos cifrados, decidió contemplar al comisario con el grotesco alias de papagayo de mar, sin duda era un enemigo personal, porque el apodo más justo y merecido sería el de alekhine, el gran maestro de ajedrez por desgracia ya fuera del número de los vivos. La duda de minutos antes se disipó como humo y una sólida certeza ocupó su lugar. Obsérvese con qué sublime arte combinatoria va a ejecutar los lances que lo conducirán, por lo menos así lo cree, al jaque mate final. Sonriendo con delicadeza, dijo, Aceptaría ahora el café que tuvo la amabilidad de ofrecerme, Le recuerdo que los policías no aceptan nada cuando están de servicio, respondió, consciente del juego, la mujer del médico, Los comisarios están autorizados a infringir las reglas siempre que lo consideren conveniente, Quiere decir, útil a los intereses de la investigación, También se puede expresar de esa manera, Y no tiene miedo de que el café que le voy a traer sea un paso en el camino de la corrupción, Recuerdo haberle oído que eso sólo ocurre con el tercer café, No, lo que le dije es que con el tercer café queda consumado de una vez por todas el proceso corruptor, el primero abre la puerta, el segundo la sostiene para que el aspirante a la corrupción entre sin tropezar, el tercero la cierra definitivamente, Gracias por el aviso, que recibo como un consejo, me quedaré entonces en el primer café, Que le será servido de forma inmediata, dijo la mujer, y salió de la sala. El comisario miró el reloj. Tiene prisa, preguntó con intención el médico, No doctor, no tengo prisa, sólo me cercioraba de si no habría venido a perjudicarles el almuerzo, Para almorzar aún es demasiado pronto, Y también me preguntaba cuánto tiempo tardaré en obtener las respuestas que pretendo, Ya sabe las respuestas que pretende, o pretende que las preguntas sean respondidas, preguntó el médico, y añadió, Es que no es lo mismo, Tiene razón, no es lo mismo, durante la breve conversación que he mantenido a solas con su mujer, ella tuvo ocasión de comprobar que estimo la precisión en el lenguaje, veo que también es su caso, En mi profesión no es infrecuente que los errores de diagnóstico sean consecuencia de imprecisiones de lenguaje, Lo estoy tratando de doctor, pero no me ha preguntado cómo supe que usted es médico, Porque me parece tiempo perdido preguntarle a un policía cómo sabe lo que sabe o lo que afirma saber, Bien respondido, sí señor, a dios tampoco nadie le pregunta cómo se hizo omnisciente, omnipresente y omnipotente, No me diga que los policías son dios, Somos apenas sus modestos representantes en la tierra, doctor, Creía que lo eran las iglesias y los sacerdotes, Las iglesias y los sacerdotes son sólo la segunda línea.

La mujer entró con el café, tres tazas en una bandeja, algunas pastas. Parece que en este mundo todo tiene que repetirse, pensó el comisario, mientras el paladar revivía los sabores del desayuno en la providencial, s.a., Tomaré sólo café, dijo, muchas gracias. Cuando posó la taza en la bandeja, volvió a agradecer, y añadió con una sonrisa de complicidad, Excelente café, señora, tal vez tenga que reconsiderar la decisión de no tomar el segundo. El médico y la mujer ya habían terminado. Ninguno tocó las pastas. El comisario extrajo del bolsillo interior de la chaqueta su bloc de notas, preparó la pluma, y dejó que la voz le saliera en un tono neutro, sin expresión, como si no le interesara realmente la respuesta, Qué explicación podría darme, señora, del hecho de no haberse quedado ciega hace cuatro años, cuando la epidemia. El médico y la mujer cruzaron las miradas sorprendidos, y ella preguntó, Cómo sabe que no cegué hace cuatro años, Ahora mismo, dijo el comisario, su marido, con mucha inteligencia, ha considerado que es una pérdida de tiempo preguntarle a un policía cómo sabe lo que sabe o lo que afirma saber, Yo no soy mi marido, Y yo no tengo que desvelar, ni a usted ni a él, los secretos de mi oficio, sé que no perdió la vista, y eso me basta. El médico hizo un gesto como para intervenir, pero la mujer le puso la mano en el brazo, Muy bien, ahora dígame, supongo que esto no es un secreto, en qué puede interesarle a la policía que yo haya estado ciega o no hace cuatro años, Si hubiese cegado como todo el mundo cegó, si hubiese cegado como yo mismo cegué, puede tener absoluta seguridad de que no me encontraría aquí en este momento, Fue un crimen que no me quedara ciega, preguntó ella, No haber cegado ni fue ni podría ser crimen, aunque ya que me obliga a decirlo, haya cometido un crimen gracias precisamente a no estar ciega, Un crimen, Un asesinato. La mujer miró al marido como si estuviera pidiéndole un consejo, luego se volvió bruscamente hacia el comisario y dijo, Sí, es verdad, maté a un hombre. No prosiguió, mantuvo fija la mirada, a la espera. El comisario simuló que tomaba nota en el cuaderno, pero lo que pretendía era ganar tiempo, pensar en la jugada siguiente. Si la reacción de la mujer lo había desconcertado, no fue tanto porque hubiera confesado el asesinato, sino por el silencio que mantuvo a continuación, como si sobre ese asunto ya no hubiera nada más que decir. Y verdaderamente, pensó, no es el crimen lo que me interesa. Supongo que dispone de una buena razón que darme, aventuró, Sobre qué, preguntó la mujer, Sobre el crimen, No fue un crimen, Qué fue entonces, Un acto de justicia, Para aplicar justicia están los tribunales, No podía ir con una denuncia a la policía, como usted acaba de decir, en ese momento todos estábamos ciegos, Excepto usted, Sí, excepto yo, A quién mató, A un violador, a un ser repugnante, Me está diciendo que mató a quien la estaba violando, No a mí, a una compañera, Ciega, Sí, ciega, Y el hombre también estaba ciego, Sí, Cómo lo mató, Con unas tijeras, Se las clavó en el corazón, No, en el cuello, La miro y no le veo cara de asesina, No soy una asesina, Mató a un hombre, No era un hombre, era un chinche. El comisario tomó otra nota y se dirigió al médico, Y usted dónde se encontraba mientras su mujer se entretenía matando al chinche, En otra sala del antiguo manicomio donde nos habían metido cuando todavía pensaban que aislando a los primeros ciegos que aparecieron se impediría la propagación de la ceguera, Creo saber que usted es oftalmólogo, Sí, tuve el privilegio, por llamarlo de alguna manera, de atender en mi consulta a la primera persona que se quedó ciega, Un hombre, o una mujer, Un hombre, Y fue a parar al mismo dormitorio colectivo, a la misma sala, Sí, como algunas otras personas que se encontraban en la consulta, Le pareció bien que su mujer hubiera asesinado al violador, Me pareció necesario, Por qué, No haría esa pregunta si hubiera estado allí, Es posible, pero no estaba, por eso vuelvo a preguntarle por qué le pareció necesario que su mujer matara al chinche, es decir, al violador de la compañera, Alguien tenía que hacerlo, y ella era la única que podía ver, Sólo porque el chinche era un violador, No sólo él, todos los que estaban en la misma sala exigían mujeres a cambio de comida, él era el jefe, Su mujer también fue violada, Sí, Antes o después que la compañera, Antes. El comisario tomó una nota más en el cuaderno, después preguntó, A su entender como oftalmólogo, qué explicación puede haber para el hecho de que su mujer no se quedara ciega, A mi entender como oftalmólogo, respondo que no hay ninguna explicación, Tiene una mujer muy singular, doctor, Así es, pero no solamente por esa razón, Qué les sucedió después a las personas que habían sido internadas en tal antiguo manicomio, Hubo un incendio, la mayor parte de ellas murieron carbonizadas o aplastadas por los derrumbes, Cómo sabe que hubo derrumbes, Muy simple, los oímos cuando ya estábamos fuera, Y usted y su mujer, cómo se salvaron, Conseguimos escapar a tiempo, Tuvieron suerte, Sí, ella nos guió, A quiénes se refiere cuando dice nos, A mí y a otras personas, las que habían coincidido en la consulta, Quiénes eran, El primer ciego, ese al que me referí antes, y la mujer, una chica que padecía conjuntivitis, un hombre de edad que tenía una catarata, un niño estrábico acompañado por su madre, A todos ésos su mujer los ayudó a escapar del incendio, A todos menos a la madre del niño, ésa no estaba en el manicomio, se había perdido del hijo y sólo volvió a encontrarlo semanas después de que recuperáramos la visión, Quién se ocupó del niño durante ese tiempo intermedio, Nosotros, Su mujer y usted, Sí, ella porque podía ver, los demás ayudábamos lo mejor que podíamos, Quiere decir que vivieron juntos, en comunidad, teniendo a su mujer como guía, Como guía y como proveedora, Realmente tuvieron suerte, repitió el comisario, Así se le puede llamar, Mantuvieron relaciones con las personas del grupo después de que la situación se hubiera normalizado, Sí, como es lógico, Y aún las mantienen, Con la excepción del primer ciego, sí, Por qué esa excepción, No era una persona simpática, En qué sentido, En todos, Eso es demasiado vago, Admito que lo sea, Y no quiere concretar, Hable con él y fórmese su propio juicio, Sabe dónde viven, Quiénes, El primer ciego y su mujer, Se separaron, se divorciaron, Tienen relaciones con ella, Con ella, sí, Pero no con él, Con él, no, Por qué, Ya se lo he dicho, no es una persona simpática. El comisario volvió al cuaderno de notas y escribió su propio nombre para que no pareciera que no había aprovechado nada de tan extenso interrogatorio. Iba a pasar al lance siguiente, el más problemático, el más arriesgado del juego. Levantó la cabeza, miró a la mujer del médico, abrió la boca para hablar, pero ella se le anticipó, Usted es comisario de policía, vino, se identificó como tal y ha estado haciéndonos toda especie de preguntas, pero, dejando a un lado la cuestión del asesinato premeditado que cometí y que confesé, pero del cual no hay testigos, unos porque murieron, todos porque estaban ciegos, eso sin contar con que a nadie le importa hoy saber lo que pasó hace cuatro años en una situación de caos absoluto, cuando todas las leyes eran letra muerta, pero nosotros todavía estamos esperando que nos diga qué le ha traído aquí, creo que ha llegado la hora de poner las cartas sobre la mesa, déjese de rodeos y vaya derecho al asunto que realmente le interesa a quien lo ha mandado a esta casa. Hasta este momento el comisario tenía muy claro en su cabeza el objetivo de la misión que le fue encargada por el ministro del interior, nada menos que averiguar si existía alguna relación entre el fenómeno del voto en blanco y la mujer que tenía delante, pero su interpelación, seca y directa, lo dejó desarmado y, peor aún, con la súbita conciencia del tremendo ridículo en que caería si le preguntase, con los ojos bajos porque no tendría valor para mirarla cara a cara, Por casualidad no será usted la organizadora, la responsable, la jefa del movimiento subversivo que ha puesto al sistema democrático en una situación de peligro que quizá no sea exagerado llamar mortal, Qué movimiento subversivo, querría ella saber, El del voto en blanco, Está diciéndome que el voto en blanco es subversivo, volvería ella a preguntar, Si es en cantidades excesivas, sí señor, Y dónde está eso escrito, en la constitución, en la ley electoral, en los diez mandamientos, en el código de circulación, en los frascos de jarabe, insistiría ella, Escrito, escrito, no está, pero cualquier persona entiende que se trata de una simple cuestión de jerarquía de valores y de sentido común, primero están los votos explícitos, después vienen los blancos, después los nulos, finalmente las abstenciones, está clarísimo que la democracia correría peligro si una de estas categorías secundarias sobrepasara a la principal, si los votos están ahí es para que hagamos de ellos un uso prudente, Y yo soy la culpable de lo sucedido, Es lo que estoy tratando de averiguar, Y cómo he conseguido inducir a la mayoría de la población de la capital a votar en blanco, metiendo panfletos por debajo de las puertas, por medio de rezos y conjuros a medianoche, lanzando un producto químico en el abastecimiento de agua, prometiéndole el primer premio de la lotería a cada persona o gastando en comprar votos lo que mi marido gana en la consulta, Usted conservó la visión cuando todos estábamos ciegos y todavía no ha sido capaz o se niega a explicarme por qué, Y eso me convierte ahora en culpable de conspiración contra la democracia mundial, Es lo que trato de averiguar, Pues entonces vaya a averiguarlo y cuando llegue al final de la investigación vuelva aquí a contármelo, hasta entonces no oirá de mi boca ni una palabra más. Y era esto, por encima de todo, lo que el comisario no quería, se preparaba para decir que no tenía más preguntas que hacer en este momento, pero que mañana volvería para continuar el interrogatorio, cuando el timbre de la puerta sonó. El médico se levantó y fue a ver quién llamaba. Regresó a la salita acompañado del inspector, Este señor dice que es inspector de policía y que usted le había dado orden de que viniera aquí, Efectivamente así es, dijo el comisario, pero el trabajo, por hoy, está terminado, seguiremos mañana a la misma hora, Le recuerdo lo que nos dijo al agente y a mí, se atrevió el inspector, pero el comisario interrumpió, Lo que haya dicho o no dicho no interesa ahora, Y mañana, vendremos los tres, Inspector, la pregunta es impertinente, tomo mis decisiones siempre en el lugar adecuado y en la ocasión adecuada, a su debido tiempo lo sabrá, respondió irritado el comisario. Se dirigió a la mujer del médico y dijo, Mañana, tal como usted ha reclamado, no perderé tiempo en circunloquios, iré derecho al asunto, y lo que tengo que preguntarle no le va a parecer más extraordinario que a mí el hecho de que no perdiera la vista durante la epidemia general de ceguera blanca de hace cuatro años, yo me quedé ciego, el inspector se quedó ciego, su marido se quedó ciego, usted no, veremos si en este caso se confirma el antiguo refrán Quien hizo un cesto hizo ciento, De cestos se trata entonces, señor comisario, preguntó en tono irónico la mujer del médico, De cientos, señora, de cientos, respondió el comisario al mismo tiempo que se retiraba, aliviado porque la adversaria le había fornecido la respuesta para una salida más o menos airosa. Tenía un leve dolor de cabeza.

No almorzaron juntos. Fiel a su táctica de dispersión controlada, el comisario les recordó al inspector y al agente, antes de separarse, que no deberían repetir los restaurantes del día anterior y de la misma manera que lo haría si fuese subordinado de sí mismo, cumplió disciplinadamente la orden dada. También con espíritu de sacrificio porque el restaurante que eligió, de las tres estrellas que la carta prometía, sólo le puso una en el plato. Esta vez no se marcó un punto de encuentro, sino dos, el primero era para el agente, en el segundo esperaba el inspector. Comprendieron en seguida que el superior no estaba para conversaciones, probablemente no le fue bien con el médico y su mujer. Y como ellos, a su vez, no traían de las diligencias ejecutadas resultados aprovechables, la reunión para intercambio y examen de las informaciones en la providencial, s.a., seguros & reaseguros, no se presentaba como un mar de rosas. A esta tensión profesional se le unió la insólita y preocupante pregunta que les hizo el encargado del garaje cuando entraron con el coche, Ustedes, de dónde son. Es cierto que el comisario, honra le sea hecha y también gracias a su experiencia en el oficio, no perdió los estribos, Somos de la providencial, respondió secamente, y a continuación, con más sequedad aún, Vamos a estacionar donde debemos, en el espacio que pertenece a la empresa, por tanto su pregunta, aparte de impertinente, es de mala educación, Tal vez sea impertinente y de mala educación, pero yo, a ustedes, no recuerdo haberlos visto antes por aquí, Es que, respondió el comisario, además de ser maleducado, tiene mala memoria, a mis colegas, que son nuevos en la empresa, es la primera vez que los ve, pero yo ya he estado aquí, y ahora apártese porque el conductor es un poco nervioso y puede atropellarlo sin querer. Aparcaron el coche y subieron en el ascensor. Sin pensar en la posible imprudencia que cometía, el agente quiso explicar que de nervioso no tenía nada, que en los exámenes para entrar en la policía fue clasificado como altamente tranquilo, pero el comisario, con un gesto brusco, lo redujo al silencio. Y ahora, ya bajo el resguardo de las reforzadas paredes y de los insonorizados techos y suelos de la providencial, s.a., lo fulmina sin piedad, Ni siquiera le pasó por la cabeza, pedazo de idiota, que puede haber micrófonos instalados en el ascensor, Señor comisario, estoy desolado, realmente no se me ocurrió, balbuceó el pobre, Mañana no sale de aquí, se queda a guardar el local y aprovecha el tiempo para escribir quinientas veces Soy un idiota, Señor comisario, por favor, Deje, no haga caso, ya sé que estoy exagerando, pero el tipo del garaje me ha soliviantado, tanto evitar la puerta de entrada para no llamar la atención y ahora nos sale este quisquilloso, Quizá mereciera la pena hacerle llegar un aviso de los nuestros, como se hizo con el portero, sugirió el inspector, Sería contraproducente, lo que necesitamos es que nadie se fije en nosotros, Recelo que ya es un poco tarde para eso, comisario, si los servicios tuviesen otro local en la ciudad, lo mejor sería que nos trasladáramos, Tener, tienen, pero, por lo que sé, no están operativos, Podríamos intentarlo, No, no hay tiempo y, además, al ministerio no le gustaría nada la idea, esta cuestión tiene que resolverse con toda rapidez, con la máxima urgencia, Me permite que le hable francamente, comisario, preguntó el inspector, Dime, Me temo que nos han metido en un callejón sin salida, o peor, en un avispero envenenado, Qué te hace pensar así, No lo sé explicar, pero la verdad es que me siento como si estuviera sobre un barril de pólvora y con la mecha encendida, tengo la impresión de que esto va a explotar de un momento a otro. Al comisario le parecía estar oyendo sus propios pensamientos, pero el puesto que ocupaba y la responsabilidad de la misión no le permitían tergiversaciones en el recto camino del deber, No soy de tu opinión, dijo, y con estas pocas palabras dio el asunto por concluido.

Ahora estaban sentados a la mesa donde desayunaron esa mañana, con los cuadernos de notas abiertos, preparados para el brainstorm. Comienza tú, ordenó el comisario al agente, Así que entré, dijo él, comprendí que nadie había avisado a la mu-

jer, Claro que no, no podían, acordamos llegar todos a las diez y media, Yo me retrasé un poco, eran
las diez y treinta y siete cuando llamé a la puerta,
confesó el agente, Eso no tiene importancia, sigue,
no perdamos tiempo, Me dejó pasar, me preguntó
si quería un café, le respondí que sí, no le di importancia, era como si estuviese de visita, entonces le
dije que me habían encargado investigar lo que sucedió hace cuatro años en el manicomio, pero pensé
que era mejor no tocar de entrada la cuestión del
ciego asesinado, por eso desvié el asunto hacia las
circunstancias en que se produjo el incendio, a ella
le extrañó que cuatro años más tarde volviéramos a
lo que todo el mundo quería olvidar, yo le dije que
la idea, ahora, era registrar el mayor número posible
de datos porque las semanas en que aquello sucedió
no podían estar en blanco en la historia del país, pero ella de tonta no tiene nada, en seguida me llamó
la atención sobre la incongruencia, incongruencia
fue la palabra que usó, de que sea precisamente en
la situación en que nos encontramos, con la ciudad
aislada y bajo estado de sitio por culpa del voto en
blanco, que a alguien se le haya ocurrido averiguar lo
que sucedió durante la epidemia de ceguera blanca,
tengo que reconocer, señor comisario, que me quedé
bloqueado en el primer momento, sin saber qué
responder, ahí conseguí inventar una explicación,
que la investigación fue decidida antes de que su-
cediese lo del voto en blanco, pero que se retrasó por
problemas burocráticos y sólo ahora ha sido posible iniciarla, entonces ella dijo que de las causas del

incendio nada sabía, se debería a algo casual que incluso podría haber ocurrido antes, entonces le pregunté cómo consiguió salvarse, y ahí ella se puso a hablar de la mujer del médico elogiándola de todas las maneras, una persona extraordinaria como nunca ha conocido otra en su vida, fuera de lo común en todo, tengo la seguridad de que de no haber sido por ella, no estaría aquí hablando con usted, nos salvó a todos, y no sólo nos salvó, hizo más, nos protegió, nos alimentó, cuidó de nosotros, entonces yo le pregunté que a quiénes se refería con aquel pronombre personal, y ella mencionó, una por una, a todas las personas de las que ya tenemos conocimiento, y al final dijo que también estaba en el grupo el que era su marido, pero que sobre él no quería hablar porque se divorciaron hace tres años, y eso fue todo lo que salió de la conversación, señor comisario, la impresión que me llevé es que la mujer del médico debe de ser algo así como una especie de heroína, un alma grande. El comisario hizo como que no entendió las últimas palabras. Fingiéndose desatento no tendría que reprender al agente por haber clasificado de heroína y alma grande a una mujer que se encuentra bajo sospecha de estar implicada en el peor de los crímenes que, en las actuales circunstancias, se pueden cometer contra la patria. Se sentía cansado. Y con voz sorda, apagada, pidió al inspector el relato de lo que pasó en casa de la prostituta y del viejo de la venda negra, Si fue prostituta, no me parece que lo siga siendo, Por qué, preguntó el comisario, No tiene ni los modos, ni los gestos, ni las palabras, ni el estilo, Pareces saber mucho de prostitutas, No lo crea, comisario, apenas lo trivial, alguna experiencia directa, sobre todo muchas ideas preconcebidas, Sigue, Me recibieron correctamente, pero no me ofrecieron café, Están casados, Por lo menos tenían alianza en el dedo, Y el viejo, qué te ha parecido, Es viejo, y con eso queda todo dicho, Ahí es donde te equivocas, de los viejos está todo por decir, lo que sucede es que no se les pregunta nada y entonces se callan, Pues éste no se calla, Mejor para él, continúa, Comencé hablando del incendio, como hizo el colega, pero en seguida comprendí que por ese camino no llegaba a ninguna parte, así que decidí pasar al ataque frontal, le hablé de una carta recibida en la policía en que se describen ciertos actos delictivos cometidos en el manicomio antes del incendio, como, por ejemplo, un asesinato, y les pregunté si sabían algo sobre el asunto, entonces ella me dijo que sí, que sabía, que nadie lo podría saber mejor, puesto que había sido ella la asesina, Y dijo cuál fue el arma del crimen, preguntó el comisario, Sí, unas tijeras, Clavadas en el corazón, No comisario, en el cuello, Y qué más, Tengo que confesar que me dejó completamente desconcertado, Lo supongo, De repente pasamos a tener dos autoras para el mismo crimen, Continúa, Lo que viene ahora es un cuadro pavoroso, El fuego, No comisario, ella comenzó a describir crudamente, casi con ferocidad, lo que les pasaba a las mujeres violadas en la sala de los ciegos, Y él, qué hacía mientras la mujer describía todo

313

eso, Me miraba de frente, con fijeza, con su único ojo, como si estuviera viéndome por dentro, Ilusión tuya, No comisario, a partir de ahora ya sé que un ojo ve mejor que dos porque, no teniendo otro para que lo ayude, tiene que hacer él todo el trabajo, Quizá por eso se dice que en el país de los ciegos quien tiene un ojo es rey, Quizá, comisario, Sigue, continúa, Cuando ella se calló, tomó él la palabra para decir que no se creía que el motivo de mi visita, fue ésta la expresión que usó, consistiese en averiguar las causas de un incendio del que ya nada restaba o clarificar las circunstancias que rodearon un asesinato que no podría ser probado, y que, si no tenía nada más que añadir que valiese la pena, hiciera el favor de retirarme, Y tú, Invoqué mi autoridad de policía, que estaba allí cumpliendo una misión y que llegaría al final costase lo que costase, Y él, Respondió que en ese caso yo sería el único agente de la autoridad de servicio en la capital, puesto que los cuerpos policiales desaparecieron hace no sé cuántas semanas, y que por tanto me agradecía mucho que me preocupara de la seguridad de la pareja y, esperaba, que de alguien más, porque no podía creerse que se hubiese enviado a un policía aposta sólo por las dos personas que tenía delante, Y luego, La situación se hizo muy difícil, yo no podía llegar más lejos, la única forma que encontré para cubrir la retirada fue que se prepararan para un careo, dado que, de acuerdo con las informaciones de que disponíamos, absolutamente fidedignas, no había sido ella quien asesinó al jefe de la sala de los ciegos delincuentes, sino otra persona, una mujer que ya ha sido identificada, Y ellos, cómo reaccionaron, En el primer momento me pareció que llegué a asustarlos, pero el viejo se recompuso inmediatamente y dijo que allí, en su casa, o dondequiera que fuese, se harían acompañar de un abogado que supiera más de leyes que la policía, Crees realmente que les metiste miedo, preguntó el comisario, Me parece que sí, pero seguridad absoluta no puedo tener, Miedo es posible que hayan tenido, en cualquier caso no por ellos, Por quién, entonces, comisario, Por la verdadera asesina, por la mujer del médico, Pero la prostituta, No sé si tenemos derecho a seguirla llamando así, Pero la mujer del viejo de la venda negra afirmó que fue ella quien asesinó, bien es verdad que la carta del otro tipo no la denuncia a ella, sino a la mujer del médico, Que, de hecho, es la verdadera autora del crimen, ella misma me lo confesó y confirmó. A esas alturas de la conversación era lógico que el inspector y el agente esperaran que el superior, puesto que ya había entrado en la materia de sus investigaciones personales, les hiciese un relato más o menos completo de lo que consiguió saber tras la diligencia, pero el comisario se limitó a decir que regresaría a casa de los sospechosos al día siguiente para interrogarlos y que después de eso decidiría los próximos pasos. Y nosotros, qué servicio tenemos para mañana, preguntó el inspector, Operaciones de seguimiento, nada más que operaciones de seguimiento, tú te ocupas de la ex mujer del tipo que escribió la carta, no tendrás problemas, ella no te conoce. Y yo, dijo el agente, automáticamente y por exclusión de partes, me ocupo del viejo y de la prostituta, Salvo que puedas probar que realmente lo sea, el uso de la palabra prostituta queda excluido de nuestras conversaciones, Sí señor comisario, E incluso si lo fuera, te buscas otra manera de referirte a ella, Sí señor comisario, usaré el nombre, Los nombres están en mi cuaderno de notas, ya no están en el tuyo, Usted me dirá cómo se llama y así se acaba con lo de prostituta, No te lo digo, por ahora se trata de información reservada, Su nombre o los de todos, preguntó el agente, Los de todos, Entonces así no sé cómo tengo que llamarla, Puedes llamarla, por ejemplo, la chica de las gafas oscuras, Pero ella no lleva gafas oscuras, eso lo puedo jurar, Todo el mundo usa gafas oscuras por lo menos una vez en la vida, respondió el comisario levantándose. Encogido de espaldas, se dirigió al dormitorio y cerró la puerta. Apuesto a que va a comunicarse con el ministro, dijo el inspector, Qué le pasa, preguntó el agente, Se siente como nosotros, desconcertado, Parece que no cree en lo que está haciendo, Y tú, crees, Yo cumplo órdenes, pero él es el jefe, no puede darnos señales de desorientación, luego las consecuencias las sufrimos nosotros, cuando la ola golpea en la roca, quien paga siempre es el mejillón, Tengo muchas dudas sobre la propiedad de esa frase, Por qué, Porque me parece que los mejillones están contentísimos cuando les llega el agua, No sé, nunca he oído reírse a los mejillones, Pues no sólo se ríen, dan carcajadas, lo que pasa es que el ruido de las olas impide oírlas, hay que acercar bien el oído, Nada de eso es verdad, le estás tomando el pelo a un agente de segunda, Es una forma inofensiva de pasar el tiempo, no te enfades, Creo que hay otra mejor, Cuál, Dormir, estoy cansado, me voy a acostar, El comisario puede necesitarte, Para que vaya otra vez a darme con la cabeza en la pared, no creo, Tienes razón, dijo el inspector, sigo tu ejemplo, también voy a descansar un poco, pero dejo aquí una nota diciendo que nos llame si necesita algo, Me parece bien.

El comisario se quitó los zapatos y se tumbó sobre la cama. Estaba boca arriba, con las manos cruzadas bajo la nuca, y miraba al techo como si esperara que de allí le viniese algún consejo o, si a tanto no llegaba, al menos eso que solemos llamar una opinión sin compromiso. Tal vez por estar insonorizado, y por tanto sordo, el techo no tuvo nada que decirle, además, como pasaba la mayor parte del tiempo a solas, ya casi había perdido, en la práctica, el don de la palabra. El comisario revivía la conversación mantenida con la mujer del médico y con el marido, el rostro de uno, el rostro del otro, el perro que se levantó resoplando cuando lo vio entrar y que se volvió a echar a la voz de la dueña, un candil de latón con tres picos que le recordaba uno igual que tenían sus padres y que desapareció sin que nadie supiera cómo, mezclaba estos recuerdos con lo que acababa de escuchar de la boca del inspector y del agente y se preguntaba a sí mismo qué mierda estaba haciendo allí. Había atravesado la frontera al más puro estilo de un héroe de película, convencido de que venía a rescatar la patria de un peligro mortal, en nombre de ese convencimiento dio a los subordinados órdenes disparatadas que ellos le hicieron el favor de tolerar, intentó sostener en pie un periclitante montaje de sospechas que se le venía abajo cada minuto que pasaba, y ahora se preguntaba, sorprendido por una indefinida angustia que le oprimía el diafragma, qué información más o menos merecedora de crédito podría, él, papagayo de mar, inventar para transmitirle a un albatros que, a estas horas, ya debería estar preguntándose impaciente por qué tardaban tanto las noticias. Qué le voy a decir, se preguntó, que se confirman las sospechas sobre el águila pescadora, que el marido y los otros forman parte de una conspiración, él preguntará quiénes son esos otros, y yo le diré que hay un viejo con una venda negra a quien le sentaría bien el nombre cifrado de pez lobo, y una chica de gafas oscuras a quien podríamos llamar pez gato, y la ex mujer del tipo que escribió la carta, y ésa se llamaría pez aguja, en caso de que esté de acuerdo, albatros. El comisario ya se había levantado, ahora hablaba por el teléfono rojo, decía, Sí, albatros, estos a los que acabo de referirme no son, efectivamente, peces gordos, tuvieron la suerte de encontrarse al águila pescadora, que los protegió, Y esa águila pescadora, qué le ha parecido, papagayo de mar, Me ha parecido una mujer decente, normal, inteligente, y si todo lo que los otros dicen de ella es verdad, albatros, y yo me

318

inclino a pensar que sí, entonces se trata de una mujer absolutamente fuera de lo común, Tan fuera de lo común que fue capaz de matar a un hombre a tijeretazos, papagayo de mar, Según los testigos, se trataba de un abominable violador, de un ser repugnante en todos los aspectos, albatros, No se deje engañar, papagayo de mar, para mí está claro que esa gente se ha puesto de acuerdo para presentar una versión única de los acontecimientos en caso de que algún día fuera interrogada, han tenido cuatro años para concertar un plan, tal como veo las cosas, a partir de los datos que me da y de mis propias deducciones e intuiciones, apuesto lo que quiera a que estos cinco constituyen una célula organizada, probablemente, incluso, la cabeza de la tenia de la que hablamos hace tiempo, Ni mis colaboradores ni yo hemos sacado esa impresión, albatros, Pues no le va a quedar otro remedio, papagayo de mar, que empezar a tenerla, Necesitamos pruebas, sin pruebas no podemos hacer nada, albatros, Encuéntrenlas, papagayo de mar, procedan a una búsqueda rigurosa en las casas, Pero nosotros sólo podemos registrar con autorización de un juez, albatros, Le recuerdo que la capital se encuentra en estado de sitio y que todos los derechos y garantías de sus habitantes han sido suspendidos, papagayo de mar, Y qué hacemos si no encontramos pruebas, albatros, Me niego a admitir que no las encuentre, papagayo de mar, para comisario me parece usted muy ingenuo, desde que me conozco como ministro del interior, las pruebas inexistentes, al final estaban allí,

Lo que me está pidiendo no es fácil ni agradable, albatros, No pido, ordeno, papagayo de mar, Sí, albatros, en todo caso le pido autorización para hacerle notar que no estamos ante un crimen evidente, no hay pruebas de que la persona que se decidió considerar sospechosa lo sea en realidad, los contactos establecidos, los interrogatorios realizados, apuntan, muy al contrario, a la inocencia de esa persona, La fotografía que se hace de un detenido, papagayo de mar, es siempre la de un presunto inocente, después se acaba sabiendo que el criminal ya estaba ahí, Puedo hacerle una pregunta, albatros, Hágala que yo responderé, papagayo de mar, siempre he sido bueno dando respuestas, Qué sucederá si no se encuentran pruebas de culpabilidad, Lo mismo que sucedería si no se encontrasen pruebas de inocencia, Cómo debo entender eso, albatros, Que hay casos en que la sentencia ya está escrita antes del crimen, Siendo así, si entiendo bien adónde quiere llegar, le ruego que me retire de la misión, albatros, Será retirado, papagayo de mar, pero no ahora ni a petición propia, será retirado cuando este caso se cierre, y este caso sólo se cerrará gracias a su meritorio esfuerzo y al de sus ayudantes, óigame bien, le doy cinco días, anótelo, cinco días, ni uno más, para que me entregue a toda la célula atada de pies y manos, a su águila pescadora y al marido, que no ha llegado a tener nombre, pobrecillo, y a los tres pececitos que han aparecido ahora, el lobo, el gato y la aguja, quiero aplastarlos con una carga de pruebas de culpabilidad imposibles de negar, contrariar o refutar, es esto lo que quiero, papagayo de mar, Haré lo que pueda, albatros, Hará exactamente lo que le acabo de decir, sin embargo, para que no se quede con mala impresión sobre mi persona, y siendo yo, como de hecho soy, un ser razonable, comprendo que necesite alguna ayuda para llevar su trabajo a buen término, Me va a mandar otro inspector, albatros, No, papagayo de mar, mi ayuda será de otra naturaleza, pero tan eficaz o más todavía, es como si le enviara a toda la policía que está bajo mis órdenes, No lo entiendo, albatros, Será el primero en comprender cuando suene el gong, El gong, El gong del último asalto, papagayo de mar. La comunicación fue cortada.

El comisario salió del dormitorio cuando el reloj marcaba las seis y veinte. Leyó el recado que el inspector había dejado sobre la mesa y escribió debajo, Tengo que resolver un asunto, espérenme. Bajó al garaje, entró en el coche, lo puso en marcha y se dirigió hacia la rampa de salida. Ahí se detuvo y le hizo señal al encargado para que se aproximara. Todavía resentido por el intercambio de palabras y el mal trato recibido del inquilino de la providencial, s.a., el hombre, receloso, se acercó a la ventanilla del coche y usó la fórmula habitual, Ocurre algo, Antes estuve un tanto violento con usted, No importa, estamos acostumbrados a todo, No era mi intención ofenderle, Ni había razón para eso, señor, Comisario, soy comisario de policía, aquí tiene mi placa, Disculpe, señor comisario, no podía saberlo, y los otros señores, El más joven es agente, el otro es inspector, Lo tendré en cuenta, señor comisario, y le garantizo que no le molestaré más, pero era con la mejor de las intenciones, Hemos estado aquí realizando trabajos de investigación, pero terminamos el servicio, ahora somos personas como las demás, es como si estuviéramos de vacaciones, aunque, para su tranquilidad, le aconsejo la máxima discreción, recuerde que por el hecho de estar de vacaciones un policía no deja de ser policía, lo lleva, por decirlo así, en la masa de la sangre, Lo entiendo muy bien, señor comisario, pero, siendo así, y si me permite la franqueza, hubiera sido preferible que no me dijera nada, ojos que no ven, corazón que no siente, quien no sabe es como quien no ve, Necesitaba desahogarme con alguien, y usted era la persona que tenía más a mano. El coche ya comenzaba a subir la rampa, pero el comisario todavía tenía algo más que recomendar, Conserve la boca cerrada, no vaya a ser que tenga que arrepentirme de lo que le he dicho. Se habría arrepentido ciertamente si hubiera vuelto atrás, pues encontraría al encargado hablando por teléfono con aires de misterio, tal vez contándole a su mujer que acababa de conocer a un comisario de policía, tal vez informando al portero de quiénes eran los tres hombres de traje oscuro que subían directamente desde el garaje al piso donde se encuentra la providencial, s.a., seguros & reaseguros, tal vez esto, tal vez aquello, lo más probable es que de esta llamada telefónica nunca se sepa la verdad. Pocos metros adelante el comisario detuvo el coche junto a una acera, sacó del bolsillo exterior de la chaqueta el cuaderno de notas, lo hojeó hasta llegar a la página donde el autor de la carta delatora escribiera los nombres y las direcciones de los antiguos compañeros, después consultó el callejero y el mapa, y vio que el domicilio que le quedaba más cerca era el de la ex mujer del denunciante. Tomó nota también del recorrido que debería seguir para llegar a la casa del viejo de la venda negra y de la chica de gafas oscuras. Sonrió al recordar la confusión del agente cuando le dijo que este nombre le sentaría a la perfección a la mujer del viejo de la venda negra, Pero ella no llevaba gafas oscuras, respondió desconcertado el pobre agente de segunda clase. No he sido leal, pensó el comisario, debería haberle mostrado la fotografía del grupo, la chica deja caer el brazo derecho a lo largo del cuerpo y sostiene en la mano unas gafas oscuras, elemental querido watson, sí, pero para eso es necesario tener ojos de comisario. Puso el coche en marcha. Un impulso le había obligado a salir de la providencial, s.a., un impulso le hizo decir al encargado del garaje quién era, un impulso lo está conduciendo ahora a casa de la divorciada, un impulso lo llevará a casa del viejo de la venda negra y un impulso lo conduciría después a casa de la mujer del médico si no les hubiese dicho, a ella y al marido, que volvería mañana, a la misma hora para seguir el interrogatorio. Qué interrogatorio, pensó, decirle, por ejemplo, usted señora es sospechosa de ser la organizadora, la responsable, la dirigente máxima del movimiento subversivo que ha puesto en grave peligro el sistema democrático, me refiero al movimiento del voto en blanco, no se haga de nuevas, y no pierda tiempo preguntándome si tengo pruebas de lo que afirmo, usted es quien tiene que demostrarme su inocencia, puesto que las pruebas, esté segura de eso, aparecerán cuando sean necesarias, es sólo cuestión de inventar una o dos que sean irrefutables, y aunque no lo puedan ser completamente, las pruebas circunstanciales, incluso remotas, nos bastarían, como sucede con el hecho incomprensible de que no se quedara ciega hace cuatro años cuando todo el mundo en la ciudad andaba por ahí tropezando y dándose con la nariz en las farolas de la calle, y antes de que me responda que una cosa no tiene nada que ver con la otra, yo le digo que quien hizo un cesto hará ciento, por lo menos es ésta, aunque expresada en otros términos, la opinión de mi ministro, que yo tengo obligación de acatar aunque me duela el corazón, que a un comisario no le duele el corazón, dice, señora, eso es lo que usted cree, usted puede saber mucho de comisarios, pero le garantizo que de éste no sabe nada, es cierto que no vine aquí con el honesto propósito de aclarar la verdad, es cierto que de usted se puede decir que ha sido condenada antes de ser juzgada, pero este papagayo de mar, que es como me llama mi ministro, tiene un dolor en el corazón y no sabe cómo librarse de él, acepte mi consejo, confiese, confiese incluso no teniendo culpa, el gobierno dirá al pueblo que fue víctima de un caso de hipnosis colectiva jamás antes visto, que usted es un genio en esas artes, probablemente hasta le hará gracia a la gente y la vida volverá a los carriles de siempre, usted pasa unos años en prisión, sus amigos también irán si nosotros queremos, y mientras tanto, ya sabe, se reforma la ley electoral, se acaba con los votos en blanco o bien se distribuyen equitativamente entre todos los partidos como votos expresos, de manera que el porcentaje no sufra alteración, el porcentaje, señora, es lo que cuenta, en cuanto a los electores que se abstuvieron y no presentaron certificado médico una buena idea sería publicar sus nombres en los periódicos de la misma manera que en la antigüedad los criminales eran exhibidos en la plaza pública, atados a la picota, si le hablo así es porque me cae bien, y para que vea hasta qué punto llega mi simpatía, sólo le diré que la mayor felicidad de mi vida, hace cuatro años, suponiendo que no hubiera perdido a parte de la familia en aquella tragedia, como por desgracia la perdí, habría sido ir en el grupo que usted protegía, en aquel momento todavía no era comisario, era un inspector ciego, nada más que un inspector ciego que después de recuperar la vista posaría en la foto con aquellos a quienes usted salvó del incendio, y su perro no me habría gruñido cuando me vio entrar, y si todo esto y mucho más hubiese sucedido yo podría declarar bajo palabra de honor ante el ministro del interior que él está equivocado, que una experiencia como aquélla y cuatro años de amistad son más que suficientes para conocer bien a una persona, y al final, mire, entré en su casa como un enemigo y aho-

325

ra no sé cómo salir, si yo solo para confesarle al ministro que he fracasado en la misión, si acompañado para conducirla a la cárcel. Los últimos pensamientos ya no fueron del comisario, ahora más preocupado en encontrar un sitio donde aparcar el coche que en anticipar decisiones sobre el destino de un sospechoso y sobre el suyo propio. Consultó nuevamente el cuaderno de notas y llamó al timbre del piso donde vive la ex mujer del hombre que escribió la carta. Llamó una vez y otra, pero la puerta no se abrió. Alargaba la mano para hacer una nueva tentativa cuando vio que se abría la ventana del entresuelo y que aparecía la cabeza emperifollada de bigudíes de una mujer mayor, vestida con una bata de andar por casa, A quién busca, preguntó, Busco a la señora que vive en el primero derecha, respondió el comisario, No está, por casualidad la he visto salir, Sabe cuándo volverá, No tengo ni idea, si quiere dejarle algún recado me lo puede decir, se ofreció la mujer, Muchas gracias, no merece la pena, volveré otro día. No imaginaba el comisario que la mujer de los rulos en la cabeza se iba a quedar pensando que, por lo visto, a la vecina divorciada del primero derecha le ha dado ahora por recibir visitas de hombres, el que vino esta mañana, y este que ya tiene edad suficiente para ser su padre. El comisario echó una ojeada al mapa abierto en el asiento de al lado, puso el coche en marcha y se dirigió al segundo objetivo. Esta vez no aparecieron vecinas en la ventana. La puerta de la escalera estaba abierta, por eso pudo subir directamente al segundo piso, es aquí donde viven el viejo de la venda negra y la chica de las gafas oscuras, qué extraña pareja, se comprende que el desamparo de la ceguera los haya aproximado, pero han pasado cuatro años, y si para una mujer joven cuatro años no son nada, para un viejo cuentan el doble. Y siguen juntos, pensó el comisario. Pulsó el timbre y esperó. Nadie atendía. Acercó el oído a la puerta y escuchó. Silencio al otro lado. Llamó una vez más por rutina, no porque esperara que alguien respondiera. Bajó la escalera, entró en el coche y murmuró, Sé dónde están. Si tuviera el teléfono directo en el automóvil y llamase al ministro diciéndole adónde iba, estaba seguro de que le respondería más o menos esto, Bravo, papagayo de mar, así se trabaja, pille a esos tíos con las manos en la masa, pero tenga cuidado, sería mejor que llevara refuerzos, un hombre contra cinco facinerosos dispuestos a todo vence sólo en las películas, además usted no sabe karate, no es de su tiempo, Quédese tranquilo, albatros, no sé karate, pero sé lo que hago, Entre pistola en mano, aterrorícelos, que se caguen de miedo, Sí, albatros, Yo ya voy a empezar con los trámites de su condecoración, No tenga prisa, albatros, ni siquiera sabemos si saldré vivo de esta empresa, Venga ya, son habas contadas, papagayo de mar, deposito en usted toda mi confianza, sabía de sobra qué hacía cuando lo designé para esta misión, Sí, albatros.

Las farolas de las calles se encendieron, el crepúsculo ya se viene deslizando por la rampa del cielo, dentro de poco principiará la noche. El comisario llamó al timbre, no hay por qué sorprenderse, la mayor parte de las veces los policías llaman al timbre, no siempre derrumban las puertas. La mujer del médico apareció, No lo esperaba hasta mañana, señor comisario, ahora no puedo atenderlo, dijo, tenemos visita, Sé quiénes son sus visitas, no las conozco personalmente, pero sé quiénes son, No creo que sea razón suficiente para dejarlo pasar, Por favor, Mis amigos no tienen nada que ver con el asunto que le ha traído aquí, Ni siquiera usted sabe qué asunto me ha traído aquí, y ya es hora de que lo sepa, Entre.

Circula por ahí la idea de que la conciencia de un comisario de policía es por lo general, en profesión y principio, bastante acomodaticia, por no decir resignada, para con el incontrovertible hecho, teórica y prácticamente comprobado, de que lo que tiene que ser, tiene que ser y, además, tiene la fuerza que necesita. Puede suceder sin embargo, aunque, en honor a la verdad, no sea de lo más frecuente, que uno de esos diligentes funcionarios públicos, por casualidades de la vida y cuando nada lo haría suponer, se encuentre entre la espada y la pared, es decir, entre lo que tenía que ser y lo que no debería ser. Para el comisario de la providencial, s.a., seguros & reaseguros, ese día ha llegado. No estuvo más de media hora en casa de la mujer del médico, pero ese tiempo bastó para revelar al estupefacto grupo allí reunido los tenebrosos fondos de su misión. Dijo que haría todo cuanto estuviera a su alcance para desviar de esa casa y de esas personas las más que inquietantes atenciones de sus superiores, pero que no garantizaba que pudiera conseguirlo, dijo que se le había otorgado el corto plazo de cinco días para cerrar la investigación y que sabía de antemano que sólo aceptarían un veredicto de culpabilidad, y dijo más, dirigiéndose a la mujer del médico, La persona que quieren transformar en chivo expiatorio, con perdón de la obvia impropiedad de la expresión, es usted, y también, por el mismo precio, posiblemente, a su marido, en cuanto al resto no creo que corran un peligro real, su crimen, señora, no fue asesinar a aquel hombre, su gran crimen fue no haberse quedado ciega cuando todos éramos ciegos, lo incomprensible puede ser despreciado, pero nunca lo será si se encuentra una manera de usarlo como pretexto. Son las tres de la madrugada y el comisario da vueltas en la cama, sin lograr conciliar el sueño. Mentalmente hace planes para el día siguiente, los repasa obsesivamente y vuelve al principio, decirles al inspector y al agente que él, como estaba previsto, iría a casa del médico para proseguir el interrogatorio de la mujer, recordarles el trabajo que les había encargado, el de seguir a los otros miembros del grupo, pero nada de eso tiene ya sentido en el punto en que están las cosas, ahora lo necesario es obstaculizar, entretener los acontecimientos, inventar para la investigación progresos y retrocesos que al mismo tiempo alimenten y dificulten, sin que se note demasiado, los planes del ministro, esperar a ver, en fin, en qué consiste la ayuda que él ha prometido. Eran casi las tres y media cuando el teléfono rojo sonó. El comisario se levantó de un salto, metió los pies en las zapatillas con el distintivo de la corporación y, soñoliento, llegó hasta la mesa donde estaba el aparato.

Antes de sentarse levantó el auricular y preguntó, Quién es, Aquí albatros, fue la respuesta del otro lado, Buenas noches, albatros, aquí papagayo de mar, Tengo instrucciones para usted, papagayo de mar, tome nota, A sus órdenes, albatros, Hoy, a las nueve de la mañana, no de la noche, habrá una persona esperándole en el puesto seis-norte de la frontera, el ejército ha sido avisado, no tendrá ningún problema, Debo entender que esa persona viene a sustituirme, albatros, No hay motivo para tal, papagayo de mar, la actuación ha estado bien conducida y espero que siga así hasta el final del caso, Gracias, albatros, y sus órdenes son, Como le he dicho, a las nueve de la mañana estará esperándole una persona en el puesto seis-norte de la frontera, Sí, albatros, ya he tomado nota, Le entregará a esa persona la fotografía que me mencionó, la del grupo en que aparece la sospechosa principal, también le entregará la lista de nombres y direcciones que tiene en su poder. El comisario sintió un súbito frío en la espalda, Pero esa foto todavía es necesaria en la investigación, aventuró, No creo que lo sea tanto como dice, papagayo de mar, incluso supongo que no la necesita, puesto que, usted mismo o sus subordinados, han establecido contacto directo con todos los componentes de la cuadrilla, Querrá decir del grupo, albatros, Un cuadrilla es un grupo, Sí, albatros, pero no todos los grupos son cuadrillas, No lo sabía tan preocupado con la corrección de definiciones, veo que hace buen uso del diccionario, papagayo de mar, Perdone que le haya corregido, albatros, todavía estoy un poco amodorrado, Dormía, No, albatros, estaba pensando en lo que tenía que hacer mañana, Pues ahora ya lo sabe, la persona que le estará esperando en el puesto seis-norte es un hombre más o menos de su edad y lle-vará una corbata azul con pintas blancas, supongo que no habrá muchas iguales en un puesto militar de fronteras, Lo conozco, albatros, No lo conoce, no pertenece al servicio, Ah, Responderá a su con-signa con la frase Oh no, el tiempo siempre falta, Y la mía, cuál es, El tiempo siempre llega, Muy bien, albatros, sus órdenes serán cumplidas, a las nueve estaré en la frontera para ese encuentro, Ahora vuelva a la cama y duerma el resto de la noche, pa-pagayo de mar, yo voy a hacer lo mismo, he estado trabajando hasta ahora, Puedo hacerle una pre-gunta, albatros, Hágala, pero no se alargue demasia-do, La fotografía tiene algo que ver con la ayuda que me ha prometido, Felicidades por la perspica-cia, papagayo de mar, realmente no se le puede es-conder nada, Luego tiene algo que ver, Sí, tiene algo que ver, pero no esperará que le diga de qué ma-nera, perdería el efecto sorpresa, Incluso siendo yo el responsable directo de las investigaciones, Exac-tamente, Quiere eso decir que no tiene confianza en mí, albatros, Dibuje un cuadrado en el suelo, pa-pagayo de mar, y colóquese dentro, en el espacio delimitado por los lados del cuadrado confío en us-ted, pero fuera sólo confío en mí, su investigación es el cuadrado, conténtese con el uno y con la otra, Sí, albatros, Duerma bien, papagayo de mar, recibirá noticias mías antes de que la semana acabe, Aquí estaré esperándolas, albatros, Buenas noches, papagayo de mar, Buenas noches, albatros. A pesar de los convencionales votos del ministro, lo poco de noche que restaba no le sirvió de nada al comisario. El sueño no llegaba, los pasillos y las puertas del cerebro estaban cerradas, dentro, rey y señor absoluto, gobernaba el insomnio. Para qué me ha pedido la foto, se preguntaba una y otra vez, qué ha querido decir con la amenaza de que tendré noticias suyas antes de que la semana termine, las palabras, una por una, no eran de amenaza, pero el tono, sí, el tono era amenazador, si un comisario, después de haberse pasado la vida interrogando a gente, acaba aprendiendo a distinguir en el enmarañado laberinto de las sílabas el camino que le conduce a la salida, también es capaz de detectar las zonas de penumbra que cada palabra produce y lleva tras de sí cada vez que es pronunciada. Dígase en voz alta la frase Antes de que la semana acabe tendrá noticias mías, y se verá qué fácil es inocularle una gota de insidioso temor, el olor pútrido del miedo, la autoritaria vibración del fantasma del padre. El comisario prefería pensar cosas tan tranquilizadoras como éstas, Pero yo no tengo ningún motivo para sentir miedo, hago mi trabajo, cumplo las órdenes que recibo, sin embargo, en el fondo de su conciencia, sabía que no era así, que no estaba cumpliendo esas órdenes porque no creía que la mujer del médico, por el hecho de no haber perdido la visión hace cuatro años, fuera ahora culpable de que hubiera votado en blanco el ochenta y tres por ciento del censo electoral de la capital, como si la primera singularidad la convirtiera automáticamente en responsable de la segunda. Tampoco él se lo cree, pensó, a él sólo le interesa un objetivo cualquiera adonde apuntar, si le falla éste buscará otro, y otro, y otro, y tantos cuantos sean necesarios hasta que acabe acertando o hasta que las personas a quienes pretenda convencer de sus méritos se muestren indiferentes, por la reiteración, ante lo que pasa a su alrededor. Tanto en un caso como en otro habrá ganado la partida. Gracias a la ganzúa de las divagaciones el sueño consiguió abrir una puerta, escabullirse por un pasillo, y acto seguido poner al comisario a soñar que el ministro del interior le había pedido la fotografía para clavar una aguja en los ojos de la mujer del médico, al mismo tiempo que salmodiaba un conjuro de bruja hechicera, Ciega no fuiste, ciega serás, blanco tuviste, negro verás, con este pico te pico, por delante y por detrás. Angustiado, bañado en sudor, sintiendo que el corazón se le salía, el comisario se despertó con los gritos de la mujer del médico y las carcajadas del ministro, Qué sueño más horrible, balbuceó mientras encendía la luz, qué cosas monstruosas genera nuestro cerebro. El reloj marcaba las siete y media. Calculó el tiempo que necesitaría para llegar al puesto militar seisnorte y a punto estuvo de agradecerle a la pesadilla la atención de haberle despertado. Se levantó a duras penas, la cabeza le pesaba como plomo, las piernas más que la cabeza y, andando mal, se arrastró hasta el cuarto de baño. Salió de allí veinte minutos después un poco revitalizado por la ducha, afeitado, dispuesto para el trabajo. Se puso una camisa limpia, se acabó de vestir, Él lleva corbata azul con pintas blancas, pensó, y entró en la cocina para calentarse una taza del café que sobró la víspera. El inspector y el agente debían de estar durmiendo, por lo menos no había rastro de ellos. Masticó con poco apetito una pasta, todavía mordisqueó otra, después regresó al cuarto de baño para lavarse los dientes. Entró en el dormitorio, guardó en un sobre de tamaño medio la fotografía y la lista de nombres y direcciones, ésta después de haberla copiado en otro papel, y cuando regresó a la sala oyó ruidos en la parte de la casa donde los subordinados dormían. No los esperó ni llamó a su puerta. Escribió rápidamente, He tenido que salir más temprano, me llevo el coche, hagan el seguimiento que les mandé, concéntrense en las mujeres, la del hombre de la venda negra y la ex del tipo de la carta, almuercen si pueden, estaré aquí hacia el final de la tarde, espero resultados. Órdenes claras, informaciones precisas, si así pudiera ser todo en la dura vida de este comisario. Salió de la providencial, s.a., bajó al garaje. El encargado ya estaba allí, le dio los buenos días y los recibió, al mismo tiempo que se preguntaba si el hombre dormiría en su garita, Parece que no hay horario de trabajo en este garaje. Eran casi las ocho y media, Tengo tiempo, pensó, en menos de media hora habré llegado, además no debo ser el primero, albatros fue muy explícito, muy claro, el hombre estará esperándome a las nueve, luego puedo aparecer un minuto después o dos, o tres, al mediodía si me apetece. Sabía que no era así, que simplemente no debía llegar antes que el hombre con quien iba a encontrarse, quizá sea porque los soldados de guardia en el puesto seis-norte se pongan nerviosos viendo gente parada en este lado de la línea de separación, pensó mientras aceleraba para subir la rampa. Mañana de lunes, pero el tráfico es escaso, el comisario no debe tardar ni veinte minutos en llegar al puesto seis-norte. Y dónde diablos está el puesto seis-norte, se preguntó de repente en voz alta. En el norte está, evidentemente, pero el seis, dónde se ha metido el puto seis. El ministro dijo seis-norte con la mayor naturalidad del mundo, como si se tratara de un ilustre monumento de la capital o de la estación de metro destruida por la bomba, lugares selectos de la urbe que todo el mundo tiene obligación de conocer, y a él, estúpidamente, no se le ocurrió preguntar, Y eso dónde cae, albatros. En un momento la cantidad de arena del depósito superior de la ampolleta se hizo mucho menor de lo que antes era, los granos minúsculos se precipitaban velozmente hacia la abertura, cada uno queriendo salir más deprisa que los compañeros, el tiempo es igualito que las personas, hay ocasiones en que le cuesta arrastrar las piernas, pero otras veces corre como un gamo y salta como un cabrito, lo que, si nos fijamos bien, no es decir mucho, ya que la onza, o guepardo, es el más veloz de los animales y a nadie se le ha pasado jamás por la cabeza decir de otra persona Corre y salta como una onza, tal vez porque la primera comparación venga de los tiempos prestigiosos de la baja edad media, cuando los caballeros iban de montería y todavía no habían visto correr a un guepardo ni tenían noticia de su existencia. Los lenguajes son conservadores, van siempre con los archivos a cuestas y detestan las actualizaciones. El comisario aparcó el coche de cualquier manera, ahora tenía el mapa de la ciudad desdoblado sobre el volante y, ansioso, buscaba el lugar del puesto seis-norte en la periferia septentrional de la capital. Sería relativamente fácil situarlo si la ciudad, salvo la excepción en forma de rombo o losange, estuviera inscrita en un paralelogramo, como, en el frío decir de albatros, se encuentra circunscrito el espacio de la confianza que le merece, pero el contorno de la ciudad es irregular, y en los extremos, hacia un lado y hacia otro, no se sabe si aquello es todavía norte o es ya oriente o poniente. El comisario mira el reloj y se siente asustado como un agente de segunda clase que espera una reprimenda de su superior. No voy a llegar a tiempo, es imposible. Hace un esfuerzo por serenarse y razonar. Lo lógico, Pero desde cuándo lo lógico rige las decisiones humanas, ordenaría que los puestos hubieran sido enumerados a partir del extremo occidental del sector norte, siguiendo el sentido de las agujas del reloj, el recurso a la ampolleta, evidentemente, en estos casos, no sirve. Tal vez el raciocinio esté errado, Pero desde cuándo el raciocinio rige las decisiones humanas, aunque no sea fácil responder a la pregunta, mejor es tener un remo que ninguno, además está escrito que barco varado no hace viaje, por tanto el comisario marcó una cruz donde supuso que debería estar el seis y arrancó. Siendo el tráfico escaso y no viéndose la sombra de un policía en las calles, la tentación de saltar cuantos semáforos rojos se encontrara por delante era fuerte y el comisario no la resistió. No corría, volaba, apenas levantaba el pie del acelerador, si frenaba era derrapando, como veía hacer a los acróbatas del volante que en las películas de persecuciones de coches obligan a los espectadores más nerviosos a dar golpecitos en sus butacas. Nunca el comisario había conducido de esa manera, nunca de esa manera volverá a conducir. Cuando, ya pasadas las nueve, llegó al puesto seis-norte, el soldado que se acercó a ver lo que quería el agitado conductor le dijo que aquél era el puesto cinco-norte. El comisario soltó una maldición, iba a dar la vuelta, pero enmendó a tiempo el gesto precipitado y preguntó hacia qué lado estaba el seis. El soldado señaló la dirección del nacer del sol y, para que no quedaran dudas, emitió un breve sonido, Por allí. Felizmente, una calle más o menos paralela a la línea de frontera se abría en aquella dirección, eran unos tres kilómetros, el camino está libre, aquí ni semáforos hay, el coche aceleró, frenó, tomó una curva arrebatada digna de primer premio, paró casi tocando la línea amarilla que cruzaba la carretera, ahí está, ahí está el puesto número seis-norte. Junto a la barrera, a unos treinta metros, esperaba un hombre de mediana edad, Al final resulta que es más joven que yo, pensó el comisario. Tomó el sobre y salió del coche. No se veía a ningún militar, estarían cumpliendo las órdenes de mantenerse recogidos o mirando a otro lado mientras durara la ceremonia de reconocimiento y entrega. El comisario avanzó. Llevaba el sobre en la mano y pensaba, No debo justificar el retraso, si yo digo Hola, buenos días, perdone el retraso, tuve un problema con el mapa, imagínese que albatros se olvidó de informarme dónde quedaba el puesto seis-norte, no es necesario ser muy inteligente para comprender que esta extensa y mal hilvanada frase el otro la podría entender como una señal falsa, con lo que, una de dos, o el hombre llama a los militares para que detengan al embustero provocador, o saca la pistola y allí mismo, abajo el voto en blanco, abajo la sedición, mueran los traidores, haría sumarísima justicia. El comisario llegó hasta la barrera. El hombre lo miró sin moverse. Tenía el dedo pulgar de la mano izquierda enganchado en la correa, la mano derecha dentro del bolsillo de la gabardina, todo demasiado natural para ser auténtico. Viene armado, lleva pistola, pensó el comisario, y dijo, El tiempo siempre llega. El hombre no sonrió, no pestañeó, dijo, Oh no, el tiempo siempre falta, y entonces el comisario le entregó el sobre, tal vez ahora se diesen los buenos días el uno al otro, tal vez conversen unos minutos sobre la agradable mañana de lunes que hace, pero el otro se limitó a decir, Muy bien, ahora puede retirarse, yo me encargaré de hacer llegar esto a su destino. El comisario entró en el coche, dio marcha atrás y arrancó rumbo a la ciudad. Amargado, con un sentimiento de total frustración, intentaba consolarse imaginando que habría sido una buena jugada entregar el sobre vacío y quedarse a la espera de los resultados. Despidiendo rayos de ira y truenos de furia, el ministro llamaría inmediatamente pidiendo explicaciones y él juraría por todos los santos de la corte celestial, incluyendo los que en la tierra todavía esperan canonización, que el sobre contenía la fotografía y la lista de nombres y direcciones, tal como le fue ordenado, Mi responsabilidad, albatros, cesó en el momento en que su mensajero, después de dejar la pistola que empuñaba, sí, me di cuenta de que llevaba una pistola, sacó la mano derecha del bolsillo de la gabardina para recibir el sobre, Pero el sobre estaba vacío, lo abrí yo, gritaría el ministro, Eso ya no me incumbe, albatros, respondería con la serenidad de quien está en perfecta paz con su conciencia, Lo que usted quiere, ya lo sé, volvería a gritar el ministro, lo que usted quiere es que yo no toque ni con un dedo el pelo de su protegida, No es mi protegida, es una persona inocente del crimen de que la acusan, albatros, No me llame albatros, albatros era su padre, albatros era su madre, yo soy el ministro del interior, Si el ministro del interior ha dejado de ser albatros, el comisario de policía también ha dejado de ser papagayo de mar, Lo más seguro es que papagayo de mar vaya a dejar de ser comisario, Todo puede suceder, Sí, mándeme hoy otra fotografía,

340

oye lo que le digo, No tengo, Pero va a tenerla, e incluso más de una si fuera necesario, Cómo, Muy fácil, yendo a donde están, a casa de su protegida y a las otras dos casas, no querrá usted tratar de convencerme de que la fotografía desaparecida era ejemplar único. El comisario movió la cabeza, Él no es idiota, hubiera sido inútil entregarle el sobre vacío. Estaba casi en el centro de la ciudad donde la animación era naturalmente mayor, aunque sin ruidos, sin exageraciones. Se veía que las personas que encontraba por el camino soportaban preocupaciones, pero, al mismo tiempo, también parecían tranquilas. El comisario hacía poco caso de la obvia contradicción, el hecho de no poder explicar con palabras lo que percibía no significaba que no lo sintiese, que no lo percibiese por el sentir. Ese hombre y esa mujer que van ahí, por ejemplo, se ve que se gustan, que se quieren bien, que se aman, se ve que son felices, ahora mismo están sonriendo, y, con todo, no sólo están preocupados, sino que además, apetece decirlo así, tienen la tranquila y clara conciencia de eso. También se ve que el comisario está preocupado, quizá sus motivos, sería apenas una contradicción más, lo han impelido a entrar en esta cafetería para tomar un desayuno auténtico, que lo distraiga y le haga olvidar el café recalentado y la pasta dura y reseca de la providencial, s.a., seguros & reaseguros, ahora ha pedido un zumo de naranja natural, tostadas y un café con leche en serio, En el cielo esté quien os inventó, murmuró mirando las tostadas cuando el camarero se las puso delante, cubiertas con una servilleta para que no se enfriaran, a la antigua usanza. Pidió un periódico, las noticias de la primera página eran todas internacionales, de interés local nada, excepto una declaración del ministro de asuntos exteriores comunicando que el gobierno se preparaba para consultar a diferentes organismos internacionales sobre la anómala situación de la antigua capital, comenzando por la organización de naciones unidas y acabando en el tribunal de la haya, pasando por la unión europea, por la organización de cooperación y desarrollo económico, por la organización de países exportadores de petróleo, por el tratado del atlántico norte, por el banco mundial, por el fondo monetario internacional, por la organización mundial de comercio, por la organización mundial de la energía atómica, por la organización mundial del trabajo, por la organización meteorológica mundial y por algunos organismos más, secundarios o todavía en fase de estudio, por tanto no mencionados. Albatros no debe de estar nada satisfecho, parece que le quieren quitar el chocolate de la boca, pensó el comisario. Levantó la vista del periódico como quien necesita súbitamente ver más lejos y se dijo que tal vez esta noticia fuese la causa de la inesperada e instantánea exigencia de la fotografía, Nunca ha sido persona que permita que se le adelantaran, alguna jugada estará tramando, y lo más probable es que sea de las sucias o sucísimas, murmuró. Después pensó que tenía todo el día por delante, podía hacer lo que quisiera. Les señaló trabajo, inútil trabajo iba a ser, al inspector y al agente, que a esta hora estarían escondidos en el vano de una puerta o detrás de un árbol, de guardia a la espera de quien saliera primero, sin duda el agente preferiría que fuese la chica de las gafas oscuras, el inspector, porque no había otra persona, tendría que contentarse con la ex mujer del fulano de la carta. Al agente lo peor que le podría suceder sería que apareciera el viejo de la venda negra, no tanto por lo que pueden estar pensando, seguir a una mujer joven es evidentemente más atractivo que ir detrás de un viejo, sino porque estos tipos que tienen un solo ojo ven el doble, no tienen otro que los distraiga o se empeñe en ver otra cosa, algo parecido ya habíamos dicho antes, pero las verdades hay que repetirlas muchas veces para que no caigan, pobres de ellas, en el olvido. Y yo qué hago, se preguntó el comisario. Llamó al camarero, a quien le devolvió el periódico, pagó la cuenta y salió. Cuando se sentaba ante el volante lanzó una ojeada al reloj, Diez y media, pensó, buena hora, exactamente la que fijé para el segundo interrogatorio. Había pensado que la hora era buena, pero no sabía decir por qué ni para qué. Podría, si quisiera, volver a la providencial, s.a., descansar hasta la hora del almuerzo, tal vez dormir un poco, compensar el sueño perdido durante la maldita noche que tuvo que padecer, el penoso diálogo con el ministro, la pesadilla, los gritos de la mujer del médico cuando albatros le pinchaba los ojos, pero la idea de encerrarse entre aquellas paredes soturnas le pareció repugnante, no tenía nada que hacer allí, y mucho menos ocuparse de pasar revista al depósito de armas y municiones, como pensó cuando llegaron y que era, con la firmeza de la letra escrita, su obligación de comisario. La mañana todavía conservaba algo de la luminosidad del amanecer, el aire era fresco, es el mejor tiempo posible para dar un paseo a pie. Salió del coche y comenzó a caminar. Llegó hasta el final de la calle, giró a la izquierda y se encontró en una plaza, la atravesó, anduvo por otra calle y llegó a otra plaza, recordaba haber estado allí cuatro años antes, ciego en medio de ciegos, escuchando oradores que también estaban ciegos, los últimos ecos que aún restaran serían, si se pudiesen oír, los de los mítines políticos más recientes que en estos lugares se habían realizado, el del pdd en la primera plaza, el del pdm en la segunda, en cuanto al pdi, como si ése fuese su destino histórico, no tuvo más remedio que contentarse con un descampado casi fuera de las puertas. El comisario anduvo y anduvo y de súbito, sin entender cómo, se encontró en la calle donde viven el médico y la mujer, aunque su pensamiento no fue, Es la calle donde él vive. Aflojó el paso, siguió adelante por el lado opuesto y estaba tal vez a unos veinte metros, cuando la puerta del edificio se abrió y la mujer del médico salió con el perro. Con un movimiento instantáneo el comisario se volvió de espaldas, se aproximó a un escaparate y se puso a mirar, a la espera, por si ella venía hacia este lado y la veía reflejada en el cristal. No vino. Cautelosamente, el comisario miró hacia la dirección contraria, la mujer del médico ya se alejaba, el perro sin correa caminaba a su lado. Entonces el comisario pensó que la debería seguir, que no se le caerían los anillos si hiciese lo que a esta hora hacen el inspector y el agente, que si ellos se pateaban la ciudad detrás de sospechosos, él tenía la obligación de hacer lo mismo por muy comisario que sea, dios sabrá adónde va ahora esa mujer, probablemente lleva el perro para disimular, o a lo mejor el collar del animal sirve para transportar mensajes, dichosos tiempos aquellos en que los perros san bernardo llevaban colgados del cuello barrilitos de coñac y con ese poco cuántas vidas que se creían perdidas fueron salvadas en las nieves de los alpes. La persecución del sospechoso, si así le quisiéramos llamar, no fue muy allá. En un lugar recoleto del barrio, como una aldea olvidada en el interior de la ciudad, había un jardín un tanto abandonado con grandes árboles de sombra, alamedas de sablón y arriates de flores, bancos rústicos pintados de verde, una fuente en el centro donde una escultura representando una figura femenina inclinaba sobre el agua un cántaro vacío. La mujer del médico se sentó, abrió el bolso que llevaba y sacó de dentro un libro. Mientras no lo abriese y comenzase a leer, el perro no se movería de allí. Ella levantó los ojos de la página y ordenó, Vete, y él se fue corriendo, fue a donde tenía que ir, a ese lugar donde, como antes con eufemismo se decía, nadie podía ir por él. El comisario miraba desde lejos, recordaba su pregunta de después del desayuno, Y yo qué hago. Durante unos cinco minutos esperó a cubierto entre la vegetación, fue una suerte que el perro no viniera hacia este lado, sería capaz de reconocerlo y hacer algo más que gruñirle. La mujer del médico no esperaba a nadie, simplemente había sacado al perro a la calle, como tantas personas. El comisario caminó derecho hacia ella haciendo crujir el sablón y se detuvo a pocos pasos. Lentamente, como si le costara separarse de la lectura, la mujer del médico irguió la cabeza y miró. En el primer instante no pareció reconocerle, seguramente porque no esperaba verlo allí, después dijo, Estuvimos esperándolo, como no venía y el perro estaba impaciente por salir lo he bajado a la calle, mi marido está en casa, podrá atenderlo mientras yo llego, esto en caso de que no tenga mucha prisa, No tengo ninguna prisa, Entonces vaya andando, que yo ya voy, será sólo el tiempo que el perro necesite, él no tiene la culpa de que las personas hayan votado en blanco, Si no le importa, ya que la ocasión ayuda, preferiría hablar con usted aquí, sin testigos, Pero yo, si no estoy equivocada, creo que este interrogatorio, por seguir llamándolo así, debería ser con mi marido, como el primero, No se trata de un interrogatorio, el cuaderno de notas no saldrá de mi bolsillo, tampoco tengo ninguna grabadora escondida, además le confieso que mi memoria ya no es lo que era, olvida fácilmente, sobre todo cuando no le digo que registre lo que oye, No sabía que la memoria oyera, Es el segundo oído, el de fuera

346

sólo sirve para conducir el sonido hacia dentro, Entonces qué quiere, Ya se lo he dicho, me gustaría hablar con usted, Sobre qué, Sobre lo que está pasando en esta ciudad, Señor comisario, le estoy muy agradecida por que ayer tarde viniera a mi casa a contarnos, también a mis amigos, que hay personas en el gobierno muy interesadas en el fenómeno de la mujer del médico que hace cuatro años no se quedó ciega y ahora, por lo visto, es la organizadora de una conspiración contra el estado, pero, con toda franqueza, salvo que tenga algo más que decirme sobre el asunto, no creo que merezca la pena ninguna otra conversación entre nosotros, El ministro del interior me ha exigido que le hiciera llegar la fotografía en que usted está con su marido y con sus amigos, esta mañana he estado en un puesto de la frontera para entregarla, O sea, que sí tenía algo nuevo que contar, en todo caso no necesitaba tomarse la molestia de seguirme, podía ir directamente a mi casa, ya conoce el camino, No la he seguido, no he estado escondido detrás de un árbol o fingiendo que leía el periódico esperando que saliese de casa para controlar sus movimientos, como ahora están haciendo con sus amigos, probablemente, el inspector y el agente que participan en la investigación, mandé que los siguiesen para mantenerlos ocupados, nada más, Quiere decir que está aquí gracias a una coincidencia, Exactamente, por casualidad pasaba por la calle y la vi salir, Es difícil creer que fuera la simple y pura casualidad quien lo trajera a la calle donde vivo, Llámelo como quiera, De todos modos, se trata, si prefiere que lo diga así, de una feliz casualidad, si no fuese por ella yo no sabría que la foto se encuentra en manos de su ministro, Se lo diría en otra ocasión, Y para qué la quiere, si no es demasiada curiosidad por mi parte, No lo sé, no me lo ha dicho, pero estoy seguro de que para nada bueno, De modo que no venía hoy a hacerme el segundo interrogatorio, preguntó la mujer del médico, Ni hoy, ni mañana, ni nunca, si dependiera de mi voluntad, sé lo que necesito saber de esta historia, Tendrá que explicarse mejor, siéntese, no se quede de pie como esa señora del cántaro vacío. El perro apareció de repente, salió dando saltos y ladrando de entre unos arbustos y corrió hacia el comisario, que instintivamente retrocedió dos pasos, No tenga miedo, dijo la mujer del médico sosteniendo al animal por la correa, no le va a morder, Cómo sabe que recelo de los perros, No soy bruja, le observé cuando estuvo en mi casa, Tanto se nota, Se nota lo suficiente, tranquilo, la última palabra era para el perro, que había dejado de ladrar y ahora producía en la garganta un sonido ronco y continuo, un gañido todavía más inquietante, de órgano mal afinado en las notas graves. Es mejor que se siente para que él comprenda que no me quiere hacer daño. El comisario se sentó con todas las precauciones, guardando la distancia, Se llama Tranquilo, No, se llama Constante, pero para nosotros y para nuestros amigos es el perro de las lágrimas, le pusimos el nombre de Constante porque era más corto, Por qué perro de las lágrimas, Porque hace cuatro años yo lloraba y este animal se acercó y me lamió la cara, En el tiempo de la ceguera blanca, Sí, en el tiempo de la ceguera blanca, este que aquí ve es el segundo prodigio de aquellos miserables días, primero la mujer que no se quedó ciega cuando parece que tenía esa obligación, después un perro compasivo que fue a beberle las lágrimas, Sucedió realmente, o estoy soñando, Lo que soñamos también sucede realmente, señor comisario, Ojalá que no todo, Tiene algún motivo especial para decir eso, No, es sólo hablar por hablar. El comisario mentía, la frase completa que no permitió que saliese de la boca habría sido otra, Ojalá que albatros no te agujeree los ojos. El perro se aproximó hasta casi tocar con el hocico las rodillas del comisario. Lo miraba y sus ojos decían, No te voy a hacer daño, no tengas miedo, ella tampoco lo tuvo aquel día. Entonces el comisario alargó la mano despacio y le tocó la cabeza. Le apetecía llorar, dejar que las lágrimas le corrieran por la cara, tal vez el prodigio se repitiera. La mujer del médico guardó el libro en el bolso y dijo, Vamos, Adónde, preguntó el comisario, Almorzará con nosotros si no tiene nada más importante que hacer, Está segura, De qué, De querer sentarme a su mesa, Sí, estoy segura, Y no tiene miedo de que la esté engañando, Con esas lágrimas en los ojos, no.

Cuando el comisario llegó a la providencial, s.a., pasadas las siete de la tarde, encontró a sus subordinados esperándole. No parecían satisfechos. Qué tal el día, qué novedades traen, les preguntó en tono animado, jovial, simulando un interés que, como nosotros sabemos mejor que nadie, no podía sentir, En cuanto al día, mal, en cuanto a las novedades, peor aún, respondió el inspector, Más provechoso hubiera sido que nos quedáramos en la cama durmiendo, dijo el agente, Explíquense, Jamás en mi vida he participado en una investigación tan disparatada, comenzó el inspector. El comisario podría haber manifestado su acuerdo, Y no sabes de la misa la mitad, pero prefirió guardar silencio. El inspector siguió, Eran las diez cuando llegué a la calle de la ex mujer del tipo que escribió la carta, Perdón, de la mujer, se apresuró a corregir el agente, no es correcto decir ex mujer en este caso, Por qué, Porque decir ex mujer significaría que la mujer había dejado de serlo, Y no es eso lo que ha sucedido, preguntó el inspector, No, la mujer sigue siendo mujer, ha dejado de ser esposa, Bueno, entonces digo que a las diez llegué a la calle de la ex esposa del tipo de la carta, Precisamente, Esposa suena ridículo y pretencioso, cuando presentas a tu mujer, seguro que no dices aquí está mi esposa. El comisario cortó la discusión, Guarden eso para otro momento, vamos a lo que importa, Lo que importa, prosiguió el inspector, es que estuve allí hasta casi mediodía, y ella sin salir de casa, lo que no era de extrañar, la organización de la ciudad está trastornada, hay empresas que han cerrado o que trabajan media jornada, personas que no necesitan levantarse temprano, Ya me gustaría a mí, dijo el agente, Pero salió o no salió, preguntó el comisario comenzando a impacientarse, Salió a las doce y cuarto, precisamente, Dices precisamente por alguna razón particular, No, comisario, miré el reloj como es lógico y es lo que vi, doce y cuarto, Continúa, Siempre con un ojo en los taxis que pasaban, por si se le ocurría entrar en uno y me dejaba en medio de la calle con cara de tonto, la seguí, pero pronto comprendí que a donde quería ir, iría a pie, Y adónde fue, Ahora se va a reír, comisario, Lo dudo, Caminó más de media hora a paso rápido, nada fácil de acompañar, como si fuese un ejercicio, y de repente, sin esperármelo, me encontré en la calle donde vive el viejo de la venda negra y la tal tipa de las gafas oscuras, la prostituta, No es prostituta, inspector, Si no lo es, lo fue, da lo mismo, Da lo mismo en tu cabeza, no en la mía, y como es conmigo con quien estás hablando y yo soy tu superior, utiliza las palabras de modo que pueda entenderte, Entonces digo ex prostituta, Di la mujer del viejo de la venda negra como acabas de decir de la mujer del tipo de la carta, como ves estoy usando tu argumentación, Sí señor, Te encontraste en la calle, y después qué sucedió, Ella entró en la casa donde viven los otros, y allí se quedó, Y tú qué hacías, le preguntó el comisario al agente, Estaba escondido, cuando ella entró fui en busca del inspector para concertar la estrategia, Y entonces, Decidimos trabajar juntos mientras fuera posible, dijo el inspector, y ajustamos de qué modo actuaríamos si tuviéramos que separarnos otra vez, Y después, Como llegó la hora de la comida, aprovechamos la pausa, Fueron a almorzar, No, comisario, como él había comprado dos bocadillos, me dio uno, fue nuestro almuerzo. El comisario sonrió finalmente, Mereces una medalla, le dijo al agente que, ya en confianza, se atrevió a responder, Algunos la habrán ganado por menos, señor comisario, No puedes ni imaginarte cuánta razón tienes, Entonces póngame en la lista. Rieron los tres, pero por poco tiempo, la cara del comisario volvió a nublarse, Qué sucedió después, preguntó, Eran las dos y media cuando todos salieron, supongo que almorzaron en casa, dijo el inspector, en seguida nos pusimos en alerta porque no sabíamos si el viejo tiene coche, pero si lo tiene, no lo usó, quizá esté ahorrando gasolina, nos pusimos a seguirlos, si era trabajo fácil para uno, imagínese para dos, Y dónde acabó eso, Acabó en un cine, fueron al cine, Comprobaron si había otra puerta por donde pudiesen haber salido sin que se dieran cuenta, Había una, pero estaba cerrada, en todo caso por precaución le dije al agente que vigilara durante media hora, Por allí no salió nadie, confirmó el agente. El comisario se sentía cansado de la comedia, Y el resto, resúmanme el resto, ordenó con voz tensa. El inspector lo miró con sorpresa, El resto, comisario, es nada, salieron juntos cuando terminó la película, tomaron un taxi, nosotros tomamos otro, le dimos al conductor la orden clásica Policía, siga a ese coche, fue un recorrido normal, la mujer del tipo de la carta se bajó la primera, Dónde, En la calle donde vive, ya le dijimos, comisario, que no traíamos novedades, después el taxi dejó a los otros en casa, Y ustedes, qué hicieron, Yo me había quedado en la primera calle, dijo el agente, Yo me quedé en la segunda, dijo el inspector, Y después, Después nada, ninguno de ellos volvió a salir, todavía estuve casi una hora, al final tomé un taxi, pasé por la otra calle para recoger a éste y regresamos aquí juntos, acabábamos de llegar, Un esfuerzo inútil, por tanto, dijo el comisario, Así parece, dijo el inspector, pero lo más curioso es que esta historia no había comenzado nada mal, el interrogatorio al tipo de la carta, por ejemplo, valió la pena, incluso llegó a ser divertido, el pobre diablo que no sabía dónde se había metido acabó con el rabo entre las piernas, pero después, no sé cómo, nos atascamos, quiero decir, nos atascamos nosotros, usted debe saber algo más, puesto que interrogó dos veces a los sospechosos directos, Quiénes son los sospechosos directos, preguntó el comisario, La mujer del médico en primer lugar, y después el marido, para mí está claro, si comparten la cama, también compartirán la culpa, Qué culpa, Usted lo sabe tan bien como yo, Imaginemos que no lo sé, explícamelo tú, La culpa de la situación en que nos encontramos, Qué situación, Los votos en blanco, la ciudad en estado de sitio, la bomba en la estación de metro, Crees sinceramente en lo que estás diciendo, preguntó el comisario, Para eso hemos venido, para investigar y capturar al culpable, Es decir, a la mujer del médico, Sí, señor comisario, para mí las órdenes del ministro del interior a ese respecto fueron bastante explícitas, El ministro del interior no dijo que la mujer del médico fuera culpable, Comisario, yo no soy más que un simple inspector de policía que quizá no llegue nunca a comisario, pero aprendí con la experiencia del oficio que las medias palabras existen para decir lo que las enteras no pueden, Apoyaré tu ascenso a comisario en cuanto surja una plaza pero, hasta entonces, la verdad me exige que te informe de que, para la mujer del médico, la palabra que sirve, y no media, sino entera, es la de inocente. El inspector miró al agente de refilón pidiéndole auxilio, pero el otro tenía en la cara la expresión absorta de quien acaba de ser hipnotizado, que es lo mismo que no poder contar con él. Cautelosamente, el inspector preguntó, Está insinuando que nos vamos a ir de aquí con las manos vacías, También podemos irnos con las manos en los bolsillos, si prefieres esta expresión, Y así nos vamos a presentar ante el ministro, Si no hay culpable, no lo podemos inventar, Me gustaría que me dijera si esta frase es suya, o del ministro, No creo que sea del ministro, desde luego no recuerdo habérsela oído, Yo no la he oído jamás desde que estoy en la policía, comisario, y con esto me callo, no abro más la boca. El comisario se levantó, miró el reloj y dijo, Vayan a cenar a un restaurante, prácticamente no han almorzado, tendrán hambre, pero no se olviden de traer la factura para que la firme, Y usted, preguntó el agente, Yo he comido bien, y si el apetito aprieta siempre está el recurso del té y las pastas para entretener el hambre. El inspector dijo, Mi estima por usted, comisario, me obliga a decirle que estoy muy preocupado con su persona, Por qué, Nosotros somos subalternos, no nos puede suceder nada peor que una amonestación, pero usted es responsable del éxito de esta diligencia y parece que está decidido a declarar que ha fracasado, Crees que decir que un acusado es inocente es fracasar en una diligencia, Sí, si la diligencia fue diseñada para convertir en culpable a un inocente, Hace poco afirmabas a pies juntillas que la mujer del médico era culpable, ahora estás a punto de jurar sobre los evangelios que es inocente, Tal vez lo jurase sobre los evangelios, pero nunca en presencia del ministro del interior, Lo comprendo, tienes una familia, una carrera, una vida, Así es, comisario, a eso también se le puede añadir, si quiere, mi cobardía, También soy humano, no me permitiría llegar tan lejos, sólo te aconsejo que tomes desde ahora en adelante al agente bajo tu protección, tengo el presentimiento de que vais a necesitar mucho el uno del otro. El inspector y el agente dijeron, Bueno, comisario, hasta luego, el comisario respondió, Que aproveche, no tengáis prisa. La puerta se cerró.

El comisario fue a la cocina a beber agua, después entró en el dormitorio. La cama estaba deshecha, en el suelo los calcetines usados, uno aquí, otro allí, la camisa sucia tirada de cualquier manera sobre una silla, y eso sin hablar del cuarto de baño, esta cuestión de la limpieza la providencial, s.a., seguros & reaseguros tendrá que resolverla más pronto o más tarde, si es o no compatible con el natural sigilo que rodea a un servicio secreto colocar a disposición de los agentes que se instalan aquí una asistenta que sea, al mismo tiempo, ecónoma, cocinera y cuerpo de casa. El comisario estiró la sábana y la colcha, dio dos golpes en la almohada, enrolló la camisa y los calcetines y los metió en un cajón, el aspecto desolador del dormitorio mejoró un poco, pero, evidentemente, cualquier mano femenina lo habría hecho mejor. Miró el reloj, la hora era buena, el resultado ya se sabría. Se sentó, encendió la lámpara de la mesa y marcó el número. Al cuarto toque atendieron, Diga, Habla papagayo de mar, Aquí albatros, diga, Quiero dar el parte de las operaciones del día, albatros, Espero que tenga resultados satisfactorios que comunicar, papagayo de mar, Depende de lo que se considere satisfactorio, albatros, No tengo tiempo ni paciencia para matizaciones, papagayo de mar, vaya derecho a lo que importa, Permítame antes que le pregunte, albatros, si el encargo llegó a su destino, Qué encargo, El encargo de las nueve de la mañana, puesto seis-norte, Ah, sí, llegó en perfecto estado, me será muy útil, a su debido tiempo sabrá cuánto, papagayo de mar, ahora cuénteme lo que han hecho hoy, No hay mucho que decir, albatros, unas operaciones de seguimiento y un interrogatorio, Vamos por partes, papagayo de mar, qué resultado tuvieron las vigilancias, Ninguno, prácticamente, albatros, Por qué, Esos a quienes llamábamos sospechosos de segunda línea tuvieron, en todas las ocasiones, un comportamiento del todo normal, albatros, Y el interrogatorio de los sospechosos de primera línea que, según creo recordar, estaba a su cargo, papagayo de mar, En honor a la verdad, Qué me dice, En honor a la verdad, albatros, Y a propósito de qué viene eso ahora, papagayo de mar, Es una manera como otra cualquiera de comenzar la frase, albatros, Entonces haga el favor de dejar de honrar la verdad y dígame, simplemente, si ya está en condiciones de afirmar, sin más rodeos ni circunloquios, que la mujer del médico, cuyo retrato tengo ante mí, es culpable, Se confesó culpable de un asesinato, albatros, Sabe de sobra que, por muchas razones, incluyendo la falta del cuerpo del delito, no es eso lo que nos interesa, Sí, albatros, Entonces vaya directo al asunto y respóndame si puede afirmar que la mujer del médico tiene responsabilidad en el movimiento organizado del voto en blanco, que incluso ella es la cabeza de toda la organización, No, albatros, no lo puedo afirmar, Por qué, papagayo de mar, Porque ningún policía del mundo, y yo me considero el último de todos ellos, albatros, encontraría el menor indicio que le permitiese fundamentar una acusación así, Parece olvidarse de que habíamos acordado que plantearía las pruebas necesarias, papagayo de mar, Y qué pruebas tendrían que ser en un caso así, albatros, si se me permite la pregunta, Eso no es de mi incumbencia, eso lo dejé a su criterio, papagayo de mar, cuando todavía tenía confianza en que era capaz de llevar su misión a buen término, Llegar a la conclusión de que un sospechoso es inocente del crimen que se le imputa me parece el mejor término para una misión policial, albatros, se lo digo con todo respeto, A partir de este momento doy por terminada la farsa de los nombres en clave, yo soy el ministro del interior y usted es un comisario de policía, Sí señor ministro, Para ver si nos entendemos de una vez, voy a formular de manera diferente la pregunta que le acabo de hacer, Sí señor ministro, Está dispuesto, al margen de su convicción personal, a afirmar que la mujer del médico es culpable, responda sí o no, No señor ministro, Ha medido las consecuencias de lo que acaba de decir, Sí señor ministro, Muy bien, entonces tome nota de las decisiones que acabo de adoptar, Estoy oyendo, señor ministro, Les dirá al inspector y al agente que tienen orden de regresar mañana por la mañana, que a las nueve deberán estar en el puesto seis-norte de la frontera donde les estará esperando la persona que los acompañará hasta aquí, un hombre más o menos de su edad con una corbata azul con pintas blancas, que se traigan el coche que han utilizado para los traslados y que ya no es necesario, Sí señor ministro, En cuanto a usted, En cuanto a mí, señor ministro, Se mantendrá en la capital hasta recibir nuevas órdenes, que ciertamente no tardarán, Y la investigación, Usted mismo ha dicho que no hay nada que investigar, que la persona sospechosa es inocente, Ésa es, de hecho, mi convicción, señor ministro, Entonces su caso está resuelto, no podrá quejarse, Y qué hago mientras esté aquí, Nada, no haga nada, pasee, distráigase, vaya al cine, al teatro, visite museos, si le gusta, invite a cenar a sus nuevas amistades, el ministerio paga, No comprendo, señor ministro, Los cinco días que le di para la investigación todavía no han terminado, quizá desde ahora hasta entonces se le encienda una luz diferente en la cabeza, No creo, señor ministro, Aun así, cinco días son cinco días, y yo soy un hombre de palabra, Sí señor ministro, Buenas noches, duerma bien, comisario, Buenas noches, señor ministro.

El comisario colgó el teléfono. Se levantó de la silla y fue al cuarto de baño. Necesitaba ver la cara del hombre al que acababan de despedir sumariamente. La palabra no había sido dicha, pero se podía destapar, letra por letra, en todas, incluso en aquellas que le deseaban un buen sueño. No estaba sorprendido, conocía de sobra a su ministro del interior y sabía que iba a pagar por no haber acatado las instrucciones recibidas, las expresas, pero sobre todo las sobreentendidas, éstas finalmente tan claras como las otras, pero le sorprendió, eso sí, la serenidad de la cara que veía en el espejo, una cara de donde las arrugas parecían haber desaparecido, una cara donde los ojos se mostraban límpidos y luminosos, la cara de un hombre de cincuenta y siete años, de profesión comisario de policía, que acaba de pasar la prueba de fuego y ha salido de ella como de un baño lustral. Era una buena idea, tomar un baño. Se desnudó y se metió debajo de la ducha. Dejó correr el agua tranquilamente, no tenía por qué preocuparse, el ministerio pagaría la cuenta, después se enjabonó lentamente, y otra vez el agua corrió para llevarse del cuerpo el resto de la suciedad, entonces la memoria puso su espalda para transportarlo hasta cuatro años atrás, cuando todos eran ciegos y vagaban inmundos y hambrientos por la ciudad, dispuestos a todo por un resto de pan duro cubierto de moho, por cualquier cosa que pudiera ser digerida, al menos masticada para engañar el hambre con sus pobres jugos, se imaginó a la mujer del médico guiando por las calles, bajo la lluvia, a su pequeño rebaño de desgraciados, seis ovejas perdidas, seis pájaros caídos del nido, seis gatitos ciegos recién nacidos, tal vez en uno de esos días, en una calle cualquiera, tropezó con ellos, tal vez por miedo lo hubieran repelido, tal vez por miedo los hubiese repelido él, era el tiempo del sálvese quien pueda, roba antes de que te roben a ti, pega antes de que a ti te peguen, tu peor enemigo, según la ley de los ciegos, es siempre aquel que está más cerca de ti, Pero no necesitamos estar ciegos para no saber adónde vamos, pensó. El agua caliente le caía rumorosa sobre la cabeza y los hombros, resbalaba por su cuerpo y, limpia, desaparecía gorgoteando por el sumidero. Salió de la ducha, se secó con la toalla de baño marcada con el blasón de la policía, recogió la ropa que había dejado colgada en la percha y regresó al dormitorio. Se puso ropa interior limpia, la última que le quedaba, el traje tendría que ser el mismo, para una misión de apenas cinco días no necesitaba más. Miró el reloj, eran casi las nueve. Fue a la cocina, calentó agua para el té, introdujo dentro el lúgubre saquito de papel y esperó los minutos que las instrucciones de uso recomiendan. Las pastas parecían hechas de granito con azúcar. Las mordía con fuerza, reduciéndolas a trozos fáciles de masticar, después lentamente los deshacía. Bebía el té a pequeños sorbos, él prefería el verde, pero tenía que contentarse con éste, negro y casi sin sabor de tan viejo y pasado, ya eran demasiados los lujos que la providencial, s.a., seguros & reaseguros, condescendía en facultar a sus huéspedes de paso. Las palabras del ministro le resonaban sarcásticas en los oídos, Los cinco días que le di para la investigación todavía no han terminado, hasta entonces pasee, distráigase, vaya al cine, el ministerio paga, y se preguntaba qué sucedería después, lo harían regresar a la central, alegando incapacidad para el servicio activo lo sentarían ante una mesa para ordenar papeles, un comisario rebajado a la condición de chupatintas, ése sería su destino, o lo jubilaban compulsivamente y se olvidaban de él hasta que volvieran a pronunciar su nombre cuando muriera y tuviera que ser tachado del registro de personal. Acabó de comer, tiró el saquito de papel húmedo y frío al cubo de la basura, lavó la taza y, con el cuchillo en la mano, recogió las migas que quedaban en la mesa. Actuaba con concentración para mantener los pensamientos a distancia, para dejarlos pasar sólo de uno en uno, después de haberles preguntado qué llevaban dentro, es que con los pensamientos todo cuidado es poco, algunos se nos presentan con un aire de inocencia hipócrita y luego, pero ya demasiado tarde, manifiestan lo malvados que son. Miró otra vez el reloj, las diez menos cuarto, cómo pasa el tiempo. De la cocina fue a la sala, se sentó en un sofá y esperó. Se despertó con el ruido de la cerradura. El inspector y el agente regresaban, se veía que ambos llegaban bien comidos y bien bebidos, aunque sin ninguna recriminable exageración. Dieron las buenas noches, después el inspector, en nombre de los dos, se disculpó por haber llegado un poco tarde. El comisario miró el reloj, pasaban de las once, No es tarde, dijo, lo que sucede es que mañana se van a tener que levantar más temprano de lo que probablemente pensaban, Tenemos otro servicio, preguntó el inspector, colocando un paquete sobre la mesa, Si así se puede llamar. El comisario hizo una pausa, volvió a mirar el reloj y prosiguió, A las nueve de la mañana tendréis que estar en el puesto militar seis-norte con todos vuestros efectos personales, Para qué, preguntó el agente, Habéis sido apartados del servicio de investigación que nos trajo aquí, Es una decisión suya, comisario, preguntó el inspector con expresión seria, Es una decisión del ministro, Por qué, No me lo ha dicho, pero no os preocupéis, estoy seguro de que no tienen nada contra vosotros, os harán cantidad de preguntas, pero ya sabréis cómo responder, Quiere eso decir que usted no viene con nosotros, preguntó el agente, Sí, yo me quedo, Va a seguir usted solo con la investigación, La investigación está cerrada, Sin resultados concretos, Ni concretos ni abstractos, Entonces no entiendo por qué no nos acompaña, dijo el inspector, Orden del ministro, permaneceré aquí hasta terminar el plazo de cinco días que él marcó, por tanto hasta el jueves, Y después, Quizá os lo diga cuando os interrogue, Interrogar sobre qué, Sobre cómo ha transcurrido la investigación, sobre cómo la he conducido, Pero si nos acaba de decir que la investigación ha sido cerrada, Sí, pero también es posible que prosiga por otros caminos, aunque no conmigo, No entiendo nada, dijo el agente. El comisario se levantó, entró en el dormitorio y regresó con un mapa que desplegó sobre la mesa, para lo que tuvo que apartar el paquete a un lado. El puesto seis-norte está aquí, dijo poniendo un dedo encima, no se equivoquen, les estará esperando un hombre que el ministro dice que tiene más o menos mi edad, pero es bastante más joven, lo identificarán por la corbata que lleva, azul con pintas blancas, cuando ayer me encontré con él fue necesario que intercambiáramos santo y seña, esta vez supongo que no es necesario, por lo menos el ministro no me ha dicho nada sobre eso, No comprendo, dijo el inspector, Pues está claro, ayudó el agente, vamos al puesto seis-norte, Lo que no comprendo no es eso, lo que no comprendo es por qué nosotros nos vamos y el comisario se queda, El ministro tendrá sus razones, Los ministros las tienen siempre, Y nunca las explican. El comisario intervino, No os canséis discutiendo, la mejor actitud es la de no pedir explicaciones y, en el improbable caso de que las den, dudar de ellas, casi siempre son mentira. Dobló el mapa cuidadosamente y, como si se le acabara de ocurrir, dijo, Os lleváis el coche, También se va a quedar sin coche, preguntó el inspector, En la ciudad no faltan autobuses y taxis, además caminar es bueno para la salud, Cada vez entiendo menos, No hay nada que entender, querido inspector, recibo órdenes y las cumplo, y vosotros os tenéis que limitar a hacer lo mismo, análisis y consideraciones no alteran ni un milímetro esta realidad. El inspector empujó el paquete hacia delante, Traíamos esto, dijo, Qué hay dentro, Lo que nos dejaron aquí para desayunar es tan malo que decidimos comprar unos bollos diferentes, tiernos, un poco de queso, mantequilla de la buena, fiambre y pan de molde, Pues os lo lleváis, o lo dejáis, dijo el comisario sonriendo, Mañana, si está de acuerdo, desayunaremos juntos y lo que sobre se queda, sonrió también el inspector. Todos habían sonreído, el agente acompañando a los otros, y ahora estaban serios los tres y no sabían qué decir. Por fin el comisario se despidió, Me voy a acostar, dormí mal la noche pasada, el día ha sido agitado, comenzó con eso del puesto seis-norte, Eso qué, comisario, preguntó el inspector, no sabemos nada del puesto seis-norte, Sí, no os informé, no tuve ocasión, por orden del ministro fui a entregarle la fotografía del grupo al hombre de la corbata azul con pintas blancas, el mismo con el que os encontraréis mañana, Y para qué quiere el ministro la fotografía, Usando sus propias palabras, a su tiempo lo sabremos, Me huele a chamusquina. El comisario asintió con la cabeza, como quien concuerda, y siguió, Después quiso la casualidad que me encontrara en la calle a la mujer del médico, almorcé con ellos en su casa y para rematar tuve una conversación con el ministro, A pesar de toda la estima que sentimos por usted, dijo el inspector, hay una cosa que jamás le perdonaremos, hablo en nombre de los dos porque ya lo habíamos comentado antes, De qué se trata, No ha querido nunca que fuésemos a casa de esa mujer, Tú llegaste a entrar, Sí, para ser inmediatamente despachado, Es verdad, reconoció el comisario, Por qué, Porque tuve miedo, Miedo de qué, no somos ningunas fieras, Miedo de que la obsesión de descubrir a un culpable a toda costa os impidiese ver realmente a la persona que teníais delante, Tan poca confianza le merecemos, señor comisario, No se trata de una cuestión de confianza, de tenerla o no tenerla, era más bien como si hubiera descubierto un tesoro y quisiera guardarlo para mí solo, no, qué ocurrencia, no se trata de una cuestión de sentimientos, no es lo que probablemente estáis pensando, es que llegué a tener miedo por la seguridad de la mujer, pensé que cuantas menos personas la interrogásemos, más segura estaría, Con palabras más simples y dando menos vueltas a la lengua, con perdón por el atrevimiento, dijo el agente, no ha tenido confianza en nosotros, Sí, es cierto, lo confieso, me ha faltado confianza, No necesita pedir que le perdonemos, dijo el inspector, de antemano está disculpado, sobre todo porque es posible que tenga razón en sus temores, es posible que lo hubiéramos estropeado todo, habríamos entrado como un par de elefantes en una cacharrería. El comisario abrió el paquete, sacó dos rebanadas de pan de molde, metió entre ellas dos lonchas de fiambre y sonrió justificándose, Confieso que tengo hambre, sólo he tomado un té y casi me he partido los dientes con esas malditas pastas. El agente fue a la cocina y trajo una lata de cerveza y un vaso, Aquí tiene, señor comisario, así el pan pasará mejor. El comisario se sentó a masticar deleitándose con el sándwich de fiambre, se bebió la cerveza como si se lavara el alma y cuando terminó, dijo, Ahora sí, voy a acostarme, dormid bien, gracias por la cena. Se encaminó hasta la puerta que daba al dormitorio, ahí se detuvo y se volvió, Os voy a echar de menos. Hizo una pausa y añadió, No os olvidéis de lo que os dije antes de cenar, A qué se refiere, comisario, preguntó el inspector, Que tengo el presentimiento de que vais a necesitaros el uno al otro, no os dejéis engañar con hablas mansas ni con promesas de ascenso rápido en la carrera, el responsable del resultado de la investigación soy yo y nadie más, no me traicionaréis cuando digáis la verdad, pero negaros a repetir mentiras en nombre de una verdad que no sea la vuestra, Sí señor comisario, prometió el inspector, Que os ayudéis mutuamente, dijo el comisario, y después, Es todo lo que os puedo desear, y todo cuanto os pido.

El comisario no quiso aprovecharse de la pródiga munificencia del ministro del interior. No fue a buscarse distracción a teatros o cines, no visitó museos, cuando salía de la providencial, s.a., seguros & reaseguros, era sólo para almorzar y cenar y, después de pagar la cuenta, siempre dejaba las facturas sobre la mesa con la propina. No volvió a casa del médico ni al jardín donde hizo las paces con el perro de las lágrimas, Constante es su nombre oficial, y donde, ojos en los ojos, espíritu con espíritu, departió con su dueña sobre culpa e inocencia. Tampoco fue a espiar las idas y venidas de la chica de las gafas oscuras y del viejo de la venda negra, o a la divorciada del que fuera el primer ciego. En cuanto a éste, autor de la repugnante carta de denuncia y hacedor de desgracias, no tenía la menor duda, cruzaría de acera si me lo encontrara, pensó. El resto del tiempo, horas y horas seguidas, mañana, tarde y noche, lo pasaba sentado al lado del teléfono, esperando, e incluso cuando dormía, el oído velaba. Estaba seguro de que el ministro acabaría llamando por teléfono, de lo contrario no se entendería por qué quiso agotar, hasta los últimos minutos, o, con más propiedad significativa, hasta las últimas heces, los cinco días de plazo marcados para la investigación. Lo más lógico hubiera sido que le ordenaran regresar al servicio para allí ajustar las cuentas pendientes, jubilación apremiante o destitución, pero la experiencia le había demostrado que lo lógico era demasiado simple para la sinuosa mente del ministro del interior. Recordaba las palabras del inspector, vulgares, pero expresivas, Me huele a chamusquina, dijo él cuando le habló de la fotografía que tuvo que entregar al hombre de la corbata azul con pintas blancas en el puesto militar seis-norte, y pensaba que lo esencial de esta cuestión debería encontrarse realmente ahí, en la fotografía, pese a que no era capaz de imaginar de qué manera ni para qué. En esta espera lenta que tenía sus límites a la vista, que no sería, como es habitual decir cuando se quiere enriquecer la expresión, interminable, y con estos pensamientos, que muchas veces no eran nada más que una continuada e irreprimible somnolencia de la que la conciencia medio vigilante lo arrancaba de vez en cuando con sobresalto, pasaron los tres días que faltaban para que se completara el plazo, martes, miércoles, jueves, tres hojas de calendario a las que les costaba desprenderse de la costura de la medianoche y que después se quedaban como pegadas a los dedos, transformadas en una masa pegajosa e informe de tiempo, en una pared blanda que se le resistía y al mismo tiempo lo aspiraba. Finalmente el miércoles, a las once y media de la noche, el ministro del interior telefoneó. No saludó, no dio las buenas noches, no le preguntó al comisario cómo se encontraba de salud, cómo se las componía con la soledad, no le dijo si ya había interrogado al inspector y al agente, juntos o separados, en amena conversación o con severas amenazas, sólo sugirió como de paso, como si no viniera a propósito, Supongo que le interesará leer los periódicos de mañana, Los leo todos los días, señor ministro, Le felicito, es un hombre informado, de cualquier manera le recomiendo vivamente que no deje de leer los de mañana, le van a gustar, Así lo haré, señor ministro, Y vea también el informativo de televisión, no se lo pierda por nada del mundo, No tenemos televisión en la providencial, s.a., señor ministro, Es una pena, sin embargo me parece bien, para que no se le distraiga el cerebro de los arduos problemas de investigación que tiene encargados, en todo caso le recuerdo que podrá verlo en casa de cualquiera de sus recientes amigos, propóngales que se reúna todo el grupo y disfruten con el espectáculo. El comisario no respondió. Podría haberle preguntado cuál sería su situación disciplinaria a partir del día siguiente, pero prefirió callarse, si era verdad que su suerte estaba en manos del ministro, que fuese él quien pronunciara la sentencia, además tenía la certeza de que recibiría una frase seca como respuesta, del tipo No tenga prisa, mañana lo sabrá. En este momento el comisario tuvo conciencia de que el silencio estaba durando más de lo que se puede considerar natural en un diálogo telefónico, donde las pausas o descansos entre las frases son, por lo general, breves o brevísimos. No había reaccionado ante la malintencionada sugerencia del ministro del interior y daba la impresión de que no le hubiera molestado. Dijo cautelosamente, Señor ministro. Los impulsos eléctricos condujeron las dos palabras a lo largo de la línea, pero del otro lado no llegó señal de vida. Albatros había cortado. El comisario colgó el teléfono y salió del dormitorio. Fue a la cocina, se bebió un vaso de agua, no era la primera vez que se daba cuenta de que hablar con el ministro del interior le causaba una sed casi angustiosa, era como si durante el tiempo de la conversación se hubiera estado quemando por dentro y ahora acudiese a apagar su propio incendio. Se sentó en el sofá de la sala, pero no se quedó mucho tiempo, el casi letargo en que viviera estos tres días había desaparecido, se esfumó con la primera palabra del ministro, ahora las cosas, esa vaguedad a que solemos dar el genérico y perezoso nombre de cosas cuando necesitaríamos demasiado tiempo y ocuparía demasiado espacio explicarlas o simplemente enunciarlas, iban precipitándose y no se detendrían hasta el final, qué final, cuándo, cómo, dónde. De algo estaba seguro, no era necesario llamarse maigret, poirot o sherlock holmes para saber qué iban a publicar los periódicos al día siguiente. Su espera había acabado, el ministro del interior no le volvería a telefonear, la orden que hubiese dado llegaría a través de un secretario o directamente del comando de la policía, cinco días y cinco noches, no más, fueron suficientes para pasar de comisario encargado de una difícil investigación a juguete roto que se tira a la basura. Entonces pensó que tenía una obligación que cumplir. Buscó el nombre en la guía de teléfonos, confrontó mentalmente la dirección y marcó el número. Le respondió la mujer del médico, Diga, Buenas noches, soy yo, el comisario, perdone que llame a esta hora de la noche, No tiene importancia, nunca nos vamos a la cama temprano, Recuerda que le dije, cuando hablamos en el jardín, que el ministro del interior me había exigido la foto de su grupo, Sí, lo recuerdo, Pues tengo razones para pensar que esa fotografía va a ser publicada mañana en los periódicos y mostrada en televisión, No le pregunto por qué, aunque recuerdo que me dijo que el ministro no la querría para nada bueno, Sí, de todos modos no esperaba que la utilizara de esta forma, Y qué pretenderá, Mañana veremos lo que dicen los periódicos además de publicar la fotografía, pero supongo que la van a estigmatizar ante la opinión pública, Por no haberme quedado ciega hace cuatro años, Bien sabe que para el ministro es altamente sospechoso que no cegara cuando todo el mundo estaba perdiendo la visión, ahora ese hecho resulta más que suficiente, desde ese punto de vista, para considerarla responsable, en todo o en parte, de lo que está sucediendo, Se refiere al voto en blanco, Sí, al voto en blanco, Es absurdo, es completamente absurdo, He aprendido en este oficio que los que mandan no sólo no se detienen ante lo que nosotros llamamos absurdos, sino que se sirven de ellos para entorpecer la consciencia y aniquilar la razón, Qué le parece que debemos hacer, Desaparezcan, escóndanse, pero nunca en casa de sus amigos, ahí no estarán seguros, no tardarán en ponerlos bajo vigilancia, si es que no lo están ya, Tiene razón, pero, sea como sea, nunca nos permitiríamos poner en riesgo la seguridad de una persona que decidiera acogernos, ahora mismo, por ejemplo, estoy pensando si no habrá hecho mal en llamarnos por teléfono, No se preocupe, esta línea es segura, no hay muchas en el país tan seguras como ésta, Señor comisario, Dígame, Hay una pregunta que me gustaría hacerle, aunque no sé si me atrevo, Pregunte, no lo dude, Por qué hace esto por nosotros, por qué nos ayuda, Simplemente por una pequeña frase que encontré en un libro, hace muchos años, y de la que me había olvidado, pero que ha regresado a mi memoria en estos días, Qué frase, Nacemos, y en ese momento es como si hubiéramos firmado un pacto para toda la vida, pero puede llegar el día en que nos preguntemos Quién ha firmado esto por mí, Realmente son unas hermosas palabras, de esas que hacen pensar, cómo se llama el libro, Confieso, con vergüenza, que soy incapaz de recordarlo, Déjelo, aunque no pueda recordar nada más, ni siquiera el título, Ni siquiera el nombre del autor, Esas palabras que, probablemente, tal como se le presentaron, nadie las había dicho antes, esas palabras han tenido la fortuna de no perderse unas de las otras, han tenido quien las reuniera, quién sabe si este mundo no sería un poco más decente si supiéramos cómo juntar unas cuantas palabras que andan por ahí sueltas, Dudo de que alguna vez las pobres abandonadas se encuentren, También yo, pero soñar es barato, no cuesta dinero, Vamos a ver lo que dicen mañana los periódicos, Vamos a ver, estoy preparada para lo peor, Traiga lo que traiga el futuro inmediato, piense en lo que le he dicho, escóndanse, desaparezcan, Hablaré con mi marido, Ojalá él la convenza, Buenas noches, y gracias por todo, No hay nada que agradecer, Tenga cuidado. Después de colgar el teléfono, el comisario se preguntó si no habría sido una estupidez afirmar, como si fuese cosa suya, que la línea era segura, que en todo el país no existían muchas tan seguras como ésta. Se encogió de hombros y murmuró, Qué más da, nada es seguro, nadie está seguro.

No durmió bien, soñó con una nube de palabras que huían y se dispersaban mientras él las iba persiguiendo con una red de atrapar mariposas y les rogaba Deteneos, por favor, no os mováis, esperadme. Entonces, de repente, las palabras se detuvieron y se juntaron, se amontonaron unas sobre otras como un enjambre de abejas a la espera de una colmena donde dejarse caer, y él, con una exclamación de alegría, lanzó la red. Había atrapado un periódico. Fue un sueño malo, pero peor sería si albatros hubiera regresado para picotear los ojos de la mujer del médico. Se despertó temprano. Se arregló sumariamente y bajó. Ya no pasaba por el garaje, por la puerta de los caballeros, ahora salía por el portal común, el de los peatones, saludaba al portero con un gesto de cabeza cuando lo veía dentro de su nicho, le decía una palabra si lo encontraba fuera, más no era necesario, de algún modo estaba allí de prestado, él, no el portero. Las farolas de las calles todavía estaban encendidas, las tiendas tardarían más de dos horas en abrir. Buscó y encontró un quiosco de prensa, de los grandes, de los que reciben todos los periódicos, y ahí se quedó a la espera. Felizmente no llovía. Las farolas se apagaron dejando la ciudad inmersa durante unos momentos en una última y breve oscuridad, en seguida disipada cuando los ojos se acomodaron a la mudanza y la azulada claridad de la primera mañana bajó a las calles. La furgoneta de reparto llegó, descargó los paquetes y siguió su ruta. El quiosquero comenzó a abrirlos y a ordenar los periódicos según la cantidad de ejemplares recibidos, de izquierda a derecha, de mayor a menor. El comisario se aproximó, dio los buenos días, dijo, Deme uno de cada. Mientras el quiosquero los introducía en una bolsa de plástico, echó una mirada a las primeras páginas expuestas en fila, con excepción de los dos últimos, todos los demás traían la fotografía en primera bajo enormes titulares. La mañana comenzaba bien para el quiosco, un cliente curioso y con posibles, y el resto del día, ya lo adelantamos, no iba a ser diferente, todos los periódicos se van a vender, con la excepción de los dos montoncitos de la derecha, de donde no saldrán nada más que los habituales. El comisario ya no estaba allí, salió corriendo para tomar un taxi que apareció por la esquina próxima, y ahora, nerviosamente, tras dar la dirección de la providencial, s.a., y pedir disculpas por la brevedad del trayecto, sacaba los diarios de la bolsa, los desdoblaba, además de la fotografía del grupo, con una flecha que señalaba a la mujer del médico, al lado, dentro de un círculo, se mostraba una ampliación de su cara. Y los títulos eran, en negro y rojo, Descubierto finalmente el rostro de la conspiración, Esta mujer no cegó hace cuatro años, Resuelto el enigma del voto en blanco, La investigación policial da los primeros frutos. La todavía escasa luz y la trepidación del coche sobre el empedrado de la calzada no permitían la lectura de la letra pequeña. En menos de cinco minutos el taxi paraba ante la puerta del edificio. El comisario pagó, dejó la vuelta en la mano del taxista y entró rápidamente. Como un soplo pasó ante el portero sin dirigirle la palabra, se metió en el ascensor, el nerviosismo casi le hace mover los pies de impaciencia, vamos, vamos, pero la máquina, que llevaba toda la vida subiendo y bajando gente, oyendo conversaciones, monólogos inacabados, fragmentos de canciones mal tarareadas, algún incontenible suspiro, algún perturbador murmullo, hacía como que no iba con ella, tanto tiempo para subir, tanto tiempo para bajar, como el destino, si tiene mucha prisa, vaya por la escalera. El comisario metió por fin la llave en la puerta de la providencial, s.a., seguros & reaseguros, encendió la luz y se precipitó hacia la mesa donde extendiera el mapa de la ciudad y donde tomó el último desayuno con sus auxiliares ausentes. Le temblaban las manos. Forzándose a ir despacio, a no saltarse líneas, yendo palabra por palabra, leyó una tras otra las noticias de los cuatro periódicos que publicaban la fotografía. Con pequeños arreglos de estilo, con ligeras diferencias de vocabulario, la información era igual en todos y sobre ella podría calcularse una especie de media aritmética que se ajustaría a la perfección a la fuente original, elaborada por los asesores de escritura del ministro del interior. La prosa primitiva rezaría más o menos así, Cuando pensábamos que el gobierno había dejado entregado a la acción del tiempo, a ese tiempo que todo lo desgasta y todo lo reduce, el trabajo de circunscribir y secar el tumor maligno inopinadamente nacido en la capital del país bajo la abstrusa y aberrante forma de una votación en blanco que, como nuestros lectores conocen, sobrepasó ampliamente la de todos los partidos políticos democráticos juntos, he aquí que llega a nuestra redacción la más inesperada y grata de las noticias. El genio investigador y la persistencia del instinto policial, sustanciados en las personas de un comisario, de un inspector y de un agente de segundo grado, cuyos nombres, por razones de seguridad, no estamos autorizados a revelar, lograron sacar a la luz lo que es, con alta probabilidad, la cabeza de la tenia cuyos anillos ha mantenido paralizada, atrofiándola peligrosamente, la conciencia cívica de la mayoría de los habitantes de esta ciudad en edad de votar. Cierta mujer, casada con un médico oftalmólogo y que, asombro entre los asombros, fue, según testigos dignos de suficiente crédito, la única persona que hace cuatro años escapó a la terrible epidemia que hizo de nuestra patria un país de ciegos, esa mujer está considerada por la policía como la presunta culpable de la nueva ceguera, esta vez felizmente limitada al ámbito de la capital, que ha introducido en la vida política y en nuestro sistema democrático el más peligroso germen de perversión y corrupción. Sólo un cerebro diabólico, como el que tuvieron en el pasado los mayores criminales de la humanidad, podría haber concebido lo que, según fuente fidedigna, mereció de su excelencia el señor presidente de la república el expresivo calificativo de torpedo disparado bajo la línea de flotación contra la majestuosa nave de la democracia. Así es. Si llega a probarse, sin el más ligero resquicio de duda, como todo indica, que la tal mujer del médico es culpable, los ciudadanos respetuosos del orden y del derecho tendrán que exigir que el máximo rigor de la justicia caiga sobre su cabeza. Y véase cómo son las cosas. Esta mujer, que, dada la singularidad de su caso de hace cuatro años, podría constituir un importantísimo elemento de estudio para nuestra comunidad científica, y que, como tal sería merecedora de un lugar relevante en el historial clínico de la especialidad de oftalmología, está ahora sujeta a la execración pública como enemiga de su patria y de su pueblo. Sin duda se puede afirmar que más le habría valido quedarse ciega.

La última frase, claramente amenazadora, sonaba ya como una condena, lo mismo que si se hubiera escrito Más le valía no haber nacido. El primer impulso del comisario fue telefonear a la mujer del médico, preguntarle si ya había leído los periódicos, reconfortarla en lo poco que fuera posible, pero lo retuvo la idea de que las probabilidades de que el teléfono de ella estuviera intervenido pasaban a ser, de la noche a la mañana, del cien por cien. En cuanto a los teléfonos de la providencial, s.a., el rojo o el gris, de ésos no valía la pena hablar, están directamente conectados a la red privada del estado. Hojeó los otros dos periódicos, no traían ni una palabra sobre el asunto. Qué debo hacer ahora, se preguntó en voz alta. Volvió a la noticia, la releyó, encontró extraño que no se identificara a las personas que aparecían en la imagen, especialmente a la mujer del médico y al marido. Fue entonces cuando se percató del pie de foto, redactado en estos términos, La sospechosa está señalada con una flecha. Al parecer, aunque este dato no haya sido todavía totalmente confirmado, la mujer del médico mantuvo al grupo bajo su protección durante la epidemia de ceguera. Según fuentes oficiales la identificación completa de estas personas se encuentra en fase adelantada y deberá hacerse pública mañana. El comisario murmuró, Deben de estar indagando dónde vive el niño, como si eso les sirviese de algo. Después, reflexionando, A primera vista la publicación de la fotografía, sin venir acompañada de otras medidas, no parece tener ningún sentido, puesto que da a todos ellos, como yo mismo les aconsejé, una ocasión para desaparecer del paisaje, pero el ministro adora el espectáculo, una caza del hombre bien llevada le dará más peso político, más influencia en el gobierno y en el partido, en cuanto a las otras medidas, lo más probable es que las casas de esa gente estén siendo vigiladas durante las veinticuatro horas del día, el ministerio ha tenido tiempo suficiente para infiltrar agentes en la ciudad y montar los respectivos dispositivos. Pero nada de esto, por muy cierto que sea, me responde a la pregunta Qué debo hacer ahora. Podía telefonear al ministro del interior con el pretexto de saber, ya que estamos en jueves, qué decisión se había tomado sobre su situación disciplinaria, pero sería inútil, estaba seguro de que el ministro no lo atendería, un secretario cualquiera le diría que se pusiese en contacto con el comandante de la policía, los tiempos de compadreo entre albatros y papagayo de mar se terminaron, señor comisario. Qué hago entonces, volvió a preguntarse, quedarme aquí pudriéndome hasta que alguien se acuerde de mí y mande retirar el cadáver, intentar salir de la ciudad cuando es más que seguro que se hayan dado órdenes rigurosas en todos los puestos de frontera para no dejarme pasar, qué hago. Miró nuevamente la fotografía, el médico y la mujer en el centro, la chica de las gafas oscuras y el viejo de la venda negra a la izquierda, el tipo de la carta y la mujer a la derecha, el niño estrábico de rodillas como un jugador de fútbol, el perro sentado a los pies de la dueña. Releyó el pie de foto, La identificación completa deberá hacerse pública mañana, deberá hacerse pública mañana, mañana, mañana. En ese momento una súbita decisión se apoderó de él, aunque en el momento siguiente la cautela argumentaba que sería una locura rematada, Prudente, decía, es no despertar al dragón que duerme, estúpido es acercarse a él cuando está despierto. El comisario se levantó de la silla, dio dos vueltas a la sala, volvió a la mesa donde estaban los periódicos, miró otra vez la cabeza de la mujer del médico dentro de una circunferencia blanca que ya era como una horca, a esta hora media ciudad lee los periódicos y la otra media se sienta delante de la televisión para oír lo que dice el locutor del primer informativo o escucha la voz de la radio avisando que el nombre de la mujer se hará público mañana, y no sólo el nombre, también la dirección, para que toda la ciudad quede sabiendo dónde anida la maldad. Entonces el comisario fue a por la máquina de escribir y se la trajo a esta mesa. Cerró los diarios, los apartó hacia un lado y se sentó a trabajar. El papel de que se servía tenía el membrete de la providencial, s.a., seguros & reaseguros, y podría, no mañana, aunque sí pasado mañana, ser presentado por la acusación del estado como prueba de su segunda culpabilidad, es decir, utilizar para uso privado material de la administración pública, con las circunstancias agravantes de la naturaleza reservada de ese material y de las características conspiradoras de su utilización. Lo que el comisario estaba escribiendo era nada más y nada menos que un relato pormenorizado de los acontecimientos de los últimos cinco días, desde la madrugada del sábado, cuando con sus dos auxiliares atravesó clandestinamente el bloqueo de la capital, hasta el día de hoy, hasta este momento en que le escribo. Como es obvio, la providencial, s.a., está pertrechada de fotocopiadora, pero al comisario no le parece de buena educación entregarle a alguien una carta original y a una segunda persona una simple y descalificada copia, por mucho que las modernas técnicas de reprografía nos aseguren que ni los ojos de un halcón notarían la diferencia entre una y otra. El comisario pertenece a la segunda generación más antigua de las que todavía comen pan en este mundo, conserva por eso un resto de respeto por las formas, lo que significa que, terminada la primera carta, comenzó, atentamente, a copiarla en una nueva hoja de papel. Copia va a ser, sin duda, pero no de la misma manera. Terminado el trabajo, dobló e introdujo cada carta en su sobre, igualmente timbrado, los cerró y escribió las direcciones respectivas. Es cierto que las va a entregar en mano, pero sus destinatarios comprenderán, nada más que por la discreta elegancia del gesto, que las cartas que les están llegando de la firma providencial, s.a., seguros & reaseguros, tratan de asuntos importantes y merecedores de toda la atención informativa.

Ahora el comisario va a salir otra vez. Se guardó las dos cartas en los bolsillos interiores de la chaqueta, se puso la gabardina, aunque el tiempo está de lo más apacible que se puede desear para estas alturas del año, según se puede comprobar abriendo la ventana y viendo las espaciadas y lentas nubes blancas que pasan allá arriba. Es posible que otra fuerte razón le haya pesado, la gabardina, sobre todo en la modalidad trinchera, con cinturón, es una especie de señal distintiva de los detectives de la era clásica, por lo menos desde que raymond chandler creó la figura de marlowe, hasta tal punto de que si se ve pasar a un sujeto que lleva bajadas las alas del sombrero y subidas las solapas de la gabardina se puede jurar de inmediato que por ahí va humphrey bogart lanzando su mirada penetrante entre la fimbria de la solapa y la fimbria del sombrero, ciencia esta al alcance de cualquier lector de novelas policiacas, apartado muerte. Este comisario no usa sombrero, lleva la cabeza descubierta, así lo ha determinado el uso de una modernidad que aborrece lo pintoresco y, como se suele decir, tira a matar antes de preguntar si todavía estás vivo. Ya ha bajado en el ascensor, ya ha pasado ante el portero que le hizo un gesto desde su nicho, y ahora está en la calle para cumplir los tres objetivos de la mañana, a saber, tomarse el tardío desayuno, pasar por la calle donde vive la mujer del médico y llevar las cartas a sus destinos. El primero lo resuelve en esta cafetería, un café con leche, unas tostadas con mantequilla, no tan blandas y untuosas como las del otro día, pero no hay que extrañarse, la vida es así, unas cosas se ganan, otras se pierden, y para las tostadas con mantequilla ya quedan pocos cultivadores, tanto en lo que respecta a la preparación como al consumo. Perdonadas le sean estas banalísimas consideraciones gastronómicas a un hombre que lleva una bomba en el bolsillo. Ya ha terminado, ya ha pagado, ahora camina con pasos enérgicos hacia el segundo objetivo. Tardó casi veinte minutos en llegar. Ablandó el paso cuando entró en la calle, adoptó el aire de quien va de paseo, sabe que si hay policías vigilando lo más probable es que lo reconozcan, pero eso no le importa. Si alguno de éstos llega a informar de que ha visto a su jefe directo, y si ése pasa la información al superior inmediato, y éste al director de la policía, y éste al ministro del interior, es más que sabido que albatros graznará con su tono de voz más cortante, No merece la pena que me cuenten lo que ya sé, díganme lo que necesito saber, qué está tramando ese comisario de mala muerte. La calle está más concurrida que de costumbre. Hay pequeños grupos frente al edificio donde vive la mujer del médico, son personas del barrio que, movidas por un fisgoneo en ciertos casos inocente, aunque de mal augurio en otros, se acercaron, periódico en mano, al lugar donde habita la acusada, a quien más o menos conocen de vista o de ocasional trato, dándose la inevitable coincidencia de que en los ojos de algunas de esas personas ha empleado su saber el marido oftalmólogo. El comisario ya ha localizado a los vigías, uno de ellos se ha unido a uno de los grupos más numerosos, el otro, apoyado con simulada indolencia en la pared, lee una revista de deportes como si para él no existiera, en el mundo de las letras, nada más importante. Que esté leyendo una revista y no un periódico tiene fácil explicación, una revista, siendo protección suficiente, roba mucho menos espacio al campo visual del vigilante y se guarda sin problemas en el bolsillo si de repente es necesario seguir a alguien. Los policías saben estas cosas, se las enseñan desde pequeñitos. Ora bien, sucede que estos de aquí no están al corriente de las tormentosas relaciones entre el comisario que se acerca y el ministerio de que dependen, por eso piensan que él también forma parte de la operación y pretende comprobar si todo marcha de acuerdo con los planes. No es de extrañar. Aunque en ciertos niveles corporativos ya se haya comenzado a murmurar que el ministro no está satisfecho con el trabajo del comisario, y la prueba es que ha mandado regresar a los ayudantes, dejándolo a él en barbecho, otros dicen stand-by, la murmuración todavía no ha llegado a las capas inferiores a las que pertenecen estos agentes. Hay que aclarar, antes de que se olvide, que los susodichos murmuradores no tienen ninguna idea precisa acerca del trabajo del comisario en la capital, lo que demuestra que el inspector y el agente, allá donde se encuentren, han mantenido la boca cerrada. Lo interesante, aunque nada divertido, fue ver cómo los policías se aproximaban al comisario con aire conspirador para decirle en voz baja por la comisura de la boca, Sin novedad. El comisario asintió con la cabeza, miró las ventanas del cuarto piso y se apartó, pensando, Mañana, cuando los nombres y las direcciones se hayan publicado, habrá aquí mucha más gente. Vio pasar un taxi libre y lo llamó. Entró, dio los buenos días y, sacándose los sobres del bolsillo, le leyó las direcciones al taxista y le preguntó, Cuál queda más cerca, La segunda, Lléveme entonces allí, por favor. En el asiento de al lado del conductor había un periódico doblado, el que sobre la noticia, con letras de sangre, llevaba el impactante título de Descubierto finalmente el rostro de la conspiración. El comisario tuvo la tentación de preguntarle al taxista cuál era su opinión sobre la sensacional noticia publicada en los periódicos de hoy, pero desistió de la idea con miedo a que un tono de voz inquisitorio en exceso delatase su oficio, A esto se llama, pensó, padecer una excesiva conciencia de la propia deformación profesional. Fue el conductor quien entró en materia, No sé lo que usted piensa, pero esta historia de la mujer que dicen que no se quedó ciega me parece una trola de marca mayor inventada para vender periódicos, si yo me quedé ciego, si todos nos quedamos ciegos, cómo esa mujer siguió viendo, es una patraña que no cabe en ninguna cabeza, Y dicen que ella es la causante del voto en blanco, Ésa es otra, una mujer es una mujer, no se mete en esas cosas, todavía si fuese un hombre, vaya que vaya, podría ser, pero una mujer, pffff, Ya veremos cómo termina todo esto, Cuando a la historia se le acabe el jugo, inventarán otra, es lo que pasa siempre, usted no sabe lo que se aprende agarrado a este volante, y todavía le digo una cosa más, Diga, diga, Al contrario de lo que la gente cree, el espejo retrovisor no sirve sólo para controlar los coches que vienen detrás, también sirve para ver el alma de los pasajeros, apuesto a que nunca lo había pensado, Me deja asombrado, realmente no lo había pensado nunca, Pues es como se lo digo, este volante enseña mucho. Después de semejante revelación el comisario creyó más prudente dejar el diálogo. Sólo cuando el taxista paró el coche y dijo, Aquí estamos, se animó a preguntar si eso del espejo retrovisor y del alma se aplicaba a todos los vehículos y a todos los conductores, pero el taxista fue perentorio, Sólo en los taxis, señor mío, sólo en los taxis.

El comisario entró en el edificio, se dirigió al mostrador de recepción y dijo, Buenos días, represento a la firma la providencial, s.a., seguros & reaseguros, desearía hablar con el director, Si el asunto es de seguros, creo que sería preferible que hablara con un administrador, En principio, sí, tiene razón, pero lo que me trae aquí no es de naturaleza técnica, de manera que sería mejor que hablara con el director, El director no está, supongo que llegará a media tarde, Con quién le parece entonces que debo hablar, cuál es la persona más indicada, Creo que con el redactor jefe, Siendo así, haga el favor de anunciarme, recuerde, la firma providencial, s.a., seguros & reaseguros, Me dice su nombre, Providencial bastará, Ah, comprendo, la firma tiene su nombre, Exactamente. El recepcionista hizo la llamada, explicó el caso y dijo, tras haber colgado el teléfono, Ya vienen a buscarlo, señor Providencial. Pocos minutos después apareció una mujer, Soy la secretaria del redactor jefe, quiere hacer el favor de acompañarme. La siguió por un pasillo, iba calmo, tranquilo, pero, de súbito, sin preverlo, la conciencia del temerario paso que estaba a punto de dar le cortó la respiración como si hubiese sido golpeado de lleno en el diafragma. Todavía podía dar marcha atrás, mascullar una disculpa cualquiera, qué fastidio, he olvidado un documento importante sin el que no seré capaz de hablar con el redactor jefe, pero no era verdad, el documento estaba en el bolsillo interior de la chaqueta, el vino está servido, comisario, ahora no te queda más remedio que bebértelo. La secretaria lo hizo pasar a una salita modestamente amueblada, unos sillones usados traídos a este lugar para terminar en razonable paz su larga vida, sobre una mesa unos cuantos periódicos, una estantería con libros mal colocados, Puede sentarse, el redactor jefe le pide por favor que espere un poco, en este momento está ocupado, Muy bien, dijo el comisario, esperaré. Era su segunda oportunidad. Si saliese de allí, si deshiciera el camino que lo ha traído hasta esta trampa, quedaría a salvo, como si habiendo visto su propia alma en un espejo retrovisor encuentra que ésta es una insensata, que las almas no pueden andar por ahí arrastrando a las personas hacia los mayores desastres, por el contrario deben apartarlas de los peligros y comportarse bien, porque las almas, si salen del cuerpo, casi siempre están perdidas, no saben adónde ir, no sólo detrás del volante de un taxi se aprenden estas cosas. El comisario no salió, había llegado el tiempo de que el vino servido, etcétera, etcétera. El redactor jefe en-

tró, Perdone que le haya hecho esperar tanto, pero
tenía un asunto entre manos y no podía interrum-
pirlo, No tiene que disculparse, soy yo quien le
agradece que me reciba, Dígame entonces, señor
Providencial, en qué puedo serle útil, aunque me
parece, por lo que me ha sido dicho, que el asunto tiene que ver con la administración. El comisario se llevó la mano al bolsillo y sacó el primer
sobre, Le agradecería que leyera la carta que contiene, Ahora, preguntó el redactor jefe, Sí, por favor, pero antes es mi deber informarle de que no
me llamo Providencial, Pero su nombre, Cuando
haya leído comprenderá. El redactor jefe rasgó el
sobre, desdobló el folio, y comenzó a leer. Suspen-
dió la lectura en las primeras líneas, miró perplejo al
hombre que tenía delante, como preguntándole si
no era más sensato dejarlo ahí. El comisario hizo un
gesto de que continuara. Hasta el final el redactor
jefe no levantó más la cabeza, muy al contrario,
parecía que se iba hundiendo en cada palabra, que
no podría regresar a la superficie con la misma cara
de redactor jefe después de haber visto las pavoro-
sas criaturas que habitan la profundidad abisal. Era
un hombre trastornado el que finalmente miró al
comisario y dijo, Disculpe la rudeza de la pregunta, quién es usted, Mi nombre está en la firma de la
carta, Sí, ya lo veo, aquí hay un nombre, pero un
nombre es nada más que una palabra, no explica
quién es la persona, Preferiría no tener que decírselo,
pero comprendo perfectamente que necesite saberlo, En ese caso, dígame, No mientras no me dé su

palabra de que la carta será publicada, En ausencia del director no estoy autorizado a asumir ese compromiso, En recepción me han dicho que vendrá por la tarde, Así es, alrededor de las cuatro, Entonces regresaré a esa hora, sin embargo mi obligación es avisarlo desde ya que traigo una carta igual a ésta que entregaré a su destinatario en el caso de que el asunto no interese aquí, Una carta dirigida a otro periódico, supongo, Sí, pero no a ninguno de los que han publicado la fotografía, Comprendo, de todos modos no puede tener la seguridad de que ese otro periódico esté dispuesto a aceptar los riesgos que inevitablemente resultarán de la divulgación de los hechos que describe, No tengo ninguna seguridad, en esta situación apuesto a dos caballos y me arriesgo a perder con ambos, Va a arriesgar mucho más en caso de ganar, Como ustedes, si deciden publicarla. El comisario se levantó, Vendré a las cuatro y cuarto, Aquí tiene su carta, no habiendo todavía acuerdo entre nosotros no puedo ni debo quedarme con ella, Gracias por haberme evitado pedírsela. El redactor jefe se sirvió del teléfono de la salita para llamar a la secretaria, Acompañe a este señor a la salida, dijo, y tome nota de que regresará a las cuatro y cuarto, lo recibirá y lo acompañará al despacho del director, Sí señor. El comisario dijo, Entonces, hasta luego, el otro respondió, Hasta luego, estrechándose las manos. La secretaria abrió la puerta para dejar pasar al comisario, Me sigue, señor Providencial, dijo, y ya en el pasillo, Si me permite la observación, es la primera vez en mi vida que me encuentro a una persona con ese apellido, ni siquiera sabía que existiera, Ahora ya lo sabe, Debe de ser bonito llamarse Providencial, Por qué, Por eso mismo, por ser providencial, ésa es la mejor respuesta. Ya estaban en la recepción, Estaré aquí a la hora acordada, dijo la secretaria, Gracias, Hasta luego, señor Providencial, Hasta luego.

El comisario miró el reloj, aún no era la una de la tarde, demasiado pronto para almorzar, aparte de que no tenía apetito, el café y las tostadas con mantequilla todavía se hacían recordar en el estómago. Tomó un taxi y pidió que le llevara al jardín donde el lunes se encontró con la mujer del médico, que una primera idea no tiene que ser seguida al pie de la letra por siempre jamás. No pensaba volver al jardín, pero aquí lo tenemos. Después seguiría a pie como un comisario de policía que anda tranquilamente haciendo su ronda, verá la afluencia de gentío en la calle y tal vez intercambie unas cuantas impresiones profesionales con los dos vigilantes. Atravesó el jardín, se detuvo un momento para mirar la estatua de la mujer con el cántaro vacío, Me dejaron aquí, parecía decir ella, y hoy no sirvo nada más que para contemplar estas aguas muertas, hubo una época, cuando la piedra de que estoy hecha aún era blanca, en que un manantial fluía día y noche de este cántaro, nunca me dijeron de dónde procedía tanta agua, yo sólo estaba aquí para inclinar el cántaro, ahora ni una gota escurre de él, y tampoco nadie ha venido a decirme por qué se acabó. El comisario murmuró, Es como la vida, hija mía, comienza no se sabe para qué, termina no se sabe por qué. Se mojó las puntas de los dedos de la mano derecha y se los llevó a la boca. No pensó que el gesto pudiera tener ningún significado, sin embargo, alguien que estuviera en el otro lado observando lo que hacía podría jurar que había besado aquella agua que ni limpia estaba, verde de limosidades, con cieno en el fondo del estanque, impura como la vida. El reloj no avanzaba mucho, tenía tiempo para sentarse en una de estas sombras, pero no lo hizo. Repitió el camino recorrido con la mujer del médico, entró en la calle, el espectáculo era distinto, ahora apenas se podía avanzar, ya no son pequeños grupos sino una masa que impide el tráfico de automóviles, parece que todos los vecinos de las proximidades han salido de sus casas para presenciar alguna anunciada aparición. El comisario reunió a los dos agentes en el portal de un edificio y les preguntó si se había producido alguna novedad en su ausencia. Dijeron que no, que nadie había salido, que las ventanas estuvieron siempre cerradas, y contaron que dos personas desconocidas, un hombre y una mujer, llamaron al cuarto piso para preguntar si los de la casa necesitaban algo, pero desde arriba les respondieron que no y les agradecieron la amabilidad. Nada más, preguntó el comisario, Que nosotros sepamos, nada más, respondió uno de los agentes, el informe va a ser fácil de escribir. Lo dijo a tiempo, cortó las alas de la imaginación del comisario, ya extendidas llevándolo escaleras arriba, llamando a la puerta, anunciándose, Soy yo y entrando, narrando los últimos acontecimientos, las cartas que había escrito, la conversación con el redactor jefe del periódico, y después la mujer del médico le diría Almuerce con nosotros, y él almorzaría, y el mundo estaría en paz. Sí, en paz, y los agentes escribirían en el informe, Estuvo con nosotros un comisario que subió al cuarto piso y bajó una hora después, no nos dijo nada de lo que pasó arriba, pero nos quedamos con la impresión de que volvía almorzado. El comisario se fue a comer a otro sitio, poco y sin ninguna atención al plato que le pusieron delante, a las tres se encontraba otra vez en el jardín mirando la estatua de la mujer con el cántaro inclinado como quien aún espera el milagro de la renovación de las aguas. Pasaban de las tres y media cuando se levantó del banco donde estuvo sentado y se fue a pie al periódico. Tenía tiempo, no necesitaba utilizar un taxi en el que, incluso sin querer, no podría evitar mirarse en el espejo retrovisor, lo que sabía de su alma le bastaba y cualquier otra imagen que el espejo le devolviera no estaba seguro de que le gustara del todo. No eran las cuatro y cuarto cuando entró en el periódico. La secretaria estaba en la recepción, El director le espera, dijo. No añadió las palabras señor Providencial, tal vez le hubieran dicho que el nombre no era ése y se sentía ofendida por la estafa en que de buena fe había caído. Pasaron por el pasillo de antes, pero esta vez giraron por la esquina del fondo, la segunda puerta a la derecha tenía una pequeña placa que decía Dirección. La secretaria llamó discretamente, desde dentro respondieron Adelante. Ella entró primero y sostuvo la puerta para que el comisario pasase. Gracias, por ahora no la necesitamos, dijo el redactor jefe a la secretaria, que inmediatamente salió. Le agradezco que haya accedido a hablar conmigo, señor director, comenzó el comisario, Con toda franqueza debo confesarle que veo las mayores dificultades para una divulgación eficaz del caso que el redactor jefe me ha resumido, de cualquier manera, innecesario parece decirlo, tendré mucho gusto en conocer el documento completo, Aquí está, señor director, dijo el comisario entregándole el sobre, Sentémonos, dijo el director, y denme dos minutos, por favor. La lectura no le hizo doblegar tanto la cabeza como sucediera con el redactor jefe, pero sin duda era un hombre confuso y preocupado cuando levantó la vista, Quién es usted, preguntó, ignorando que el redactor jefe había hecho la misma pregunta, Si el periódico acepta hacer público el escrito, sabrán quién soy, si no acepta, recuperaré la carta y me iré sin una palabra más, salvo para agradecerles el tiempo que han perdido conmigo, Le he informado a mi director de que usted tiene una carta igual para entregar en otro periódico, dijo el redactor jefe, Exactamente, respondió el comisario, la tengo aquí, y será entregada hoy mismo si no llegamos a un acuerdo, es absolutamente necesario que esto se publique mañana, Por qué, Porque mañana tal vez consigamos llegar a tiempo de evitar que se cometa una injusticia, Se refiere a la mujer del médico,

Sí señor director, se pretende, de la manera que sea, hacer de ella el chivo expiatorio de la situación política en que el país se encuentra, Pero eso es un disparate, No me lo diga a mí, dígaselo al gobierno, dígaselo al ministerio del interior, dígaselo a sus colegas que escriben lo que les ordenan. El director intercambió una mirada con el redactor jefe y dijo, Como debe de suponer, es imposible publicar su declaración tal como se encuentra redactada, con todos estos pormenores, Por qué, No se olvide de que estamos viviendo en estado de sitio, la censura tiene los ojos puestos sobre la prensa, en particular en un diario como el nuestro, Publicar esto equivaldría a ver cerrado el periódico el mismo día, dijo el redactor jefe, Entonces no hay nada que hacer, preguntó el comisario, Podemos intentarlo, pero no sé si dará resultado, Cómo, volvió a preguntar el comisario. Después de un nuevo y rápido intercambio de miradas con el redactor jefe, el director dijo, Es el momento de que nos diga de una vez quién es usted, hay un nombre en la carta, es cierto, pero puede ser falso, usted puede, simplemente, ser un provocador mandado aquí por la policía para ponernos a prueba y comprometernos, no estoy diciendo que eso sea lo que pase, fíjese bien, lo que quiero dejar claro es que no hay ninguna manera de seguir adelante con esta conversación si no se identifica ahora mismo. El comisario metió la mano en el bolsillo, sacó la cartera, Aquí tiene, dijo, y entregó al director su carnet de comisario de policía. La expresión de la cara del director pasó instantáneamente de la reserva a la estupefacción, Qué, usted es comisario de policía, preguntó, Comisario de policía, repitió pasmado el redactor jefe a quien el director le pasó el documento, Sí, fue la serena respuesta, y ahora creo que ya podemos seguir adelante con nuestra conversación, Si me permite la curiosidad, preguntó el director, qué le ha inducido a dar un paso así, Razones personales, Dígame al menos una para que me convenza de que no estoy soñando, Cuando nacemos, cuando entramos en este mundo, es como si firmásemos un pacto para toda la vida, pero puede suceder que un día tengamos que preguntarnos Quién ha firmado esto por mí, yo me lo he preguntado y la respuesta es este papel, Es consciente de lo que puede llegar a sucederle, Sí, he tenido tiempo para pensar en eso. Hubo un silencio, que el comisario rompió, Dijeron que se podía intentar, Habíamos pensado un pequeño truco, dijo el director, e hizo un gesto al redactor jefe para que continuase, La idea, dijo éste, sería publicar, en términos obviamente diferentes, sin retóricas de mal gusto, lo que ha salido hoy, y en la parte final entremeter la información que nos ha traído, no es fácil, en todo caso no es imposible, es una cuestión de habilidad y suerte, Se trataría de apostar por la distracción o incluso por la pereza del funcionario de la censura, añadió el director, rezar para que piense que puesto que ya conoce la noticia no merece la pena llegar hasta el final, Cuántas posibilidades tendríamos a nuestro favor, preguntó el comisario, Hablando francamente, no muchas, reconoció el redactor jefe, tendremos que contentarnos con escasas posibilidades, Y si el ministerio del interior quiere saber cuál es la fuente de la información, En ese caso comenzaremos acogiéndonos al secreto profesional, aunque eso nos va a servir de poco en esta situación de estado de sitio, Y si insisten, y si amenazan, Entonces, por mucho que nos cueste, no habrá otro remedio que revelarla, evidentemente seremos sancionados, pero la carga más pesada de las consecuencias caerá sobre su cabeza, dijo el director, Muy bien, respondió el comisario, ahora que ya todos sabemos con lo que contamos, sigamos adelante, y si rezar sirve de algo, yo rezaré para que los lectores no hagan lo mismo que esperamos que haga el censor, es decir, que lean la noticia hasta el final, Amén dijeron a coro el director y el redactor jefe.

Pasaba un poco de las cinco cuando el comisario salió. Podría haber aprovechado el taxi que en ese exacto momento dejaba a una persona en la puerta del periódico, pero prefirió caminar. Curiosamente, se sentía leve, sereno, como si le hubieran extraído de un órgano vital el cuerpo extraño que poco a poco lo estaba carcomiendo, la espina en la garganta, el clavo en el estómago, el veneno en el hígado. Mañana todas las cartas de la baraja estarán sobre la mesa, el juego del escondite terminará, porque no cabía la menor duda de que el ministro, en caso de que la noticia saliera a la luz, e, incluso sin salir, alguien se la comunique, sabrá contra quién apuntar inmediatamente el dedo acusador. La imaginación parecía dispuesta a ir más allá, hasta llegó a dar un primer paso inquietante, pero el comisario la sostuvo por el cuello, Hoy es hoy, señora mía, mañana ya veremos, dijo. Había decidido volver a la providencial, s.a., pero sintió que de repente las piernas le pesaban, los nervios flojos eran como un elástico que hubiese permanecido en tensión demasiado tiempo, una urgente necesidad de cerrar los ojos y de dormir le reclamó. Tomo el primer taxi que aparezca, pensó. Todavía tuvo que andar bastante, los taxis pasaban ocupados, uno ni siquiera oyó que lo llamaban, y finalmente, cuando ya apenas conseguía arrastrar los pies, una chalupa de socorro recogió al náufrago a punto de ahogarse. El ascensor lo izó caritativamente hasta el piso catorce, la puerta se dejó abrir sin resistencia, el sofá lo recibió como a un amigo, en pocos minutos el comisario, a pierna suelta, dormía como un tronco, o con el sueño de los justos, como también solía decirse en el tiempo en que se creía que pudieran existir. Reconfortado en el maternal regazo de la providencial, s.a., seguros & reaseguros, cuyo sosiego hacía justicia a los nombres y atributos que le habían sido conferidos, el comisario durmió una buena hora, al cabo de la cual se despertó, así lo parecía, con nuevos bríos. Al desperezarse sintió en el bolsillo interior de la chaqueta el segundo sobre, el que no llegó a ser entregado, Tal vez haya cometido un error apostando todo a un único caballo, pensó, pero rápidamente comprendió que le habría sido imposible mantener dos veces la misma conversación, ir de un periódico a otro contando la misma historia y, al repetirla, desgastándole veracidad, Lo que está hecho, hecho está, pensó, no adelanto nada dándole vueltas. Entró en el dormitorio y vio brillar la luz intermitente del contestador de llamadas. Alguien había telefoneado y dejado un mensaje. Pulsó el botón, primero salió la voz de la telefonista, después la del director de la policía, Tome nota de que mañana, a las nueve, repito, a las nueve, no a las nueve y veintiuna, le estarán esperando en el puesto seis-norte el inspector y el agente de segundo grado que trabajaron con usted, debo decirle que, además de que su misión ha caducado por incapacidad técnica y científica del respectivo responsable, su presencia en la capital ha pasado a ser considerada inconveniente, tanto por el ministro del interior como por mí, añado también que el inspector y el agente están oficialmente encargados de traerlo ante mi presencia, pudiendo detenerle si se resiste. El comisario se quedó mirando el contestador, y después, lentamente, como quien se está despidiendo de alguien que ya va lejos, extendió la mano y accionó el botón de borrar. Luego entró en la cocina, se sacó el sobre del bolsillo, lo empapó de alcohol y, doblándolo en forma de V invertida dentro del fregadero, le prendió fuego. Un chorro de agua se llevó las cenizas cañería abajo. Hecho esto, regresó a la sala, encendió todas las luces y se dedicó a la lectura pausada de los periódicos, prestando especial atención al que, o a quien, de alguna manera, había dejado entregado su destino. Llegada la hora, miró en el frigorífico por si se pudiera preparar algo parecido a una cena, pero desistió, lo escaso no era sinónimo de frescura ni de calidad, Deberían poner aquí un frigorífico nuevo, pensó, éste ya ha dado lo que tenía que dar. Salió, cenó rápidamente en el primer restaurante que encontró en el camino y regresó a la providencial, s.a. Tenía que levantarse temprano al día siguiente.

El comisario estaba despierto cuando sonó el teléfono. No se levantó para responder, sabía que sería alguien de la dirección de la policía recordándole la orden de presentarse a las nueve, atención, no a las nueve y veintiuna, en el puesto militar seisnorte. Lo más seguro es que no vuelvan a telefonear y se comprende fácilmente el porqué, en su vida profesional, y quién sabe si también en la vida particular, los policías hacen gran consumo del proceso mental a que llamamos deducción, también conocido como inferencia lógica del raciocinio, Si no responde, dirán, es porque ya viene de camino. Cuánto se equivocaban. Es cierto que el comisario está levantado, es cierto que ha entrado en el cuarto de baño para los necesarios alivios y aseos del cuerpo, es cierto que se ha vestido y va a salir, pero no para llamar al primer taxi que se encuentre y decirle al conductor que le mira expectante por el espejo retrovisor, Lléveme al puesto seis-norte, Puesto seisnorte, perdone, pero no sé dónde está eso, será una calle nueva, Es un puesto militar, si tiene ahí un mapa, se lo señalo. No, este diálogo no sucederá jamás, ni ahora ni nunca, lo que el comisario va a hacer es comprar los periódicos, con esa idea se fue anoche pronto a la cama, no para descansar lo que necesitaba y llegar al encuentro en el puesto seis-norte. Las farolas de la calle todavía están encendidas, el quiosquero acaba de subir las persianas, comienza a colocar las revistas de la semana, y cuando termina este trabajo, como una señal, las farolas se apagan y la furgoneta de reparto aparece. El comisario se aproxima mientras el quiosquero dispone los periódicos según el orden que ya conocemos pero, esta vez, de uno de los de menor venta se ven casi tantos ejemplares como los que habitualmente tienen los de mayor tirada. Al comisario se le antoja buen augurio, aunque esta agradable sensación de esperanza sufrió un choque violento, los titulares de los primeros periódicos de la fila eran siniestros, inquietantes, esta vez todos en rojo intenso, Asesina, Esta mujer mató, Otro crimen de la mujer sospechosa, Un asesinato hace cuatro años. En el otro extremo, el periódico donde el comisario estuvo ayer preguntaba, Qué más nos falta por saber. El título era ambiguo, podía significar esto, aquello y también sus contrarios, pero el comisario prefirió verlo como una pequeña linterna colocada en el valle de las sombras para guiarle los atribulados pasos. Démelos todos, dijo. El quiosquero sonrió al mismo tiempo que pensaba que, por lo visto, había ganado un buen cliente para el futuro y le entregó una bolsa de plástico con todos los periódicos dentro. El comisario miró alrededor en busca de taxi, en vano esperó casi cinco minutos, por fin se decidió a ir andando hasta la providencial, s.a., ya sabemos que no está lejos de aquí, pero la carga es pesada, nada menos que una bolsa de plástico abarrotada de palabras, más fácil sería llevar el mundo a las espaldas. Quiso la suerte que, habiéndose metido por una calle estrecha con la intención de atajar camino, se le deparase un modesto café a la antigua usanza, de esos que abren temprano porque el dueño no tiene nada más que hacer y donde los clientes entran para cerciorarse de que las cosas, allí, siguen en los lugares de siempre y el sabor del bollo de arroz emana de la eternidad. Eligió una mesa, pidió un café con leche, preguntó si hacían tostadas, con mantequilla, claro, margarina ni olerla. Vino el café con leche, y era sólo pasable, pero las tostadas llegaron directamente de las manos del alquimista que si no descubrió la piedra filosofal fue porque no consiguió traspasar la fase de la putrefacción. Ya había abierto el periódico que más le interesaba, lo hizo apenas se acababa de sentar, y una ojeada le bastó para percatarse de que el ardid resultó, el censor se dejó engañar por la confirmación de lo que ya conocía, sin pasarle por la cabeza que hay que tener mucho cuidado con lo que se cree saber, porque por detrás se oculta una cadena interminable de incógnitas, la última de ellas, probablemente, sin solución. De cualquier modo, no merecía la pena hacerse ilusiones, el periódico no iba a estar durante todo el día en los quioscos, podía imaginarse al ministro del interior bramando poseso de furia y gritando, Retiren esa mierda inmediatamente, a ver si averiguan quién dio esas informaciones, la última parte de la frase acudió al discurso por arrastramiento automático, de sobra sabía él que sólo de una persona podrían haber partido esta filtración y esta traición. Fue entonces cuando el comisario decidió hacer la ronda de los quioscos hasta donde las fuerzas le alcanzaran para observar si el periódico se estaba vendiendo mucho o poco, para ver las caras de las personas que lo compraban y si directamente iban a la noticia o si se entretenían en futilidades. Echó un vistazo rápido a los cuatro periódicos grandes, groseramente elemental, aunque eficaz, el trabajo de intoxicación del público proseguía, dos y dos son cuatro, y siempre serán cuatro, si ayer hiciste aquello, hoy harás esto, y quien tenga el descaro de dudar de que una cosa lleve forzosamente a la otra está en contra de la legalidad y del orden. Agradecido, pagó su cuenta y salió. Comenzó por el quiosco donde compró los periódicos y tuvo la satisfacción de ver que la pila que le interesaba ya era mucho más baja. Interesante, no, preguntó al quiosquero, está vendiéndose mucho, Parece que alguna radio ha hablado de un artículo que trae, Una mano lava la otra y las dos lavan el rostro, dijo misteriosamente el comisario, Tiene razón, respondió el quiosquero, sin ver la relación. Para no perder tiempo buscando quioscos se informaba en cada uno dónde quedaba el más próximo, tal vez gracias a su aspecto respetable siempre le respondían, aunque claramente se veía que a cada empleado le habría gustado preguntarle Qué tiene el otro

404

que yo no tenga aquí. Pasaron horas, ya el inspector y el agente, en el puesto seis-norte, se cansaron de esperar y pidieron instrucciones a la dirección de la policía, ya el director habló con el ministro, ya el ministro dio conocimiento de la situación al jefe del gobierno, ya el jefe del gobierno le respondió, El problema no es mío, es suyo, resuélvalo. Entonces aconteció lo inevitable, llegando al décimo quiosco el comisario no encontró el periódico. Lo pidió haciendo como que iba a comprarlo, pero el quiosquero le dijo, Ha llegado tarde, hace menos de cinco minutos que se los han llevado. Se los llevaron, por qué, Están retirándolos de todas partes, Retirándolos, Es otra manera de decir que han secuestrado la edición, Y por qué, qué traía el periódico para que lo secuestraran, Era algo relacionado con la mujer de la conspiración, mire en ésos, ahora parece que mató a un hombre, No podría conseguirme un periódico, me haría un gran favor, No tengo, pero incluso teniendo no se lo vendería, Por qué, Quién me dice a mí que usted no es un policía que va por ahí viendo si caemos en la trampa, Tiene toda la razón, cosas peores se han visto en este mundo, dijo el comisario y se alejó. No quería encerrarse en la providencial, s.a., seguros & reaseguros, para escuchar la llamada de la mañana y probablemente algunas otras que exigirían saber dónde rayos se había metido, por qué motivo no respondía al teléfono, por qué no cumplió la orden que le habían dado de estar a las nueve en el puesto seis-norte, pero la verdad es que no tenía adónde ir, ante la casa de la mujer del médico habría ahora un mar de personas gritando, unos a favor, otros en contra, lo más seguro es que la mayoría estén a favor, los otros son minoría, no querrán arriesgarse a ser vejados o algo peor. Tampoco podría ir al periódico que publicó la noticia, si no hay policías de civil en la entrada, estarán muy cerca, ni siquiera puede telefonear porque tiene la certeza de que las comunicaciones estarán intervenidas, y al pensar esto comprendió, por fin, que también la providencial, s.a., seguros & reaseguros, estará vigilada, que los hoteles estarán alertados, que no hay en la ciudad una sola alma que lo pueda acoger, aunque quisiera. Adivina que el periódico ha recibido la visita de la policía, adivina que el director ha sido forzado, por las buenas o por las malas, a identificar a la persona que facilitó las informaciones subversivas publicadas, quizá haya tenido la debilidad de mostrar la carta con el sello de la providencial, s.a., firmada de puño y letra por el comisario en fuga. Se sentía cansado, arrastraba los pies, tenía el cuerpo bañado en sudor, pese a que el calor no fuera para tanto. No podía andar todo el día por estas calles haciendo tiempo sin saber para qué, de súbito sintió un deseo enorme de ir al jardín de la mujer del cántaro inclinado, sentarse en el borde de la fuente, acariciar el agua verde con las puntas de los dedos y llevárselos a la boca. Y después, qué haré después, preguntó. Después, nada, volver al laberinto de las calles, desorientarse, perderse y volver atrás, caminar, caminar, comer sin apetito, sólo para poder sostener el cuerpo, entrar en un cine dos horas, distraerse viendo las aventuras de una expedición a marte en aquel tiempo en que aún existían los hombrecillos verdes, y salir pestañeando ante la brillante luz de la tarde, pensar en entrar en otro cine y gastar otras dos horas navegando veinte mil leguas en el submarino del capitán nemo, y luego desistir de la idea porque algo extraño ha sucedido en la ciudad, estos hombres y estas mujeres que van distribuyendo pequeños papeles que los transeúntes se detienen para leer y después se guardan en los bolsillos, ahora mismo acaban de entregarle uno al comisario, es la fotocopia del artículo del periódico secuestrado, ese que lleva el titular Qué más nos falta por saber, ese que cuenta entre líneas la verdadera historia de los cinco días, entonces el comisario no consigue reprimirse, y allí mismo, como un niño, rompe a llorar convulsivamente, una mujer de su edad se le acerca y le pregunta si se siente mal, si necesita ayuda, y él sólo puede gesticular que no, que está bien, que no se preocupe, muchas gracias, y, como el azar a veces hace bien las cosas, alguien desde un piso alto de este edificio lanza un puñado de papeles, y otro, y otro, y aquí abajo, la gente levanta los brazos para alcanzarlos, y los papeles vuelan como palomas y uno descansa un momento en el hombro del comisario y luego se desliza hasta el suelo. Resulta que no todo está perdido, la ciudad ha tomado el asunto en sus manos, ha puesto en marcha cientos de máquinas fotocopiadoras, y ahora son grupos animados de chicas y chicos los que van metiendo los papeles en los buzones de las casas o los entregan en las puertas, alguien pregunta si es publicidad y ellos responden que sí señor, y de la mejor que hay. Estos felices sucesos dieron nueva alma al comisario, como por arte de magia, de la blanca, no de la negra, le desapareció la fatiga, es otro hombre este que avanza por las calles, es otra la cabeza que va pensando, viendo claro lo que antes era oscuro, enmendando conclusiones que antes parecían de hierro y ahora se deshacen entre los dedos que las palpan y ponderan, por ejemplo, no es nada probable que la providencial, s.a., seguros & reaseguros, siendo como es una base reservada, haya sido sometida a vigilancia, colocar allí policías al acecho podría hacer que se levantaran sospechas sobre la importancia del local, lo que, por otro lado, tampoco sería tan grave, trasladando la providencial, s.a., a otro lugar, el asunto quedaba resuelto. Esta nueva y negativa conclusión volvió a lanzar densas sombras de tempestad sobre el ánimo del comisario, pero la conclusión siguiente, aunque no tranquilizadora en todos los aspectos, le sirvió, al menos, para solventar el grave problema de habitación o, dicho de otra manera, la duda de saber dónde dormiría esta noche. El caso se explica en pocas palabras. Que el ministerio del interior o la dirección de la policía hayan visto con justificado desagrado cómo su funcionario cortó los contactos de forma unilateral no quiere decir que les hayan dejado de interesar sus andanzas y su paradero habitual y, por tanto, en caso de imperiosa necesidad, cómo poder encontrarlo. Si el comisario decidiera perderse en esta ciudad, si se escondiera en algún antro tenebroso como hacen los forajidos y los fugitivos, sería el mayor de los esfuerzos dar con él, sobre todo si hubiera llegado a establecer una red de complicidades con los medios de la subversión, operación que, por otro lado, dada su complejidad, no se monta en media docena de días, que tantos son los que hemos pasado aquí. De modo que nada de vigilancia en las dos entradas de la providencial, s.a., dejar, por el contrario, el camino libre para que la querencia natural, que no es sólo cosa de toros, haga regresar al lobo a su cubil, al papagayo de mar a su agujero de la roca. Cama conocida y acogedora podrá tener el comisario, suponiendo que no vengan a despertarlo a medianoche, abierta la puerta con sutiles ganzúas y rendido él ante la amenaza de tres pistolas que le apuntan. Es bien cierto que, como algunas veces ya habremos dicho, hay ocasiones tan nefastas en la vida que si a un lado llueve, al otro hace viento, así en esta situación se encuentra el comisario, obligado a escoger entre pasar una mala noche debajo de un árbol del jardín, a la vista de la mujer del cántaro, como un vagabundo, o confortablemente consolado por las mantas ya usadas y por las sábanas arrugadas de la providencial, s.a., seguros & reaseguros. Al final la explicación no fue tan sucinta como habíamos prometido arriba, sin embargo, y esperamos que se comprenda, no podíamos abandonar sin la debida ponderación ninguna de las variables en juego, me-

nudeando con imparcialidad los diversos y contradictorios factores de seguridad y de riesgo, para terminar concluyendo lo que desde el principio ya sabíamos, que no vale la pena correr a bagdad tratando
de evitar la cita que teníamos marcada en samarra.
Puesto todo en la balanza y desistiendo de emplear
más tiempo en aferir los pesos hasta el último mi-
ligramo, hasta la última posibilidad, hasta la última
hipótesis, el comisario tomó un taxi para la providencial, s.a., esto era ya al final de la tarde, cuando
las sombras refrescan el sendero de enfrente y el sonido del agua cayendo en las fuentes cobra aliento
y se torna súbitamente perceptible para sorpresa
de quien pasa. No se veía ni un papel abandonado
en las calles. A pesar de todo, se nota que el comisario va un tanto aprensivo y verdaderamente no
le faltan motivos. Que su propio razonamiento y
el conocimiento adquirido a lo largo del tiempo
sobre las mañas policiales lo hayan inducido a
pensar que ningún peligro le estará acechando en
la providencial, s.a., o lo asaltará durante la noche,
no significa que la ciudad de samarra no esté donde está. Esta reflexión indujo al comisario a llevarse
la mano a la pistola y pensar, Por si acaso, aprove-
cho la subida en el ascensor para quitarle el seguro. El taxi se detuvo, Llegamos, dijo el conductor, y en ese instante el comisario vio, pegada al
parabrisas, una fotocopia del artículo. A pesar del
miedo, sus angustias y sus temores habían merecido la pena. El portal del edificio estaba desierto, el
portero ausente, el escenario era perfecto para el cri-

men perfecto, la puñalada directa en el corazón, el golpe sordo del cuerpo cayendo sobre el pavimento, la puerta que se cierra, el automóvil con matrículas falsas que se aproxima y parte llevándose al asesino, no hay nada más simple que matar y ser muerto. El ascensor estaba abajo, no necesitó llamarlo. Ahora sube, va a dejar la carga en el piso catorce, dentro una serie de inconfundibles chasquidos dice que un arma está dispuesta para disparar. En el pasillo no se ve ni un alma, a esta hora las oficinas ya están todas cerradas. La llave se deslizó suavemente en la cerradura, casi sin ruido la puerta se dejó abrir. El comisario la empujó con la espalda, encendió la luz, ahora va a recorrer todas las dependencias, abrir los armarios donde puede caber una persona, mirar debajo de las camas, apartar las cortinas. Nadie. Se sintió vagamente ridículo, un fierabrás de pistola en puño apuntando a la nada, pero el que se asegura, dicen, muere de viejo, deben de saberlo en esta providencial, s.a., siendo como es de seguros y de reaseguros. En el dormitorio la luz del contestador está encendida, indica que hay dos llamadas, una tal vez sea del inspector pidiéndole que tenga cuidado, otra será de un secretario de albatros, o las dos son del director de la policía, desesperado por la traición de un hombre de confianza y preocupado por su propio futuro, aunque la responsabilidad de la elección no le pertenezca. El comisario se puso ante sí el papel con los nombres y direcciones del grupo, al que había añadido el número de teléfono del médico, y marcó. Nadie le respondió. Volvió a marcar. Marcó una tercera vez, pero ahora como si fuera una señal, dejó que sonaran tres toques y colgó. Marcó por cuarta vez y por fin respondieron, Diga, dijo secamente la mujer del médico, Soy yo, el comisario, Ah, buenas noches, hemos esperado su llamada. Qué tal están, Nada bien, en veinticuatro horas han conseguido hacer de mí una especie de enemigo público número uno, Lamento la parte que tuve en que eso haya sucedido, No ha sido usted quien escribió lo que ha aparecido en los periódicos, Hasta eso no he llegado, Quizá lo que ha publicado hoy uno de ellos y los miles de copias que se han repartido ayuden a aclarar este asunto, Ojalá, No parece muy esperanzado, Tengo esperanzas, claro, pero necesitan tiempo, la situación no se resolverá de un momento a otro, No podemos seguir viviendo así, encerrados en esta casa, estamos como en la cárcel, He hecho cuanto estaba a mi alcance, es lo que le puedo decir, No va a volver por aquí, La misión que tenía encomendada ha terminado, tengo orden de regresar, Espero que volvamos a vernos alguna vez, y en días más felices, si los hubiera, Por lo visto se han perdido por el camino, Quiénes, Los días felices, Me va a dejar más desanimada de lo que ya estaba, Hay personas que continúan de pie incluso cuando son derrumbadas, y usted es una de ellas, Pues en estos momentos bien que agradecería que me ayudaran a levantarme, Lamento no estar en situación de poderle dar esa ayuda, Creo que ha ayudado mucho más de lo que quiere que se sepa,

Eso es sólo una impresión suya, recuerde que está hablando con un policía, No lo he olvidado, pero es cierto que he dejado de considerarlo como tal, Gracias por esas palabras, ahora sólo me queda despedirme hasta cualquier día de éstos, Hasta cualquier día, Cuídese, Lo mismo le digo, Buenas noches, Buenas noches. El comisario colgó el teléfono. Tenía ante sí una larga noche y ninguna manera de pasarla a no ser durmiendo, si el insomnio no decide entrar en su cama. Mañana, probablemente, vendrán a buscarlo. No se presentó en el puesto seis-norte como le habían ordenado, por eso vendrán a buscarlo. Quizá dijera esto mismo una de las llamadas que ha borrado, quizá le avisaban de que los enviados llegarán aquí a las siete de la mañana y que cualquier intento de resistencia sólo empeorará de forma irremediable el mal ya hecho. Y, claro, no necesitan ganzúas para entrar porque traerán la llave. El comisario devanea. Tiene al alcance de la mano un arsenal de armas dispuestas para disparar, podrá resistir hasta el último cartucho, o, bueno, por lo menos, hasta la primera bomba de gas lacrimógeno que le suelten dentro de la fortaleza. El comisario devanea. Se ha sentado en la cama, después se deja caer, cierra los ojos e implora que el sueño no tarde, Ya sé que la noche no ha comenzado, piensa, que todavía queda claridad en el cielo, pero quiero dormir como parece que duerme la piedra, sin los engaños del sueño, encerrado para siempre en un bloque de piedra negra, al menos, por favor, si otra cosa no puede ser, hasta mañana, cuando vengan a despertarme a las siete. El sueño oyó la desolada invocación, vino corriendo y se quedó unos instantes, después se retiró para que el comisario se desnudara y se metiese en la cama, pero luego volvió, presto, para quedarse toda la noche a su lado, ahuyentando los sueños bien lejos, hasta la tierra de los fantasmas, allí donde, uniéndose el fuego y el agua, nacen y se multiplican.

Eran las nueve cuando el comisario se despertó. No estaba llorando, señal de que los invasores no habían utilizado gases lacrimógenos, no tenía las muñecas esposadas ni pistolas apuntándole a la sien, cuántas veces los temores vienen a amargarnos la vida y al final resulta que no tenían ni fundamento ni razón de ser. Se levantó, se afeitó, se aseó como de costumbre y salió con la idea fija de tomar un café donde la víspera había desayunado. De paso compraría los periódicos, Ya pensaba que no vendría hoy, dijo el quiosquero con la cordialidad de un viejo conocido, Falta aquí uno, observó el comisario, No ha salido, y la distribuidora no sabe cuándo volverá a publicarse, quizá la próxima semana, parece que le ha caído encima una buena multa, Y por qué, Por culpa del artículo, del que se hicieron las fotocopias, Ah, bueno, Aquí tiene su bolsa, hoy se lleva nada más que cinco, va a tener menos que leer. El comisario agradeció y se fue en busca del café. No se acordaba bien dónde quedaba la calle y el apetito aumentaba a cada paso, al pensar en las tostadas se le hacía la boca agua, perdonemos a este hombre lo que a primera vista parece deplorable golosía impropia de su edad y condición, pero hay que recordar que ayer ya llevaba el estómago vacío cuando se fue a la cama. Encontró por fin la calle y el café, ahora está sentado ante una mesa, mientras espera pasa los ojos por los periódicos, he aquí los titulares, en negro y rojo, para que nos hagamos una idea aproximada de los respectivos contenidos, Nueva acción subversiva de los enemigos de la patria, Quién puso a funcionar las fotocopiadoras, Los peligros de la información oblicua, De dónde salió el dinero para pagar las fotocopias. El comisario desayunó lentamente, saboreando hasta la última migaja, incluso el café con leche está mejor que el de la víspera, y cuando llegó al final, estando ya el cuerpo rehecho, el espíritu le recordó que desde ayer se encuentra en deuda con el jardín y con la fuente, con el agua verde y con la mujer del cántaro inclinado, Sentiste el deseo de ir y sin embargo no fuiste, Pues ahora mismo voy, respondió el comisario. Pagó, reunió los periódicos y se puso en camino. Podría haber tomado un taxi, pero prefirió ir a pie. No tenía nada que hacer y era una manera de emplear el tiempo. Cuando llegó al jardín, se sentó en el banco donde estuvo con la mujer del médico y conoció de verdad al perro de las lágrimas. Desde allí veía la fuente y a la mujer del cántaro inclinado. Debajo del árbol aún hacía un poco de fresco. Se tapó las piernas con los faldones de la gabardina y se acomodó suspirando de satisfacción. El hombre de la corbata azul con pintas blancas vino por detrás y le disparó un tiro en la cabeza.

Dos horas después el ministro del interior daba una conferencia de prensa. Vestía camisa blanca y corbata negra, y traía en la cara una expresión compungida, de pesar profundo. La mesa estaba cubierta de micrófonos y tenía por único adorno un vaso de agua. Detrás, pendiendo, la bandera de la patria meditaba. Señoras y señores, buenas tardes, dijo el ministro, les he convocado para comunicarles la infausta noticia de la muerte del comisario al que le encargué que averiguara la red conspiradora cuya cabeza, como saben, ya fue denunciada. Desgraciadamente no se trata de un fallecimiento natural, sino de un homicidio deliberado y con premeditación, sin duda obra de un profesional de la peor delincuencia si tenemos en cuenta que una sola bala ha sido suficiente para consumar el atentado. Parece obvio decir que todos los indicios apuntan a que se trata de una nueva acción criminal de los elementos subversivos que continúan en nuestra antigua e infeliz capital, minando la estabilidad del correcto funcionamiento del sistema democrático, y, por tanto, operando fríamente contra la integridad política, social y moral de nuestra patria. No creo que sea necesario subrayar que el ejemplo de dignidad suprema que nos acaba de ofrecer el comisario asesinado deberá ser objeto, para siempre jamás, no sólo de nuestro total respeto, sino también de nuestra más profunda veneración, por cuanto su sacrificio le otorga, a partir de este día, a todo título funesto, un lugar de honor en el panteón de los mártires de la patria que, allá donde se encuentren, tienen en nosotros continuamente puestos los ojos. El gobierno de la nación, que aquí estoy representando, se suma al luto y a la tristeza de cuantos conocieron a la extraordinaria figura humana que acabamos de perder, y al mismo tiempo le asegura a todos los ciudadanos y ciudadanas de este país que no descuidará la lucha que viene manteniendo contra la maldad de los conspiradores y la irresponsabilidad de quienes los apoyan. Todavía dos notas más, la primera para decirles que el inspector y el agente de segundo grado que colaboraban en la investigación con el comisario asesinado habían sido, a petición de éste, apartados de la misión para salvaguarda de sus vidas, la segunda para informar de que al hombre íntegro, al ejemplar servidor de la patria que desgraciadamente acabamos de perder, el gobierno examinará todas las posibilidades legales para que muy en breve le sea concedida, con carácter excepcional y a título póstumo, la más alta condecoración con que la patria distingue a los hijos e hijas que más la honraron. Hoy, señoras y señores, es un día triste para las personas de bien, pero nuestras responsabilidades exigen que clamemos sursum corda, es decir, corazones en alto. Un periodista levantó la mano para hacer una pregunta, pero el ministro del interior ya se retiraba, en la mesa sólo había quedado el vaso de agua intacto, los micrófonos grababan el silencio respetuoso que se debe a los difuntos, y la bandera, atrás, proseguía, incansable, en su meditación. Las dos horas siguientes las pasó el ministro elaborando con sus asesores más cercanos un plan de acción inmediata que consistiría, básicamente, en mandar a la ciudad de manera subrepticia una parte importante de los efectivos policiales, los cuales, por ahora, trabajarían vestidos de paisano, sin ninguna señal externa que pudiese denunciar la corporación a la que pertenecían. Así implícitamente se reconocía que había sido un error gravísimo dejar a la antigua capital sin vigilancia. No es demasiado tarde para deshacer el yerro, dijo el ministro. En este preciso momento entró un secretario, venía a comunicar que el primer ministro deseaba hablar inmediatamente con el ministro del interior y que le pedía que fuera a su despacho. El ministro murmuró que el jefe del gobierno bien podría haber elegido otra ocasión, pero no tuvo más remedio que obedecer la orden. Dejó a los asesores dando los últimos toques logísticos al plan y salió. El automóvil, con batidores delante y detrás, lo llevó al edificio donde se encontraba instalada la presidencia del consejo, en esto tardó diez minutos, a los quince el ministro entraba en el despacho del jefe del gobierno, Buenas tardes, señor primer ministro, Buenas tardes, haga el favor de sentarse, Me ha llamado cuando estaba trabajando en un plan de rectificación de la decisión que tomamos de retirar de la capital a la policía, pienso que se lo podré traer mañana, No me lo traiga, Por qué, señor primer ministro, Porque no va a tener tiempo, El plan está prácticamente terminado, sólo le faltan unos cuantos retoques, Sospecho que no me ha comprendido, cuando digo que no va a tener tiempo, quiero decir que mañana ya no será ministro del interior, Qué, la interjección le salió así, explosiva y poco respetuosa, Ha oído perfectamente lo que he dicho, no necesita que lo repita, Pero, señor primer ministro, Ahorrémonos un diálogo inútil, sus funciones han cesado a partir de este momento, Es una violencia inmerecida, señor primer ministro, y, permítame que se lo diga, es una extraña y arbitraria manera de recompensar los servicios que he prestado al país, tiene que haber una razón, y espero que me la dé, para esta destitución brutal, brutal, sí, no retiro la palabra, Sus servicios durante esta crisis fueron una secuencia continua de errores que me dispenso de enumerar, soy capaz de comprender que la necesidad hace ley, que los fines justifican los medios, pero siempre con la condición de que los fines sean alcanzados y la ley de la necesidad se cumpla, y usted no ha cumplido ni ha alcanzado ninguno, ahora mismo esta muerte del comisario, Fue asesinado por nuestros enemigos, No me venga con arias de ópera, por favor, estoy en esto hace demasiado tiempo para creer en cuentos de maricastaña, esos enemigos de los que habla tenían, por el contrario, todos los motivos para hacer del comisario su héroe y ninguno para matarlo, Señor primer ministro, no había otra salida, ese hombre se había convertido en un elemento peligroso, Ajustaríamos cuentas con él más tarde, no ahora, esa muerte ha sido una estupidez sin disculpa, y ahora, como si todavía fuera poco, tenemos esas manifestaciones en las calles, Insignificantes, señor primer ministro, mis informaciones, Sus informaciones no valen nada, la mitad de la población está en la calle y la otra mitad no tardará, Tengo la certeza de que el futuro me dará la razón, señor primer ministro, De poco le va a servir si el presente se la niega, y ahora punto final, retírese, esta conversación ha terminado, Debo transmitir los asuntos en curso a mi sucesor, Le mandaré a alguien que se ocupe de eso, Pero mi sucesor, Su sucesor soy yo, quien ya es ministro de justicia bien puede ser ministro del interior, todo queda en casa, yo me encargaré.

A las diez de la mañana de este día en que estamos, dos policías de paisano subieron al cuarto piso y llamaron al timbre. Les abrió la mujer del médico, que preguntó, Quiénes son ustedes, qué desean, Somos agentes de policía y traemos orden de llevarnos a su marido para un interrogatorio, no se moleste diciéndonos que ha salido, la casa está vigilada, por eso no tenemos dudas de que está aquí, No tienen ninguna razón para interrogarlo, la acusada de todos los crímenes, por lo menos hasta ahora, soy yo, Ese asunto no es de nuestra incumbencia, las órdenes que recibimos son estrictas, llevarnos al médico, no a la mujer del médico, por tanto, si no quiere que entremos a la fuerza, vaya a llamarlo, y ate al perro, no le vaya a ocurrir un accidente. La mujer cerró la puerta. La volvió a abrir poco después, el marido venía con ella, Qué desean, Conducirlo a un interrogatorio, ya se lo hemos dicho a su mujer, no nos vamos a pasar el resto del día repitiéndolo, Traen credenciales, un mandato, El mandato no es necesario, la ciudad está en estado de sitio, en cuanto a las credenciales, aquí están nuestras identificaciones, vea si le sirven, Tendré que cambiarme de ropa primero, Uno de nosotros lo acompañará, Tiene miedo de que huya, de que me suicide, Sólo cumplimos órdenes, nada más. Uno de los policías entró, la tardanza no fue grande. Yo voy con mi marido a donde él vaya, dijo la mujer, Ya le he dicho que usted no va, usted se queda, no me obligue a ser desagradable, No puede serlo más de lo que está siendo, Puedo, claro que puedo, ni se imagina hasta qué punto, y al médico, Va esposado, extienda las manos, Le pido que no me ponga eso, por favor, le doy mi palabra de honor de que no intentaré escapar, Vamos, extienda las manos y déjese de palabras de honor, muy bien, así es mejor, va más seguro. La mujer se abrazó al marido, lo besó llorando, No me dejan ir contigo, Quédate tranquila, verás como antes de la noche estaré en casa, Vuelve pronto, Volveré, mi amor, volveré. El ascensor comenzó a bajar.

A las once el hombre de la corbata azul con pintas blancas subió a la terraza de un edificio fronterizo con la fachada posterior de la casa donde viven la mujer del médico y el marido. Lleva una caja de madera barnizada, de forma rectangular. Dentro hay un arma desmontada, un fusil automático con mira telescópica, que no será utilizada porque a una distancia de éstas es imposible que un buen tirador falle el objetivo. Tampoco usará el silenciador, pero, en este caso, por motivos de orden ético, al hombre de la corbata azul con pintas blancas siempre le ha parecido una grosera deslealtad para con la víctima el uso de tal aparato. El arma ya está montada y cargada, cada pieza en su lugar, un instrumento perfecto para el fin a que se destina. El hombre de la corbata azul con pintas blancas elige el sitio desde donde disparará y se pone a la espera. Es una persona paciente, lleva en esto muchos años y siempre hace bien su trabajo. Más pronto o más tarde la mujer del médico tendrá que asomarse a la terraza. Sin embargo, para el caso de que la espera se prolongue demasiado, el hombre de la corbata azul con pintas blancas lleva consigo otra arma, un tirachinas común, de esos que lanzan piedras y están especializados en romper los cristales de las ventanas. No hay nadie que oiga que se le parte un cristal y no acuda corriendo a ver quién ha sido el vándalo infantil. Pasó una hora y la mujer del médico no ha aparecido, ha estado llorando, la pobre, pero ahora vendrá a respirar un poco, no abre una ventana de las que dan a la calle porque siempre hay gente mirando, prefiere las de atrás, mucho más tranquilas desde que existe la televisión. La mujer se aproxima a la barandilla de hierro, pone las manos encima y siente la frescura del metal. No podemos preguntarle si oyó los dos tiros sucesivos, yace muerta en el suelo y la sangre corre y gotea hasta el piso de abajo. El perro viene corriendo desde dentro, olfatea y lame la cara de la dueña, después estira el cuello hacia arriba y suelta un aullido escalofriante que otro tiro inmediatamente corta. Entonces un ciego preguntó, Has oído algo, Tres tiros, respondió el otro, Pero había también un perro dando aullidos, Ya se ha callado, habrá sido el tercer tiro, Menos mal, detesto oír los perros aullando.

Este libro
se terminó de imprimir
en los talleres gráficos
de Editorial Nomos S.A.,
en el mes de mayo de 2004,
Bogotá, Colombia.